六十集电视文学剧本

突围

第二部

周梅森　孙馨岳　著

作家出版社

第二十一集

1 京州人民医院病房　日　内

孙连城倚在病床上，向一男一女两位省纪委干部举报。

女干部打开笔记本：孙连城同志，据我们所知，你不久前受到过京州市委的组织处理，所以，在反映问题的时候，希望你能实事求是！

男干部：说明一下，我们这只是个提醒，相信你能够实事求是！

孙连城：我肯定实事求是！我还是党员干部嘛，李达康最终还是没能开除我的党籍嘛！我也声明一下：我向你们反映的问题线索有些来自群众举报，对这一部分内容，希望你们去核查，我只提供线索！

女干部：群众向你举报？孙连城同志，有举报信，还是……

孙连城从枕头下翻出一沓举报信：你们拿回去看吧，这只是一部分！李达康在京州一手遮天，重用了大量的腐败分子，给京州市的工作造成了很大的损失和被动！"九二八事故"绝不是偶然的……

2 牛俊杰家　日　内

牛石艳在范家慧油画像下接电话：……公安局来电话，了解秦小冲的情况？看看，我为他担心对不对？范社长，我们不必再挽救他了！他快神经病了，刚才我在街上见到他，垂头丧气的，像刚挨了顿揍！

范家慧的声音：哎，石艳，你没使坏吧？和我说实话！

牛石艳：哎呀，范社长，你说我是那种人吗？我牛石艳五讲四美三热爱，我牢记社会主义核心价值观，我这辈子净做好事，不做坏事！

3 范家慧办公室 日 内

范家慧和牛石艳通话：……你干脆说你是活雷锋吧！石艳，我和你挑明了说吧：公安分局刑警大队的一位姓王的副队长说他认识你，是你高中同学，据说还是你那什么小小文学社的一位小小诗人！

牛石艳的声音：哦，王大眼，是吧？肯定是他！

4 牛俊杰家 日 内

牛石艳和范家慧通话：……大眼管光明区治安，秦小冲要是违反治安规定，那大眼肯定找他！大眼可正派了，你别想从他手上捞人！

范家慧的声音：现在还没到捞人那一步！

牛石艳：这么说秦小冲没有进去的风险？那你着啥急？！

范家慧的声音：姑奶奶，你们能不能让我省点心啊？别内斗了！

牛石艳：行，行，我肯定给你省心！不说别的，范社长，我是你的粉丝，对吧？我就算瞧不上秦小冲，也得看你面子！所以说，范社长，你真的别总盯着我！烦秦小冲的人多着呢，他这人见利忘义，吃里爬外，损公肥私，当了三年半的主任，部里的人差不多让他得罪完了！再说，他毕竟是刚放出来的诈骗犯，咱刑警大队盯一盯他也很正常，得小心他二度犯罪嘛，对他也有好处嘛，是吧……

就说到这里，门开了，石红杏和林满江走了进来。

牛石艳挂上手机，和林满江打招呼：哟，林伯伯，您来了？

林满江笑眯眯地：怎么？小艳啊，好像不是太欢迎我呀？

牛石艳应付：欢迎欢迎，热烈欢迎啊！

林满江：还热烈欢迎呢，我每次来京州，你都不来看我？！

牛石艳：哎呀，那不是因为你大领导太忙吗？日理万机啊！

林满江：小艳，怕是没你忙吧？哎，谈恋爱了吧？

牛石艳：谈了，但被你师妹我老妈一棒子打飞了……

这时，石红杏突然看到范家慧的画像，脸色大变：牛石艳！

牛石艳一脸无辜：又怎么了！林伯伯，你看我妈，一惊一乍的……

石红杏指着画像：这……这不是范……谁让你挂这儿的？你爸？

牛石艳：不是我爸，是我！她是我的偶像！哦，再见，林伯伯！

说罢，牛石艳偷看了石红杏一眼，做了个鬼脸，夺门而出。

林满江笑着对石红杏说：这丫头和你年轻时一样，鬼！

5 田国富办公室 日 内

易学习向田国富倾诉：……田书记，权力改变了李达康，现在的李达康再也不是当年金山县的那个闯祸的县长了！当年李达康蛮干闯祸，还内疚，还知道反省，现在呢？只会指责别人，很少检讨自己！尤其让我不能接受的是：李达康死盯着孙连城不放！今天明确告诉我，让我们市纪委对孙连城立案审查！田书记，这于理于法都说不过去呀！

田国富：是啊，是啊，孙连城也不是个饶人的茬，一直在告李达康，告到我这里，告到沙瑞金这里，"九二八"后又告到北京去了！

6 京州人民医院病房　日　内

孙连城对男女干部说：……《国际歌》里有句话：要为真理而斗争！我呢，现在就是为真理而斗争！真理并不是永远掌握在一个人手里！比如李达康，此人既不是真理的化身，也没掌握什么真理……

女干部：哎，连城同志，理论问题我们不讨论，请你说事实！

男干部：对，说事实：李达康同志究竟有哪些违纪违法的事实？

孙连城：好，我分十个方面说！第一，李达康对廉政建设在思想上和行动上从没重视过，带病提拔了一大批丁义珍式的腐败干部……

7 牛俊杰家　日　内

林满江看着范家慧的油画像点评：……这个画家没啥灵气，估计是小艳哪个小朋友的习作！哎，这个女人是谁？看着好脸熟啊？！

石红杏：看着脸熟就对了，小艳的这个偶像你肯定认识的！

林满江看画像：我认识？哎呀，这不是齐本安的小媳妇老范嘛！

石红杏：可不就是她嘛！小艳的报社社长！小艳她故意气我的！

林满江：哎，不能这么说啊，你还把我的像往办公室挂呢，当真只许州官放火，不许百姓点灯啊？红杏，在家可别摆领导架子啊！

石红杏从阳台上把林满江的画像找出来：我的家，我说了算！

林满江忙阻止：哎，别挂了，别挂了！红杏，你家挂我的像，老牛怎么想？老牛一天到晚牢骚满腹，盯着我骂，开口闭口林家铺子!

石红杏：他是粗人，大师兄，别和他一般见识！他自从诈你一亿五，犯下敲诈领导罪后，乖得像只猫，都不敢见你的面，躲出去了！

林满江：老牛是要给你我一个说话空间吧？你有什么就说说吧！

石红杏：咱……咱先吃饭，边吃边说，让我喝点酒壮壮胆！

林满江：也给我倒上一杯壮壮胆吧，别让你吓着！

石红杏：大师兄，你……你不是酒精过敏吗？

林满江：过敏也比吓死好！就一小杯吧！

石红杏：哦，好，好，好……

8　田国富办公室　日　内

易学习对田国富说：田书记，我绝不是包庇孙连城，而且我和李达康一样，也对孙连城的懒政不作为很反感，孙连城因此被连降三级做天文辅导员没什么可委屈的！孙连城在我面前抱怨时，我当面给他顶了回去！但是，"九二八"后，你李达康不能给孙连城乱扣帽子！

田国富：就是，而且"九二八"那晚，孙连城表现很不错，救下了那么多孩子，没当孙跑跑，像个辅导员老师，也像个共产党员……

易学习：现在的麻烦在于，李达康揪住孙连城不放，孙连城和一些受处理的干部也咬住李达康不松口，让一些正常工作没法开展……

9　京州人民医院病房　日　内

孙连城继续控诉：……六，李达康是京州市懒政的总根源！光明区的信访窗口是谁设计的？是李达康的亲密化身丁义珍设计的，李达康三天两头到光明区看他的化身，就没发现这种窗口？鬼才相信呢！

10 牛俊杰家 日 内

林满江吃着菜，对石红杏说：行了，酒过三巡，有胆了，说吧！

石红杏：大师兄，你……你再让我喝两杯，我……我这祸闯大了！

林满江把一瓶五粮液往石红杏面前一放：你抱着瓶子灌吧！

石红杏当真抱着酒瓶灌了一气，放下酒瓶，呜呜地哭了。

林满江自顾自地吃着：王平安和那五个亿都和你有关吧？

石红杏点头：齐本安会上一说起这事，我的头一下子就蒙了！

林满江放下筷子：红杏啊红杏，你能不能给我省点心？啊？你也知道我在中福可能待不长了，离开中福集团是一定的，可能到汉东任职，也可能到别的省区任职！这种时候怎么能出这种要命的事呢？

石红杏从椅子上滑下来就势坐到地上：哥，我对不起你，我……

11 田国富办公室 日 内

易学习向田国富汇报：……棚户区五个亿协改资金的案子，还牵扯到中福集团，中福集团的情况非常复杂，一把手林满江是我们京州人，现在又是李达康同志的儿女亲家，很多疑点到了中福就断掉了！

田国富：中福集团是央企，我们管不了，但相关线索可以移交给他们，让他们去查，如果林满江不查，我们就请国资委和中央来查！

易学习：我已经把京州中福的新任党委书记、董事长齐本安找来交代了线索，看他们怎么查吧！他们在任总经理石红杏责任不小！

12　牛俊杰家　日　内

林满江冲着跪在面前的石红杏一声怒喝：……站起来，别这么软骨头！事情既然出了，就想办法弥补处理，赖在地上哭就能解决了?!

石红杏抹着泪了起来，重新坐到林满江对面。

林满江：先把过程说清楚，这一切都是怎么发生的?

石红杏：好，好！哥……

林满江：林董！

石红杏立即改口：哦，林董，这事说起来还真就起源于京州能源。去年京州能源就欠薪了，牛俊杰上班问我要钱，下班回家还是问我要钱，我就想起了这五个亿，心想，这五个亿本来就是京州中福的，如果市里有关系，弄出来先花着，对解决京州能源的困难是有帮助的！

林满江：于是，你就去京州市政府找关系，就找到了副市长丁义珍?

石红杏：是！不过丁义珍不是我的关系，是电力公司李功权的关系！他们是大学同学。李功权就拉着我，还有王平安，和丁义珍吃了一次饭，在那次饭局上定下了这件事！当时我都不敢相信这是真的！

林满江：是啊，划出去的钱还能轻松收回来? 这里面大有文章嘛！

13　京州人民医院病房　日　内

孙连城在倾诉：……李达康的化身丁义珍就是搞腐败都一套套

的，让你不服不行！五个亿划走了，理由十分充足：临时借给中福矿上解决困难。我当时问过他：这种专项资金能挪作他用吗？他脸一拉说，这是他请示了李达康，李达康同意的，出了事由市委和李达康负责！现在丁义珍死在非洲了，李达康又不承认，罪过又落到了我头上！

男干部：在这个过程中，丁义珍或者其他人是否有受贿行为？

孙连城：现在看来，丁义珍肯定受贿，没好处他担这个责任啊？至于李达康批准同意这么干，是否也有受贿行为，就要你们调查了！

女干部：我们无权调查李达康同志，好，孙连城，你继续！

14　牛俊杰家　日　内

林满江踱步思索着：……又冒出了一个李功权！石红杏，李功权除了帮你牵线，组织饭局，还有没有别的动作？他总不会是做好人好事吧？李功权和王平安是否有利益关系？有多大的利益关系啊？

石红杏：这我就不清楚了，反正后来找丁义珍协商都是他俩去的，他们俩过去就熟悉，和齐本安三个当年号称"上海铁三角"。

林满江：没错，这我有些印象，我在上海公司主持工作时，他们都是我手下的干部！尤其是李功权，他父亲、叔叔历史上贡献很大！

石红杏：我知道，李功权一家是早年从马来西亚回来的华侨……

林满江在石红杏面前站住：李功权看来是腐败掉了，为了搞出这五个亿，李功权既有可能向丁义珍行贿，也有可能从王平安那里受贿！

石红杏：哥……哦，林董，我也这样想，李功权可能是有问题！

林满江忧虑地：不是可能有问题，是肯定有问题，甚至是大问题！

15　田国富办公室　日　内

易学习继续汇报：……不过，齐本安和林满江、石红杏三人情同兄妹，指望齐本安查石红杏，恐怕不切实际。林满江同志的态度也不好说，总是家丑不可外扬嘛，加上李达康和吴雄飞这种态度，难啊！

田国富：老易，再难也要挺住了！达康书记那里，必要时我和他打招呼，把该说的话都摊到桌面上说清楚。只是，吴雄飞是怎么回事啊？他这个市长在这种时候还这么配合李达康，有些说不过去啊！

易学习：是啊，基层干部群众纷纷反映，说"九二八"这场大祸是达康书记闯的，最倒霉的却是吴市长，都替吴雄飞市长抱不平呢！

田国富苦笑摇头：吴雄飞要的恐怕就是这个效果，官油子啊！

易学习有些不解：田书记，你这样看吴雄飞啊？

田国富意味深长地：我就这么看！

16　京州人民医院病房　日　内

孙连城继续控诉李达康：……第九，李达康涉嫌重大受贿！

女干部：孙连城同志，请说事实，李达康在哪里受贿？受贿数目？

孙连城：我只提供线索，我刚才就说了，有些线索来自他人举报！

男干部：不管是谁的举报，都要有事实根据，不能靠猜测乱说。

孙连城：我不是乱说，据市国土局同志电话向我举报，李达康将河西南宇宙中心的一块地——价值五十八亿啊，以十亿的价格卖给一家民企，造成了国有资产的巨大流失！这其中是不是有受贿行为？李达康受贿多少？你们不该好好查查吗？你们无权查，就报请中央来查！

男干部：河西南的地不是公示过吗？为让独角兽企业进入京州？

孙连城：那为什么偏偏是这家民营，而不是我们的国企呢？嗯？

女干部：孙连城同志，民企国企应该一视同仁，这没什么错！

孙连城：好，好，那我继续说……

17　牛俊杰家　日　内

林满江踱着步，对石红杏说：……石红杏，只要你本身干净，就不要怕，就要勇敢去面对这些人和事！腐败问题是当今社会的一个普遍存在的问题，哪个地方、哪个单位都不敢打包票说它那里就没有腐败！有了腐败就去反嘛！当然，也要内外有别，注意家丑不可外扬！

石红杏拿着笔记本做记录，像个用功的小学生。

林满江：昨天，本安过来向我汇报，说是要尽快召开一个民主生活会，我说很好！石红杏，你们京州中福多长时间没开民主生活会了？

石红杏：我……我也记不太……太清了，反正好久没开过了……

林满江：民主生活会要马上开，开展批评与自我批评，否则一个个都忘了自己姓啥叫啥了，这样下去，京州这支队伍迟早会烂掉！

石红杏：是的，是的！林董，我……我迟钝，我……我惭愧啊……

林满江思索着：王平安这五个亿带出的腐败问题，可以在会上捅开来说，把这桩公案拿到大太阳底下晒一晒，你要去掌握主动权！

石红杏：林董，你的意思？我……我不是太明白……

林满江：王平安逃掉了，李功权还不控制起来啊？再放跑他吗？把你今天和我说的这些，如实向齐本安汇报！你也要做出深刻检讨！

石红杏：好的，好的，林董！我……我今天就向齐本安汇报！

林满江：你呀，还和齐本安较劲胡闹呢，想找死你就继续闹！和齐本安彻底闹翻了脸，把齐本安那股认真劲闹出来，就有你好看了！

石红杏怕了：不了，不了，林董，我……我以后一定进一步摆正位置！我……我保证：在京州听齐本安的，在中福集团听你的……

林满江恼火地：好了，听我的就行了，有事及时向我汇报！

石红杏：好，我汇报，向你汇报，一定汇报……

18　京州人民医院病房　日　内

孙连城终于结束了举报：我就先说这以上十点吧！涉及"九二八"重大灾害事故的情况，我已经向联合调查组反映过了，李达康也有八大责任，我就不在这里说了！感谢你们百忙之中过来接受我的举报！

男干部递过记录本：孙连城同志，请在这里签个字！

女干部话里有话：真没想到达康书记会有十八条罪状啊！

孙连城签字：认真说起来，十八条都不止，他祸国殃民啊……

19　田国富办公室　日　内

田国富对易学习说：……老易，你的难处我理解，但是，对李达康，你也要给些理解啊！李达康这位同志呢，毛病不少，政绩观也有问题，但是人家毕竟是在认认真真做事情！要做事情就会得罪人，现在出了个"九二八"，李达康肯定是四面受敌，很有可能受到不应有的伤害，对此，要保持警觉，不能让李达康在不该摔倒的地方摔倒！

易学习：哎，田书记，你就不怕我在不该摔倒的地方摔倒吗？

田国富：你是另外一回事！我和瑞金同志会看着你摔倒吗？！

20　齐本安办公室　日　内

陆建设把一沓材料放到齐本安面前，表功说：……齐书记，我们昨夜加了一夜班，成果不小！您看，这是初步落实的材料和线索！

齐本安翻看着材料：王平安胆子也太大了，什么钱他都敢动！

陆建设讨好地：可不是嘛，齐书记，这真是不查不知道，查了吓一跳啊！证券公司的财务总监也不干净，许多违规事件都有他的影子！

这时，吴斯泰进来汇报：齐书记，能源公司的牛总到了！

齐本安放下材料：让老牛进来！（又对陆建设交代）不要松劲，根据线索往深处挖，十五亿怎么一下子就亏掉了？是天灾，还是人祸？

陆建设苦笑：这个不好说，齐书记，毕竟股灾是真实的……

齐本安：我也没说股灾是假的，我是让你们进一步去查：王平安和武玲珑的财富神话是怎么合作的？会不会用我们的钱开老鼠仓？

陆建设：好的，好的，齐书记，没想到您对证券也内行……

牛俊杰走进来：齐书记就是内行，想像蒙石总一样蒙他可不容易！

陆建设拍了拍牛俊杰的肩膀：所以，牛总，你这同志要小心了！

牛俊杰瞪了陆建设一眼：齐书记，啥事？我今天还要下矿呢！

齐本安：先别下矿了，牛总，我有些情况要向你了解，坐吧！

这时，陆建设已经出门。

21　牛俊杰家　日　内

林满江将自己的手机递给石红杏：打电话，给我找陆建设！

石红杏迟疑着：这个？林董，不……不找齐本安啊？

林满江再次明确指示：就找陆建设，给他一个立功的机会！

石红杏仍在迟疑。

林满江：打呀！

石红杏：好的，好的！（慌忙拨起了手机。）

22　陆建设办公室　日　内

陆建设接手机：哦，石总，怎么？你找我？

石红杏的声音：不是我找你，是林董找你，你等着啊！

陆建设怔了一下，立即现出受宠若惊的样子：哎，哎！好，好！

23　牛俊杰家　日　内

林满江和陆建设通话：陆建设同志吗？你们石总向我汇报说，电力公司的李功权腐败掉了，为了帮王平安搞出五亿协改资金，既有可能向丁义珍行贿，也有可能从王平安那儿受贿！你了解这个情况吗？

陆建设的声音：我……我不是太清楚，我这就向齐书记汇报！

林满江：不必汇报了，你马上行动吧，控制李功权，别再让李功权跑掉了！关于李功权的涉嫌情况，你直接向我汇报，对我负责！

陆建设激动的声音：明白！林董，我……我这就行动，立即！

24 齐本安办公室 日 内

牛俊杰对齐本安说：……齐书记，我正要找你汇报呢，你让我做的方案，我和钱总他们加班加点给做出来了，趁林满江董事长在京州，咱们一起去做个汇报吧？让京州能源把包袱彻底卸下来，轻装前进！

齐本安：行，行，牛总，这事以后谈！我先和你谈点别的！

牛俊杰有些茫然：别的？齐书记，怎么个事？

齐本安：牛总，王平安那五亿资金和石红杏有关，你知道吗？

牛俊杰略一沉思，说了实话：知道！

齐本安大怒：知道为啥不告诉我？还看着她在会上公然撒谎！

牛俊杰：哎呀，齐书记，这你误会了！我也是昨晚才知道的！你别这么小心眼，别对石红杏有偏见，这娘们儿傻拉吧唧的，缺心眼，你比如说，把我弄到京州能源干这倒霉的老总，也只有她做得出来！

齐本安没好气：大公无私不就这么表演的吗？她会表演啊！

牛俊杰：哎，齐书记，那你也表演一个？一个月一千块生活费，还整天被人围追堵截，图啥呢？石红杏要是贪，给我个好位置，每年还不得几十万上百万地挣？她是没有金刚钻尽揽瓷器活，尽上人家的当！

齐本安：石红杏没你说的这么单纯吧？她心里没鬼还监控我？

牛俊杰:哎,齐书记,你说石红杏搞你的监控?有证据吗?

齐本安:以后我会拿出证据,这是她一贯的作风!

25 牛俊杰家 日 内

林满江问石红杏:既然没问题,你为什么不和本安说清楚?

石红杏:林董,本安不是你,他替谁担过事?我说了他信吗?!

林满江沉吟着:这倒也是,本安太爱惜羽毛了,我一直不肯把他放在一把手的岗位上,也是担心他至察无友,无法干事,甚至坏事!

石红杏:就是嘛,该维护的关系还是要维护的,不说别的,就连你亲自交代的北山监狱的箱包收购,他也说三道四,要我承担责任!

林满江不悦地:这个齐本安,怎么这样呢?!多大的事啊?箱包收谁的不是收?又不违规违法,我这个一把手连这点权力都没有吗?

26 电力公司大门口 日 外

两辆轿车在门口开了个头碰头。

陆建设从进门的车中下来。

李功权从出门的车中下来。

陆建设:李总,你这是要去哪?

李功权:哦,齐书记找我谈话!陆书记,有事吗?

陆建设:有事,林满江董事长也找你,请你去谈话!

李功权一怔:好,好,那我先给齐书记打个电话!

陆建设:不必了,齐书记在林董那儿等你了!上我的车吧!

27 牛俊杰家 日 内

林满江准备离去。

石红杏送到门口。

林满江安慰说：红杏，这事过去了，你不要怕！

石红杏：哥，我知道！可我……我是担心……

林满江：没啥好担心的，有我嘛，我还是中福集团一把手嘛！

石红杏：可是，陆建设一直对我不满，这次会不会大做文章？

林满江：他敢！红杏，别想这么多了，这事我来对付！你呀！

28 齐本安办公室 日 内

牛俊杰对齐本安说：……齐书记，我实话和你说：我这不是袒护她，是可怜她！你不知道这事把她吓成什么样了，鼻涕眼泪全下来了！

齐本安：扯啥呢？这怎么可能？石红杏虽说是你老婆，也是我师妹！我能不了解她吗？扒了皮我也能认出她的骨头！她还害怕？她从小欺负我，一直欺负到今天，欺负到我这次来京州任职，气死我了！

牛俊杰：她这伎俩我知道，就是女人的小手段嘛，你气啥呀？！

齐本安：但是，王平安的事她玩大了，京州纪委也盯上来了，易学习书记明确提醒我：石红杏估计是有问题的！让我说什么？啊？

牛俊杰：是，齐书记，问题肯定有，但我觉得你要防范的不该是她，或者说不仅仅是她，应该是你们林家铺子大掌柜林满江才对！今天，红杏请林满江到我们家吃饭，就是说王平安和五个亿的事，下一步，你根据林满江的处理方式，大体就能判断出未来故事的走向了！

齐本安沉吟着：嗯，这有一定的道理！

29　京州街上　日　外

轿车急驰。

车内，陆建设向林满江汇报：林董，李功权已经控制住了……

30　京州街上　日　外

另一辆轿车急驰。

车内，林满江和陆建设通话：好，老陆，尽快出成果，我等着！

陆建设的声音：林董，我明白，不过，李功权是齐本安在上海时的好朋友，如果李功权的问题涉及了我们齐书记，那么……

林满江：不论涉及谁，都要一查到底，但是，只向我汇报！

陆建设兴奋的声音：是，林董，我……我坚决按您的指示办！

31　石红杏家　日　内

石红杏满腹心事，在屋里踱步。

石红杏拿出手机，找到齐本安的号码，欲拨又止。

32　齐本安办公室　日　内

牛俊杰对齐本安说：……齐书记，我不敢替石红杏打包票，尤其不敢在她和林满江的关系上打包票——你我都知道，林满江是她的后台！但石红杏绝对不是一个贪财的人，有些地方还很大公无私！

我刚才说了，把我弄到京州能源干倒霉的老总，也只有她能做得出来！

齐本安思索着：哎，老牛，你怎么总盯着林满江董事长不放呢？

牛俊杰脱口而出：我怕石红杏这傻娘们儿上林满江的大当，就是那笔四十七亿的矿产交易！这笔交易要出了事，可不比王平安的事小！

齐本安"哦"了一声，怔住了。

33 京州中福纪委办公室　日　内

陆建设拉着脸询问李功权，年轻纪委干部米粒在一旁记录。

李功权：哎，陆书记，林董和齐书记呢？

陆建设：林董让我先和你谈，齐书记你就别提了，你和齐书记是好朋友吧？总要避嫌吧！好，咱们开始，说说王平安和那五个亿吧！

李功权抵赖：王平安和那五个亿关我啥事？你找石总问去！

34 京州街上　日　外

轿车急驰。

车内，林满江思索的面孔。

闪回——

齐本安在展览馆的展线上介绍情况。

齐本安在林家和石红杏一起谈笑风生。

齐本安在电话里吞吞吐吐。

齐本安在贵宾楼欲言又止……

石红杏的画外音：林董，你这次可能选错了人，你就不怕为你自己选了一个掘墓人？

林满江的画外音：什么掘墓人？掘谁的墓？又胡说八道了吧！

林满江一声沉重的叹息。

35 齐本安办公室 日 内

齐本安问牛俊杰：老牛，你一直要和石红杏离婚，真的还是假的？

牛俊杰：真的，齐书记，如果不是你来了，不是这阵子发生了这么多事，也就离掉了！石红杏眼里心里只有林满江，也是想离的！

齐本安：未必吧？石红杏要真想离，你想拖到今天也不可能！

牛俊杰：是，她犹豫，怕影响不好，我也犹豫，怕闺女伤心！但是齐书记，我真怕将来哪一天林家铺子倒台，我这倒霉蛋再跟着倒霉！

齐本安苦笑：当真有这么一个林家铺子吗？你知道不知道啊？林满江一直防贼似的防着我，这次能到京州主持工作，他是迫于无奈！我这任命被林满江留中不发，压了半个月，不是田园意外跳楼，也许还要拖下去，甚至可能让他找借口废掉！

牛俊杰狐疑地看着齐本安：不会吧？你们三兄妹是啥关系？

齐本安：好了，不说这个了，说正事……

这时，桌上电话响。

齐本安抓起话筒：对，我是齐本安，什么？

电话里的声音：齐书记，我们家功权被你们陆建设书记带走了！

齐本安惊讶地：老陆没向我汇报啊，我正说要找功权谈话呢！

电话里的声音：齐书记，你问问陆书记是怎么回事？急死我了！

齐本安：别急，别急，这个……我先找老陆了解一下情况吧！

36 京州中福纪委办公室 日 内

陆建设踱着步，阴一句阳一句地敲打李功权：……老李，不要心存幻想，尤其不要对齐本安书记心存幻想！齐本安书记这次肯定救不了你，甚至……算了，现在先不和你说！还是说你的事吧，林满江董事长和组织上不掌握一定的情况和线索，不会让我们找你的……

37 齐本安办公室 日 内

牛俊杰关切地问齐本安：齐书记，李功权这事你当真不知道？

齐本安思索着，摇头：不知道，但是，也在情理之中吧？我本来是想找李功权了解一下情况的：李功权和丁义珍的关系不可回避。

牛俊杰：不管李功权有没有问题，有多大的问题，陆建设都应该请示你！齐书记，你得问问陆建设，警惕他受什么人指使给你下套！

齐本安想了想，拨通电话，和陆建设通话：哦，老陆吗？

38 京州中福纪委办公室 日 内

陆建设不时地看一眼李功权，和齐本安通话：……齐书记，李功权在我这里！这是林满江董事长亲自安排的事，让我只对他负责，所以呢，我就没向你汇报！齐书记，你可千万别误会啊……

齐本安那边却挂断了电话，一阵忙音。

陆建设也挂上电话：好，李功权，咱们继续谈……

39　齐本安办公室　日　内

齐本安苦笑摇头：这个陆建设，眼头活得很啊，瞧，攀上高枝了！

牛俊杰：他一直做梦想官升一级，还能不抓住这个大好机会？

齐本安：我看他是打错了算盘，林满江绝对不会看上他这种人！

牛俊杰盯着齐本安：如果，我是说如果——如果看上了他呢？

齐本安不由得倒吸了一口冷气：那京州中福就有好戏看了……

这时，吴斯泰进来汇报：齐书记，林满江董事长请你过去！

齐本安：哦，好的！（又对牛俊杰说）老牛，你该忙啥忙啥吧！

牛俊杰起身：我能忙啥，下矿呗，走了，走了……

40　京州中福纪委办公室　日　内

在不无诡秘的气氛中，陆建设和李功权谈话。

陆建设：李功权啊，怎么听说你和齐本安书记非常要好啊？

李功权：哦，是，我们在上海公司有过一段共同的工作经历！

陆建设：有这段共同工作经历的人，还有一个吧？王平安？

李功权：对，对，王平安！唉，也不知这家伙现在是死是活！陆书记，实话说，我真是没想到王平安会出事，王平安平时挺好的……

陆建设：所以，一听说齐本安书记过来主持工作，你和王平安都特别高兴！当天晚上就跑去看望齐本安书记，献了忠心，献礼金……

李功权惊疑地：这……这谁造谣啊？造谣的家伙想干啥？他这是想坑我呢，还是想坑咱齐书记？陆书记，你……你可千万别上当！

41　中福宾馆贵宾楼　日　内

林满江对齐本安说：石红杏请我到她家吃饭，我就知道有事！

齐本安会意地：王平安的事？咱们小师妹给你摆了一场鸿门宴？

林满江摆手：鸿门宴倒谈不上，就我们俩人，既没有沛公，也没有项庄。不过，她说的情况还是吓了我一大跳！哎，怎么回事？本安，你和红杏怎么都卷进去了？啊？

齐本安怔了一下：怎么……怎么我卷进去了？这话说的……

林满江：本安，对这个王平安，难道你就没有一点警觉吗？

齐本安苦笑：林董，王平安和我有什么关系？我刚过来啊！

林满江：刚过来？你和王平安，还有李功权是不是当年上海中福公司铁三角啊？你上任第一天，他们是不是都跑来给你送礼了？嗯？

齐本安镇定应对：林董，王平安送礼的事，我向你汇报过的，已经准备让陆建设找他谈话了，可没料到他意外地逃跑了……

林满江：那么李功权呢？你没汇报吧？人家群众就告上门了嘛！

42　京州中福纪委办公室　日　内

陆建设语重心长地对李功权劝告说：……老李，请你不要自作聪明！群众的眼睛是雪亮的，群众反腐败的热情是很高的！你搞腐败的一举一动都被群众看在眼里，记在心里！哎，要不要我提示一下？

李功权的态度很强硬：陆书记，那请你提示一下吧！

陆建设：那天晚上你们在皮丹的堡垒户那儿喝的酒，八人喝了三瓶京州老酒，四瓶红酒，用餐费用高达一千六百余元，已经严重违纪了！

李功权：这你肯定搞错了，我们是私人聚会，费用全部自理的！

陆建设：我当然知道，齐本安没赴宴，石红杏让大家掏的钱！而且这个点也被取消了！我说了，群众的眼睛雪亮，瞧，都没弄错吧？

李功权：既然如此，陆书记，你还找我谈什么？为这顿饭，我们每人掏了两百多，都不知道怎么找老婆报销了！也没齐本安啥事啊！

陆建设：哎，我说有齐本安书记啥事了吗？老李，我是说你的事！

李功权：我有什么事？陆书记，我就不明白你什么意思……

陆建设：什么意思？老李啊，今天我是代表组织和你谈话！希望你对组织忠诚老实，实事求是地交代自己的问题，争取有个好结果！

（第二十一集完）

第二十二集

1 中福宾馆贵宾楼 日 内

齐本安对林满江解释：……林董，李功权和王平安不同，他对我的就职讲话产生了误会，以为我暗示他送礼。所以，与人为善嘛，我呢就没揪住不放。当然了，现在被群众举报了，我就做出必要的解释！

林满江：你解释什么？解释得清楚吗？王平安、李功权为什么急着给你送礼？他们是不是做了亏心事？是不是为了求得你的庇护？本安，动动脑子好不好？你和石红杏这么懵懵懂懂，要吃大亏的！

齐本安会意问：李功权是不是也有问题？和王平安合伙作案？

林满江一声叹息：没错，应该是合伙作案吧？！石红杏把这五亿的划拨过程原原本本和我说了一遍，李功权是丁义珍的要好同学，这五个亿能从京州市弄出来，全靠李功权两边撮合。本安，中国的国情你不了解啊？这种撮合能没有润滑剂吗？涉及金额高达五亿，李功权既可能伙同王平安共同向丁义珍行贿，也可能收受王平安的贿赂！据石红杏说，事后王平安送她一张卡就有九十九万九千九百九十九！

齐本安：那石红杏收没收这九十九万九千九百九十九？

林满江：没有！在这一点上，石红杏是过硬的。

齐本安松了口气：好，好，红杏没收就好，我也就放心了！

林满江：但是，李功权不会白忙活吧？会不会弄个几百万啊？

齐本安：这倒是，可现在丁义珍死了，王平安逃了……

林满江火了：齐本安，你不怕李功权也逃了吗？不要徇私情！

齐本安故意说：林董，那我这就安排陆建设去找李功权谈话！

林满江：等你安排就晚了！我已经安排过了！现在陆建设正在和李功权谈！你不是要开民主生活会吗？今天开吧，我参加！就在我这里开，你现在就给发通知，让班子成员全都过来，包括李功权！

齐本安又是一愣：好，好的，林董！（说罢，立即拨起了手机。）

2 京州中福纪委办公室 日 内

陆建设和齐本安通话：……好，我知道了！齐书记，我这就把李功权带过去！（挂上手机，对李功权说）走吧！老李，你这回造大了，林满江董事长百忙之中亲自和你谈，是不是无比温暖啊？

李功权：别讥讽我！我……我为人不做亏心事，不怕半夜鬼叫门！

陆建设：行，行，走吧，是人是鬼，你和咱们集团大领导说去！

李功权：说就说，王平安闯的祸，你们就应该去找王平安……

陆建设信口开河：哎，王平安不交代，我们会找你吗？啊？

李功权一怔：王……王平安被抓住了吗？

陆建设煞有介事：法网恢恢疏而不漏，能让他逃了吗？嗯？

3 岩台某劳动力市场 日 外

大多数卖劳力的力工被雇主带走，市场空空荡荡。

又脏又乱的市场一角，只有王平安几个人还在麻木地等待。

几个力工面前各有纸牌：电工、水工、木工等。

王平安面前的纸牌：搬砖、扛包、打扫卫生。

力工甲叹息：这一天又完了，都快中午了！（说罢，掏出干馍啃。）

王平安有气无力地打探：那……那下午没人来雇人吗？

力工乙：过午就没戏了！哎，你不像出力的人啊！搬砖？

王平安苦着脸，几乎要哭出来：被抢了，回不了家了……

力工甲：我看你一大早就来了，还没吃饭吧？

王平安点了点头：从昨晚就没吃饭，大哥，给我个馍吧？

力工甲从黄挎包里掏出一块干馍：吃吧，要不有砖也搬不动！

王平安接过馍，一口咬掉一大块，噎得翻起了白眼。

4　中福宾馆贵宾楼会议室　日　内

会议室四面墙上挂着中福公司各个历史时期的照片。

齐本安和牛俊杰通话：……这么晚了，还下什么矿啊？赶快过来吧，到贵宾楼林满江的会议室来！民主生活会不是我要开的，是林满江董事长要开的，我也没啥准备，咱们下级服从上级，执行吧！

牛俊杰的声音：林大掌柜又怎么了？火急火燎地开民主生活会？

齐本安声音低了下去：谁知道呢？你老婆闯的祸，人家能义正词严地一棍子打到我头上，打得我晕头转向！好，不说了，快过来吧！

5　岩台某劳动力市场　日　外

一位小老板经过王平安面前，注意到了纸牌：你搬砖、扛包？

王平安把最后一口干馍咽下去，有些冲动：哎，哎，老板，有活你吩咐，工……工钱好……好商量！

小老板：我那没砖搬，到煤场装车，干不干？一天一百块！

王平安：老板，这可是体力活，一百五吧？

小老板：一百五？太贵了，我用不起你！

王平安：好，好，一百就一百，能管食宿不？

小老板：馒头、米饭、白菜、萝卜管够，夜里呢，也有一张床让你睡，顺带着帮我看煤场了！哎，对了，让我先看看你的身份证！

王平安递过身份证。

小老板对照王平安看了看：你就是刘三狗？

王平安：是，是，刘三狗！我……我就是刘三狗！

6　京州街上　日　外

轿车急驰。

车内，石红杏和齐本安通话：……齐书记，我正说要向你做个汇报呢！哎呀，林董可把我骂惨了，差点没把我拉出去就地正法！

齐本安的声音：行了，行了，别叫唤了，我也刚挨过林董的批！

石红杏：齐书记，这不应该啊，我闯的祸，批你干啥？林董是被气糊涂了吧？哎，我先向你表个态啊，民主生活会上，我带头检讨！

7　中福宾馆贵宾楼会议室　日　内

齐本安看着墙上中福公司的历史照片，和石红杏通话：……你当然要检讨，但不是现在！会是林董要开的，听林董的指示吧！

石红杏的声音：是的，是的，反正你们怎么说，我就怎么做！

齐本安放下电话，看着墙上中福公司的历史照片，沉思起来——

画外音：齐本安意识到，这个小师妹肯定又在林满江那儿给自己上眼药了，而苦于攀不上高枝的陆建设怕也没起到什么好作用，自己已经失去，或是部分失去了林满江的信任。否则，林满江何以越过自己，让陆建设对李功权采取措施呢？还要亲自主持京州中福的民主生活会？这肯定让下面那些精于窥测风向的政治小动物浮想联翩……

8 京州街上 日 外

轿车急驰。

车内，牛俊杰和石红杏通话：……石红杏，你怎么回事？怎么把人家齐本安套进去了？让齐本安挨了大掌柜一通骂？说你无能吧，你这方面还蛮有能耐的，见了好处就上，遇到麻烦就推！人家齐本安才到任啊，这屁股都还没把板凳坐热呢，就莫名其妙地踩了一脚屎！

石红杏的声音：我没这么坏，我也不知道林董怎么和他谈的！

9 中福宾馆门前 日 外

轿车停下。

石红杏打着手机下车：……行了，行了，老牛，我知道了！你在会上也少说话，多听听领导指示！好了，就这样吧，我已经到了！

10 中福宾馆贵宾楼会议室 日 内

七八个高管已经到了，三两成群交头接耳。

甲：听说出大事了，林董震怒啊！

乙：李功权被纪检老陆叫去说清楚了。

丙：纪检说是林董直接布置的！

甲：不会吧，那位二师弟这么快就失宠了？

乙：难说，难说，你看齐本安，有点恍恍惚惚的！

丙：这事有点耐人寻味，多动动脑子，别站错了队！

这时，皮丹进了门。

随后，石红杏沉着脸走进门。

乙背对着石红杏，仍在议论：这么说，老陆也要上位了？

皮丹干咳一声：哎，哎，瞎议论啥呢？！

高管们这才停止了议论、交流。

11 中福宾馆贵宾楼办公室　日　内

林满江和云南公司通过视频对话。

视频从各侧面展现着一辆老旧的美式卡车。

视频里的老总：林董，这是一辆一九三八年由美国道奇公司在底特律生产的道奇 T234 卡车，和抗战期间我们老福记滇缅运输公司的主要运输车辆同款，这是一位收藏家费了好大的劲从曼德勒淘到的！

林满江：太难得了！哎，李总，不要过多考虑价格了，拿下吧，尽快运过来，摆进我们北京的博物馆，在公司八十年庆典期间展出！前一阵子老靳在西双版纳发现了一辆，快成废铁了，我们就放弃了。

视频里的老总：好的，林董！本来我想把车留在我们这里的！

林满江：别这么自私，为集团做点贡献吧，我的同志！抗战期间公司的运输业是个很大的亮点！滇缅公路上倒下我们好几个先烈……

12　岩台煤场　日　外

王平安和几个农民工在煤堆上为卡车装车。

王平安已无一丝高管模样，身上脸上满是煤灰。

13　中福宾馆贵宾楼会议室　日　内

陆建设和两个纪检干部带着李功权走进门。

刚走进门的齐本安怔了一下。

李功权可怜巴巴地叫了一声：齐……齐书记……

齐本安看了李功权一眼，对陆建设说：老陆，你出来一下！

陆建设应了一声，随齐本安出门。

14　中福宾馆贵宾楼会议室门外　日　内

齐本安对陆建设说：这是民主生活会，让纪检的同志在门外等！

陆建设：齐书记，控制李功权可是林满江董事长亲自安排的！

齐本安：我知道，这个会也是林董提议开的，他们在场不好！

陆建设向会议室里看了看：万一李功权跑了呢？

齐本安：众目睽睽之下，往哪跑？咱纪检的人吃干饭的？

陆建设：哎，齐书记，你不能这么说！众目睽睽之下，王平安不照样跑掉了吗？当时咱们要是有点警惕性，王平安他就跑不掉！

齐本安恼了：哎，王平安是怎么跑的啊？不是在你手上跑的吗？还有点警惕？你的警惕性在哪里？

陆建设眼皮一翻：所以啊，我得接受教训，提高警惕嘛……

齐本安：别扯淡了，李功权跑掉我负责，这可以了吧？

陆建设被迫让步：好，好，齐书记，你嘴大，我听你的，听你的！

15　中福宾馆贵宾楼办公室　日　内

林满江看着一面墙的大屏幕和中福香港公司对话。

大屏幕上：一些历史文物和图片。香港公司的美丽夜景。

林满江：……好，好，单总，香港公司准备比较充分！不过，我还是要提醒一下啊，太平洋战争爆发后的一些历史材料还有欠缺！尤其是在香港沦陷之后，福记商号的艰难生存和奋斗弱了一些……

秘书在一旁提醒：林董，京州中福的高管们已经到齐了！

林满江没好气地：让他们等着吧！

16　中福宾馆贵宾楼会议室　日　内

会议室里已经坐满了人。

齐本安看看手表，对石红杏低声说了句：去催催！

石红杏摇摇头，做了个害怕的鬼脸，拒绝了。

17　中福宾馆贵宾楼办公室　日　内

秘书在向林满江汇报：……林董，商务部明天上午有个会，议题是关于欧洲新一轮反倾销谈判，部长希望您到会介绍一下中福经验！

林满江：非洲那边怎么说？罢工问题解决了吗？

秘书：没有，总统府昨日说，他们的总统先生期待您的访问！

林满江：我们的人怎么说？

秘书：我们的同志不愿再迁就他们了，建议将企业撤离！

林满江：好，我知道了，让我歇歇吧！出去，把门带上！

秘书：好的，林董！（说罢，小心地退出了办公室的门。）

18　岩台煤场　日　外

王平安和几个装车工几乎成了黑人。

工人甲：他妈的，干这种又脏又累的活，一天才二百块！

工人乙：你二百，我才一百八，不行，我得找老板去！

王平安失声叫道：我……我才一百呀！他这是欺负人，见人下菜！

这时，老板过来了：叫什么叫？叫什么叫？不愿干的都走人！

工人乙声音一下子低了八度，由吼叫变成哀求：老板，你……你就算行行好，多少给我加点！哪怕再加二十块，算洗澡的钱呢！

老板：行，行！

王平安也哀求：老板，我……我……

老板：刘三狗，你别叫唤了，我也给你加二十洗澡费！

王平安：不是，我……我……我才一百啊……

老板：啊什么啊？你刘三狗能和他们比吗，看看你干活那份熊样，人家一个抵你俩，我给你一百不算少了，不干滚蛋，马上滚！

王平安不敢作声了。

19　中福宾馆贵宾楼会议室　日　内

二十余名高管在静默中等待，气氛压抑。

齐本安看了看表，对石红杏低语：都快一小时了！

石红杏皱眉：是啊，这……这林董今天怎么回事啊？

牛俊杰凑过来：齐书记，去催催吧，大家手头那么多事呢！

齐本安略一深思，阴着脸起身出了门。

齐本安走后，牛俊杰对石红杏耳语：让大伙儿陪你罚坐，怎么的也该你去请大掌柜升殿吧？咋叫人家齐本安去摸老虎的胡须？

石红杏斜了一眼牛俊杰：哎，不是你叫齐本安去的吗？

陆建设凑上来，声音似低实高：林董日理万机，还抽出宝贵的时间处理我们惹下的麻烦，我们理应惭愧，还敢去催？找不自在嘛！

高管甲呼应：陆书记说得是，你看林董累的，让人心痛哩！

陆建设一脸的忠诚：可不就是嘛，本来该我们做好的事情，还要让林董亲自来向我们布置敦促，真是惭愧啊，辜负了领导的信任嘛！

高管乙：咱林董就是有水平，这种无声的批评，触动灵魂哩！

高管丙：是啊，林董给了我们一个很好的反思机会啊……

牛俊杰有些嘲讽地：看来罚坐是个好办法啊，都不用领导开口批评了，一个个的，全都受到了深刻的教育，哎，诸位，你们都说说看，都反思到了些啥？有了啥深刻体会？说说，让我借鉴一下！

石红杏不悦地：牛俊杰，你不说话，没人把你当哑巴！

皮丹附和：是啊，是啊，牛总，这种时候，你就别找事了！

20　中福宾馆贵宾楼办公室门口　日　内

秘书和齐本安商量：……齐书记，让大家再等等吧，林董事太多！

齐本安再次看表：大家都等了快一小时了，要不，你问一下林董，这个会到底还开不开了？不开就先散了，以后再找机会开……

秘书：哎，齐书记，不能散，林董说开的会肯定要开的……

就在这时，办公室的门"哗"的一声，从里面打个大开。

林满江气宇轩昂地大步走了出来，手一挥：本安，走，开会！

21　范家慧办公室　日　内

秦小冲气呼呼地一脚踹开范家慧办公室的门，进了办公室。

正在泡茶的范家慧一怔：咦，秦小冲，你怎么突然回来了？

秦小冲：问我？你们还问我？范社长，我又一次被你们出卖了！

范家慧：出卖？哎，秦小冲，谁出卖了你？怎么回事？不要急，坐，坐下说！到底谁出卖了你？

秦小冲坐下：还能有谁？牛石艳！

范家慧：不会吧？牛石艳一直为你担心……

秦小冲：所以我一直倒霉，她盯着我不放啊她！

22　《京州时报》深度报道部　日　内

牛石艳在主持编务会：……这期民生版的专稿让老范毙了，她让我们做进一步修改，报纸不能开天窗啊，上孙连城的英雄事迹吧！

记者甲：哎，哎，孙连城的英雄事迹上不了，人家不配合！

牛石艳：怎么不配合？咱们宣传歌颂他呀，把他从一个不作为的懒政区长，歌颂成了见义勇为的英雄，又不要他掏一分钱宣传费！

记者甲：就是，我也是这样想的，但是这位下台区长和市委、和李达康较上劲了，说是不能把丧事当作喜事办，不能用他个人的一次应尽的职责行为掩饰"九二八事故"李达康和市委的失职、渎职……

牛石艳兴奋不已：失职渎职？这么严重？孙连城说的？那为什么不采访？为什么不让他把失职渎职说一说？算了，哪天我去采访吧！

记者乙：牛主任，要不，上你们的《棚户区里的中国梦》吧！

牛石艳：这也上不了，采访还没完呢，再说，老范也不感兴趣！

23　中福宾馆贵宾楼会议室　日　内

林满江威严地扫视着众人：同志们，这个会是我提议召开的，地点是我定的！为什么请同志们到这里来开会？有人也许会嘀咕，这个林满江，不接地气，架子太大了！让我们这么多同志迁就他一个人！

石红杏讨好地：林董，没……没人这么说，真的……

林满江像没听到石红杏的话：大家放下手头的工作过来了，会议又没马上开起来，有些同志嘴上不说，心里肯定骂：林满江太不把我们当回事了！同志们，错了！我是太把同志们当回事了！我请你们到这里来，给你们留下了一小时的时间，就是希望你们都仔细看看会议室四面墙上的珍贵历史照片，看看我们中福公司是怎么从上海的一间小铺子起家，在战争的炮火中，在一代代人的血泪中成长壮大的！

齐本安、石红杏、牛俊杰和与会众人全被这番话说怔住了。

24　范家慧办公室　日　内

范家慧吃惊地看着秦小冲：什么？他们追问王平安的事？怀疑

你向公安局报了信？这怎么可能呢？那天和你通话时，我正在易学习那儿采访，易学习无意中听到了这个信息，他是纪委书记，不能不管！

秦小冲：易书记管了就管了，通缉令发了就发了，可你别打个电话到天使窝里来，喂，天使吗？你们小心啊，有个卧底叫秦小冲……

范家慧：你这是说谁呢你？我派你去卧底，还会害你？害死了你我有什么好处？就算追认你为烈士，也是你老秦家的光荣，与我无关！

秦小冲：不是你，是牛石艳，我的死对头！范社长，她就怕我搞出一个爆炸性的新闻调查，压住她的风头，夺取她主任的位子……

范家慧想了想，冲着秦小冲点头：这有可能！牛石艳是有这个毛病，好大喜功，年纪轻轻的就想爆个款，出个大名！她和你是两个极端，你秦小冲爱钱，一不小心就掉钱眼里；她爱名，为了出名不顾一切！几百字一个简讯，编辑忘写她名了，她就找到我这儿兴师问罪！

秦小冲可怜巴巴地：牛石艳有钱不爱钱，我是搬砖挣不到钱……

范家慧：你不说钱，我还忘了：小冲，那三万预支稿费咋说？

秦小冲：范社长，这不是我不写了，是牛石艳使坏让我暴露了！我也是受害者，这三万块的损失应该由牛石艳负责……

范家慧：气死我了，走，秦小冲，我给你们深度部开会去！

秦小冲：哎，哎！

25 中福宾馆贵宾楼会议室 日 内

会议室内气氛凝重。

林满江责问与会高管：……这四面墙上的历史照片，你们谁认真去看了？啊？哪一位同志能告诉我：一九三九年在我们中福公司的历史上发生了什么事情？我们的第一家运输企业——福记西南运输公司是怎么成立的，在什么情况下成立的？最初资本又是如何形成的？

齐本安举起手：林董，我来说一说吧！

林满江立即阻止：本安同志，你不要说！你前一阵子在搞公司史，筹备八十年庆典，熟悉历史情况，我今天问的不是你，是他们！

片刻，李功权似乎想举手，又没敢。

林满江：哦，李功权同志，你好像有话要说啊？

李功权却又缩了回去：林董，我……我们听……听您指示……

林满江严厉地：听我指示？我的指示你们当回事了吗？啊？

26 《京州时报》深度报道部　日　内

范家慧严厉地扫视着众记者，最后，目光落在牛石艳身上。

牛石艳嬉皮笑脸：怎么了，范社长？整个像搞恐怖活动似的！

范家慧：小牛，你不是很牛吗？也感到恐怖了？怎么就你感到恐怖，别人没感到恐怖啊？心里有鬼吧？文人相轻吧？故意使坏吧？

牛石艳脱口而出：哎，哎，老范，你冲我来的是吧？

秦小冲：看看，看看，露原形了吧？老范？"老范"是你喊的？！

牛石艳马上改口：秦小冲，真正的恐怖分子应该是你吧？你挑拨离间，把咱们范社长当枪使，你觉得咱们范社长会上你的当吗？

范家慧绷着脸：我谁的当也不会上，但我今天有个话得和大家说清楚：本报还想活下去的话，就不能再内讧了！尤其是你们这个深度报道部,是本报希望之所在!我们要靠一篇篇警醒世人的新闻调查向这个世界证明:我们有活下去的理由,市场和世界还是需要我们的!

27 中福宾馆贵宾楼会议室 日 内

林满江走到一幅历史照片前,指着照片解说:……图片上的这些美国道奇卡车来自马来西亚,是两位爱国华侨为了支援国内抗战,毁家纾难,捐赠给我们的!十二辆车开回国内只有十辆,两辆在途中遇日军飞机轰炸报销了,余下这十辆车频繁往来于滇缅公路,迄至抗战胜利,全部损毁。所以,今天云南公司汇报,说是收到了一辆一九三八年由美国道奇公司在底特律生产的道奇 T234 卡车,我真是欣慰啊!

李功权情绪激动,眼中渐渐地噙上了泪水。

林满江:我让他们不要考虑价格,一定给我拿下,运过来!

28 《京州时报》深度报道部 日 内

范家慧一手拉着秦小冲,一手拉着牛石艳:来,你们拉拉手!

秦小冲和牛石艳被范家慧逼着,被迫握手,二人都是一脸假笑。

范家慧:还有个事,我也要打个招呼:秦小冲同志的诈骗很可能是冤枉的,组织上正帮他找证据澄清。我这里有两点希望:其一,任何人都不许拿秦小冲诈骗入狱说事;其二,谁要是知道秦小冲被冤枉的内情,可以随时找我说明,我不但会替他保密,还会给他奖励!

秦小冲一脸的感动:范社长的话都听见了吧?兄弟姐妹,我拜托大家了,你们大家给我一个清白,我就能给咱报社无数个奇迹……

29 中福宾馆贵宾楼会议室 日 内

林满江动情地述说着：……国难当头的时候，马来西亚两位爱国华侨毁家纾难，把自己家族三代人血泪打拼积累下来的财富变卖掉，换成了十二辆美国道奇卡车，成就了我们的运输公司……

林满江声音哽咽，说不下去了。

30 范家慧办公室 日 内

范家慧对秦小冲说：……小冲，李顺东不要你了，讨债乱象暂时做不了，稿费呢，又让你预支了，大家知道意见肯定很大，像牛石艳，会找我兴师问罪，要不，你换个项目，去做见义勇为的孙连城吧！

秦小冲：范社长，孙连城不是有人在做吗？小王他们。

范家慧：不是没做下来嘛，孙连城不配合，不让咱们报道！他这阵子和李达康较上劲了。小冲，你采访经验比较丰富，应该有些招……

这时，伴着敲门声，记者甲引着一个警察走了进来。

范家慧迟疑地：哎，怎么回事？刑警大队的吧？王大眼的人？

警察：是，范社长，我们王队长让我找秦小冲！哦，是你吧？

秦小冲几乎要哭了：警察同志，我这……这又怎么了？！

警察：又怎么了？李顺东的天使公司不陌生吧？跟我走吧！

秦小冲：哎，哎，范社长，你听听，天使公司，是天使公司的事！

范家慧忙上前阻拦：警察同志，你们可能误会了！天使公司不论发生什么事，都和秦小冲无关，他是我们报社派过去采访的……

31　天使商务公司　日　内

白副总进来向李顺东汇报，一脸喜色：李总，又来业务了！

李顺东眼睛一亮：哦？太好了，白副总，快请业务过来！

片刻，一位体面的中年人在员工引导下，坐在了李顺东面前。

李顺东看了看手上的名片：程总？你好像不是我们京州人吧？

程总：不是，李总，我呢，不是京州人，是上海人，但我知道那首动人的歌谣啊，说是京州出了一个李顺东，我就慕名而来了！

李顺东很谦虚：哎呀，盛名之下其实难副，其实难副啊……

程总：可是，李总，我……我没想到你们的收费这么高……

李顺东：程总，我不否认，天使收费比较高，但我们是风险服务啊，收不上债我们不会收你一分钱。它法院呢？状子一递，马上收你的钱。你这场官司打不少年了吧？诉讼成本不会是小数目吧？法院给你讨回一分钱了吗？没有吧？所以，你才从上海大老远跑来找我嘛！

中年人：李总，您看这个收费能不能少点？我有法院判决书的！

李顺东沉吟着：那就最低标准：百分之二十吧！做不做随你！

中年人想了想：好吧，我做，我这就给你们写委托书！

这时，黄清源和几个警察走进门。

李顺东慌忙站了起来：哎，怎么回事……

32　范家慧办公室　日　内

警察向范家慧解释：……范社长，秦小冲没犯事，是他同学黄清源，就是清源矿业的那个煤炭大王，要秦小冲去证明一下他被拘禁的事实！黄清源报了案，又点名让秦小冲做证，我们就得找秦小冲了！

范家慧：哦，吓我一跳，早说呀，我以为秦小冲又闯祸了呢！

秦小冲突然来劲了，一脸按捺不住的冲动和兴奋：走，走，我也正找黄清源呢！他还真在刑警大队啊？！这个人极其无赖不要脸……

33　中福宾馆贵宾楼会议室　日　内

林满江在严峻的气氛中扫视众人，指了指齐本安：本安同志，你来说说吧，告诉同志们：当年毁家纾难的两位爱国华侨是谁？

齐本安：好的，林董！这两位华侨是亲兄弟，一位叫李德仁，一位叫李德义。李德仁是李功权的父亲，李德义是李功权的叔叔。

李功权面露愧色。

齐本安：一九三九年，我国沿海口岸和对外交通要道先后陷落，滇缅公路成为大后方唯一的国际通道，但当时国内驾驶人员和汽车十分短缺。南洋华侨领袖陈嘉庚号召海外华侨捐款捐物支持抗战，组织南洋华侨机工回国服务。身在马来西亚的李家二兄弟捐赠了十二辆道奇卡车，双双回国参加抗战，决死报效祖国……

34　天使商务公司　日　内

黄清源引领着警察走到地下室：这就是他们非法拘禁我的地方！

李顺东：黄总，你怎么信口开河胡说八道啊？我承认，请你过来谈过债务问题，在你自己要求的情况下，谈晚了，让你在这儿休息过！

黄清源：怎么休息的？捆着休息，还是把我关狗笼子里休息？

李顺东：真是无耻造谣！我们是养了两条狗，看家护院的！你就是想住狗笼子，我也不会允许的！你住狗笼子，我们两条狗住哪里？

警察甲：李总，带我们去看看你的狗笼子和狗！

李顺东：好，好的！警察同志，你们这边请！

35　中福宾馆贵宾楼会议室　日　内

齐本安动情地讲述着：……当时，像李家兄弟一样报名回国参加抗战的南洋华侨有三千多人。这段历史在我们中福公司创始人朱昌平的革命回忆录里有详细记载，因为一九四〇年奉命赶往缅甸仰光接车的，正是朱昌平和公司的另一创始人，我党的同路人李乔治先生……

36　天使商务公司　日　内

警察们和李顺东等人站在狗笼子前，狗笼子里有两只大型犬。

李顺东从白副总手上接过狗证，递给警察甲：我们这两只狗都办了证，打了针，白天关在笼子里，晚上大家下班后，放到院子里看门。

黄清源：不是，他们放狗咬我，警察同志，你看我的手……

白副总：你的手还不知在哪弄伤的呢！真没见过你这种老赖！

李顺东：你们仔细看看，我们这儿养的是二哈，养狗的人谁不知道？二哈这种狗，吵架从没输过，打架它们从没赢过，咬什么人啊它？！

这时，秦小冲随警察匆匆到了。

黄清源一把拉住秦小冲：哎呀，小冲，你可来了！你……你给我证明吧，他们是不是非法拘禁我？是不是把我关在地下室好几天？

秦小冲看看李顺东，又看看黄清源：我怎么不知道有这事？地下室一直是员工宿舍啊，我也住过的，怎么能算是非法拘禁呢？

黄清源怔住了：秦小冲，你……你也睁着眼说瞎话？啊？

秦小冲：我说瞎话？我说的都是实话！把欠我的钱赶快还我！黄清源，你他妈也太不要脸了吧？连自己老同学的血汗钱都骗，都赖？！

几个警察全怔住了。

37　中福宾馆贵宾楼会议室　日　内

林满江怒斥李功权：……李总，想想你的前辈，他们在国家有难时挺身而出，毁家纾难，视金钱如粪土，而你今天都干了些什么？啊！

李功权冷汗直流：林董，我……我……我对不起党，对不起组织……林董，我……我……我坦白交代，我坦白交代……

林满江冲着陆建设点了点头。

陆建设一声干咳：下面我来宣布一项组织决定！李功权同志涉嫌违反党纪法律，经林满江董事长提议批准，并经中共中福集团党组研究决定，即日起对李功权同志采取立案调查措施！

米粒和两个纪检干部当着众人面，将李功权带走。

齐本安、石红杏、牛俊杰和一屋子人都怔住了。

38　天使商务公司门前　日　外

几个警察准备离去。

警察甲警告：李总，一定要合法经营啊，讨债不能不择手段！

李顺东连连点头：就是，就是，我一直向员工强调：在法律许可的范围内活动！所以《京州时报》的秦记者还要给我们写报道呢！

黄清源指着秦小冲大叫：秦小冲，我今天算认识你了！

秦小冲：黄清源，我也算认识你了，欠债不还还乱报案！哎，警察同志，我请问：你们为什么不管管黄清源赖账的事？他还欠我几十万呢！这是我一生的积蓄，连自己同学都坑害，你说他是什么人？！

警察甲：经济纠纷你们商量解决，我们不能插手私人债务纠纷！

秦小冲一把揪住黄清源：我要揍了这个无赖，是不是就归你们管了？李总，你们一个个都是天使啊，别放跑了这个老赖，快帮帮忙！

李顺东使了个眼色，白副总上前搂住黄清源。

警察甲：哎，住手，都住手！

秦小冲和白副总悻悻放开黄清源。

警察甲：秦记者，黄总，你们俩跟我走吧！

秦小冲再次呼救：李总，派两个人跟我去，别再让黄清源跑了！

李顺东：好的，好的！秦记者，你也冷静点啊！

39　中福宾馆贵宾楼会议室　日　内

李功权已被陆建设纪检组的人带走。

齐本安看着林满江似乎想说什么：林董……

林满江：哦，本安，想说什么就说！

齐本安却又不说了：还说啥呀，林董，工作没做好，惭愧啊！

林满江：嗯，知道惭愧就好，我就怕你们一个个不知道惭愧！

好了，同志们，散会吧，该干啥干啥去！哦，本安、红杏，你们留一下！

牛俊杰和与会者散会离场。

40　中福宾馆贵宾楼院内　日　外

牛俊杰对几个高管边走边说：……这叫什么民主生活会？既无民主，也无生活，就听他一个人说，整个就是一个大掌柜教训小伙计！

高管甲：哎，老牛，人家大掌柜也没教训你，是教训李功权！

高管乙回头看看：林满江教训的只是李功权吗？我看也是教训齐本安书记啊！也不想想李功权是什么人……

高管甲：哎，也是啊，谁不知道李功权是齐本安的好朋友？！

牛俊杰：不光是教训齐本安，不包括教训咱们啊？人家林大掌柜这是杀鸡儆猴，李功权是只鸡，咱们大家都是猴……

（第二十二集完）

第二十三集

1　京州市政府会议室　日　内

会标：京州市银企协调会议

钱荣成等民营企业家们坐在会议桌左侧。

胡子霖等各个银行行长们坐在会议桌右侧。

市长吴雄飞讲话：……好，这个会开得很好，大家畅所欲言，开了一个坦率的会，碰撞的会，对我启发很大。钱荣成等民营企业家的发言，让我感同身受。我也做过企业领导，也有过被银行逼债逼得恨不得上吊的日子。银行的同志不要误会啊，我这不过是一种感慨而已。

钱荣成和企业家们注视着吴雄飞，脸上现出了激动的神色。

2　京州公安局光明区分局刑警大队　日　内

在警察甲、乙的注视下，秦小冲声泪俱下控诉黄清源：……王队长，这位黄总满嘴谎言，一句实话没有，我让他骗惨了，我一生的积蓄全被他骗走了！我被他坑得可以说是妻离子散，倾家荡产啊！

黄清源：你妻离子散是我坑的吗？你是犯了诈骗罪，罪有应得！

秦小冲：我是冤枉的，我正准备上访上诉呢！黄清源，我不和你扯这个！你自己说，你他妈的是不是欠了我三十万本金和利息，还有我们报社的酒钱等其他债务，一共……一共五十多万？是不是？啊？

黄清源：那你承认不承认李顺东和天使公司对我非法拘禁了？我是不是你放出来的？你放了我，现在竟然又不承认了，你欺骗警察！

警察甲：哎，黄总，人家秦记者放了你，你还这么赖人家的债啊？这说不过去了吧？难怪人家不替你证明，你这个人太不厚道了嘛！

黄清源掏出一张银行卡：我厚道，我肯定厚道！我这卡里有二十万，秦小冲，咱们是老同学，你又是出于同学情救的我，我感恩，我谢谢你，现在不是在天使公司了，是在公安局，只要你对警察同志说实话，让王队长把这窝非法拘禁的天使给我灭了，我立即给你转账！

警察甲笑了：黄总，这么说，你承认欠人家秦小冲五十万了？

黄清源：是，这债我从来没赖过，一直说还，就是手头有点紧！

警察甲：现在不紧了，起码卡里有二十万，先给人家划过去吧！

秦小冲激动坏了：哎呀，王队长，您太英明了，您明镜高悬啊！

黄清源发现被动了，又往回收：这笔债，还……还得从长计议！

3　京州市政府会议室　日　内

吴雄飞扫视众人：……银行的同志呢，也做了很好的发言，让我深感同情。京州有些企业的确不像话，为了逃废债务，啥手段都使得出来，毫无诚信可言。我这么说，企业界的同志也别不高兴，不要一提起银行就满腹牢骚。要多想想银行的好处嘛，没银行的扶持，能有你的今天？像荣成钢铁集团的钱荣成——哎，钱总啊，请你给我说一说：如果没有京州城市银行的大力支持，能有你集团的今天

489

吗？嗯？

钱荣成诚惶诚恐地站起来：是的，是的，吴市长，我……我们荣成钢铁集团就是城市银行一手扶持起来的，我们感谢城市银行啊！

吴雄飞：所以，你们企业家要有一份感恩之心，所以，我在这里要代表京州市政府，代表京州六百三十二万城乡居民，向全国各银行的分支机构及其他金融银行界朋友们致以深切的谢意！感谢你们啊，没有你们长期以来的金融支持，就没有今天这个生机勃勃的京州嘛……

4　京州公安局光明区分局刑警大队　日　内

黄清源：其实，这二十万是我们一大家子人日后的生活费呀！

秦小冲：你生活，我一家子不生活吗？你不是不知道，我老婆和我离了婚，我既要交孩子的抚养费，还得还房贷，我死的心都有！

警察乙规劝：我说黄总，你瘦死的骆驼比马大，别欺负穷人啊！

警察甲：是啊，你们是同学，人家秦小冲又刚从北山下来，那么困难，你黄老板也太不像话了吧？别说人家还冒险把你放了出来！

黄清源：那……那……那你们先让秦小冲证明我被非法拘禁了！

警察甲：这是两码事！黄总，欠债还钱，先把这二十万还掉！

黄清源：秦小冲他不证明我被禁的事实，我……我就不还！

秦小冲：那我证明，再一次证明：黄总根本没被天使拘禁过！

黄清源气急败坏：好，秦小冲，那……那我这钱永远不还了！

秦小冲一把揪住黄清源：你永远不还，我就和你永远没完……

警察甲忙阻止：哎，秦记者，我提个醒，你可是刚从北山下来的主，涉嫌违法犯罪的事不能再碰了，知道吗？你还年轻，得接受教训！

秦小冲放手：是，是！哦，不是，我是被冤枉的，我受了陷害！

警察甲：哎，秦小冲，你别冲我叫嘛，我这是提醒你！又对黄清源说：好了，你们俩都回去吧，一个别赖账，一个别动粗，好好商量！

黄清源不想走：别，别，我不走，天使的人就在门口等我呢！

秦小冲：没错，你知道就好，就等你到银行给我转账去呢……

这时，有人招呼警察甲：王队长，你过来一下！

警察甲：来了，来了！

5 京州市政府会议室　日　内

吴雄飞讲话：……但是，今天开的毕竟不是表功会，是解决问题的会。解决民营企业融资难的问题。目前经济结构调整，供给侧改革，民营企业面临三十年未有之变局！我市民营企业积累下的家底，巨变之中挥霍殆尽。市政协前不久做了一个调研，情况相当严重，我们的民营企业家都成了两院院士，他们不是进法院，就是进医院……

钱荣成等企业家唏嘘不已，交头接耳，有人甚至抹起了眼泪。

胡子霖等银行行长则大多数无动于衷。

吴雄飞：今天，我要特别介绍一位企业家——荣成钢铁集团的钢铁大王钱荣成，在座各位想必也认识。不认识也没关系，可以今天认识一下！钱总啊，请站起来，让大家认识一下。

钱荣成惶恐不安地再次站起来。

吴雄飞：好，坐下吧！我继续说。同志们，看着民营企业一批批倒下去，达康书记和我说，他痛心啊！像钱荣成，是实实在在干出来的。不像早年那些骗子，左手倒右手，空手套白狼。这批企业家为了保持企业的商誉，把能做的都做了，能押上的都押上了：他们的身家性命，甚至老婆孩子的身家性命。我想，如果没有很极端的情况，他们不会这么不顾诚信的。我这不是替谁开脱啊，而是分析问题……

6　中福宾馆贵宾楼办公室　日　内

林满江对齐本安和石红杏说：……我马上要回去了，这一次在京州多待了几天，北京总部那边撂下好多事，商务部明天还有个重要的会，部长希望我到会介绍一下咱们中福应对欧盟反倾销诉讼的经验！

齐本安有些意外：林董，有些事情我还想向你汇报呢！

林满江话里有话：哦？本安，你还有啥没向我汇报的？

齐本安看了看石红杏，想说什么，又没说。

石红杏明白了：齐书记，是不是我在这儿你不方便说？

林满江手一摆：行了，对自己的同志加师妹要有起码的信任！

齐本安：就是……就是这个李功权的事，不知道会怎么发酵？

林满江：李功权不要你们俩操心了，和皮丹一起去北京！让他在总部指定地点交代问题吧，我已经安排给集团纪检组了，陆建设配合！

齐本安倒吸了一口冷气：哎，林董，这……这……

林满江脸一拉：吸啥气？你牙疼啊？别这那的了，我这是给你们擦屁股！略一停顿，又叹息说：本安，红杏，我实话告诉你们，我在中福集团任职的日子不说按日计也是按月计了，你们京州一定不要再给我捅出什么娄子，闹出什么腐败的窝案串案！明白吗？啊？！

石红杏看了齐本安一眼，连连点头：林董，明白，我们明白！

7 京州公安局光明区分局刑警大队　日　内

秦小冲和黄清源仍在僵持。

警察甲匆匆忙忙路过：哎，你们怎么还没走？

黄清源：王队长，我不敢走啊，门口有他们的人！

警察甲：那你就赶快还人家秦记者的钱啊，赖啥呀！

黄清源：这是我们一家老小的吃饭钱……

警察甲没再理睬，匆匆忙忙走了。

8 京州公安局光明区分局刑警大队队长办公室　日　内

警察甲对警察乙说：你过去，把黄清源赶出去！

警察乙：王队长，门口真有天使公司两个人等着黄清源要钱！

警察甲眼皮一翻：那就让黄清源在这里躲债赖账吗？！

警察乙笑了：哦，明白了！

9 京州市政府会议室　日　内

吴雄飞一声叹息：……我们的银行是不是也要反思一下啊？煮豆燃豆萁，相煎何太急？企业一个个垮台，银行还办得下去吗？希望银行界的朋友高抬贵手，对我市民营企业不要轻易收贷断贷，给企业留一条生路活路，也给自己留一条退路，在任何时候都别把路走绝了。

钱荣成和企业家们热烈鼓掌，一派真诚的激动和感动。

银行行长们也鼓掌，但全装模作样。胡子霖的鼓掌尤其夸张。

吴雄飞注意地看了胡子霖一眼：胡行长，你就别煽风了！有没有人想把路走绝啊？有的，在座就有一位，号称"眼镜蛇"。这位眼镜蛇先生啊，为荣成钢铁集团的三亿负债，竟然一口气查封了这家企业及其担保链上的十八亿资产。这还是蛇吗？蛇有这么好的胃口吗？我看他是鳄鱼，是金融瘟疫，你只要借了他的钱，沾了他的边，就死定了……

胡子霖和行长们全怔住了。

钱荣成和企业家们再次为吴雄飞鼓掌。

钱荣成眼里流下了激动的泪水。

10　京州公安局光明区分局刑警大队门外　日　外

警察乙和秦小冲、黄清源一起出来。

等在门口的两个"天使"迎了上来。

黄清源惊慌地：警察同志，我有危险，他们又要非法拘禁我！

警察乙：如果发生了非法拘禁，你再来报案就是！

黄清源：我……我现在就报案，他们非法拘禁……

警察乙：叫唤啥？现在啥也没发生，你报啥案？

黄清源无奈：好吧，好吧，我……我还钱！秦小冲，算你狠！

警察乙：这就对了嘛，不能当老赖嘛！

黄清源：那警察同志，那就麻烦你了，陪我去划账！

警察乙：哎，这可不行，我们不能插手私人经济纠纷！

黄清源几乎要哭了：我……我这是请你监督他们依法办事！

警察：别介，现在说是请我们警察监督，别一转脸不认账了！

黄清源：不会，不会，我这先谢谢你了！（说罢，鞠了一躬。）

11　银行柜台前　日　内

大堂经理在为黄清源、秦小冲刷卡转账。

警察乙和两个"天使"在一旁看着。

黄清源向秦小冲解释：小冲，你误会了，咱们是老同学，欠你的钱我怎么能不还呢？我要是不还，也不会把这二十万的卡带在身上！

秦小冲：行，你别说了，再写个条子给我：那三十一万啥时还？

黄清源：小冲，咱们是老同学，好朋友，那三十一万就算了吧？你现在能把这二十万收回去就是万幸了！

秦小冲：黄清源，你他妈少来！我三十万借给你快三年了，二分息又不是高利贷，是法律保护的合法利息，你少我一分都不行！

黄清源：好，好！但是，小冲，你报社酒钱和稿费就别要了吧？

秦小冲：黄清源，你真不要脸了是吧？酒钱是报社的，你也赖？

这时，秦小冲的手机"嘟"的一声。

秦小冲看了看手机短信：二十万已经到账。

12　中福宾馆贵宾楼办公室　日　内

林满江继续指示：……师傅交给你们了，从医护到生活，都要安排好，不得有任何差错！我有个建议：可以考虑成立一个二十四小时有人值班的护理组！

石红杏在笔记本上做记录：好的，林董，这事我来安排吧。

齐本安：林董，师傅的事你只管放心，我和红杏都会上心的！

林满江拍了拍齐本安的肩头，意味深长地：本安啊，我慎重考虑后，把京州中福这个摊子交给你，是对你的信任！你可要给我维持好局面，别整天和牛俊杰厮混在一起，牛俊杰那是有名的牢骚专家！

齐本安看了石红杏一眼：林董，我……我和牛总主要是谈工作！

石红杏转移话题：哎，大师兄，要不，我们三个晚上聚一聚？

齐本安：对，对，大师兄，我们也给你送个行嘛，我做东聚！

林满江：这不已经聚在一起了吗？还聚啥？你们知道的，我酒精过敏，又不能喝酒！好了，心意领了，你们都回吧！

齐本安走到门口，又回来了：林董，把李功权带到北京，这……

林满江：这什么？说！

齐本安：好，我说！

13 **京州市政府会议室　日　内**

吴雄飞继续敲打：这位蛇先生，我今天不点你的名，只点你这件事，你一家地方商业银行，没有政府支持，能有今天吗？你们从信用社改制时，烂账有多少？市政府为了帮你清偿陈年旧债，完成改制付出了多少精力财力？给你背了多少骂名？你现在要依法办事了，当年咋不依法办事啊？我警告你，不想干这行长了，就辞职走人！

胡子霖抹起了汗。

钱荣成想鼓掌，瞅瞅胡子霖，又没敢。

吴雄飞：我相信大家会继续扶持我市民营企业，不会像那位商行行长，只顾自己，不管企业死活。当然，你学他也没关系，那请你们走人，京州不欢迎你，京州欢迎共同发展的金融机构，拒绝金融瘟疫！

14　银行门口　日　外

秦小冲握着警察乙的手道谢：谢谢，谢谢你们，谢谢王队长！

警察乙：吃一堑长一智，以后注意，千万别再借钱给这种人！

这时，两个"天使"已经扭住黄清源。

黄清源叫唤起来：救命啊，非……非法拘禁了！

警察乙听见了，忙赶过去救助：哎，放手，都给我放手！

黄清源：我报案，我现在报案！非法拘禁……

秦小冲也上前劝说：算了，这次算了……

天使甲：算了？你的钱要回来了，我们的钱一分没要回来呢！

秦小冲：哎，来日方长，来日方长，黄清源跑得了和尚跑不了庙！

天使乙：还庙呢，黄清源的庙里都长满草了！

这时，警察乙已保护着黄清源上了一辆出租车。

黄清源钻进出租车溜了。

天使甲骂：妈的，又让这老赖跑了！

15　中福宾馆贵宾楼办公室　日　内

齐本安尽量平静地对林满江说：……林董，李功权是京州这边的高管，涉嫌案件发生地也在京州，而且如果真涉及棚户区协改的五亿资金的话，还牵扯到市里，人似应留在京州审查为宜，林董，你说呢？

石红杏也插上来：是啊，林董，李功权到北京，不又给你添乱吗？

林满江叹息道：这个乱子已经捅出来了，我就得正视，就不能授人以柄！本安，你和李功权的亲密关系在中福集团不是秘密，你、王平安、李功权，你们三人在上海共事期间插香头、拜过把兄弟吧？嗯？

齐本安苦笑解释：林董，那时大家都年轻，也就是经常在一起喝酒，酒喝高了，说说桃园三结义啥的，插香头、拜把兄弟真是没有！

林满江：这种事你说不清楚啊！李功权的事你一定要避嫌的！再说，京州这边纪委书记又缺位，集团选派新人也得有个过程。

齐本安：好，好，林董，我……我明白，我……我啥都不说了！

这时，秘书过来汇报：林董，傅总的专机已在等您了！

林满江：好的，告诉傅总，我们马上过去！又对齐本安说了一句：本安啊，你可别想偏了啊，我这完全是为你们好，你，还有红杏！

齐本安有苦说不出：是，林董，我……我明白你的一片苦心！

16　京州市政府会议室门口　日　外

散会的人群从会议室出来。

钱荣成追上走在前面的胡子霖：胡行长！

胡子霖一脸假笑：哟，钱总！

钱荣成满脸沉重：胡行长，今天吴市长的讲话深刻啊！

胡子霖：深刻，深刻，好久没听到这么深刻的讲话了！

钱荣成：那我们集团的贷款展期……

胡子霖像没听见，冲远方招手：哦，来了，来了！

钱荣成一愣神，胡子霖已快步溜走。

17　京州街上　日　外

轿车急驰。

车内，钱荣成大骂：妈的，这条毒蛇，吴市长都没把他骂醒！

司机：钱总，吴市长能这么关心民企，也算不容易了！

钱荣成：这倒是，起不起作用另说，政府总是有了态度！哎，对了，小马，你绕一下道，走天使公司，到李顺东的天使窝门口给我停一下，我得去给这帮"天使"传达一下市政府银企协调会的精神！

司机：哎，钱总，你不怕李顺东把这辆奔驰再给扣了？

钱荣成：哎呀，你把车开走，把我一个人扔那儿就成！

司机：他……他们不会留你做客吧？这帮家伙厉害着呢！

钱荣成：政府现在这个态度，他们不敢！公安也盯上他们了！

司机：不过，钱总，你还是不能大意啊！

钱荣成：也是，这帮人没一个省油灯，得小心点！小马，你这样啊：我在他们天使窝里最多逗留一小时，过了一小时，你立即报警！

司机：哎，好，好！

18　京州街上　日　外

轿车急驰。

车内，齐本安和石红杏各自看着窗外的街景发呆。

齐本安的画外音：今天到底发生了什么？为什么会发生？怎么一

场与我毫无关系的历史腐败案和我扯上了关系？石红杏究竟和林满江说了什么，让林满江突然之间对我产生了如此警觉？这太奇怪了！

19 京州街上 日 外

轿车急驰。

车内，石红杏看着流逝的街景。

石红杏的画外音：大师兄就是大师兄啊，你不服不行！瞧他今天干的事，一巴掌把齐本安打回了原形！齐本安也是自找的，一有权脸就变，也不想想权从哪来的，大师兄不用你，你就是个屁！现在不牛了，原来这五个亿你也脱不了关系了，让大师兄一把套牢了吧？！

20 中福宾馆贵宾楼办公室 日 内

林满江批评秘书：……我不是和你们说了吗？傅总那边的专机少用！太招摇了！京州到北京高铁、飞机都很方便，用什么专机啊！

秘书：傅总说了，这次也不是单为您飞的，他自己也要去北京！

林满江：哦，这还差不多！哦，对了，小伟走不走啊？

秘书：本来说随您一起走的，可李佳佳不愿走，小伟就……

林满江：就变卦了？哎呀，我这个儿子算是替李达康养了！苦苦一笑，却又说：现在咱们达康书记日子难过啊，让俩孩子陪陪他也好！

21 天使商务公司院内 日 内

钱荣成一边围着自己的那台劳斯莱斯看着，一边对李顺东、白副总说：……听说了吧？吴雄飞市长刚刚主持召开银企协调会，两次点了我们荣成的名，要重点保护，李总，天使继续黑我，风险较大呀！

李顺东问白副总：白副总，你听钱总说的！哎，咱们有风险吗？

白副总：没发现风险啊！别说吴市长，就是达康书记也不能允许欠债不还吧？武玲珑虽说是逃了，债务还是债务啊，该清还得清啊！

李顺东慢腾腾地：就是嘛，钱总，吴市长、李达康这些领导怕是不太了解你啊！你号称佛系商人，整天戴着佛珠，口称"阿弥陀佛"，装作很有信仰的样子，可嘴里却从没一句实话，佛都让你气着了……

钱荣成：行了行了，今天不谈佛！李总，你讨债也不容易，武玲珑逃走前又咬上了我，也算咱们有缘分，我付你五百万慰问费咋样？

李顺东：哎，白副总，瞧瞧，我怎么说的？钱总还是懂事的嘛！

钱荣成：我给你们五百万，你们把劳斯莱斯还我，我呀，坐惯了劳斯莱斯，换了辆大奔，一直不是太习惯！所以，散会后从你天使门口经过，就想顺便给你们传达一下市政府的银企协调会的精神了……

22 京州城市银行　日　内

城市银行董事长郎雄对胡子霖说：……老胡，吴市长既然在银企协调会上点名提到了这个荣成钢铁集团，而且两次让钱荣成站起来，让我们认识钱荣成，两次啊，我们就得对荣成钢铁集团特别关注了！

胡子霖：关注啥？我就没见过这种市长！没水平嘛！我们地方

银行查封钱荣成十八亿有啥不好？难道让地方银行少查封，国有大行多查封，最终地方银行的债权落空才好吗？荣成钢铁集团的财产都转移了，能想到的赖皮手段都使上了，最终能收到多少钱还难说呢！会上我本想争辩几句的，可想想算了，和达康书记的一个马仔争啥劲？还辞职走人，吓唬谁呀他？达康书记让我走人还差不多，党管干部……

郎雄：哎，哎，老胡，你消消气！我看，我们还是要开个会传达一下吴市长和市政府的这个银企协调会的重要指示精神……

胡子霖手直摆：郎董，你别怕！吴市长这次是冲我来的……

郎雄：不是怕，领导有了指示，我们不布置传达是不行的，至于做不做，是另外一回事嘛！别以为吴市长撤不了咱们，咱就把他的指示当个屁，咱们把他当个屁，他这屁就会在关键时刻往咱们脸上喷！

胡子霖：嗯，这倒是，那就开，开会！会照开，事不办……

郎雄：哎，就是嘛，我们是股份制银行，得按规定办事嘛！

23 天使商务公司 日 内

李顺东说：钱总，吴市长这会你别和我们说，天使不是政府下属机关，是债务清偿公司，受债权人委托清债！你是债务人，你怎么能把欠债说成是慰问费呢？我说钱总，世上有像你这么耍赖的人吗？

钱荣成：李总，你要这么说，我连五百万慰问费也不出了。

李顺东沉吟着：钱总啊，我们让一步，大大让你一步，武玲珑那两亿七先不谈，就谈其他委托人的五千万，你先还这五千万行不行？

钱荣成：不行！李总，我再加一百万，六百万解决全部纠纷，咱们大家以后还是朋友，朋友多了路好走嘛，李总，你看好不好啊？

李顺东想都没想：不好，肯定不好！钱总，再不济也得四千八百万，绝对不能再少了，再少了我们实在没法向委托人交代……

24　京州中福办公室走廊　日　外

齐本安和石红杏边走边说。

齐本安：咱们林董实在厉害啊，快刀斩乱麻，三下五除二就把事给办了，人也带走了，啥都不用咱们烦了！也不知是喜剧还是悲剧？

石红杏：我看是好事！李功权、皮丹是两个大麻烦，走了好！

齐本安：但是，说好的民主生活会没开成啊，变成林董训话了！

石红杏驻足站住，揣摩着：齐书记，那你的意思是——

齐本安阴着脸：咱们的民主生活会还得开啊，我看有必要提醒一下班子里的同志们，请大家都别忘了，自己首先是一名共产党员！

石红杏：哦，是的是的，许多同志把自己党员身份都弄忘了……

25　齐本安办公室　日　内

齐本安刚走进门，电话响了。

齐本安接电话：哦，牛总啊，你说，你说！

26　牛俊杰办公室　日　内

牛俊杰和齐本安通话：齐书记，我还是得向你做个汇报啊！皮丹说走就走了，跟大掌柜的到北京享清福去了，你也不来兼任我们的董事长，下一步棋怎么走啊？齐书记，你好歹得给我们指个方向啊！现在时间也不早了，要不，咱们一起吃个便饭？你请我我请你都行！

27　齐本安办公室　日　内

齐本安和牛俊杰通话：牛总，你挺不客气的啊？好意思让我请你？既然你开得了口，那我也张得了嘴：你请我吧，算你给我接风！

牛俊杰的声音：哎呀，不是我不客气敲领导竹杠，是知道你廉政啊，不收礼，不吃请，那到我家来吧，我这里还藏了瓶好酒！

齐本安：好，牛总，你等着，我下班就过去！

28　京州城市银行　日　内

胡子霖对郎雄说：……我看吴市长也就是演场戏罢了，杀鸡儆猴嘛。京州金融界除了咱们城市银行，哪家归京州市里管？谁会买他吴雄飞的账？所以他就拿我开训了，其实不会把咱们怎么样的……

郎雄：哎，胡行长，不能这样想问题啊！也许你猜得没错，吴市长是杀鸡儆猴。但是同志啊，吴市长把刀举起来了，咱们作为鸡就得有个挨杀的样子，没个样子，你让领导的面子往哪摆？不讲规矩了？

胡子霖：郎董，这规矩想咋个讲呢？让我主动交辞职报告？

郎雄：哎，哎，胡行长，谁让你交辞职报告了？我的意思是得揣摩领导的意图。你想啊，这个会说是叫银企协调会，可吴市长没为别人，只点名道姓替钱荣成和荣成钢铁集团协调，啥意思？有玄机啊！

胡子霖想了想：要不，找钱荣成过来谈？缓和一下紧张关系？

郎雄：哎，这就对了嘛！起码别让钱荣成再去找市里！他荣成钢铁集团的五亿贷款额度咱照认，只要有哪个大企业敢担保咱就贷！

29　天使商务公司　日　内

钱荣成强调：……李总，请你听清楚了：我给你的六百万是慰问金，明说了吧，这是给你个人的，与你的委托人无关，请你想好了。

李顺东义正词严：No，我不必想，天使公司是一家讲原则讲信誉的公司，在任何时候任何情况下都不能出卖委托人的利益。我李顺东是正派商人，不是贪官腐败分子，你钱荣成休想用行贿手段摆平我！

白副总：对，天使公司有天使公司的原则，收起你那一套吧！

钱荣成呵呵笑了起来：哎呀，哎呀，李顺东啊李顺东，我真没想到你们玩黑社会还这么高大上呢，既然如此，那咱们拜拜吧……

就在这时，手机响了。

钱荣成接手机：哦，胡行长？你请我吃饭？哎呀，哪能啊，我请你，我请你！胡行长，我得解释一下，吴市长对你的批评与我无关……

李顺东和白副总相互看看，意味深长地笑了。

白副总：李总，你瞧咱们这位钱总，他多会演戏呀！

李顺东：可不是嘛，你说这是多好的演员啊！听说《人民的名义》正在南京拍续集呢，没准人家导演会找他演个奸商啥的……

钱荣成不再理睬李顺东和白副总，目中无人地打着手机往门外走：好，好，胡行长，那你请我也成，你我兄弟，咱们也不是外人……

钱荣成身影消失后,李顺东和白副总都怔住了。

白副总:哎,哎,李总,他……他还玩真的了他?

李顺东严肃起来:没准就是真的啊!政府毕竟开过会了……

30　牛俊杰家　夜　内

桌上放着一瓶舍得酒和几盘小菜。

在林满江的油画像下,齐本安和牛俊杰二人对酌。

牛俊杰:齐书记,让你受委屈了,我觉得挺对不住你!

齐本安:怪了事了,我委屈我的,你有什么对不住我的?

牛俊杰:哎呀,还不是因为石红杏那个臭娘们儿嘛!

齐本安指着林满江的画像:你不也受委屈了!那臭娘们儿呢?

牛俊杰:她可有心眼了,听说你要来,她把这像挂上,跑了!

齐本安苦笑:是,想让我们俩活在这位大董事长的阴影下!

牛俊杰叹息:应该是这么个意思吧,给我们俩一个小警告。

齐本安:哦,给我细说说,石总都向你老牛具体说了些啥?

牛俊杰:就是林满江和咱们说的那些,把这五个亿弄出来的关键人物就俩人,一个死在海外的丁义珍,一个被林满江带走的李功权!

31　海鲜酒楼　夜　内

桌上并无海鲜,只几盘简单的家常菜和一瓶京州老酒。

胡子霖解释:钱总,吃你的,违反纪律,所以今天我请客,酒还是我从家里拿来的,虽说不上档次,还是挺好喝的!我弟弟就喜欢喝它!我弟弟说呀,五粮液其实不好,一瓶下去都不上头,那叫酒吗?

钱荣成：对，对，就这六块五的晕头大曲好，两杯就上头！哥，这好酒咱们当年可没少喝！对了，还给你带来了一幅启功的字呢！

胡子霖看着字，半真不假地：兄弟，现在送字画给我，合适吗？

钱荣成：这有啥不合适？哥，咱们桥归桥路归路，我知道你喜欢启功！再说也不值啥，就十几万的事，要不你哪天给我写幅字还情！

胡子霖将字收起：交换还成，违纪的事可不能做！哪天我给你写一幅。我给你说呀，哥的字现在也能卖点钱了，都八千块一尺了！

钱荣成：是吗？哎呀，哥，我还得多收你几幅字呢，等着增值。

32 牛俊杰家 夜 内

牛俊杰对齐本安说：……齐书记，石红杏和我说这事时，我们谁也没往你身上想，就算当初你和王平安、李功权共过事，做过朋友，那又怎么样？就一定会联手作案，或者互相包庇？都是不可能的嘛！

齐本安：但是我们满江同志敏感而果断啊，听你家石总一说，出门就安排控制了李功权，也没和我们京州中福这边的任何人打招呼！

牛俊杰：更绝的是，马上召集我们到他那里开会，还民主生活会呢！大家都说，这会既无民主，也无生活，就是训话，杀鸡给猴看！

齐本安呷着酒，故意问：鸡是谁，猴又是谁？

牛俊杰：鸡是李功权，我们都是猴，包括你，可我们偏不看！

齐本安话里有话：牛总啊，你们可以不看，我不看不行啊！我不看，林满江这鸡就白杀了，大领导拧着我的耳朵也得让我看……

33　海鲜酒楼　夜　内

钱荣成不动声色地按下口袋里的录音笔对胡子霖说：哥，这些年我给你弄的字画，当初百十万的本钱，现在也得值个上千万了吧？

胡子霖支吾：这个……嗯，也……也没增值那么多吧？

钱荣成：哥，那也总得有个大几百万了吧？

胡子霖：没算过，我就是热爱书画艺术，不能谈钱，一谈钱就俗了！是吧？你说我的字值多少钱？你钱荣成当真拿我的字去赚钱？！

钱荣成：是，是，哥，我就是喜欢你的字……

胡子霖：哎，这不结了？！哦，不说这个了，咱喝酒……

钱荣成：哥，在这种情况下你还请我喝酒，哥，我感动啊！

胡子霖：兄弟，咱们谁跟谁？你是我们城市银行扶持起来的呀！

钱荣成：所以市政协的人找我调研，我就说了：荣成钢铁集团若真垮台，除了钱荣成外，在京州怕没有谁比胡子霖更伤心更痛心的了。

胡子霖：哎呀，兄弟，哥想说的话都让你说了，那哥啥都不说了！来，哥敬你一杯！你还没垮台，荣成钢铁集团还有救，哥得救你！

钱荣成：哥，我就知道你会救我！这世界上除了你，还有谁会救我呢？哥，吴市长说的话你别往心里去啊，我觉得他是借题发挥……

34　牛俊杰家　夜　内

齐本安语带讥讽地对牛俊杰说：牛总，你看看，咱京州中福的党委副书记陆建设同志突然间就直接归林满江一个人领导了，陆建设宣布的那个组织决定，我事先根本就不知道，也没人和我通过气！

牛俊杰：我也注意了，陆建设说是经林董提议批准，所以，中共中福集团党组才做了决定，对李功权采取调查措施，咦，齐书记，林满江从啥时候开始凌驾于中福集团各级党组织之上了？这正常吗？

齐本安：不正常！哎，牛总，你不觉得李功权像个人质吗？

牛俊杰：李功权就是个人质嘛！你只要在京州做出让大掌柜不满意的事，大掌柜绝对不会让你舒服的，让你下台谢罪是分分钟的事！

齐本安一声叹息：这我已经想到了，只是不明白为什么？嗯？

牛俊杰：麻木，你比我还麻木！领导都不满意了，你还不知道为什么！我给你举个例吧，比如说这个民主生活会，大掌柜故意晾我们，别人都心怀感恩地被晾，就你能，还去催，你说大掌柜能喜欢你？！

齐本安酒杯一蹾：哎，还不是你让我去催的吗？！

牛俊杰眼皮一翻：我还让石红杏去催呢，她咋不去？

齐本安叹息：领导被一帮马屁精拍昏了，容不了一点逆行了！

牛俊杰点头，指着林满江的画像：对，他现在被惯成昏君了！

35 海鲜酒楼 夜 内

胡子霖对钱荣成说：我是这样想的：先对你的债务链进行一次善意清理。在我们城市银行债权得到保证的前提下，解封部分担保类资产，尤其是你工厂的生产经营性资产，坚决落实吴雄飞市长指示！

钱荣成：哥，我就知道，你既不是毒蛇，也不是鳄鱼！

胡子霖：鳄鱼也有善良的泪嘛，这得看对谁了，你是我兄弟啊！

钱荣成一把搂住胡子霖：哥，你这边一松了口，我这棋就全活了！

胡子霖：兄弟，别激动了，回去做个还贷计划送到我这儿来！

钱荣成：好，哥，你只要让我缓口气，我准把贷款全给还了！

36　牛俊杰家　夜　内

牛俊杰对齐本安说：……陆建设也挺有意思的，一心想做京州中福的党委书记，做不上就大骂林家铺子，几乎是公开地四处骂，现在林家铺子的大掌柜一过来，一个电话就把他招安了，奇迹啊！

齐本安：意料之中的事，陆建设年龄快到了，太想上个台阶了！

牛俊杰：可是在京州中福没有陆建设的位置了……

齐本安：未必，我的党委书记可以免掉，专任董事长嘛！

牛俊杰：这倒也是，陆建设看到亮了……

37　海鲜酒楼　夜　内

钱荣成开始装疯卖傻：……哥，我今天借你晕头的美酒壮胆，说点心里话：美丽食品一亿担保可是你给我介绍的啊！哥，性生活你去过了，债务却要我来背，在这件事上，哥，你……你对不起我呀！

胡子霖：又来了，又……又来了！过去的咱们就让它过去吧！

钱荣成苦着脸：问题是它根本就没过去啊，担保的这一个亿现在变成我们荣成钢铁集团的负债了，我这也太冤了吧我……

胡子霖：是，兄弟，哥也有失误的时候，你就原谅哥一次吧！哎哟，这酒还真是上头，怪不得叫晕头大曲，晕死了！好了，不说了……

钱荣成摇摇晃晃站起来：得说呀，你和赵美丽过性生活是吧……

胡子霖也装疯卖傻：哎呀，过啥性生活？哥现在完蛋了！唉，不说了，这都是个值一驳的谣言！真不能再喝了，哎，同志们，散会！

钱荣成：这就散会了？哥，咱再……再讨论一会儿嘛……

胡子霖：别……别讨论了，回去晚了吃家法，散……散会！

38 牛俊杰家 夜 内

牛俊杰对齐本安说：陆建设这种素质，真做了京州中福的党委书记，对林满江是好事吗？再说，一直在传，说林满江要到地方做省长！

齐本安：所以，陆建设才更有可能上这一步嘛！这个同志啊，唉，怎么说呢？虽然一直大骂林家铺子，但从没动过林家铺子一根毫毛！

牛俊杰：没错，齐书记，你这话说到点子上了，他一直留着后手！

（第二十三集完）

第二十四集

1　老地方茶馆　夜　内

秦小冲将一张银行卡推到周洁玲面前：拿着，这里有二十万！

周洁玲惊喜地：黄清源那儿的钱让你要来了？哎，听说他跑了！

秦小冲：他往哪跑？他就是跑到地狱，老子也得把他揪回来！洁玲，你不知道，为了要回这二十万，费我老鼻子劲了，差点又惹事！

周洁玲关切地：怎么回事？小冲，你可千万别来个二进宫啊！

秦小冲：不会，我小心着呢！实话和你说，我到天使干专务，就是冲着黄清源去的，但违法的事我绝不去做！天使公司违法的事主要是白副总做！白副总厉害啊，把黄清源往狗笼子里一关，黄清源一下子老实了，趴在狗笼子里哀求我，要我想法放了他，说是放了他，就给我清债，一共五十一万！我就找来纸笔，让他写了个笼中协议书……

周洁玲发现了问题：那怎么卡里只有二十万？那三十一万呢？

秦小冲：哎，别急，别急，洁玲，你听我慢慢说嘛……

2　高速公路上　夜　外

一辆面包车急驰。

路标：北京 242 公里

车内，陆建设和米粒等两个纪检干部押送李功权。

李功权交代问题：……陆书记，我是一时糊涂，才被王平安拖下了水。王平安是证券公司老总，玩资本的高手，王平安觉得那五个亿能挪出来在市场上赚一笔，他就缠上了我，要我找副市长丁义珍……

陆建设：这五个亿不是说为京州能源解困的吗？石红杏说的！

李功权：对，是这样，但这是王平安的主意，是他找的石红杏！

3 老地方茶馆 夜 内

周洁玲听明白了，有些感动：哎呀，小冲，这二十万你全给我了？

秦小冲：什么你呀我的，拿着用吧，孩子不是要上补习班吗？上去，平民的孩子更不能输在起跑线上！不过，让我和孩子见个面吧！

周洁玲：嘿，你不说我差点忘了！给，你闺女的最新视频！

秦小冲接过视频 U 盘：孩子过生日的视频？

周洁玲：没错，没错，昨天我带她去吃了肯德基！哦，对了，你送她的生日礼物，她可喜欢了！得花不少钱吧？

秦小冲：二百多块呢！

周洁玲：太浪费了，记着，下次要买就买学习用品！

秦小冲：好的，好的……

4 石红杏办公室 夜 内

石红杏满脸喜色和林满江通话：……林董，你到家了？还是专机快呀！哦，没啥大事，就是你交代的——李达康的前妻欧阳的事办妥了！今天晚上京州中福商场就收货了。是我去找的欧阳菁……

5　高速公路上　夜　外

面包车急驰。

车内，李功权仍在交代：……丁义珍开口就是五百万，我真吓了一跳，王平安呢，根本没当回事，让我应下来，还许给我二百万！

陆建设：仅仅是许给你吗？这二百万你后来拿了没有？

李功权：这……这，拿了，没几天又交给王平安投资了，结果……

陆建设：又赚了一大笔？

李功权：不是，被武玲珑的基金骗走了，所以我就想，这二百万我实际上没拿到，王平安又逃了，也许……没想到让林董一眼看破了！

陆建设：林董是什么人？火眼金睛啊！

6　林满江家　夜　内

林满江和石红杏通话：……好，我知道了，红杏，这件事比较敏感，你们就不要四处去说了，达康书记现在压力重，是非多啊！

石红杏的声音：林董，我现在是非也不少，你说陆建设能饶了我？

林满江：我知道你和陆建设过去有些矛盾，但是要相信一个同志的基本素质！陆建设这位同志素质还是不错的嘛，你也不要想偏了！

石红杏的声音：我没想偏，陆建设人品不好！他是我提上来的，却和我对着干，还明里暗里骂林家铺子！你让他办李功权案子，他就满世界嚷嚷了，搞得好像他是您大师兄在京州中福最信任的人似的！

林满江笑了：是吗？这个陆建设，怎么这么会操作啊?！

石红杏声音：所以，大师兄，我怕他会诱供，让李功权诬陷我！

林满江：瞎想啥呢？不可能！

石红杏：怎么不可能？陆建设心胸狭窄，一直恨我……

林满江：所以啊，我故意用的你的手机给陆建设下的指示，他不明白是啥意思吗？他再恨你，也得忌惮我嘛，红杏，你就放宽心吧！

石红杏的声音：这……这倒是！大师兄，又让你费心了！

7 老地方茶馆 夜 内

周洁玲一脸恳切地对秦小冲说：小冲，我真是怕你影响孩子学习！

秦小冲：洁玲，我再次向你重申：我是被冤枉的！我为了你，为了孩子，为了这个家，变着法子赚钱，但我绝不会去诈骗犯罪！

周洁玲：我知道，都知道，但我还是那句话：你得去证实！

秦小冲：是，是，我肯定去证实！不过，我就是想见见孩子……

周洁玲：这个……这个，哎，小冲，要不这样，我加你的微信，让你和闺女在微信上见，一周一次！你找个地方，弄上点英文背景！

秦小冲会意：让咱闺女感觉我是在……在美国和她通的话？

周洁玲：哎，对，对！每周通个话，对孩子的心理健康有好处！

秦小冲略一沉思：好，那就这样定了！来，让我扫你一下！

周洁玲递过手机，让秦小冲扫微信。

周洁玲又拿出一个电脑包：给，这是你要的证据，都在这里了……

8 牛俊杰家 夜 内

齐本安像是问牛俊杰，又像是自问：我大会上的话有什么毛病啊？怎么会让王平安和李功权往送礼上想呢？我讲重新认识他们，是指他们工作作风，工作能力啊，这是要重新认识的嘛，没毛病啊！

牛俊杰：你的话是没毛病，但社会风气有毛病！世风不古，腐败盛行，他们就想偏了，你也无奈！而且，你也许早被他们盯上了！再说，你当时确实是有点小兴奋，一不小心，犯了得意忘形的大毛病！

齐本安苦笑：是啊，现在回忆一下，也真是可怕！咱们中国语言的歧义太多了，同样的一句话，会有许多不同的理解！如果我当时不小心，将错就错，把李功权的两条烟给收下了，只怕我现在也在去北京交代问题的车上了！唉，我得在民主生活会上好好检讨一下……

牛俊杰一怔：怎么，齐书记，你还要开民主生活会啊？

齐本安：开！怎么能不开呢？你不说林董的那个民主生活会既无民主，也无生活吗？那么，咱们就重新开一个有民主有生活的会！

9 石红杏办公室 夜 内

石红杏：……大师兄，齐本安也不省心啊，你还没走呢，他就嚷着要重开民主生活会了，说你主持的民主生活会既无民主也无生活!

林满江的声音：好啊，那就让他开一个既有民主又有生活的会吧！

石红杏：大师兄，不是我说齐本安的坏话：他这个人一有权脸就变，未经权力考验的理想主义者都是不值得信任的，你得注意这一点！

林满江的声音：哎，红杏，这话有点意思，哎，你在哪看到的？

石红杏有点撒娇：又笑话人家！不是你让我多读书的吗？

林满江的声音：我是表扬你！好，就这样吧！我有点累了！

石红杏仍啰唆不休：对了，我正想问你呢，大师兄，你怎么那么容易累？是不是病了？可别硬撑着啊，有病就赶紧到医院看看！

林满江的声音：行了，杏啊，你少给我惹事，我就不那么累了！

石红杏：是，是，哥，我又给你闯祸了，对不起啊！

10　高速公路上　夜　外

面包车急驰。

车内，陆建设对李功权说：把给齐本安书记送礼的事回忆一下！

李功权：好的，好的！我本来并不想去送礼，但是，齐本安在大会上说了，他对我们要有个重新认识的过程，要我们心里有点数……

陆建设：这话我也听到汇报了，不过，我就没想到找他去送礼！

李功权：那不一样！你和他是一般同事的关系，我和王平安是他好友！他要重新认识我们，什么意思？无外乎看我们够不够意思，懂不懂规矩，还是不是朋友！再说，齐本安在京州明明有家，他和自己的老婆范家慧关系又很好，哎，可他一上任偏偏就不回家，偏偏就去住中福宾馆，你说，这不是明白地暗示我们老熟人去给他送礼吗？！

陆建设：哎呀，有道理，有道理，这分明是暗示索贿嘛！

11　高速公路上　夜　外

陆建设和林满江通话：……林董，好消息：车没到北京呢，李功权就全喷了！他伙同王平安向丁义珍行贿五百万，自己受贿二百万！另外，李功权还揭发说，齐本安书记有索贿嫌疑，迫使他去行贿啊！

林满江的声音：好的，明天一早，把情况向齐本安汇报一下！

陆建设看着李功权：齐本安向李功权暗示索贿也……也汇报吗？

林满江的声音：齐本安索贿的事，搞清楚以后，向我汇报吧！

陆建设：林董，我明白了！

面包车急驰。

12　秦检查家简易房　夜　内

秦小冲在电脑上看女儿过生日的视频。

视频——

周洁玲在肯德基为女儿过生日。

女儿抱着秦小冲给她买的会唱歌的电子玩偶。

女儿对着生日蛋糕许愿。

女儿对着镜头说：爸爸，我今天八周岁了，我许的愿就是想让你早点回家！爸爸，我想你了！你给我从美国带来的玩具我很喜欢……

秦小冲先是默默流泪，继而，痛哭流涕。

13　空镜　日　内

中福集团大厦正厅倒计时牌：距我司八十周年庆典 52 天

14　李达康家　日　内

李佳佳和林小伟身系围裙，在厨房忙活着。

林小伟炒菜：在达康书记困难的时候，我们要让他感到温暖！

李佳佳做下手，递上一盘菜：我们还要让书记同志看到光明！

林小伟：对，对，要让他相信，不论多困难，光明仍在前方不远处，最多十米远！我们的同志在困难的时候，要看到光明，要看到希望，要鼓起勇气。要相信不远处的光明终将战胜眼前的黑暗，最后的胜利必定属于我们。佳佳，我今天准备这样和达康书记谈，你觉得呢？

李佳佳：好，达康书记也是人，纵然一身铁骨，也有柔软处！

林小伟：没错，如果光一身铁骨，那是钢铁侠，不是人……

15　京州市委小会议室　日　内

李达康皱着眉头和吴雄飞、郑幸福等七八个干部研究工作。

吴雄飞：……达康书记，银企协调会的情况就是这样，我故意敲打了一下咱们的城市银行，应该能起到些敲山震虎的作用吧？！

李达康苦笑：起作用了！雄飞市长，你那边会一散啊，这边就有一个国家大行的行长向我表示抗议了，说京州是他们行坏账最多的地区，京州一些民营企业逃废债务的手段花样繁多，无奇不有……

吴雄飞：哎，哎，达康书记，这可是你让我敲打银行的啊！

李达康：是，是，你该敲打就敲打，我该道歉就道歉！下一步还要希望银行金融机构支持啊，不支持，政府融资平台那么多欠债怎么办？得借新还旧啊，棚户区改造也得用钱！今天大周末的，还请你们来，就是要研究一下矿工新村的棚户区改造……

16 李达康家　日　内

林小伟拈了只小鲍鱼尝着：……不对呀，佳佳，这鲍鱼怎么吃着橡皮似的，和我妈做的不一样啊！还有这红烧肉，根本就嚼不烂！

李佳佳也尝起来：嗯，看来，咱们俩这次合作不是太成功！不过也无所谓了，达康书记不是讲究人，还请咱吃黄桥烧饼、豆腐花呢！

林小伟：哎，哎，那是请你，达康书记请我，那是既有酒又有肉！来，重烧！两菜合一，鲍鱼红烧肉，我吃过的，安徽的一种名菜！

李佳佳看了看表：都十一点多了，还来得及吗？

林小伟：怎么来不及？达康书记不说了吗？他还有个会！

17 京州市委小会议室　日　内

李达康对吴雄飞、郑幸福等人说：……棚户区的临时安置工作结束了，但重建还没开始。我的意见，要尽快开始，已经入秋了，马上就是冬天，上万人在帐篷、简易房里怎么过冬啊？要重视这件事！

吴雄飞：达康书记，这个意见我完全赞成，但现在有个麻烦你可能都想不到：就是在倒塌了这么多危房的情况下，棚户区里仍然有相当一批居民不愿意拆迁，我听了光明区的这个汇报，都不知该说啥！

郑幸福：李书记，我汇报一下：根据市政府二〇一一年24号文件规定：我市居民小区拆迁需征得百分之九十五以上住户同意才可实行。但今天下午我们收到的最新一轮统计是，同意拆迁的为百分之九十二，当然，比去年和前年已经有了很大的提高，去年是百分之七十二，前年更少，只有百分之六十五……

李达康一脸忧郁：就算有了很大的提高，但还差百分之三，还没达到拆迁实行条件？这就是说，我们市委、市政府想干也不能干？这百分之九十二渴望拆迁的居民，还要被这百分之八的少数居民继续绑架？是不是这样？

吴雄飞：的确是这样！危房倒塌和棚户区改造不是一回事……

18 秦检查家简易房 日 内

秦检查和许多男女情绪激动地议论着。

男甲：这也太不像话了，就这么百十户人家，把我们全坑了！

女乙：就是，年年征信统计，你年年阻拦，政府正好不干事嘛！

秦检查：哎，我可没阻拦啊，我一直是同意拆迁的！不过，既然有文件规定摆在那里，我看上访也没用，咱还是得说服那些钉子户！

男甲：说服他们太困难了，还是得上访！你人民政府为人民，不能遇到矛盾绕道走，你连几个钉子户都不愿惹，老百姓要你干啥呀？

女乙：哎，秦师傅，你就回我们一句话：明天上访你去不去？

秦检查支吾着：这个，没什么用吧？24号文件就是这么规定的！

19 京州市委小会议室 日 内

李达康问吴雄飞：……雄飞市长，这个24号文件是怎么出来的？我怎么没啥印象了？

吴雄飞：达康书记，要说，这个文件还是我主持起草的呢！

李达康回忆着：那时我好像还在吕州做市长，和高育良搭班子？

吴雄飞：是，我呢，是分管城建的副市长，当时的市委针对拆迁中的激烈矛盾，要我主持搞个文件，规范拆迁。主观意图也很清楚，主要是制止强拆，减少社会矛盾，所以规定的标准就定高了！

李达康：定高了，那就改嘛，我看有个百分之八十左右同意就行了！

郑幸福：李书记，这种敏感时候，又刚搞过统计摸底……

吴雄飞：是啊，那钉子户不和我们拼命啊？自己找麻烦事做啊？

李达康一声叹息：这倒也是！但我们能让老百姓再等一年吗？

吴雄飞：该等就得等，这是没办法的事，稳定压倒一切嘛！

20 秦检查家简易房 日 内

男甲对秦检查说：秦师傅，我们等了五年了，不能再等了！

女乙掏出一张请愿书：秦师傅，你要是不去上访也行，我们这帮老人天天去！但是，请你在这张请愿书上签个字！这不算难为你吧？

秦检查在请愿书上签字：好，好，这字我签！我一直同意拆迁的！

女乙收起签过字的请愿书。

秦检查：哎，我想起来了！这个……这个……

男甲：秦师傅，你想起啥了？这个谁？

秦检查：这个人物厉害呀，就是程端阳，林满江的师傅！你们怎么不去找找她啊？让这老劳模签个字，市委、市政府不敢不重视！

女乙乐了：对呀，咱们这就去找她，街坊邻居也得去看看她嘛！

男甲拍手叫绝：要是能把程端阳动员去上访就更好了！

女乙：对了，还有个劳模——田大聪明，我们也让他签名！

秦检查：田大聪明就算了吧，癌症晚期，怕没几天活头了！

21 李达康家 日 内

时钟已指到了12字上。

李佳佳：大周末的，达康书记怎么还不回来？

林小伟：就是，要不，亲爱的，你再给他打个电话？

李佳佳：好！（说罢，拨手机。）

22 京州市委小会议室 日 内

李达康接手机：……哎呀，佳佳，你看看我这记性，把你们给忘了！好，我这就结束会议！（挂上手机，李达康对吴雄飞等人说）今天就到这儿吧，大家都想想，怎么尽快启动矿工新村的棚户区改造！这些房屋普遍老化，存在不少隐患，可不能再来一次"九二八"了。

吴雄飞咂嘴：达康书记，同意拆迁的不到百分之九十五，咱干不了啊！

李达康：哎呀，吴市长，你也别把话说死，大家再想想嘛！

23 田国富办公室 日 内

易学习向田国富汇报：……田书记，我查到了京州市人民政府二〇一一年的24号文件：棚户区拆迁竟然需征得百分之九十五以上住户同意才可实行。我请问：这是不是变相懒政？把人民群众放在心上没有？！

田国富：联合调查组也查到了这个文件，也不好说是懒政吧？老易，你别叫，达康书记和吴雄飞市长都没有违规，是依法依规办事嘛！

易学习：但依法依规办事的结果是，"九二八事故"伤亡惨重啊！

田国富：是啊，是啊！但是，老易，有两点请你注意：一，这个文件是在达康书记到京州任职之前下达的；二，下达这个文件的目的也很难说是错误的！众所周知，二〇一一年前后，我省各主要城市拆迁矛盾突出，不时出现强拆、血拆，京州才适时出台了这个24号文件。所以，要历史地、辩证地看问题……

24　李达康家　日　内

李达康在餐桌前坐下：哎呀，瞧这一桌子菜，很丰盛嘛！

李佳佳：达康书记，感觉到家庭的温暖了吧？

李达康：温暖，很温暖！哎，你们也吃啊！

林小伟：我们试吃吃得不少了，都不饿了！

李达康：那就喝酒，今天周末，小伟，给我也来一杯！

25　京州人民医院病房　日　内

孙连城接手机：……对，我是孙连城！什么孙区长？没有孙区长了！你哪位？什么事？举报李达康？找纪委易学习呀，怎么都找我？

电话里的声音：哎呀孙区长，现在谁不知道你这是第二纪委啊！

孙连城按下录音键：好，有事就说，今天周末，我也得休息！

电话里的声音：不是说你为了搞垮李达康，天天日夜办公吗？

孙连城：你是谁？胡说啥？我搞垮李达康干啥？他当他的市委书记，我在天文馆带孩子看我的星星，我们各司其职，井水不犯河水！

电话里的声音：但李达康可没忘记你啊，分分钟想把你送进去！

孙连城：你到底谁呀？挑拨离间是吧？我告诉你：我和李达康同志的矛盾，是人民内部矛盾，同志之间的矛盾，请你别把我当枪使！

电话里的声音：孙区长，你这么有胸怀，那我不多说了，说事！

孙连城：对，说事吧！我这里可是有录音的，请你就事论事！

26 中福商场仓库 日 内

欧阳菁和监狱长在向商场经理交货。

几个仓库工作人员把一批批箱包分别码在不同的货区。

不远处的一个角落，一个背对观众的男人在和孙连城通话：……孙区长，李达康把他前妻欧阳菁弄出来当经理了，现在正在中福商场交货呢，和她一起来的，还有北山监狱管生产的副监狱长……

27 李达康家 日 内

李达康和林小伟对酌聊天：小伟、佳佳啊，为人民服务不是一句空话，也不是一句口号，为人民服务是需要智慧和能力的！比如说棚户区改造，政府倒是想服务，可是很少一部分居民不让你服务你就干不成！即使出现了"九二八事故"，这一小部分居民还是不同意政府干！

林小伟：那就不干呗，在美国就是这样，让他们自己协商解决！

李达康：协商不成怎么办？矿工新村棚户区不是没有协商，协商了五六年，仍然有些居民阻碍拆迁改造，结果造成了这么一场灾难！

李佳佳：也是，爸，你们政府也太难了，左右为难啊……

28　田国富办公室　日　内

易学习对田国富说：……不是左右为难，是从思想上不重视，心里根本不想干！李达康要是想干，怎么会不知道有这么一个文件？怎么会在五年之中不改掉这个文件？尽批评别人懒政，他不懒政吗？

田国富苦笑：老易，李达康真干了，你是不是又要指责他违规乱作为呢？

易学习：我不会指责，中央一再强调，要把在推进改革中出现的失误，和明知故犯的违纪违法行为区分开来；把探索试验中的失误和错误，和上级明令禁止后依然我行我素的违纪违法行为区分开来；把为推动发展的无意过失，和为谋取私利的违纪违法行为区分开来……

29　京州人民医院病房　日　内

孙连城思索着，复听手机电话录音：……孙区长，据我了解，李达康利用职权，为其前妻欧阳菁在北山监狱谋得了这么一个自由的职位，竟然成了监狱产品的销售经理了，北山监狱的干警反映很大啊！

孙连城拿出另一部手机，拨了号，却迟疑着没有打出去。

30　李达康家　日　内

李达康对林小伟和李佳佳说：……所以，作为一个领导者，在处理这些两难问题时，必须有智慧，更要有过人的胆识！京州很多人说我霸道，不是我要霸道，是不霸道不行！瞧瞧这片棚户区，我要是早霸道了，把他们早先发下的文件改了，拍板硬干了，就没有"九二八"了！

林小伟：但是，达康书记，那你也可能早就被人家赶下台了！

李达康：嘿，这小子！没错，也许早被人家赶下台了，但"九二八"的灾难能够避免，我下台也值得！所以，小伟、佳佳啊，中国的官难当啊，一个强势的政府，就是一个要对一切负责任的政府！这个责任谁负？最终要落实到具体的个人头上，比如，我这个市委书记，就得对京州发生的一切负责！包括这个"九二八事故"……

31 田国富家 日 内

田国富对易学习说：……你说得没错，我们一定要把握住这三个区分！这个时候就要对达康书记多一些关怀。我上次就和你说了，李达康毕竟是在认认真真做事啊！要做事就会得罪人，现在出了个"九二八"，李达康肯定是四面受敌嘛，很有可能受到不应有的伤害。对此，我们要保持一定的警觉，不能让李达康在不该摔倒的地方摔倒！

易学习：田书记，我上次也说了……

田国富：老易，请你听我把话说完。我上次和你说的这些话，既是我的意思，也是省委沙瑞金书记的意思，这种时候别添乱啊！

易学习：哎，哎，田书记，我可不是添乱啊，我是就事论事……

田国富：好了，老易，大周末的，咱们今天先到这里吧！

易学习：田书记，我……我还是想向沙瑞金书记当面做个汇报！

田国富应付：好，好，我不反对，你找省委办公厅约时间吧！

32　京州街上　日　内

轿车急驰。

车内，易学习一声叹息。

街面上流逝的风景。

手机响。

易学习接手机：哦，连城同志，说，你说！

33　京州人民医院病房　日　内

孙连城和易学习通话：易书记，犹豫了半天，我觉得还是得向你汇报一下：我今天又接到了个匿名电话，我没做调查，难辨真假，你等着，我放录音给你听！（说罢，孙连城放起了另一部电话的录音。）

34　京州街上　日　外

轿车急驰。

车内，易学习听电话录音：……孙区长，据我了解，李达康利用职权，为其前妻欧阳菁在北山监狱谋得了这么一个自由的职位，竟然成了监狱产品的销售经理了，北山监狱的干警反映很大啊！

35　李达康家　日　内

李达康动容地对林小伟和李佳佳说：孩子们，老爸现在很难，联合调查组还没走，"九二八事故"将来肯定是要追责问责的，是不是？

李佳佳：没错，这种事情发生在西方国家，市长也要谢罪辞职。

林小伟：但是，爸，你是市委书记，让上面处理市长就可以了！

李达康笑：这种时候就不要党的领导了？啊？没这么便宜的事啊！所以，老爸现在做事就不能不小心！有人告诉我，说佳佳她妈成监狱的销售经理了？

林小伟：嗯，有这事，探监时，监狱长主动找的我，我就给办了！

李达康：你就给办了？小伟，你多大的脸？是满江同志办的吧？

林小伟：没错，我让我家林董办的，达康书记，这和你无关！

李佳佳不悦地：就是！李书记，你记着，你和我妈早离过婚了！

36 京州街上　日　外

轿车急驰。

车内，易学习和孙连城通话：……连城同志，李达康毕竟和欧阳菁早离过婚了，从法律上说，他们俩已经没有什么关系了。

孙连城的声音：那也不能把手伸到监狱里去吧？起码违纪吧？

易学习：好，连城同志，这件事我了解一下再说吧！

37 李达康家　日　内

李佳佳眼含泪水对李达康说：李书记，你也不要太过分！欧阳菁不是你老婆了，但还是我妈！我让小伟帮我妈改变一下处境，怎么了？是违纪还是犯法了？不能因为你李书记爱惜羽毛，我们就不活了?!

林小伟：爸，佳佳这话还真没说错！这事摆在任何一个国家，都和你扯不上关系！就算明天我们有本事把她给保释出狱了，也没你啥事！不能因为人家曾经做过你妻子，这辈子就得跟你倒霉，是吧？

李佳佳：李书记，你也学学人家林董事长！讲点人情好不好？！

李达康一脸苦恼：好，好，孩子们，不说了，不说了……

38 林满江家 日 内

林满江满脸讥讽，打量着皮丹：皮丹，说说，你还能干点啥？

皮丹：大哥，你说干啥我干啥，你指哪我打哪！

林满江：我指向索马里，去干掉那些海盗，走吧，现在就去！

皮丹：大哥，我和你说正事，你别和我开玩笑啊！你要我来的！

林满江：我不要你来行吗？齐本安、石红杏谁还会要你啊？齐本安让你给师傅危房打个防护架你都给误了事，差点送了师傅的命！

皮丹：这也怪齐本安，他知道我不是东西，为啥不自己干了！

林满江：皮丹，你这简直就叫混蛋了！师傅是你娘还是他娘？

皮丹狡辩：但是，但是齐本安发现了问题的严重性，我没发现……

林满江：行了，行了，少找借口！师傅年龄这么大了，又因为你混蛋出了这么一场大祸，在医院躺着，我总不能让她再担心吧？

皮丹：大哥，这辈子我就服你，你这大哥当的，就是义气！

林满江：可你不义气啊，在哪干好给我长脸了？活丢人啊你！

39 京州人民医院病房 日 内

秦检查和男甲、女乙带着一袋水果看望程端阳。

这时，程端阳已经转移到普通病房，精神也好了。

秦检查：程师傅，真没想到，你这劳模房也倒塌了！

程端阳：哎呀，这楼年代也太久了，老秦，你家房子倒了吗？

秦检查：裂了一条大缝，还没倒下来，所以也没伤着我……

男甲：程师傅，您可是老劳模啊，出这种事，太不应该了！

女乙：程师傅，我们准备到政府上访了，反映一下拆迁问题！

程端阳：是应该反映，政府在这事上太不像话了，拆迁、拆迁，说了五六年了，中福集团还破例给了协改资金的，结果一动不动！

40 林满江家 日 内

林满江：皮丹，说说，你自己说说，想干啥？还能干点啥？

皮丹：我不敢说，说了就挨你的骂！大哥，你也要看到我的长处嘛，我听话，对你忠心耿耿，不像齐本安，自以为是，白眼狼！

林满江叹了口气：齐本安有能力，主意就大，不服用啊！

皮丹：大哥，我服用啊！只要不是阿富汗，你让我到哪都行！

林满江：那就做我的办公室主任吧，这是不是委屈了你啊？

皮丹：哎呀，大哥，这是对我的信任啊，不委屈，不委屈！

林满江：房子呢，就不要炒了，北京不是京州，你皮丹也炒不起了！我要发现你不务正业，继续炒房，立即请你滚蛋，听明白了吗？

皮丹：明白，明白！我京州的房子也不是炒，我是保值升值！

林满江：皮丹，以后你就跟着我，公事私事，全帮我处理好，嘴还要严，不该问的不问，不该说的不说，不该看的不看！

皮丹：我知道，我知道，大哥，我就是你贴身带刀护卫！

41 京州人民医院病房 日 内

女乙：……太好了！程师傅，请您先在这份请愿书上签个字！

程端阳拿过请愿书看了半天：我得打个电话，问问林满江再签！

说罢，拨手机：满江吗？我是师傅啊，是这么个事……

42 林满江家　日　内

林满江和程端阳通话：……师傅，签什么字？请什么愿？别听他们的，"九二八事故"还没处理，李达康、吴雄飞压力很大，你别给他们添乱了！棚户区改造不像他们想得那么简单，政府自有政府的道理！

程端阳的声音：好，好，我知道了，那不签，那咱不签！

林满江：师傅，多注意身体，少掺和这些闲事！

程端阳的声音：其实，也不是闲事。

林满江：就算是正事，你也管不了，你多大岁数了？啊？！

43 京州人民医院病房　日　内

程端阳一脸歉意看着秦检查和男甲、女乙：……咱还是要体谅政府嘛，这也不能说是政府的错，是不是？咱们矿工新村这百十户人家不顾大局，就不愿拆迁，让政府怎么办？再等等吧，政府会有说法！

秦检查：程师傅，政府的说法不是等来的，咱得积极反映情况！

男甲：就是，程师傅，要按那个24号文件，这辈子都拆不了！

女乙：程师傅，你只要在请愿书上一签字，那可是以一当百……

程端阳应付：好，好，你们让我再想想吧，该说话的时候，我肯定说话！领导来了，我当面反映！哎哟，不行了，不行了，头又疼了……

44 范家慧家　日　内

范家慧大人物似的在齐本安面前踱步：……齐本安，我估计你是完蛋了，基本完蛋了！你和李功权，和王平安过去是朋友，这是不可否认的事实，你一到任京州，他们就都跑来给你送钱，这也是事实！

齐本安思索着：更要命的是，我的就职讲话也被他们误会了，李功权就认为我这是暗示他送礼的！结果当晚跑到我住的宾馆房间……

范家慧：停，停！你住的宾馆房间？哎，你回京州住宾馆了？

齐本安苦笑：老范，我……我向你老人家坦白交代：我是为了修理你，狠着心住了几天宾馆！就是中福宾馆2202房间，后来又住了十几天办公房，石红杏亲自安排的……

范家慧：石红杏是不是还陪你睡了几夜？齐本安，反了你了！

齐本安：想哪去了你？年轻时人家宁愿要牛俊杰都不要我，现在就会要我了？哎，老范，你又不是不知道，石红杏眼里心里全世界只有一个男人，就是林满江，连他现在的老公牛俊杰都不在她眼里！

范家慧：这倒也是，石艳和我提起过，说是石红杏在家都挂林满江的像！所以你呢，也别对石红杏有啥不切实际的想法，你就算做了京州中福一把手，她也不会认你！逝去的春梦就让它永远逝去吧！

齐本安：行，行，春梦早就逝去了，还是说我的噩梦吧！

范家慧：那咱继续说！齐本安，你基本完蛋了……

齐本安：怎么又是完蛋了？哎，不许说"完蛋"这口头禅！

范家慧：好，争取吧！齐本安，你算是完……哦，还没完蛋……

45　林满江家　日　内

林满江站在落地窗前，对老婆童格华说：……派齐本安去京州也许是我一生中犯的最大错误！我真是没想到，老老实实的齐本安，循规蹈矩的齐本安会有这么两个坏朋友，到任后竟然也陷到了泥潭里！

童格华赔着小心：但是，本安毕竟是你老部下，该保还得保啊！

林满江叹息：是啊，是啊，不保也得保，看师傅的面子也得保！

46 范家慧家 日 内

齐本安对范家慧说：……陆建设今天向我汇报说：李功权人还没到北京呢，在路上就喷了，交代了向丁义珍行贿，和他受贿的问题：他和王平安一起，向丁义珍行贿五百万，自己受贿二百万……

范家慧：这不在大家意料之中吗？林满江不是一眼就看破了吗？

齐本安：是，这都是事实！可看破以后，林满江为什么非要把李功权带到北京去呢？到了北京，李功权又会喷什么？或者说林满江希望他再喷点什么？家慧啊，我现在真的很恍惚，总觉得林满江变得不太真实了，我们三兄妹之间的关系也不太真实了，我认为林满江带走李功权不是为了保我，而是套我，我现在已经被这个高手大哥套住了！

范家慧踱着步，开始演绎：李功权成了林满江手上的人质？你在京州只要做出任何让林满江不满意的事，他分分钟可以让李功权交代？所以京州中福还是过去的京州中福，还和石红杏当政时一样……

齐本安看着天花板：林满江为什么要这样做？发现危机了？嗯？

范家慧：以我多年做领导工作的经验判断：其一，可能真是发现了什么危机；其二，也可能是发现了你的不忠，对你起了疑心！本安，你要清楚林满江是什么人，这可是一个既专权又有韬略的狠角！

（第二十四集完）

第二十五集

1　林满江家　日　内

林满江对童格华说：……格华，你给我记住：今天的京州中福不是以前了，不要再给石红杏添乱了，现在一把手是齐本安，齐本安一朝权到手，就把令来行，尽管我有所预料，但他变化之大，仍然超出了我的想象！我知道权力会改变人，却没想到会变得这么快！还是石红杏敏感啊，在齐本安上任头一天就发现了气味不对，及时提醒了我！

童格华：我知道，石红杏说了，你可能给自己选了个掘墓人！

林满江：我还批评了她，什么掘墓人？掘谁的墓？现在看来，齐本安为了上位掌实权蓄谋已久！我把李功权带到北京来，一定会让齐本安浮想联翩，他会认为李功权是我扣下的人质，是用来威胁他的！

童格华：你们师兄妹啊，一个比一个心眼多，我听着都替你们累！

林满江：人生最该防着的就是你最熟悉的人啊，他们最知道你的弱点！我一直替你们娘俩遮风挡雨，我觉着这是男人的责任，可我现在不免怀疑：这样做得对不对？你们娘俩离开了我，翅膀还能飞吗？

童格华偎依着林满江：我的翅膀早不会飞了，但愿儿子还能飞！

林满江：是啊，但愿吧！这次在京州，李达康倒是启发了我……

2 范家慧家　日　内

齐本安看着天花板：……难道王平安弄走的这五个亿和林满江有关？或者和石红杏有关？林满江为了保石红杏才别有用心套上我？

范家慧：哎，这也有可能！林满江怕你软弱，怕你不保石红杏！

齐本安：我也想到了这一点，所以前天和牛俊杰进行了一次深入交谈。从交谈的情况来看，石红杏并不像有啥事——王平安是石红杏的表弟，据牛俊杰说，王平安给石红杏送了一百万，石红杏都没收。

范家慧：牛俊杰说的，你就信了？别忘了，人家毕竟是夫妻！

齐本安：我只能信，牛俊杰算我目前很难得的一位盟友了。

3 林满江家　日　内

童格华端来一盆泡着中药的洗脚水，帮林满江脱下袜子，轻轻把林满江的脚放到盆里：这是王医生新配的药，你试试，安眠呢！

林满江笑了笑：哎呀，我这快成王医生的医疗实验品了！

童格华轻打了林满江一下：说啥呢？你不觉着最近身体精神都好多了？要我说，你以后出去最好带着我，我退休了，能贴身照顾你！

林满江：算了吧，现在查得紧，我又在关键时期，带着你影响不好！放心吧，我这次把皮丹带来了，在外面就让他照顾我好了！

童格华：那你也要减少一些工作量，能不操心的尽量别去操心！

林满江苦笑：我也想啊，可他们能让我少操心吗？ 帮猪队友！

童格华看着林满江的脸色，小心翼翼地：我要说你又不高兴，你那个小师妹又给你惹麻烦了吧？你把李功权带回北京，真不是为她？

林满江：看看，你又来了！我不是和你说了吗？我是敲山震虎！

4 范家慧家 日 内

范家慧思索着：这个盟友靠得住吗？齐本安，你现在最靠得住的盟友是我！只有我老范真正关心你，为你排忧解难！哎，我问你：你到中福住宾馆，是石红杏安排的？而且石红杏也知道你是为了气我？

齐本安：是啊，我和你通电话，她就在身边！

范家慧：在北京打电话时，石红杏也在身边吗？

齐本安：在啊，我和她在同一辆车上……

范家慧：那你完蛋了……

齐本安：住嘴，不许说"完蛋"！

范家慧：我这是分析问题：齐本安，石红杏利用你对我的敌对情绪和你一直以来的低能无知，给你安排了一场送礼的好戏，把你套住了！可以断定，让你住的这间客房早已精心布置，摄像头早装好了！

齐本安继续推理：那么，王平安和李功权送礼也是她安排的？

范家慧：看看，看看，我这一启发，你也变聪明了吧？

齐本安：老范，你说得我毛骨悚然——石红杏到底是人是鬼？

范家慧：只要抓住王平安，石红杏是人是鬼就清楚了。

齐本安：可不是嘛，王平安这混账王八蛋，坑人啊他！

5 岩台市街头电话亭　日　外

　　王平安已完全是一副落魄农民工的样子了。

　　王平安四处看着，警觉地闪进电话亭。

　　王平安投币拨电话。

6 牛俊杰家　日　内

　　电话响。

　　牛俊杰擦着头发上的水，从卫生间出来，抓起电话：哪位？

　　电话却挂断了。

　　牛俊杰骂了一句：神经病！

7 范家慧家　日　内

　　齐本安对范家慧说：……王平安出逃后，我们一直和公安方面保持着联系，但目前毫无进展，王平安像是突然从人间蒸发了。

　　范家慧：我知道，王大眼说，警方甚至怀疑他不在人世了！

　　齐本安：哪个王大眼？

　　范家慧：分局刑警大队的，牛石艳的同学！

　　齐本安：你那个卧底秦小冲，最近有没有什么信息啊？

　　范家慧：没有！这位卧底好像被"天使"们打出来了，莫名其妙！哎，本安，你还要和京州纪委保持联系，那个易学习书记可是个狠角！

　　齐本安：没错，我已经约好了，今天再去向易书记汇报一次！

　　范家慧：今天？本安，你蛮有主意的嘛，没把我老范当回事啊！

　　齐本安：哪里哪里，这不是你启发教育的结果吗？哟，得走了！

8　天使商务公司　日　内

李顺东在主持项目会议；……钱荣成这个项目本来奉专务抓，现在他走了，我亲自抓了！大家都知道，荣成项目是公司所有项目中的重中之重，现在呢，不理想啊！都说说吧，有啥好的意见和建议？

沉寂片刻，天使甲献上一计：李总，其实呀，我们讨债办法多的是，许多办法经实践检验很有效！你比如说吧，弄上一二百号人，穿上讨债背心，到荣成钢铁厂大门前席地一坐，看他钱荣成怕不怕！

李顺东摇头：不行啊，得算经济账！过去人工三五十元一天，现在呢？起码一百元，一二百号人就是一两万，这还不算三餐盒饭钱。

白副总：就是啊，人工成本增长得太快了，人海战术玩不起了。可咱们玩文明的，每天几个人去举举牌，钱荣成又不怕，难啊！

李顺东：不难要我们这群"天使"干什么？"天使"不是飞来飞去装点太平的！是为民造福，为法律做补充的，再说难的，请你退场！

白副总不敢作声了。

9　岩台煤场　日　内

王平安裹上又脏又旧的外衣，再次出门。

10　岩台市街头电话亭　日　外

王平安再次拨电话。

11　牛俊杰家　日　内

电话响。

刚从外面进门的石红杏抓起话筒：喂？你谁呀？

电话里王平安的声音：姐，我……我……我是王平安……

石红杏一下子呆住了。

12　岩台市街头电话亭　日　外

王平安握着话筒，急切地说着：姐，你记一个电话，是财富神话基金武总的，找到武总，咱那五亿就回来了！武总的基金现在被冻结了！我不敢给武总打电话，怕公安抓我！姐，你打电话帮我催这五个亿，只要钱到账了，我立即去公安局自首！姐，你记一下啊，电话是……

13　牛俊杰家　日　内

石红杏握着话筒，紧张地记着王平安报过来的电话号码。

身旁，牛俊杰悄声提醒：问他在哪打的电话！

石红杏：王平安，你在哪打的电话啊？

王平安的声音：姐，我不能说！过两天我再打给你！

电话挂断了。

牛俊杰：赶快向公安局报告！

石红杏：别，别，老牛，还是先向林满江汇报吧！

牛俊杰：哎呀，这是抓捕在逃嫌犯，用不着向上级汇报的！

说罢，牛俊杰不再理睬石红杏，立即拨起了公安局的电话。

14　天使商务公司　日　内

李顺东满脸沉痛：……现在可以说是我们公司的至暗时刻：黄清

源逃跑了，公安局找上门了，钱荣成呢，又得到了吴雄飞市长的特别关照，我们日子难过啊，再不讨点钱回来，可能就要关门了！大家回去都好好想一想，想想债权人对我们的信任和托付，想想自己还能为公司做点啥？有了好想法，及时告诉我或者白副总！我奖励股份！

众人散去。

李顺东一声叹息：没了这个秦小冲，我还真有点闪得慌！

白副总：也是啊，秦小冲到底是干记者的，鬼点子就是多！

李顺东：像防火防盗防荣成，啊？一下子就在京州叫响了嘛！

15 郑子兴办公室 日 内

一位专案警官向郑子兴报告：……郑书记，这个电话来自岩台市保利大街3号电话亭，监视视频显示：五十六分钟之前，王平安身着灰色帆布工作服扮作一位农民工打了这个电话……

郑子兴警觉地：王平安扮作了农民工？会不会变成了农民工啊？

警官略一沉思：郑书记，我看王平安完全有可能变成农民工！

郑子兴：这个狡猾的家伙！

警官：王平安是够狡猾的！我们的关注点一直放在各市白领办公活动场所，没想到他会一沉到底，犯罪老手啊！估计此前有过案底！

郑子兴：让岩台公安局立即对各建筑工地、用工市场进行筛查！

警官：岩台市不归咱们京州公安局管，咱们不好下命令吧？郑书记，您最好再给省公安厅赵东来厅长打个电话，让东来厅长下令！

郑子兴：倒也是，好，我这就向东来厅长汇报一下……

16 天使商务公司 日 内

李顺东和白副总一起喝功夫茶。

白副总：李总，我没想到黄清源会去报案，也没想到秦小冲还会替咱们说话！秦小冲替咱们说了话，好歹帮咱们糊弄过去了。

李顺东：其实也正常！人不为己天诛地灭，秦小冲说到底是为了他自己！这事我看得一清二楚：秦小冲私放黄清源，是因为黄清源答应还他钱，结果黄清源又耍起了无赖，秦小冲这才翻盘，帮了我们！

白副总：没错，没错！这个秦小冲，自己的小算盘打得啪啪响。

李顺东：不过，白副总，你的作风也得改改了！你说你把人家一个女老板关在狗笼子里也就罢了，还拔人家的头发，这不是太好吧？

白副总眼皮一翻：有啥不好的？我管线下业务这一块，就得采取一些特殊手段，这是老赖们的无赖行为造成的，像黄清源，是吧？！

李顺东教训：白副总啊，咱们得有正能量啊！我反复强调：我们的本意是为了挽救社会诚信，其实是正能量的事业嘛！你要有数！

白副总叹息：以后再请土豪劣绅来咱这儿做客，估计也行不通了！

李顺东：是啊，被公安盯上了嘛，还敢干啊？要想一想了，怎么在法律底线之上活动，而又能行之有效讨到债呢？我们面临着一个重大选择关口！你这个副总得有文化，有理想，别老让人家骂黑社会！

白副总：李总，你有理想，有文化就行了，我就是干粗活的！

李顺东：所以呀，我现在开始怀念干细活的秦小冲了，你看，人家秦记者就能想到利用广场舞和广场大妈讨债……

17　岩台煤场　日　外

两个警察在检查几个装车工人的身份证。

王平安从厕所出来，看到不远处的警察，重又回到厕所。

王平安爬过厕所短墙，跳到煤场外面的菜市场。

菜市场乱哄哄的，王平安混入来往人群中。

警察将王平安的通缉令贴到煤场大门口。

通缉令上的王平安西装革履，英俊潇洒。

18　乡村小道上　日　外

一台手扶拖拉机在乡村小道上行驶。

王平安蓬头垢面和两个农工坐在拖拉机上。

农工甲问王平安：收莲藕可不是个轻松活，你干得了？

王平安：干不了也得干啊，人啊，就没有受不了的罪！

农工乙：就是，你不受罪上哪挣钱去？这家藕塘老板我知道，待人挺厚道的，每年秋里我都帮他出莲藕，干一季能吃半年……

19　易学习办公室　日　内

齐本安不时地看一眼电脑，向易学习汇报：易书记，这五个亿资金的情况我们这边已经基本上查清楚了，是王平安和他管控的京州证券通过京州中福和总经理石红杏，从财政专用账户上把款子划走的！

易学习：就是嘛，这种事不经过石红杏不行！石红杏承认了？

齐本安：承认了，她是主动到林满江同志面前承认的。

易学习：哦，自首了？她还算聪明，天网恢恢疏而不漏嘛……

齐本安：哦，不，谈不上自首，目前没发现石红杏有什么问题。

易学习不悦地：没发现问题？那谁有问题？王平安单独作案吗？

齐本安：也不是，和王平安一起联手作案的还有一个李功权……

易学习：李功权？你们电力公司的那位老总？

齐本安：是的，电力公司的董事长兼总经理。

易学习：这个人我有印象，群众反映不少，有些举报信寄到市里来了，包括对你们那位石红杏的举报，齐书记，你要注意这些问题！

齐本安：是的，易书记，我已经在注意了，情况不是太乐观。

20 北京中福集团院内 日 外

陆建设和集团党组副书记、副董事长张继英边走边说。

张继英不悦地：老陆，怎么还在北京泡啊？你们京州没事了？

陆建设：不是，张书记，林满江同志没让我回去呢，这不是办李功权的案子吗？！现在看来，这是个大案要案啊，涉及齐本安呢！

张继英一怔，驻足站住：哦？齐本安刚派过去啊，不会吧？

陆建设：是啊，太让人吃惊了！不过想想也不意外，不在位，没有权时，装好人装孙子，一旦上位掌了实权，贪婪嘴脸立即大暴露！

张继英：不至于吧？齐本安这位同志挺本分的，没这么大胆吧？

陆建设：权力它壮人胆啊！张书记，我给您汇报一下……

张继英：哎，哎，老陆，你别向我汇报，找满江同志汇报吧！

陆建设：不是，张书记，这就是林满江书记让我向您汇报的！

张继英狐疑地看着陆建设：哦？让你向我汇报？哎，这可是林董亲自出面抓的大案子，连你都调来了，事先也没和我这边通过气！

陆建设赔着笑脸：但是，张书记，毕竟您管集团的纪检工作啊！

张继英话里有话：老陆，你直到现在才想起我管纪检工作？

陆建设自知理亏：张书记，这……这不是林董有指示嘛……

张继英：哦，指示你先干了再说，造成既定事实再来找我？嗯？

陆建设否认：哦，不是，不是，张书记，您……您听我说……

21 易学习办公室 日 内

齐本安恳切地对易学习说：……易书记，你上次提醒我，中福不能有什么小铺子，还提到我们党的反腐决心和意志，所以我就想：李功权行贿受贿，已经涉嫌职务犯罪，京州检察机关是否应该立案了？

易学习：你们移送就立案嘛！易学习突然发现了问题：齐书记，这是林满江同志和中福集团的意见，还是京州中福或者你个人的意见？

齐本安略一沉思：易书记，这是我个人的意见，不代表林满江同志，也不代表京州中福！这个建议也许是违反满江同志意志的！林满江同志是个有开拓精神的领导，但也有一定局限性，不希望家丑外扬。

易学习心领神会：许多领导都这样，对家丑能护则护，一些严重的腐败就被掩饰了，所以，本安同志，你坚持原则，家丑外扬，那就势必要得罪人，甚至得罪林满江，京州中福恐怕要有一番风波的。

齐本安：是啊，易书记，到您这儿汇报时，我已经想到这个问题了，但是我是党员干部，是一个大型国企的管理人，不敢懈怠啊……

22　北京中福集团院内　日　外

张继英面带讥讽地看着陆建设：老陆，你说完了？

陆建设：说完了，李功权正在写书面材料，认罪态度较好。

张继英：李功权只说齐本安有索贿的暗示，可并没实施啊！

陆建设：已经准备实施了，否则齐本安有家不住，住到宾馆干啥？

张继英：老陆，你的意思，齐本安住到宾馆就是为了收钱？这个推测是不是很可笑？他为什么不在家收钱？在家里不是更安全吗？

陆建设：张书记，恰恰相反，在家不安全！其一，齐本安的老婆范家慧比齐本安小了十几岁，是京州一家小报的头头，官不大却很霸道，一直把齐本安管得死死的，让齐本安干啥都不方便；其二，齐家所住小区是本单位的集资房，单位熟人很多，很容易被人盯上……

张继英话里有话：可是，齐本安住了宾馆，还是被盯上了嘛！

陆建设：是啊，现在群众对腐败特别反感，所以特别敏感！

23　易学习办公室　日　内

齐本安对易学习说：……所以，易书记，我才向您通气汇报，请求您和京州市纪委支持。央企虽说自成体系，但并不是行政机关，更没有司法检察部门，涉及违法犯罪，还是属地侦办！而且，这位李功权也曾经和我共过事，算是我昔日的一位朋友，我更希望能避嫌。

易学习意味深长地：我明白了，本安同志，你君子坦荡荡啊！

齐本安：但李功权被林满江同志带到了北京，现在让我很担心！

易学习怔了一下，注意地看着齐本安：本安同志，你是不是担心李功权成为人质，阻止你在京州的下一步工作！反腐倡廉的工作？

齐本安：是的，易书记！京州中福此前党委书记一直缺位，纪委书记抑郁自杀，纪检工作由原党委副书记陆建设兼管，而陆建设这位同志呢，软懒弱，党群工作部和纪委等同虚设，党风廉政建设欠债太多：内部人控制问题，近亲繁殖问题，利益输送问题都比较严重。

易学习：没错，京州中福国企病积重难返，你们那位石红杏要负主要责任，省市每年都有不少举报信转过去，石红杏不理不睬……

24　北京中福集团院内　日　外

张继英不耐烦地摆着手：……好了，好了，老陆，情况我都知道了，对齐本安，你有你的推理，我也有我的判断！老陆，我提醒你一点，千万不要利令智昏，北京中福集团不是一塘浑水，无鱼可摸！

陆建设不无窘迫：张书记，我……我……

张继英：老陆啊，没事早点回京州吧！

陆建设再次强调：这……这是林满江书记让我向您汇报的……

张继英扬长而去：你不是汇报完了吗？回吧，啊！

陆建设看着张继英背影，不禁怅然若失。

25　易学习办公室　日　内

易学习对齐本安说：……本安同志，我尽快和市检察院联系，让他们到北京带人，把李功权弄回京州来侦查！李功权行贿受贿案是五亿棚户区协改资金转移案的一部分，本来就应该并案归案的！有什么情况我们随时通报吧！哦，对了，本安同志，我也向你了解一件事！

齐本安：易书记，你说！

易学习：咱们市委书记李达康同志的前妻，就是欧阳菁，说是当上北山监狱的销售经理了？专门负责向你们的中福商场发货，让群众看见了，反映到我这里来了。这是石红杏安排的，还是你安排的啊？

齐本安：哦，都不是，易书记，这是林满江同志亲自安排的！

易学习有些意外：哦？林满江远在北京，会管这么具体的小事？

齐本安：这就是满江同志的风格，不惧人言，敢作敢为！只要他力所能及，他对身边的人总是能照顾的尽量照顾！

易学习"哼"了一声：所以人家总说林家铺子嘛！

齐本安：易书记，你不太了解林董，他是个重亲情的人，可能有些事是做得有些过，但只要不违反原则，还是算了，领导也是人！他和李达康是儿女亲家，把这件事交代给我和石红杏，我们就给办了！

易学习：他们是儿女亲家？有点意思！林满江这么一个特别重亲情的人，和李达康这个特爱惜羽毛的人成了亲家，会有共同语言吗？

齐本安：应该还是有共同语言的吧？毕竟都是党的干部嘛！

易学习略一沉思：哎，欧阳菁这事和李达康同志有关吗？

齐本安：和李达康真没关系，就是我们林满江董事长的指示。

易学习：好了，我知道了！谢谢你啊，本安同志！

26 空镜 日 内

中福集团大厦正厅倒计时牌：距我司八十周年庆典 51 天

27　范家慧办公室　日　内

范家慧用笔勾画着报纸大样，应付秦小冲：小冲，又怎么个事啊？

秦小冲：哦，范社长，我发现天使公司它并不是黑社会！

范家慧头都不抬，随口讥讽：哦，那他们是啥？天使降落人间？咱给它来篇正面报道？天使啊天使，美丽的天使，有困难找天使……

秦小冲：人家低调，不需要咱们宣传报道，也不会出版面费的！

范家慧：既然这样，那你回来卖肉吧，最近报社进了批山地猪。

秦小冲一脸讥讽：范社长，你可真有想象力，让我秦小冲卖猪肉？

范家慧严肃强调：山猪肉！在山上满山跑的猪身上生长出的肉，一种快乐的猪肉！知道他们养猪场的口号吗？——猪快乐我快乐！

秦小冲：山猪肉不也是猪肉吗？猪快乐，我卖猪肉不快乐！

范家慧：哎，卖猪肉怎么了？怎么了？不是工作吗？讨债乱象你不愿意写了，天使公司也不是黑社会了，我预支给你的三万块稿费怎么办啊？你总得给挣回来吧？这兔子还不吃窝边草呢，你总不能连我和报社都诈骗吧？诈骗到了我这种心软善良的领导头上，你亏心吧？

秦小冲：范社长，你放心，我只要找到黄清源立马还你钱！

范家慧：哎，你不说黄清源我还忘了呢！不是说你从黄清源那儿要回二十万了吗？报社的八千元酒钱和预支的稿费其实都可以还了嘛！

秦小冲：范社长，这又是牛石艳说的，是吧？

范家慧：没错，牛石艳说，分局王大眼帮你大忙了，说服黄清源还了你二十万！黄清源是老赖，你不能也做老赖啊，说，能还钱不？

秦小冲：范社长，这一时半会儿还真还不了，实话给你说，钱全给我前妻了，她一人带孩子，花费大，手头紧！哎，我卖个情报给你吧！

范家慧没当回事：哦，什么情报？又有情报了？你情报贩子啊！

秦小冲：我发现石红杏贱卖国有资产，涉嫌严重经济犯罪啊！

范家慧怔住了：这……这是哪来的情报？又是天使公司的？

28　石红杏办公室　日　内

两个便衣警察找上了门，和石红杏谈王平安的案情。

警察甲：……石总，非常感谢你对我们工作的配合。现在看来，王平安唯一信得过的人也就是你了，你既是他表姐，又是他领导……

石红杏强作笑容，显然是想转移警察的视线：也不能这么说，王平安也很信任我们齐本安书记的，齐书记年轻时和他就是好朋友了！

警察甲：但是王平安失踪后没和齐本安联系过，只和你联系了。

石红杏拾掇着桌面：你们呀，是只知其一，不知其二。哎，知道不？齐本安上任头一天，王平安就跑去送过礼的，当然喽，齐本安书记政治强，作风硬，廉洁正派，没吃王平安那一套……

警察乙：石总，请你回忆一下王平安出逃前的一些细节好吗？

石红杏：这个？好吧！"九二八事故"发生后，齐本安召集我们开会，提到了五个亿被转回来了，王平安在会上就不正常……

29 范家慧办公室 日 内

秦小冲不无神秘地对范家慧说：……情报并不是天使的，另有来源，而且和两年前情报来源极其相似，很可能就是同 个情报体系……

这时，门突然开了，牛石艳走了进来：哎，范社长！

范家慧恼火地：牛石艳，怎么不敲门？懂点礼貌行吧？

牛石艳：范社长，我敲门了，你没听见吧？敲了三下呢！

范家慧很不耐烦：好，好，有事快说，我忙着呢！

牛石艳：哎，秦主任也在啊？让秦主任回避一下吧！

秦小冲：我回避？牛主任，请你回避吧，我要向范社长汇报！

范家慧：都别回避，就在这儿说吧，我看你们到底有多少秘密！

30 石红杏办公室 日 内

石红杏说完了：……情况就是这样，当时谁也没想到王平安会跑。

警察甲：别人没想到，但我们分析认为，有两个人应该想到啊！

警察乙：一个是你，一个是李功权，因为你们俩是知道内情的！

警察甲：而且，据我们调查，你在会上表现也不是太正常吧？

（闪回）石红杏慌忙站起来：……齐书记，我不知道这件事！没有这种事，绝对没有这种事！这五年是我主持京州公司工作，我清楚……

……我以党性和人格保证，这五亿和我们京州中福无关！汉东省和京州市刚刚经历了一场反腐风暴，许多事情还在查……（闪回完）

警察甲：现在的事实证明：石总，你说谎了，为什么要说谎呢？

石红杏苦笑：我真是跳到黄河也洗不清了。好吧，我解释一下……

31 范家慧办公室 日 内

牛石艳对范家慧嚷：不要回避是吧？那我可就说了：根据群众反映：自从秦小冲入职天使或者是卧底天使以后，天使公司开始涉黑犯罪，把李顺东给带坏了！现在动人的歌谣都改词了，不是京州出了个李顺东，是京州出了个秦小冲！范社长，这歌谣难道你没听说过吗？

范家慧摇头：恕我孤陋寡闻，我没听说过！牛石艳，你休得夸张！

牛石艳：我不是夸张，这歌谣都传遍大江南北，五湖四海了！

秦小冲大怒：牛石艳，小心我告你诽谤！天使公司是不是涉黑我不知道，而且，我也不在天使卧底了！对了，你还涉嫌陷害我……

32 石红杏办公室 日 内

警察甲狐疑地看着石红杏：因为事发突然，一时紧张？嗯？

石红杏：是的，但我知道这不对，清醒下来后，我马上找到林满江同志下榻处想说明这一重要情况，但林满江很忙，一时没谈成。所以，我才在次日将林满江请到我家里，向林满江进行了全面汇报。

警察乙：但事实是，你贻误了战机，让王平安从容地逃掉了！

石红杏：是，是，林满江同志严厉批评了我，都把我骂哭了。

警察乙：石总，你可是京州中福的总经理啊，这么没主心骨？

丢了五亿资金，涉案人就在面前，你竟然一言不发，竟让涉案人溜了？

石红杏：哎呀，刘警官，我当时并不知道五亿资金不见了，我要是知道五亿资金不见了，我肯定第一个扑上去，把王平安给扭送公安机关……

33 范家慧办公室 日 内

牛石艳冲着秦小冲吵：……秦小冲，今天请你给我说清楚：我怎么涉嫌陷害你了？你出来后，我和深度部对你像春风一般温暖……

秦小冲：因为你内心有愧！也别乱刮春风，你是北风那个吹！

牛石艳：秦小冲，我再一次，也是最后一次向你声明：请你到北山喝汤的，那是咱人民公安和人民法院，和我牛石艳没任何关系……

秦小冲：但是，我是被京州中福诬陷的，有人必将付出代价！

牛石艳：该谁付代价谁去付，你不要反腐败吗？好好去反吧！但是别破罐子破摔！咱俩虽说是对头，但毕竟也是本报同仁，我必须劝告你：不要把好端端的一个年轻律师李顺东拉下水，跌入涉黑犯罪的泥潭！你一人犯一次罪就够了，别再祸害别人了，行吗？我求你了！

秦小冲气疯了，拼命猛拍了一下桌子：牛石艳，请你说事实，我是怎么把年轻律师李顺东拉到涉黑犯罪泥潭去的？你给我说，说！

牛石艳：请问：用全城的广场舞大妈跳舞讨债是你发明的吧？

秦小冲：对，是我发明的！谁想到过利用广场舞和大妈们来为讨债服务？有谁想到过用这种群众喜闻乐见的形式丰富和发展我们讨债文化产业的内涵和外延？都没有吧？就我想到了，而且做到了！

34 某小区广场 日 外

几十号中国大妈穿着天使公司的讨债背心在跳广场舞。

讨债背心印有天使形象和口号：荣成钢铁集团还我血汗钱！

35 某公园 日 外

几十号大妈一场舞刚结束，有人喝水，有人整装，有人擦汗。

这时，广告声起：万恶的老赖钱荣成，欠债不还，丧尽天良……

36 石红杏办公室 日 内

石红杏恳切地对两位警察说：……刘警官，李警官，现在最想抓住王平安的人就是我！不抓住王平安，很多事情我说不清楚，不但对你们公安同志说不清楚，对我们的领导林满江同志我也说不清啊。所以，昨天王平安的电话一打过来，我就毫不犹豫，马上向你们报了警。

警察甲：是牛俊杰报的警。

石红杏：对，是我让我老公报的警！

警察甲：石总，你这次还算及时，我们推测：王平安还会把电话打过来，石总，希望你到时候尽量拖住他，给我们多留些行动时间。

警察乙：你可以告诉王平安，那五个亿没丢，全找回来了！

石红杏：那王平安就有可能回来自首，他上次电话里说了！

警察甲：好吧，石总，咱们今天先这样，有情况及时联系！

石红杏：好的，好的，给你们添了这么大麻烦，真不好意思！

37 范家慧办公室　日　内

范家慧讥讽地对秦小冲说：哎呀，咱们报社还真是出人才啊！讨债都能讨出花样来！秦小冲，这些年真是委屈你了，让你卧槽了！

牛石艳：范社长，我的律师界朋友和我说了，这是具有黑社会性质的违法的经济活动，涉嫌侵害钱荣成和荣成钢铁集团的名誉权！

秦小冲：你怎么不说荣成集团侵害债权人的财产权啊？难道你的律师朋友要保护老赖吗？！富人有富人的歪理，穷人有穷人的正义！

范家慧：好了，好了，我都听明白了，牛石艳，我相信你是出于好意，担心秦小冲再出啥事，这样吧，回头我也劝劝他，你先回吧！

牛石艳：范社长，我话还没说完：我和秦小冲还有事要谈！

范家慧：还有事？哎呀，牛石艳，你哪来这么多事？！

38 石红杏办公室　日　内

警察已经离去。

石红杏失魂落魄地呆坐在办公桌前。

片刻，石红杏拿起手机拨号。

去电显示：林满江

手机里一阵忙音。

39 范家慧办公室　日　内

牛石艳对秦小冲说：秦小冲，今天我也是不吐不快！咱们当着范社长的面，把话都说说清楚：二十天前你一下北山就威胁过我吧？

秦小冲：威胁你？天哪，我敢吗？我就说你多你妈都是猛人！

牛石艳：秦小冲，你还说了：你既出来了，从山上下来了，就要彻底揭开上市公司京州能源和京州中福巨额国有资产的流失黑幕了！

秦小冲：哎，哎，这哪里说错了？就是表示一下反腐的决心嘛！

牛石艳：秦小冲，范社长说你是人才，我牛石艳也不是蠢材！你这是在吓唬我爹牛俊杰，在吓唬我妈石红杏，难道我会听不出来？

范家慧：牛石艳，也不要这样想问题，反腐败是党心民心所向。

牛石艳：不是，范社长，你听我说完，秦小冲接下来让我帮他回忆，说是两年前那天晚上报料人打电话来时，他记得我就在他身旁！

秦小冲：没错，我就是盯住你了！你不但在我身旁，你还鬼鬼祟祟！虽然我当时喝多了，但记忆非常清楚，晚上九点多了，你还没走！

范家慧狐疑地看着牛石艳：石艳啊，能说说两年前那个夜晚吗？

牛石艳怔了一下，眼里骤然聚满了泪，吼道：不，我不能说！

吼罢，牛石艳恨恨地看了秦小冲一眼，愤然离去。

（第二十五集完）

第二十六集

1　石红杏办公室　日　内

手机突然响了。

来电显示：林满江

石红杏慌忙抓过手机，和林满江通话：林董，王平安的事还没完啊，今天两个警察找到我办公室来了，怀疑我故意放走了王平安……

2　林满江办公室　日　内

林满江和石红杏通话：这不很正常吗？王平安还没抓到，警察当然要一一排查线索，你不要慌，也不要怕，为人不做亏心事，不怕半夜鬼叫门嘛！红杏，你的问题警察管不着，是我们中福内部的问题！

石红杏的声音：内部也不好办啊，齐本安的司机告诉我，齐本安今天一上班就到京州市纪委易学习书记那里去了，不知他想干什么！

林满江：他干不了什么！中福是央企，我们纪检不归易学习管！

石红杏：但是，司法归他们管，京州中福被传走好几个了……

3　范家慧办公室　日　内

秦小冲悻悻地对范家慧说：范社长，你看出来了吧？

范家慧：我看出什么了？

秦小冲不无神秘地：牛石艳已经惶惶不可终日了！

范家慧：我没看出来！你们两个是我手下大将，都号称是我的粉丝，但关键的时就是不听我的，内战内行，外战外行！哎，对了，说情报！怎么个情报？而且还和两年前相似？你冤案有昭雪的希望了？

秦小冲：对，对，那是大有希望啊，都让牛石艳气糊涂了！她又想赖我涉黑！她吓唬谁呢她？！我知道刑警大队王大眼是她同学……

范家慧敲了敲桌子：说正事，说正事！

秦小冲：好，好，说正事！范社长，昨天夜里九时十五分，我突然接到一个电话，打电话的人是岩台口音，岁数应在四十岁左右，男性，自称"深喉"。

范家慧：深喉？哎，是不是我们媒体人啊？咱们的同行？

秦小冲：应该不是。深喉说，中福集团内部腐败严重，其腐败的主要根据地不在他们北京集团总部，而在我们京州！其中深喉所掌握的最新的一个腐败事实是：林满江通过石红杏高买低卖国有资产……

4　石红杏办公室　日　内

石红杏和林满江通话：……林董，不是我胆小，我昨夜还接到了一个威胁电话，打电话的人岩台口音，显然掌握了咱们一些内情。说是我们高买低卖国有资产。我想他大概是指京州能源那两个矿吧？

林满江的声音：林子大了，什么鸟都有，这个岩台人想干什么？

石红杏：他没说想干什么，通话时就像和我说别人的故事……

5 林满江办公室 日 内

林满江和石红杏通话：一个狡诈的家伙！红杏，记住我的话：首先不要怕，邪不压正，此人若是正派的家伙，他完全叫以去有关部门举报嘛；其二，也不要着急，多听听他的故事，从故事里寻找线索！

石红杏的声音：大师兄，我……我是不是向公安局报案呢？

林满江：你报什么案啊？人家敲诈你了吗？开出要钱的数目了吗？再说了，王平安现在仍然在逃啊，这时候去报案也不合适嘛！

6 范家慧办公室 日 内

秦小冲对范家慧说：……深喉透露：京州能源买的那两个矿是问题矿，交易时的储量和实际储量相差巨大，可以用两个字形容：骗局！

范家慧思索着说：石红杏和中福这么好骗？会不会是联手作案？

秦小冲：应该是联手作案，深喉说，当初这两个矿十五亿卖给岩台煤业集团人家都没要，结果两个月后四十七亿卖给了京州能源！

范家慧：石红杏胆这么大？就算林满江给她撑腰，也不至于吧？

秦小冲眼皮一翻：如果……如果林满江也参加了联手作案呢？

范家慧怔住了：我的天，秦小冲，你可真有想象力！哎，你别忘了，我家老齐也在中福集团，现在正是京州中福董事长、党委书记！

秦小冲半真不假地：我当然知道，范社长，你家齐本安同志万一也陷进去了，我相信你会坚持原则，守住法律和良知的底线……

范家慧：住嘴，秦小冲，你这个诈骗犯，给我滚，立即滚蛋！

7 石红杏办公室 日 内

石红杏和林满江通话：……大师兄，这一辈子我最信服的人就是你！可这一回你真让我有些失望了，冷不丁派了个齐本安过来，把京州中福的平静局面给打破了，早知如此都不如凑合用陆建设了！陆建设就是个官迷，你只要给他个官当，让他升，他就不会作怪！

8 林满江办公室 日 内

林满江和石红杏通话：……红杏啊红杏，你最信服的人是我，我最好的参谋却是你呀！你要做的事情，我哪件没支持？关于陆建设和齐本安，考察时我私下也征求过你的意见，最初的方案是你和陆建设上位，党组研究没通过。接下来呢，是三家分晋：齐本安的董事长，你的总经理，陆建设的党委书记，结果，你就是不满意陆建设，不同意他上！我再三权衡利弊，三家分晋方案才在最后一分钟让我给否了！

9 范家慧办公室 日 内

范家慧教训秦小冲：我发现你这个人唯恐天下不乱！一会儿讨债乱象，一会儿老赖祸国殃民，现在连我家老齐也让你盯上了，好，你够胆！我让你去卖肉确实是委屈你了，你应该成立一个诈骗集团啊！

秦小冲对范家慧直作揖：哎，哎，范社长，你怎么经不住一句玩笑话啊？我盯你家老齐干啥？他又没陷害过我，又没参加国有资产的高买低卖，他调到京州中福才多久？我这是想通过你递个投名状啊！

范家慧明白了：哦，你还想借我们家老齐的手反一反腐败？

秦小冲：对，对，顺便呢，也替我查清冤案！齐本安敢吗？

范家慧张口就来：他不敢，他胆小，树叶掉下来都怕砸着头！

秦小冲：那是你说的！外边有人传，齐本安要掀掉林家铺子！

10　林满江办公室门外　日　内

门口的椅子上已坐了十几个等着汇报工作的干部。

皮丹满面笑容挡驾，对男女干部们解释：……对不起，林董在和西班牙商务部长谈工作，大家如果没有特别重要的事，就先请回吧！

几个干部闻言起身离去。

余下干部仍在等待。

11　林满江办公室　日　内

林满江和石红杏通话：……我一直和你们说，从来就没有什么林家铺子，你们还不信！今天相信了吧？齐本安是林家铺子的人吗？不是嘛！今天我再次向你们重申：我们都是党的人，组织的人，不是任何私家铺子私家店的人！你们都说是我的人，我是谁的人？党的人！

石红杏的声音：是的，是的，林董，你说得对，我就信服你！

林满江：不过，红杏啊，你是不是也有问题呀？是不是对齐本安到京州中福有抵触啊？你别不承认，我就问你一件事：齐本安上任后住宾馆是你安排的，怎么王平安、李功权送礼那么及时地被人举报了？陆建设同志告诉我，竟然还有摄像视频，这正常吗？你回答我！

12　石红杏办公室　日　内

石红杏和林满江通话：……我以党性和人格向你保证，这事绝不是我干的！也绝不是我安排干的！不管怎么说，齐本安是我二师兄，而且又是上任头一天发生的事，怎么可能呢？我以党性和人格……

林满江恼火的声音：行了，什么党性和人格？别动不动就党性和人格！王平安弄走那五个亿，你也以党性和人格发过誓，说不知道！

这时，吴斯泰敲门进来了：石总，齐书记他们等你开会呢！

石红杏捂住手机：哦，好，好！告诉齐书记，我马上过去！

吴斯泰走后，石红杏又对着手机说了起来：林董，现在京州中福的所有账都冻结了，齐本安不用我们自己的财务，聘请了两个外部的财务公司彻查这京州几年的资产账目，真的让我非常不安啊……

13　范家慧办公室　日　内

秦小冲对范家慧说：……范社长，我不是唯恐天下不乱，也不是非要反谁的腐败不可，我只是要为我自己的冤假错案讨个说法！出狱第一天，我就和你说过，我是冤枉的！今天爆料的那个岩台口音的深喉，就是两年前案发那晚向我爆料的人。当时我在清源矿业黄清源那里喝酒，这人的电话就来了，我出于职业习惯，随手按下了录音键。

范家慧：两年前那个录音还在吗？和今天这人是同一个人吗？

秦小冲：范社长，我这就放给你听，你听听是不是一个人……

范家慧：好，好！哦，去把门插上！

秦小冲：哎，哎！（跑过去倒插上门。）

秦小冲打开第一个老旧手机，放录音。

录音——

　　你是秦记者吗？

　　对，是我！你谁呀？

　　我是深喉，有猛料给你……

14 京州中福会议室 日 内

齐本安、牛俊杰、干子和等十几名干部陆续进入会议室。

15 石红杏办公室 日 内

石红杏对林满江说：林董，长话短说，你得采取有效措施管管齐本安，不能让他由着性子来！我现在重新表个态：我不反对三家分晋了！我争取和陆建设搞好团结！这位同志毕竟是我提上来的！陆建设他就这样，只要给他个适当的官当，让他上一步，他就不会作妖！

16 林满江办公室门外 日 内

等候的人群中多了一个陆建设。

陆建设讨好地对皮丹说：皮董，你厉害啊，转眼成林董大秘了！

皮丹满脸笑容：林董点名调我，不来不行啊，老陆，你也有事？

陆建设：哦，想向林董做个汇报！

17 林满江办公室 日 内

林满江和石红杏通话：……好了，红杏同志，你的意思我听明白了，你让我再想想吧！其实啊，三角形态是最稳定的形态。但是，是不是就一定让陆建设过去？也不一定，对陆建设的考察不是太理想！

石红杏的声音：齐本安倒理想，就是不服用啊！你不是说吗？对管不住的人，要在萌芽的时候消灭掉，不给他坐大向你龇牙的机会！

林满江：我说的是韩非子"势不足以化则除之"，你给我白话了！

563

石红杏：啥白话黑话的，对齐本安，你大师兄得当断则断了！

林满江：行，行，我再考虑一下吧，好了，就这样吧！

电话挂上后，林满江按响了桌上的电铃。

皮丹应声跑了进来。

林满江有气无力地：皮丹，药……

皮丹忙从柜里拿药：哦，在这儿呢，林董！

18　范家慧办公室　日　内

秦小冲又放第二部手机的录音。

录音——

　　秦记者吗？

　　谁呀你？

　　深喉，没听说过？我知道你受了林家铺子的陷害，想

掀掉林家铺子，我就来给你供料了！你知道吗？京州中福

石红杏胆大包天，和奸商勾结，高价买进奸商劣质矿山，

有受贿嫌疑！

19　京州中福会议室门前　日　内

石红杏一脸庄严地走进会议室。（升格）

办公室女副主任给石红杏端着茶杯，提着包，跟着进门。（升格）

齐本安敲了敲桌子：好了，石总到了，我们开会！

20　林满江办公室　日　内

皮丹一边伺候着林满江吃药，一边对林满江说：……京州那边

的民主生活会已经开了，我让他们过后把视频发过来审查！另外，齐本安确实跑去和易学习勾兑了，但说了些什么，详情还不是太清楚！

林满江：有这么不听话的下属吗？齐本安还怕事闹得不够大？！

皮丹：就是！林董，不能由着齐本安的性子来！他没人情味，再加上牛魔王一直在身边煽风点火，京州中福还不得天翻地覆啊……

林满江打断：行了，行了，别说这些了，赶紧工作吧！皮丹，让文宣部的同志来汇报，我要听听八十年大庆的准备情况，你也帮我记一下，该改的地方要改。不行就让齐本安过来指导，此前的整个筹备工作都是齐本安做的！

皮丹：好的，好的，林董！对了，陆建设过来了，说要见你。

林满江烦恼地：他来干什么？不见，不见！

皮丹：陆建设现在不骂林家铺子了……

林满江：那也不见！

21　范家慧办公室　日　内

范家慧听罢录音，对秦小冲表态说：没错，今天这个深喉就是两年前那个深喉！秦小冲，看来你没说谎，你的确有可能是被陷害的！

秦小冲眼中含泪：范社长，知音啊，你……你到底相信我了！

范家慧：我一直都相信你，一个调查记者，怎么会没底线呢？！

秦小冲：就是，就是，就算受到不良风气污染，底线不能丢啊！

范家慧思索着：但是，陷害你的会是这个岩台口音的人吗？他为什么要来陷害你？两年前陷害了一次，今天再来害一次？不应该吧？

秦小冲：范社长，你咋这么英明呢？陷害我的不是深喉，是牛石艳！我想，事情应该是这样的：我接到的电话被牛石艳偷听到了，她就给她妈石红杏，或者给她爹牛俊杰打了个电话，让他们派人带上十万块钱和我接头，结果，我就被陷害了，一举获得两年有期徒刑！

范家慧不置可否：秦小冲，这是你的推理，你要有证据才行！

秦小冲：范社长，你那么英明，还没看出来啊？牛石艳害我的证据比比皆是啊，你看，她甚至想把我办成黑社会，竟然指责我带坏了李顺东，欲加之罪，何患无辞！其实，我一直劝李顺东遵纪守法……

范家慧：别遵纪守法了，你要遵纪守法，也不会摔这么大一个跟头！你也许没本事带坏李顺东，但你跟李顺东学坏那是很有可能的！

秦小冲：范社长，你怎么对我这么没信心呢？我是有底线的！

范家慧：问题在于，你设的底线太低了，已经低于水平面了！

这时，秦小冲的手机响。

秦小冲一看来电显示，乐了：哟，李顺东，是李顺东！

22　天使商务公司　日　内

李顺东和秦小冲通话：秦专务，你在时显不着，你这一离开，我们都还真有点闪得慌！怎么着？还是回来吧，我欢迎你重回天使啊！

秦小冲的声音：李总，你是不是承认：开除我是你们犯了错误？

李顺东：可不就是错了嘛，秦专务，回来吧，我想死你了！

秦小冲的声音：好，李总，那……那……那我尽快回去！天使就是天使！天使的伟大不在于她不犯错误，而是犯了错误能及时改正！

李顺东十分动容：哎呀，哎呀，秦记者，你这评价太深刻了！我要把你这句话刻印在我们的所有宣传册上，字字千钧哪……

23　京州中福会议室　日　内

京州中福党委成员民主生活会正在进行。

齐本安主持会议：同志们，这个会早就要开了，但一直没开起来。大家手上的事都不少，人头一时难以凑齐，所以就拖到了今天……

牛俊杰：哎，齐书记，打断一下，我觉得你说的不是事实，怎么叫难以凑齐？林满江一声令下，大家不是立即到齐了？不过，林满江把一个民主生活会开成了一个一言堂的训话会，简直是个讥讽！

石红杏：牛俊杰，请你不要这样讲，当时不是有特殊情况吗？

牛俊杰：什么特殊情况？不就是个李功权的事吗？犯得着这么发威吗？今天既然是民主生活会，那我就大胆民主一次，林满江同志的作风应该民主一些了，不能明里暗里搞林家铺子，做铺子的大掌柜！

石红杏：我提醒你牛俊杰，林满江的作风是不是民主，他发现了京州中福存在的问题该不该提出批评，都不是本次会议要讨论的！

齐本安：石红杏同志说得对，这次会议是我们京州中福党委班子的一次民主生活会，是一次批评与自我批评的会议，大家都别跑题！

牛俊杰：我没跑太远啊，我不过是找了找问题存在的根源……

24　范家慧办公室　日　内

范家慧不无讥讽地看着秦小冲：怎么？又要去投奔李顺东了？

秦小冲有点不好意思：你看这事闹的，李顺东主动请我回去的啊！再说了，和在报社卖肉相比，还是到天使干讨债比较高大上，是吧？

范家慧：那你也别这么肉麻，还天使的伟大！我直起鸡皮疙瘩！

秦小冲：是，是，我……我这也是没过脑子，就脱口而出了……

范家慧叹着气，用指节敲着桌子：小冲啊，这么多年，你身上有两点东西我看得很清楚：第一，你有正义感；其二，你很想发财……

秦小冲：哎，哎，范社长，这两点谁身上没有？牛石艳不想发财啊？还有你，你不也一样？你不想发财怎么连山地猪都卖上了……

范家慧：我这是为了咱们这张报纸的艰难生存！秦小冲，你听我把话说完。在我们这个时代，发财致富是每个人的梦想，但要发得光明正大，不能涉黑冒险。天使的差事，你是不是一定要干啊？你就不能换个既赚钱又有利于社会，有利于人民的事情来做一做吗？啊？

秦小冲：范社长，我到天使公司做讨债，就是既有利于社会，又有利于人民啊！我不开玩笑，我是认真的！天使在法律允许的范围内做事，为千疮百孔的社会诚信弥补漏洞，难道不是有利于社会吗？天使帮民间老百姓讨债，又没伙同腐败分子分赃，不是有利于人民吗？

范家慧：但是，天使讨债手段不是那么美妙吧？社会上传说很多！

秦小冲：的确不太美妙，但公安盯上了，肯定就要整顿提高了……

25 京州中福会议室 日 内

齐本安在发言：……我是京州中福的班长，给大家带个头，先进行批评与自我批评。坦率地说，同志们，这次调京州很突然，我头天上午还在布置集团展览馆的八十周年展览，下午突然谈话，次日就到了京州，一时很难适应，就到职的会上讲了个话，就让个别同志误会了，以为我想收礼，李功权、王平安当天晚上就跑来给我送钱，王平安出手就是八万八，李功权是五万。同志们，我真是吓出了一身冷汗啊，我当时就想：天哪，我们京州中福的风气怎么变成这样了？这些人胆子怎么这么大？十八大后还敢这么顶风作案啊？但是，我毕竟有些软弱了，没有抓住王平安、李功权这两个恶劣的腐败典型做文章。

牛俊杰：齐书记，你是没敢抓，还是不愿抓？为什么别的干部没去给你送钱，偏偏是王平安和李功权你这俩朋友给你去送了钱？能说说你们仨的关系吗？王平安、李功权出事后，大家对你的议论很多。

石红杏看牛俊杰的眼神一下子变了，变得不无欣赏。

26 范家慧办公室 日 内

秦小冲对范家慧说：……范社长，有个情况你也许不清楚：现在社会上高利集资引发的群体事件层出不穷，老百姓动不动就找政府！

范家慧：我怎么会不清楚？这些老百姓啊，做梦赚高利发大财时也没想过给政府分点钱，一旦出事，就来找政府了，真是很不像话！

秦小冲：就是啊，这就给社会稳定造成了很大的威胁啊！怎么办呢？就需要像天使这种债务清算公司帮助解决，协助政府维稳嘛！

再有就是咱法院的执行难，这是从上到下，大家都很无奈的一个现实！

范家慧：哎，我听说，这个现实最高法院已经下决心改变了！他们准备花三至五年的时间，在全国范围内解决执行难的问题……

秦小冲：那些债权人等不了三至五年的，人家现在就想要钱！

范家慧：行了，行了，我不听你狡辩了，秦小冲，我今天把话说清楚：从今天开始，你不是我和《京州时报》派往天使公司的卧底人员了，以后无论出了啥事，千万别说是我范家慧派你去的！出了麻烦自己负责，发了大财也别来谢我，记着把报社那三万还回来就成！

秦小冲：那岩台的报料人呢？范社长，咱们是否还要合作下去？

范家慧：这个要合作的，秦小冲，我也不会亏了你！你既然号称给老齐递了投名状，那我也得够意思，让齐本安帮你排查你的冤案！

秦小冲乐了：好，好，范社长，我就知道你是个很好的生意人！

范家慧：胡说八道！我是一个好记者，好总编，是被迫和你们做生意的！我最近对市纪委易学习书记的独家专访你看了吗？都上了《人民日报》！叫作《敢碰硬的纪委书记》，小半个版呢！

秦小冲：哎呀，我哪有时间看啊，又要挣钱养家糊口，又要当福尔摩斯，再说《人民日报》这么高的级别，也不是我这种草根看的……

27 京州中福会议室　日　内

齐本安看着众人，娓娓而谈：……好，牛俊杰同志既然把问题提出来了，我也不回避。二十年前，我从京州公司调到了上海公司，和王平安、李功权同在上海中福产权研究室工作，这个研究室是林满江同志为后来中福集团一系列兼并重组设置的最早的一个研究机构。由于我们三人先后来自京州，是老乡，有一种天然的亲近感，所以在一起的时间就多一些，也经常一起在外边吃饭，大体就是这么个情况！

干部甲：齐书记，有人说，你们三人在上海期间拜过把兄弟？

齐本安：这个绝对没有，但在工作生活上互相帮助是有的。

干部乙：齐书记，这些年你一直在北京总部，又和林满江同志是师兄弟，请问：在王平安、李功权的提拔任用上，你起没起过作用？

齐本安：没起过作用，也起不了作用，林满江同志原则性强！

牛俊杰：既是原则性强，也是专权霸道，人事问题他一言堂！

齐本安：哎，牛总，又跑题了啊！同志们，大家继续说我吧。

干部丙：齐书记，我就提一点：咱京州中福啊，千头万绪，工作繁忙，您又刚过来，遇事千万别着急，一定要注意身体，别累垮了。

干部丁：是啊，齐书记，您身体健康就是咱京州中福的福分……

牛俊杰：哎，田部长，刘总监，你们能不能少拍点马屁？我记得去年好不容易开了一次民主生活会，你们也是这样和石红杏说的！

干部丙窘迫地：牛总，上次你在会上攻击石总，我们打个圆场呗！

干部丁苦笑：就是，老牛啊，我们总不能破坏你们的夫妻关系吧？

牛俊杰：哎，你们这叫什么话？在这个会上，石红杏不是我老婆，是领导，有问题就要说，有意见就要提，否则还开什么民主生活会？

石红杏冷笑：好，好，牛俊杰，你还知道我是你的领导？

牛俊杰：当然知道！石领导，齐书记带了头，你也快请吧！

28 林满江办公室 日 内

林满江对集团文宣两位干部说：……你们呀，让我怎么说呢？齐本安做了两年多文宣部领导，就没把你们带出来？你们看看这个方案，漏洞百出，像香港公司不少史实都是错误的！香港这一块，要重点突出一九四一年年底沦陷后，我党组织的文化名人大撤退！

两位干部认真记录，同时用手机录音。

林满江：香港撤退，一个是东江纵队功不可没，还有一个就是我们的香港福记，公司当时拿出了自己全部家当保障这次历史行动！所以，我一直强调，中福不是一个单纯的企业，她是国家历史的缩影！

29 范家慧办公室 日 内

范家慧思索着，给齐本安发微信：据深喉密报，贵司头目勾结奸商高买低卖国有资产，涉嫌重大腐败，千万小心，地雷已在你脚下！

30 京州中福会议室 日 内

齐本安看手机，给范家慧回微信：哪个头目？探明再报！

这时，石红杏已经在做自我批评了：……齐书记带了一个很好的头，严厉地解剖了自己，对我触动很大。京州中福成就很大，问题不少。成就是广大干部群众创造的，问题是我领导无方，失职所致。

齐本安：石总，也不能这么说，成就问题你都有份，好，你继续！

31 林满江办公室 日 内

两个文宣干部已离去。

皮丹对林满江说：……林董，您看您这身体，还这么不要命地工作！要不，我让外面的同志全回去吧，您到休息室迷糊一会儿，养一养精神？今晚还要和香港中环集团的人餐叙，别到时候您吃不消。

林满江：好吧，让大家全回去，必须见的，明后天再安排吧。

皮丹：对了，林董，陆建设还在门外等着呢，非要向您汇报！

林满江一声叹息：让他向你汇报就行了，我就不听了！

皮丹：可是，林董，陆建设过去一直是我的上级……

林满江没当回事：皮丹啊，现在你代表我了，就是他的上级！他不是一直骂林家铺子吗？你就让他真正见识一下林家铺子嘛！

皮丹：林董，我刚才向您汇报过的，陆建设现在他不骂了……

林满江：我知道，他呀，是想挤进林家铺子，最后捞上一票！

32 京州中福会议室 日 内

石红杏结束了发言：……好，我先说这么多吧！在齐本安调来之前，京州中福一直是我主持工作，由于我的水平有限，脾气急躁，工作和生活上的问题肯定不少，欢迎同志们提出来，便于我今后改正。

齐本安：红杏同志，那我先从一件小事说起吧：我注意到你今天开会进门时，连茶杯都有人替你端着，被人伺候习惯了吧？

石红杏一下子僵住了：哦，是，是，齐书记……

牛俊杰：长期以来不进行批评与自我批评，有些坏习惯形成了都不知道！在这一点上，我最有发言权，我今天就来一次畅所欲言……

石红杏不无幽怨地看了牛俊杰一眼：好，你苦大仇深，诉苦吧！

33 林满江办公室门外 日 内

陆建设眼巴巴地看着林满江办公室的门，就是进不去。

这时，在门口等候的干部已全部离去。

皮丹信口开河、满嘴谎言地对陆建设解释：……老陆，多一些理解吧，咱们林董啊，也实在太忙了！这不，和西班牙商务部长刚在电话里谈完，一位副总理又来电话了，涉及一项重要产业政策的制定，一定要征求咱林董的意见啊，林董推都推不掉……

陆建设感慨：皮主任，我算是亲眼见到了，咱林董太了不起了！

皮丹：所以石红杏才粉林董嘛，你还对石红杏冷嘲热讽呢！

陆建设：那是我错了，跟错了人，走错了路！所以我知道，我不像你和石红杏，我得付出十倍百倍的努力才能赢得林董的信任啊！

皮丹：哎，哎，老陆，这种话心里有就行了，可不能四处说！

陆建设：是，是！皮主任，咱们是老朋友了，你可得帮我啊！

皮丹：那是，那是，能帮的忙我一定帮，今天先回吧，老陆！

陆建设迟疑着：不是，皮主任，有个事我必须当面对林董说……

34 范家慧办公室 日 内

范家慧抄起内部电话：牛石艳，过来一下！

片刻，牛石艳敲门进来了：诈骗犯走了？

范家慧：什么诈骗犯？我要和你谈的就是这个问题！

35 皮丹办公室 日 内

陆建设对皮丹说：齐本安让我监视石红杏！

皮丹一怔：哦？还有这种事？哎，老陆，怎么个情况？

陆建设回忆起来：皮主任，情况是这样的……

（闪回）齐本安对陆建设说：在王平安落网前，石红杏要盯住了！我已经和石红杏说了，让她近期不要出差，她也答应我了。所以，只要发现她往机场、高铁站跑，立即拦住，就说我找她开会……（闪回完）

陆建设：皮主任，我听了齐本安这个指示，当时头皮发麻呀！齐本安是什么人啊？林满江同志的师弟，石红杏的师兄，你说他怎么这么干啊？！当然了，如果这是林满江同志发布的指示就是另一回事了。

皮丹沉吟着：这个……这个，老陆啊，这事到此为止，你就不要再和别人说了，据我所知，林满江同志很重视他们三兄妹的关系！

陆建设：就是啊，他们仁都是你母亲程端阳培养的高徒啊……

皮丹言不由衷地：齐本安也许喝多了，和你说了几句醉话吧？！

陆建设：不，不，皮主任，齐本安说这话时，连啤酒都没喝一口！

36 京州中福会议室 日 内

牛俊杰批评石红杏：……石总，你最大的毛病是心里没有基层群众，只有大领导，你把林满江的画像四处乱挂，办公室、家里都挂！

齐本安：石总啊，我和老牛还在满江同志的画像下吃过一次饭哩!

牛俊杰慷慨激昂：坦率地说，我对此接受不了，我内心里极其反感，认为这事极不正常！我觉得这不是石红杏单方面问题，林满江同志也有很大的责任！从某种意义和某种程度上说，林满江同志就是在中福搞了个林家铺子！林满江同志把党和人民赋予他的为人民服务的权力变成了为自己亲朋好友服务，陆建设就一直骂林家铺子……

石红杏恼怒地：牛俊杰，你跑题了！怎么又扯到林满江头上了？

齐本安平静地：石总，让老牛放开讲嘛，不能光搞州官放火啊！

牛俊杰：石红杏一贯是只许州官放火，不准百姓点灯，好，我接着说！不是齐书记来了，这种真正的民主生活会哪开得起来啊？每年应付一次，相互吹捧一番，你好我好大家好，党风却越来越坏……

37 范家慧办公室　日　内

范家慧亲切和蔼地给牛石艳做工作：……石艳啊，我们做人做事都要有底线，可不能由着自己性子来！你设身处地替秦小冲想想，他容易吗？矿工出身，无权无势，凭自己的努力，考上了大学，学习新闻，在《京州时报》这些年渐渐成长起来了，得了多次新闻奖……

牛石艳讥讽：哎，哎，范社长，你这是给我介绍对象，是吧？

范家慧：介绍什么对象，你和秦小冲对不上象的，都你死我活了！

牛石艳：就是！那你是给秦小冲致悼词喽？瞧你把秦小冲夸的！

范家慧：石艳啊，我也不是夸他，是想帮他解决冤案！小冲毕竟还年轻，人生的路还很长，又是栽在《京州时报》的，我这个做

576

社长的于心不安，就想帮帮他！两年前那个夜晚，你为啥迟迟不回家？监视秦小冲？就想看着他落入别人替他布置的陷阱？石艳，和我说实话！

　　牛石艳怔了半天：实话就是，我失恋了，那晚差点没自杀……

　　范家慧吃惊地：哦？

（第二十六集完）

第二十七集

1 皮丹办公室　日　内

皮丹对陆建设说：老陆，你说的这个情况我也知道，本来你是党委书记人选，齐本安的董事长，这样其实挺好的，后来不知怎么变了。

陆建设：我知道，是林满江同志一票否决了，但林满江错了，他用错人了！齐本安是中山狼，一朝权在手，翻脸不认人！皮主任，齐本安对你是留面子的，对我就不客气了，说我根本没资格做书记！

皮丹：老陆，你别气了，我觉得领导现在心里多少已经有数了！

陆建设：我也有这个感觉！在京州时我真没想到，领导会亲自给我打电话，让我去控制李功权，我当时就悟到：领导防着齐本安了！

皮丹：也不能这么说，毕竟是你管纪检工作嘛！好了，老陆，你回吧，该说的，我都会和领导说！哦，对了，京州的房子帮我看着点！

陆建设：好的，好的，皮主任，那我就先回李功权专案组了！哎，皮主任，林满江同志家在哪，能告诉我吗？我想去拜访一下……

皮丹沉吟着：这个……地址我知道，但可别说我告诉你的啊！

陆建设：明白，明白！

2 京州中福会议室　日　内

石红杏发言：……大家说得都不错，尤其是我们牛总，灯也点了，火也放了，苦也诉了，冤也申了。但是，却忘了对照检查自己……

牛俊杰这时正在喝水，马上放下茶杯同应石红杏：哎，哎，我可没忘，我的对照检查这就开始！同志们，因为这几年京州中福从没认真开过民主生活会，所以允许我把话说远一点，没问题吧，齐书记？

齐本安边听边做记录：没问题，老牛，你畅所欲言！

牛俊杰：我这人是矿工出身，十六岁半工半读就下井采煤……

石红杏：哎，哎，牛总，这也太遥远了吧？你英勇的青少年时代是否能省略？这是民主生活会，不是你个人励志传奇的宣讲会！要说励志传奇，我和齐本安书记不比你差，十六岁也都进厂学徒了……

牛俊杰：对，对，没有自身的奋斗，谁都到不了今天。了解我的人也就是石总你了！那我从就任京州能源总经理开始，这总可以吧？

石红杏：可以，讲讲京州能源是怎么在你手上弄得连工资都发不上了！讲讲你是如何敲诈我们京州中福和北京总部的，给我们点启发！

牛俊杰气愤地用指节敲着桌子：好，好，这正是我重点要讲的……

3 范家慧办公室　日　内

范家慧赔着一份小心，递过一张纸巾给牛石艳擦泪。

牛石艳擦完泪，却又笑了：现在想想为这么个男人，真不值！

范家慧很好奇：哎，牛石艳，这个男人是谁呀，干啥的？

牛石艳：算了，过去了，不说他了，就是觉得这事太荒唐！

范家慧：谁年轻时不荒唐？不荒唐我能嫁给他齐本安？

牛石艳：哎呀，我的范社长啊，你就知足吧！齐本安不错呀，人多稳重啊，官运也好，没准能接林满江的班！哎，范社长，齐本安好像是程端阳给你们介绍的吧？我记得有一次喝多了，你和我说过？

范家慧：是，我采访程端阳，齐本安配合采访，就认识了！程端阳得知我没对象，就给撮合了。后来我才知道，齐本安和你妈谈过对象，你妈没看上他，你妈和他说了，她这辈子最服的男人就是林满江！

牛石艳：我知道，我妈都把林满江的画像挂到我们家了！我一气之下，花了八百块钱让人画了一张你的画像，也挂到我们家里了……

范家慧大吃一惊：啊？牛石艳，你……你想害死我啊？！

4　京州中福会议室　日　内

牛俊杰发言：……我们有些同志不是太厚道，也不是太地道，比如说党委副书记陆建设同志，我不知道他今天为什么没有到会参加？

齐本安解释：老陆在北京，协助集团纪检部门审查李功权。

牛俊杰讥讽：好，趁机也跑跑官！但对陆建设同志，该说的话我必须说！京州中福下属单位和企业党风廉政建设问题很多，违反八项规定的精神的事情比比皆是，陆建设不去查，却盯着我不放！我接待一下债权单位怎么了？这孙子我愿意当啊？说我把京州中福给的八千万给高管发工资了，我不发行吗？高管饿跑一半了，欠薪比工人还多，欠一年零七个月了！我调来两年零五个月，一共支取了两万五千元生活费！不是石红杏可怜我，用她的年薪养活我，我也得饿跑了！

齐本安十分吃惊：哎，石红杏同志，老牛说的这个是事实吗？

石红杏点了点头，叹息：煤炭行情不好嘛，这也是没办法的事。

牛俊杰：京州中福有个规定：凡欠发工人工资的单位，领导和管理层一律不得发放年薪，每月只能领取一千元生活费。所以，皮丹炒房赚钱我尽管十分反感，但也能理解，你得让人家养家糊口啊……

5 天使商务公司门前　日　内

李顺东匆匆出门，秦小冲匆匆过来，二人迎面碰上。

秦小冲：哎，李总，你这是急着要上哪去？

李顺东：秦专务，你来得正好，走，走，一起去吧！

秦小冲：出啥事了？我原以为你还要给我搞个欢迎仪式呢！

李顺东：别仪式了，又出事了！路上说吧，上车，上车！

秦小冲：李总，这么说，我来得还挺及时？

李顺东：哎呀，那是太及时了，简直就是及时雨啊！

6 京州街上　日　外

轿车急驰。

车内，李顺东对秦小冲说：……钱荣成太狡猾了，你头一分钟都不敢判定他下一分钟会出啥招数！这不，竟然搞了我们一个措手不及！

秦小冲有些摸不着头脑：李总，这究竟出了什么事了？

李顺东：哎呀，那台游街的劳斯莱斯惹大麻烦了！这台车反复出现在京州各繁华地段和银行门前，引起了一场又一场轰动和围观……

秦小冲：这我知道啊，京州干部群众纷纷反映：因为我司的讨债活动让他们开阔了眼界，增长了见识，认识了一流豪车劳斯莱斯……

李顺东：现在这台豪车丢了，失控了，而且我们还……还犯了法！

秦小冲：犯法？钱荣成敢告我们？这车刚游街时，他的律师找过我，要我从法律途径解决纠纷，不要诋毁荣成的商誉，我没理他。钱荣成和律师既没继续纠缠，也没来过电话，我以为他们放弃了。

李顺东：他们没放弃，钱荣成这小子狼性啊，他从不吃素啊……

7 京州公安局光明区分局刑警大队　日　外

劳斯莱斯讨债车已停在刑警大队院内。

白副总和几个身着天使工作服的人员一个个抱头蹲在墙根前。

8 京州公安局光明区分局治安办公室　日　内

王大眼和另一个警察在为报案人做笔录。

报案人甲：我们是吕州法院执行局的！

报案人乙：这次来京州执行荣成钢铁集团的一辆劳斯莱斯……

9 京州街上　日　外

轿车急驰。

车内，李顺东对秦小冲说：……刚才，我正准备吃午饭呢，劳斯莱斯司机小王突然来了个电话。说是劳斯莱斯和荣成项目组三人在德安路陷入了黑社会重围，要求总部派精干力量救援。你撰耙子回了家，我当时也没想到是人家吕州法院执行局的人来执行这台车……

秦小冲：结果，你就下令武力护车？

李顺东：是啊，我以为是荣成钢铁集团弄来的黑社会抢车呢！就让白副总带着几个人赶过去了，这下子就惹麻烦了，咱们的人和吕州执行局法官发生了比较激烈的武装冲突，人家法官报警，白副总和咱们八个员工全进了局子，王大眼亲自打电话给我，要我去处理……

10　京州中福会议室　日　内

牛俊杰情绪激动，继续发言：企业要发展，工人要吃饭，每天一睁眼，麻烦事就全来了，皮丹董事长据说身体不好，现在又调到北京去了，京州能源到底应该怎么办，我希望齐书记和石总拿个主意！

齐本安苦笑：老牛，咱们今天开的是民主生活会，你又跑题了。

石红杏：牛俊杰，你说了半天，除了诉苦，抱怨，我和同志们没见你做什么自我批评啊？难道你就没啥缺点错误？你是完人一个？

牛俊杰：我缺点错误太多了，蒙事，无能，得过且过，等等吧！

石红杏：牛俊杰同志，你不要应付！我认为，你这同志最严重的问题是：不讲政治，没有规矩！我就举一个例子：请问，你能当着闹事工人的面向我和京州中福讨薪吗？你能跑到劳动模范程端阳家里逼宫，让程端阳打电话给林满江强行借钱吗？你这问题难道不严重吗？这么胡搅蛮缠时，你考虑没考虑后果？还有没有党性和原则性？

牛俊杰大怒：我不胡搅蛮缠，两万工人这三个月的工资就解决不了！石红杏，你别站着说话不嫌腰疼，我的问题和你们领导的问题比起来算个屁！不是你们决策失误，京州能源不至于落到今天这一步！

齐本安：哎，哎，老牛，请你冷静些，不要意气用事……

11　京州街上　日　外

轿车急驰。

车内，李顺东对秦小冲说：……其实这事有先兆，前几天钱荣成给我来过一个电话，问我是不是把他的劳斯莱斯玩够了？让我玩够了就送回来！挂了电话，我的感觉不是太好。觉得钱荣成好像有底气……

秦小冲：哎，我就不明白了：钱荣成的底气从何而来？还有，吕州法院执行局这又是从哪冒出来的？这可真没想到！

李顺东一声叹息：王大眼在电话里说了，钱荣成欠了吕州一家担保公司七百多万债务，用劳斯莱斯抵债，法院走了个简易程序做了裁决就来执行了。而我司那些无知的"天使"哪会想到这一层？就把法院执法误认为黑社会了，哎呀，拳打脚踢啊，客观上造就了暴力抗法呀。

说罢，李顺东拨起了手机。

12　范家慧办公室　日　内

范家慧对牛石艳说：……小姑奶奶，你千万别粉我，更别把我的画像挂在你家里，牛石艳，你这是侵犯我肖像权，你知道吧？

牛石艳：八百块呢，扔了可惜，要不，我挂到齐本安办公室去！

范家慧：那还不如挂你家呢！行了，先给我送过来，我看看再说!

这时,牛石艳手机响。

牛石艳看看来电显示,立即向范家慧告别:范社长,就这么说吧!

范家慧:还有什么说的?!我这半天都和你扯了些啥?走吧,走吧!这批山地猪马上到货了,你们深度部给我派两个壮劳动力剁肉啊!

牛石艳向门外走:好的,好的!

13 京州时报社走廊 日 内

牛石艳躲在一侧和李顺东通话:怎么突然想起打电话给我了?

李顺东的声音:艳,实在是没办法,和公安发生了误会啊……

14 京州街上 日 外

轿车急驰。

车内,李顺东和牛石艳通话:……艳,就是这么个情况,我们的人真不知道他们是法官,现在都被拘在光明区分局刑警大队了。你赶快给王大眼打个电话,说说这个情况,让他们从宽处理!谢谢,谢谢!

秦小冲迟疑地看着李顺东:李总,你……你也认识牛石艳?

李顺东一声叹息:岂止认识?还处过几年朋友呢!

秦小冲更加意外:啊?那你怎么不早告诉我啊?

李顺东:我告诉你干啥?和你有关吗?我的心现在还痛着呢!

15 京州公安局光明区分局门外 日 内

王大眼和牛石艳通话:石艳,不是我不给你面子,我劝你少管这种麻烦事！他们两边都不是省油灯，钱荣成的法院裁决让人生疑，但人家吕州执行局的法官是真的，执行令也是真的，我们得依法办事！

牛石艳的声音：我明白，大眼，在法律许可的范围内关照一下！

王大眼：那你赶快给李顺东打电话，让他对法官态度好点……

16 京州中福会议室 日 内

石红杏对牛俊杰发火：是集团还是京州中福欠你们的？你对林满江、对京州中福搞讹诈还有理了？同志，你就不能检讨一下自己吗？

牛俊杰：我当然要检讨自己，但话得说清楚：你们上头怎么不欠我们的？哎，我请问你石总，京丰、京盛两个烂矿谁给我们高价买来的？四十七个亿的包袱啊，不是你们京州中福吗？今天既然话说到这份上了，那我也不客气了：谁的孩子谁抱走，别指望别人替你们抱……

干部甲：哎，老牛，你也是京州中福班子成员嘛！

干部乙：就是，牛总，这件事你也有责任嘛！

牛俊杰：我有屁的责任！谁的责任谁清楚！齐本安同志上任后让我们做个解困保壳方案，我们的方案已经做好了，趁机汇报一下：四十七亿从京州中福买来的矿产，我们四十七亿转让给京州中福……

17 京州公安局光明区分局刑警大队 日 内

王大眼、李顺东、秦小冲和两个挨了揍的执行法官在交涉。

法官甲气愤地对李顺东说：……李总，你手下"天使"实在是无法无天，敢这么暴力抗法！我们出示了执行令，仍然对我们拳打脚踢！

法官乙：尤其不能容忍的是，还硬拦着不让我们打110报警！

李顺东狠狠给了自己两个响亮的大耳光：王法官，赵法官，你们千万别生气，是我们公司的人搞错了，把你们二位误认为黑社会了。

法官甲：请你仔细看清楚了：我和赵法官哪个像黑社会啊？啊？

秦小冲也狠狠给了自己一个大耳光：王法官，赵法官，你们就权当被我们的这群疯狗咬了，要是不解气，都来扇我吧，我管荣成集团债务清理，是我严重失职了，不关我们李总的事，我对不起你们二位！

王大眼也做起了和事佬：你们认识错误的态度还是好的，回去后一定要加强对员工的普法教育！王法官，赵法官，你们看这事？

法官甲：好吧，李总，秦总，看在你们真诚悔悟的分上，我们不追究你们公司的责任了，但是，这几个暴力抗法的家伙都要处理！

王大眼：二位放心，我们公安机关不会放过任何违法犯罪分子！

18　京州中福会议室　日　内

齐本安打断了牛俊杰的发言：京州能源解困保壳方案不在这里讨论，下一步专题研究解决，还请大家在自查自省的基础上，重点检查一下在我们这个班子在管党治党方面存在的突出问题。俊杰同志，你也不要委屈，你是党员干部，不是梁山好汉，必须讲政治规矩，石红杏同志在这一点上对你的批评并没有错，希望你对此有清醒的认识。

石红杏：牛俊杰，我再多说一点：一定要把公事私事分分清！

牛俊杰：行，行，你们二位领导的批评我都接受，都接受！

齐本安：好，李总，你是管人事的，也谈一谈吧！

李总：好，我谈！同志们，这个民主生活会真是期待已久了……

19　京州公安局光明区分局刑警大队院内　日　外

吕州法院的警车押着执行到手的劳斯莱斯，扬长而去。

似乎为了显示威风，吕州法院的警车一出门就拉响了警笛。

李顺东、秦小冲、王大眼看着警车和劳斯莱斯出门远去。

秦小冲眼中的泪水禁不住落了下来。

李顺东拍了拍秦小冲的肩头：哭什么？男儿有泪不轻弹！

秦小冲一声叹息：那是只因没到伤心处啊！

王大眼：行了，李总，把你们的人都带走吧，记住这个教训，一定要依法清债，千万不能乱来啊！

李顺东紧紧地握住王大眼的手：王队长，谢谢，谢谢您！

王大眼：别谢我，谢牛石艳去吧！（又低语了一句）李总，我劝你别惹钱荣成了，这个奸商不好惹，你没听说吗？吴市长都替他说话！

李顺东：是，是，王队长，谢谢你的提醒……

王大眼又问秦小冲：哎，秦记者，黄清源后来找到了吗？

秦小冲摇了摇头：没有，那天在银行门口让你们保护走了！

王大眼叹息：这些老赖，也真是一个严重的社会问题啊！

李顺东：就是，王队长，所以我们讨债公司也是应运而生！

王大眼：但是，李总啊，你一定要记住了，不能违法讨债……

李顺东：是的，是的，我们已经非常非常注意了！

秦小冲：王队长，还是得谢谢你啊，黄清源还是怕你们，得你们的助，我总算追回了二十万，也给了我前妻一个交代……

20　京州街上　日　外

轿车急驰。

车内，李顺东对秦小冲感叹：……知道干咱们这行的难了吧？京州出了个李顺东是随便唱的？一不留神就鸡飞蛋打，让蛋黄蛋白流一地。你瞧我这两边脸，全让我自己给扇肿了！

秦小冲：李总，我们得承认一个事实啊：钱荣成这一次的确技高一筹，及时充分地利用其社会地位，和吴雄飞市长对他的一次偶然性的关注，迅速地打出了一把好牌，让我们输得屁滚尿流啊！

李顺东：可不是嘛！

秦小冲：李总，我替钱荣成复了一下盘：根据执行令，钱荣成的马仔在短短的一周之内，便在吕州法院完成了法庭立案裁决并将裁决付诸执行。这种执法速度不要说在京州，只怕在全世界都找不到吧？都说执行难，可人家执行咱们，一点都不难！

李顺东：这就是人家的本事，利用司法机关逃废债务，我们也没办法！不过，你今天配合得不错，也给了自己一个大耳光，这让我有点没想到！你曾经是一名记者啊，怎么也能像我这样不要脸呢？

秦小冲苦笑：生活不就是这样吗？你非要脸，就可能亏了肚皮。

李顺东：是啊，是啊！生活对一些人来说，是诗与远方；对另一些人来说，那就是一场又一场的战斗啊，能活下去就算是胜利了……

21　京州中福会议室　日　内

齐本安批评李总：……李晶同志，你是京州中福人事总监，我请问你：对近年来我们公司内部人控制问题，近亲繁殖问题，你有没有责任？有多少责任？国资委和中福集团规定的用人制度执行了吗？

李总：执行了，怎么敢不执行呢，逢进必考。石红杏同志最清楚！

石红杏：是的，不能说没执行，的确是逢进必考的，但执行不严也是事实！现在就业形势比较严峻，自己的子弟总要照顾一下嘛！

齐本安：社会上的群众反映很大啊，京州市纪委书记易学习同志和我说，咱京州中福国企病积重难返，省市每年都有举报信转过去！

石红杏：我们也不能听他们的，他们京州没问题啊？还管我们！

齐本安：人家地方纪委也不是管我们，就是互相通通气嘛，有什么不好呢？在这里，我要表个态：以前京州中福党委书记缺位，原党委副书记陆建设同志偏软偏懒偏弱，党群工作部和纪委等同虚设，这是必须加强和改变的！我们每一位同志都要记住：我们首先是党员，然后才是董事长、总经理，要在最短的时间内把党风廉政建设欠债还上！

牛俊杰带头鼓掌，停了好一会儿，石红杏等人才跟着鼓掌。

22　天使商务公司　日　内

李顺东在秦小冲的注视下和钱荣成通电话，不无讥讽：祝贺你啊钱总，你又赢了我们天使一局，赢得很漂亮，我们得向你致敬啊！

钱荣成的声音：哎，李总，我赢啥了我？

李顺东：你赢了一辆劳斯莱斯啊！

钱荣成的声音：哦，你把我的劳斯莱斯给我送回来了？谢谢啊！

李顺东：钱总，你就装吧，那辆劳斯莱斯去了哪，你不清楚吗？

钱荣成的声音：我很清楚呀，不是被你们牵着四处游街吗？

李顺东：钱总，别这么谦虚行吗？你的毒辣手段我真领教了。

钱荣成的声音：哪来的啥毒辣呀？就是你黑社会逼得嘛！我说李总啊，你的心态不要总是这么阴暗！告诉我，你那里到底出啥事了？

李顺东：啥事？咱们的劳斯莱斯今天被吕州法院给执行走了……

23 京州街上 日 外

轿车急驰。

钱荣成用手机和李顺东通话，挺亲切地：……李总，你说啥？咱们的劳斯莱斯被他们吕州法院给执行走了？这也太不像话了吧？哎，我说李总，李顺东先生，你和你们那帮"天使"咋能受这样的气呢？

李顺东的声音：钱总，我实在是弄不过你呀，你能在一周之内立案裁决并异地执行，已经创造了中国乃至世界的一个法制纪录啊。

钱荣成益发亲切：所以呀，李总，你就不要老是抱怨了，老是用阴暗的目光来看世界，这对你的健康不利。对你们天使公司的发展也很不利。哎，有一首诗知道吗？黑夜给了我黑色的眼睛，我却要用它去寻找光明……

24 天使商务公司 日 内

李顺东终于忍不住了，对着电话破口大骂起来：钱荣成，我光明你妈了个巴子！老子和你血拼到底了！我倒要看看谁能黑过谁……

钱荣成的声音：哎，哎，李顺东李总，你虽然是黑社会，可也算是一个文化人啊，咋能开口就骂人呢？你要再骂人，我就挂电话了。

李顺东一下子清醒了，马上道歉：对不起，我失态了……

25　京州街上　日　外

轿车急驰。

车内，钱荣成和李顺东通话：没关系，李总，可以理解嘛，毕竟是你弄丢了咱们的劳斯莱斯。说起来这事也真要怪你，你牵着咱这台车四处遛，让吕州债主也知道了我负债累累，人家就跑来封车了嘛。

李顺东的声音：是啊，是啊，看来还是我考虑不周啊！哎，钱总，这个，你看咱们之间的债务，下一步咋办呢？总得解决啊，是吧？！

钱荣成：是啊，是啊，李总，我上次不是说了吗？给你五百万茶水钱，咱们还是朋友，受托烂债你天使就别管了，让他们直接找我！

26　天使商务公司　日　内

李顺东和钱荣成通话，义正词严：……钱荣成，你听着：京州既然出了个李顺东，有了一个为穷人讨债的天使公司，就容不得你们这帮老赖无法无天，你们荣成钢铁集团这三亿两千万我讨定了！

钱荣成的声音：那好，那好，李总，那我钱某就祝你好运了！

27　林满江家门前　夜　内

林妻童格华隔着半开的门和陆建设对话，陆建设夹着公文包。

童格华：你谁啊？找林满江有啥事？

陆建设赔着生动的笑脸：领导，我……我是京州中福公司的陆建设，找林满江董事长汇报点工作，你和林董一说，林董就知道我！

童格华：工作上的事到公司谈去，和办公室约，怎么找家里来了？

　　陆建设：这不是没约上吗？林董太忙了，天天像看门诊似的！

　　童格华：那就找到这儿来了？哎，谁告诉你这个地址的？

　　陆建设：是……是林董告诉我的，让我有事到家找他！

　　童格华根本不信：找啥？老林不在家，在接待海外客人呢。

　　陆建设：那领导，我……我可以等……

　　童格华：你别等了，老林的事说不准，也可能不回来！

　　说罢，门"砰"的一声关上了，童格华的脸孔不见了。

　　门内，大客厅里，林满江正无动于衷地看着一份英文报纸。

28　范家慧家　夜　内

　　齐本安和范家慧一起吃饭。

　　范家慧：哎，本安，卖个情报给你，要不？

　　齐本安：什么情报？还卖？说！

　　范家慧：说什么说？你报价了吗？我没听见银子响，凭啥把情报卖给你！我现在穷极了眼，什么叫穷凶极恶知道不？就我这样的！

　　齐本安：再穷我也不嫌弃你，咱们谁跟谁？都要无私奉献嘛！

　　范家慧拿出那份战略合作协议书，往桌上一拍：别奉献了，公事公办！来，来，齐董事长，请签字！

　　齐本安一下子跳了起来：老范，你怎么又来了？我不是和你说过了吗？石红杏和你们战略合作是公事公办；我主持工作了，我和你们合作就有公事私办，甚至有贪污受贿的嫌疑，你就省点事吧！吃饭！

　　范家慧：好，好，齐本安，你错失了良机，以后别后悔啊……

　　齐本安：我不后悔，你一小小鸡头做不了多少让我后悔的事！

范家慧：但我掌握了重要情报，能决定你是否完蛋！

齐本安：我已经完蛋多次了，不在乎多完蛋一次……

29　天使商务公司　夜　内

李顺东和秦小冲隔桌对酌。

桌上摆着一瓶京州老窖和几盘小菜。

李顺东对秦小冲说：……你回来了，我好歹也得意思一下！

秦小冲看着酒瓶：用你的意思请我，怎么好像用的是我的酒啊？

李顺东：哎，哎，怎么还没扭转观念啊？黄清源的抵债酒！

秦小冲：哦，对，对，抵债酒，抵债酒！

李顺东：当然，你现在又回公司了，这酒你可以随便喝！

秦小冲倒酒：哎，黄清源这王八蛋，又不知躲哪去了，得去找啊！

李顺东：我能不找吗？找了！最新的情报说，潜伏在吕州一个富人区，小日子过得相当不错，人家可不喝这种晕头大曲，据说最近还准备带着老婆孩子一起出国旅游呢！瞧瞧，人家这债欠得多潇洒！

秦小冲眼睛亮了：那赶快采取措施啊，不能让黄清源出境！

李顺东：黄清源出境不出境是小事，关键是要找到他的大笔财产的线索！这老赖软硬不吃，我已经和法院执行局联系了，得执行他！

秦小冲：明白了，所以，我们和吕州法院执行局不能闹翻！

李顺东：就是嘛，要不，我会这么下贱自打耳光吗？无奈呀！

30　林满江小区健身场　夜　外

一些小区居民在利用各种健身器材健身。

陆建设双脚踏着摇摆器晃荡，眼睛一直瞄着某单元门。

31　范家慧家　夜　内

范家慧敲打齐本安：……同志，不要一阔脸就变，不识好人心！我君子固穷，也穷得有骨气，我们《京州时报》宁愿卖肉，也不卖版面！

齐本安应付：好，要坚持下去，你们的山猪肉咱家也可以要一点！

范家慧气狠狠地：齐本安，你完蛋了，知道吧？

齐本安：不知道。我怎么又完蛋了？说说，畅所欲言！

范家慧：你太不重视情报工作了！我问你：假如"二战"时德国得到了盟军从诺曼底登陆的情报，情况会怎么样？"二战"历史是否要重写？

齐本安：哟，老范，如此说来，你手头还真有重要情报啊？

范家慧：那是！足以让你改变中福集团的历史，不说了，吃饭！

齐本安把碗一推：我吃饱了，说吧，老范！

范家慧：说啥说？先把我们《京州时报》和贵司的战略合作协议书签了！

齐本安：签啥签，你先把情况和我说清楚再说！

32　天使商务公司　夜　内

秦小冲试探着问李顺东：……李总，有个事我不是太明白：你和我们报社牛石艳是怎么回事？你们既然处过朋友，那后来怎么又不处了？是她没看上你呢，还是你没看上她？尽管我不喜欢牛石艳，可我也得说句公道话，牛石艳长得不错，人也聪明，没辱没你李总啊。

李顺东一声叹息：喝酒，喝酒，别说牛石艳了！

秦小冲：今天多亏牛石艳给王大眼打招呼，她对你算不错的！

李顺东叹息：是我对不起她呀！来，来，喝一杯，你干了！

秦小冲将酒一口喝干：李总，不谈你们的爱情，那我得谈谈我的冤案啊！两年来我一直怀疑牛石艳和她父母参与了对我的陷害！

李顺东呷着酒：秦小冲，那我也给你一句明确的话：不可能！

秦小冲：哎，李总，你别这么武断，也别被爱情蒙住了眼……

李顺东猛干了一杯酒：我和牛石艳的爱情与你的诈骗案无关！

33 林满江家 夜 内

林满江和妻子童格华站在落地窗前，看着楼下小区健身场。

灯光下，陆建设手里提着公文包，在摇摆器上无聊地晃荡。

林满江有些意外：哎，这个人怎么还没走？他有毛病啊？！

童格华苦笑：看来你不见他，他会一直等下去，等上一夜！

林满江冷冷地：那就让他等吧，现在不是冬天，冻不死他！

童格华：哎，老林，他见你到底想干啥？这么不顾一切！

林满江哼了一声：表忠心，跑官！所以说，腐败不反不得了！

34 范家慧家 夜 内

范家慧热情洋溢：……从三年前开始，我们《京州时报》就和你们京州中福实行了战略性合作，这合作是互惠互利，绝对双赢的！每年我们给京州中福公司三十个广告版面，发布中福的企业新闻……

齐本安：但是你们再多的版面也没人看，广告作用不大！

范家慧：齐本安同志，你不能这么说！我记得当初还是你帮我们拉的关系呢！当时你在北京总部做着凤尾，其实连凤尾都算不上……

齐本安自嘲：是，是，也就是凤凰尾巴上的一根小毛罢了！

范家慧：好，知道谦虚了，当然，你毕竟在北京，你这根小毛还是比较招眼的，起码石红杏认你这根毛！我让你从北京专程过来，请到了石红杏，我们双方就签订了这份历史性的战略合作协议书……

齐本安：于是，这就让你们苟延残喘又多活了三年！哎，我记得当时李达康书记已经批示让你们《京州时报》和党报脱钩，不养你们了……

范家慧：是啊，是啊，所以我们得找一家新东家嘛！

齐本安：家慧，我是不是劝过你？别折腾了，到党报做个副总编管后勤工作蛮好的，这还是林满江给京州打的招呼，你非要逞能……

范家慧：不是逞能，是要当家做主，我宁做鸡头，不做凤尾！

35　天使商务公司　夜　内

李顺东呷着酒，对秦小冲说：知道我们公司为什么叫"天使"吗？

秦小冲：知道，天使在人间嘛，京州人民都知道！

李顺东：不但在人间，就在京州，就在你们京州时报社！

秦小冲：李总，你的意思？牛石艳是天使？不至于这么夸张吧？

李顺东：这怎么是夸张呢？哪里夸张了？情人眼里出西施嘛！

秦小冲：可……可牛石艳在我眼里就是魔鬼，她陷害我……

李顺东：不可能！如果你说她爹牛俊杰、她妈石红杏陷害你，我相信，你要说牛石艳陷害你，打死我也不会相信，牛石艳是天使！

秦小冲：李总，你喝多了，肯定喝多了！咱们不喝了，啊？！

李顺东：怎么不喝了？喝，继续喝，这才润了润嗓子呢！

秦小冲：李总，这可不是茅台、五粮液，这是晕头大曲啊！

李顺东：茅台、五粮液是咱喝的？咱就是喝晕头大曲的命啊！

36 林满江家 夜 内

林满江感慨：……高处不胜寒啊，我们许多同志就是不明白这个道理，拼命想往高处爬，以为高处风景好，高处能让人景仰，他就不知道高处那刺骨的冷啊，不知道从高处摔下来是怎样的凄惨可怜啊！

童格华：也不是不知道，大家其实都知道，但人要往高处走嘛！

林满江：是啊，人往高处走，有些人为了往高处走，能在你身边不动声色地潜伏十年、二十年，有的人能无耻地把自己老婆送上来！

童格华：还有送上老婆的？老林，这……这些事你都碰到过？

林满江点点头：当然碰到过！有些事情今天还在发生！楼下那位不是吗？想来递投名状嘛！京州那边不也生变了吗？格华，你能想到本安包藏祸心吗？想不到啊，我做梦都想不到，他可是自己兄弟呀！

（第二十七集完）

第二十八集

1 石红杏家 夜 内

牛俊杰在厨房炒菜做饭，忙得不亦乐乎。

石红杏在客厅的沙发上看电视，一副百无聊赖的样子。

牛俊杰把饭菜一一端了出来：哎，哎，我说石家公主，你就不能帮忙盛个饭吗？非得过这种饭来张口、衣来伸手的地主老财的生活？

石红杏：干屁大点事就叨唠，牛魔王，你上辈子是哑巴啊你？

牛俊杰：哎，我这娶的是老婆吗？简直是弄个祖宗在家供着！

石红杏到桌前坐下，吃了起来：不想供，你给我麻利地滚蛋！

牛俊杰：咋的，大掌柜又挺你了，不需要老牛我的道义支持了？

石红杏：没错，没错，你们再不高兴，我石某人也是活过来了！

牛俊杰：哎，哎，你说这话就叫没良心！别忘了我的道义支持！

石红杏不屑地：老牛，你也就那么点小道义，人家林满江有权！

2 林满江家小区健身场 夜 外

陆建设坐在路边大石头上，眼睛时不时地瞄向楼上某单元门。

不远处，保安甲、乙注意到了陆建设，时不时地看着陆建设。

3 石红杏家 夜 内

牛俊杰边吃边说：……石总，不是我说你，碰上事就吓得鬼哭狼嚎，一看到点亮光，立马傲娇！哎，请问：林满江又和你说啥了？

石红杏：说啥我也不告诉你！免得你在民主生活会上乱说！

牛俊杰：民主生活会上我乱说了吗？你别做贼心虚！我再和你说一遍：林满江再好，这辈子也不是你男人，你男人是我牛俊杰！你这个傻娘们儿别为了一个林满江，把咱们共同的日子过得鸡飞狗跳的……

石红杏：行了，没有林满江，咱俩早下岗去街上提篮小卖了！

牛俊杰：哎，提篮小卖有啥不好？那活得踏实……

石红杏没好气：吃饭，吃饭，你别啰唆了，烦！

牛俊杰：石红杏，你就是再烦，我还是得说：林满江和你说啥都没用！京丰、京盛矿这四十七亿的交易摆在那里，一直有人盯着，你回避不了，你必须正视！我这可不是害你，我这是为你好，真的……

4 范家慧家 夜 内

齐本安对范家慧说：……家慧，我不和你开玩笑，你们《京州时报》的困难我理解，你刚才也说了，我过去也不是没帮助过你们，但是现在真的不行！你说掉大天，这个战略合作协议也不能再继续了！如果继续下去，林满江肯定来查我，京州中福可是林满江的老营啊，我是如履薄冰啊！在林满江看来，恰恰是我的到来，把他的这座老营搞炸了！

范家慧：那林满江为啥要用你？我打电话给他，他都没改变主意!

齐本安:这我也在想,现在看来起码有三点:其一,我毕竟是他的师兄弟;其二,上面要求整改,党组做了决定,而且,又突然发生了田园抑郁跳楼事件,时间急,他来不及选择更合适的人了;其三,他生性多疑,能用敢用的人并不多。但是现在他后悔了!

5 天使商务公司 夜 内

李顺东带着三分醉意,对秦小冲说:……实话说,我是岩台山里跑出来的一个野种,四年大学的学费是自己挣出来的,父母没给过我一分钱,家里养不起我这个大学生,也不愿养!我爹当着我的面说了,养大学生太赔本了,养我这么一个大学生,都不如养一头猪合算!

秦小冲也有了醉意:这倒是实在话!花那么多钱养个大学生,毕业了没关系又找不到好工作,亏本的买卖,很多人真是不愿干了!

李顺东:我们八零后是倒霉的一代,义务制教育没赶上,却赶上了大学自费,毕业了又赶上了拼爹时代,好工作就与咱们无缘了!

秦小冲:现在想想啊,有个好工作、铁饭碗也未必是件好事!就像我,当初挤破了头进了报社,以为端上了铁饭碗了,现在呢,唉!

李顺东:这是个跨界打劫、迅速迭代的时代,我也看明白了,这世上唯一不变的就是变化,未来没有稳定的工作,只有稳定的能力!

秦小冲:哎,这话不错,李总,我真挺佩服你的:你学法律的大学生,从法律界一下子就跨界到债务清偿地界上来打劫,你成功了!

李顺东:成功了吗?错!没成功,我迄今一事无成,苦撑而已!

秦小冲：哎，咱一个荣成项目不就上亿利润吗？我都能挣上百万！

李顺东：可咱们挣到了吗？钱荣成这么好对付？刚刚自扇的耳光都忘了？我现在脸上还火辣辣的呢！我说的只是一个理想，在理想和现实之间还有漫长而遥远的距离，所以革命尚未成功，同志仍须奋斗啊！

秦小冲苦笑：你原来也……也是一诈骗分子啊？！

李顺东：不，我是理想主义者，我永远相信光明在前方不远处！

秦小冲：对，对，最多十米远！你让我想起了黄清源和我说过的话：从理论上说如果抓住了股市上每次波动的高点，那就是行走在高原之上啊，那就赚翻了！只是在现实中没有这种可能性，永远没有……

李顺东：但你必须相信有！乐观主义者都相信……

6　林满江家小区健身场　夜　外

两个保安盯上了陆建设。

陆建设缩头缩脑坐在仰卧健身器上。

两个保安走了过来。

保安甲：同志，你不是我们小区的吧？

陆建设：哦，不是，不是，我等人呢！

保安乙：等了好久了吧？事先联系过吗？

陆建设：联系好的，领导工作太忙，现在还没回来……

7　林满江家　夜　内

林满江正看英文报纸。

童格华匆匆过来：老林，那个人被小区保安盯上了！

林满江仍看着英文报纸：好，那他就赖不下去了！

童格华：他要是和保安说找你？你却一直不见，这影响……

林满江：嗯，这影响是不好！这样，你打个电话给皮丹吧，让皮丹告诉陆建设，就说我明天在集团办公室见他，听他所谓的汇报！

童格华：我估计咱家的地址就是皮丹给他的！

林满江：不会，不会！皮丹虽然工作能力差，但为人我知道，对我忠心耿耿！师傅唯一的儿子嘛，是我看着他长大的……

8 皮丹公寓 夜 内

皮丹和陆建设通话：老陆啊，你这搞的是哪一出？跑官也没有你这种跑法呀！你可害死我了，林董的老婆童格华把我臭骂了一通啊！哎，我再和你说一遍：林家住址不是我告诉你的啊，你别害我！

陆建设的声音：我知道，我知道，我也没想到会这样……

皮丹：你赶快回李功权专案组吧，林董现在最关心的就是李功权案子，你先好好协助集团纪检办案，明天到集团向林董汇报吧！

9 林满江家小区健身场 夜 外

陆建设边走边和皮丹通话：……好，好，皮主任，我知道了！

皮丹的声音：具体时间听我通知，我尽量给你提前安排！

陆建设：皮主任，你能不能给我透露一下：林董对李功权案子有什么具体指示？他是不是要办齐本安？他要是想办齐本安的话……

皮丹的声音：这我怎么会知道？老陆啊，你觉得领导能做这种指示吗？要实事求是嘛，要以事实为根据，以党纪国法为准绳嘛……

陆建设：皮主任，可是我感觉林董要对齐本安下手了！

10　范家慧家　夜　内

齐本安对范家慧分析说：……林满江一定会对我动手的，现在的情况是：他的职务很快会有变动，很可能到汉东任省长或到邻省任省长，那么，他一定会在离任前把该摆平的全摆平，京州就是他的重点！

范家慧：如果情况真是这样，那我这个情报的真实性就大大增强了！我本来还将信将疑，以为是秦小冲捕风捉影呢，现在看来不是！

齐本安：家慧，别开玩笑了，到底是什么情报？涉及林满江吗？

范家慧：当然涉及林满江！据一个自称"深喉"的报料者向秦小冲密告称，林满江伙同石红杏以四十七亿的超高价格买下了京丰矿和京盛矿，这两个矿的真实煤炭储量和交易储量相差巨大，此前两个月，岩台矿业集团十五亿都嫌贵，董事会否决了这一交易，却让中福买了。

齐本安：秦小冲可是因为诈骗判了刑的人啊，信息可靠吗？

范家慧：现在看来，秦小冲很可能是被冤枉了，应该是有人给他下了套！两年前那个报料者深喉就向秦小冲报过料！哦，你听听录音！

齐本安：还有录音？好啊，放！

范家慧放手机录音——

秦记者吗？

谁呀你？

深喉，没听说过？我知道你受了林家铺子的陷害，想掀掉林家铺子，我就来给你供料了！你知道吗？京州中福石红杏胆大包天，和奸商勾结，高价买进奸商劣质矿山，有受贿嫌疑！

11 天使商务公司 夜 内

李顺东对秦小冲说：我上大学时一直辅导小学生数学、英语。

秦小冲醉意蒙眬：我……我和你……一样，也一……一直在努力奋斗！

李顺东：大学一年级，我把小广告贴遍了汉东大学附近的大街小巷：大学生家教，上门服务，风雨无阻。有一次被城管抓住了，他们硬让我干了一天的城市美容工作：清除小广告，连上课都耽误了……

秦小冲：你清除的小广告可能有我一部分：初级围棋辅导……

李顺东：兄弟，你信吗？大学最困难的时候，我真的连吃饭的钱都没有了，我就到建筑工地上搬砖和泥，一天挣五十块钱！我姐知道了，偷偷给我背了一大包煎饼过来，我就这样啃着煎饼学的法律！

秦小冲：这我倒比你好，学校给我提供过几次校内勤杂工作！

12 范家慧家 夜 内

齐本安踱步思索着：……今天的民主生活会上，牛俊杰也再次提到京丰、京盛两矿的问题，言辞激烈，这就带来了一个问题：如果这笔交易真如深喉所言，有这么大的利益输送，那么牛俊杰还会这么干吗？不管牛俊杰对石红杏有多少不满多少意见，他们毕竟是夫妻啊！

范家慧：这倒也是！而且，本安，在我的印象中，石红杏也不是一个贪财的人！过去战略合作，报社给她送过礼品卡，她坚决退回。

齐本安：牛俊杰呢，我也了解，虽说脾气不好，有些粗鲁，但真是一个认真做事，廉洁正派的同志。所以，如果这笔交易有问题，那么，根子不在京州，应该在北京，在上面，在林满江！石红杏无意中也和我说过，当时京州下不了决心，是北京总部下了决心！

范家慧：本安，我同意你的判断，根子就是林满江！所以，你很危险，这件事情你是躲不过去的，外部有人盯着，内部牛俊杰咬着！

齐本安却又退了一步：当然，也许是个交易失误，我们多虑了！

范家慧：就算失误，也要追究渎职责任的，本安，我建议你还是省点事，主动找林满江辞职吧，我们按原计划欢聚北京，多好啊……

齐本安想都没想，手一摆：No，我齐本安不能临阵脱逃！

13 天使商务公司 夜 内

李顺东对秦小冲说：……我是屡战屡败，又屡败屡战！大学还没毕业呢，我就用搬砖挣下的五千块钱在京州一个重点小学——花红园小学旁边租了一套房子办辅导班，每个班的寿命都没超过五个月，收的辅导费不够交房租的！花红园学区房的房租贵得惊人……

秦小冲：不至于吧？现在别的行业不行，就办辅导班挣钱啊！

李顺东：问题是，他们说我没有办学资格啊，还有这证那证的！甚至还要卫生局的健康证！真把这些证办下来，学生也跑光了。不过，也就是在办学那阵子，我认识了牛石艳，她是记者，采访我这倒霉蛋。

秦小冲：那时候牛石艳是我的兵，是我安排她做的这个专题。

李顺东：哟，这么说你还算我们半个红娘了？来，来，敬你一杯！

14 范家慧家 夜 内

范家慧对齐本安说：如果不辞职，你面临的麻烦将会很大，根据我多年做领导的经验，我会对你这种死硬分子严防死守，一举歼灭！

齐本安：老范，你少吓唬我，我不是被人吓大的！再说，你那是小鸡头经验，凤凰经验你有吗？我就算是凤尾，那也有凤凰经验啊！

范家慧痛心疾首：齐本安，你知道吗？你除了要面对林满江，还要面对你师傅，面对石红杏，面对林家铺子里那么多林满江骨干亲信！

齐本安：我当然知道，从上任第一天就知道，走一步看一步吧！

15 天使商务公司 夜 内

李顺东带着无限神往，对秦小冲说：……第一次见到牛石艳，我就被她的美貌吸引了，一开始采访，我又被她的才华吸引了……

秦小冲：才华？她有啥才华？她爹妈不在中福当官，报社才不要她呢！哥，你不知道，牛石艳她妈石红杏每年给报社二百万广告费！

李顺东：秦小冲，你别嫉妒人家，我是公道的，我认为，别看牛石艳是学历史的，但牛石艳的新闻采访水平和文学才华绝对不在你之下！而且，她有强烈的正义感，敢为弱势群体鼓与呼！本来你们报社让她报道辅导乱象的，结果，她写出了一篇《一个大学生的奋斗》……

秦小冲：哎，在我的印象中报上好像没发表过她这篇文章啊？

李顺东：那是！被你和你们的总编范家慧联合枪毙了，你们简直就是刽子手啊，要不我早出名了，没准和牛石艳可能都结婚生孩子了。

16 某简易房门前 夜 内

简易房门口扯着大灯，一些男女在拆迁请愿书上签字。

牛石艳在采访请愿拆迁户：……光明区政府在今天的网站上发文说，中心城区动迁难度大，成本高，又有 24 号文件限制，短时期内难以启动这里的拆迁改造工程，请问：你们对此有何感想？

甲：我的感想很简单，政府在推卸责任，懒政不作为……

乙：让我们自己和钉子户协调，我们怎么协调？屁话嘛！

17 李达康家 夜 内

李达康在门口穿上外衣要出门。

李佳佳正洗碗：哎，爸，这么晚了，又有啥事？

李达康：没啥事，吃撑了，出去走走！

李佳佳：那让小伟陪你去吧！小伟，小伟！

林小伟听着歌，手里拿着抹布跑了过来。

李佳佳：小伟，派你个临时任务，给李书记当一次保镖！

林小伟扔下抹布：好，好！不过，先声明啊，我打架不行！

李达康笑：会挨揍就行，你挡在前面挨揍，我就趁机撤退！

林小伟：哎，哎，李书记，你也太不够意思了吧？咱去哪？

李达康：棚户区，听听老百姓说些什么！听说他们要请愿呢！

18 棚户区 夜 外

李达康和林小伟在月光下边走边说。

李达康看着简易房：小伟，实话和你说，我想解决这里的问题！

林小伟：没那么容易解决吧？你看看这规模，除非上面下死命令！

李达康：为什么非要等上面下命令呢？在其位就得谋其政嘛！

林小伟：话是这么说，可你们这些官员不是老百姓选上来的，是上面任命下来的！所以，你们只对上负责，不对下负责。虽然你们都说为人民服务，但真假难辨，到底有几个真的，谁能说清楚？

李达康：我就能说清楚！小伟呀，大多数干部是真的！中国三十多年改革开放成就辉煌，震惊世界，我们从当年的贫穷落后，饭都吃不饱，到大国崛起，没有一支为人民服务的干部队伍是不可想象的！

林小伟：但是，你们不是老百姓直接选的，老百姓没机会说话。所以，你们碰上事了，老百姓就觉得说话的机会来了，某种程度上就形成了一种落井下石的局面！比如现在对你，你就不得不警惕，难道不是吗？

李达康一声叹息：没错，有时候啊，就像身陷十面埋伏……

19 天使商务公司 夜 内

李顺东一声叹息：……其实，我们爱情的刽子手是牛石艳的妈石红杏，她发现牛石艳和我的恋情后，坚决反对。这位高高在上的石总认为：我一个来自岩台山里的无业游民，如何配得上她的宝贝女儿牛石艳呢？这不但门不当户不对，而且简直就是好花插在牛粪上了！

秦小冲：于是，牛石艳她妈，那位石总，就把户口本藏了起来……

李顺东：不是，不是，这太小儿科了，石红杏什么人？她能这么干吗？石总亲切友好地约见了我，大谈了一通恋爱的冲动与婚姻的不同，让我这个学法律的大学生无话可说。然后，石总拿出了十万元现金，一沓又一沓地砸出来，砸得我心惊肉跳。然后，她亲切地把堆放在桌上的钱，一下子推到我面前，让我去创业，去寻找真正的爱情！

秦小冲：我的天哪，还有这种好事？石红杏出手就是十万？！

李顺东：好个屁！现在我后悔死了，为十万就出卖了爱情！

秦小冲：是，是，这帮贪官污吏，你该问石红杏要一百万！

20 棚户区 夜 外

李达康边走边和林小伟说：……但是，怎么办呢？就算身陷十面埋伏了，你也不能忘掉自己的根本！你从哪里来？要到哪里去？这是一位去世的老共产党人责问过我的话，我记下了，牢牢记下了！

林小伟：所以，你在腹背受敌的情况下，仍然没忘了这里的穷人？

李达康：是啊，怎么说呢？"九二八"一声爆炸，把我炸醒了，我这才发现，这么多年来，我们在高速发展的同时还是欠了一些债的！比如京州，就欠了这些棚户区群众的债，高速发展的GDP变得和他们没什么关系了……

这时，李达康注意到不远处的简易房请愿处。

简易房前的牛石艳也注意到了李达康。

林小伟显然有些担心：爸，回去吧，不早了，都快十点了！

李达康：不，不，小伟，过去看看，我就是要听听群众的声音！

21 天使商务公司 夜 内

李顺东对秦小冲说：……错了，真正的爱情是无价的，十万、百万都不能卖。牛石艳得知我收了她妈十万元，和她断绝关系后，她差点儿没自杀。有一阵子天天在办公室待到很晚才回去，甚至不回去！

秦小冲突然想了起来：这……这是不是两年前的事？

李顺东：是，两年多以前，说起来我真是亏心，我不是玩意啊！可我又太需要这十万元创业了，我正是用这十万元注册了天使！我当时一遍又一遍地对自己说：艳，你就是天使，天使将来就是你的！

22　棚户区　夜　外

某简易房前，李达康翻看着请愿书，感慨说：……哎呀，同志们啊，这真是不看不知道，看了吓一跳啊！看来我要检讨啊，棚户区的请愿的群众真是不少嘛，咱们大家对拆迁的愿望原来这么强烈啊？！

周围呼声四起：

——李书记，我们盼拆迁盼了三十年了，我们也有中国梦！

——就是，都说改革开放成就辉煌，咋我们这还是老样子？

——李书记，文件是死的，人是活的，政府不能改改文件吗？

——李书记，你别嫌我们说话难听："九二八"后，大家都在骂，骂啥呢？骂只有懒政的官员才会搞出这个龟孙子24号文件……

这时，牛石艳挤了过来：李书记，我是《京州时报》记者，正在做一个专题《棚户区里的中国梦》，我能对您做个简单采访吗？

李达康微笑着：可以啊，不过，一定要简单啊，时候不早了！

23　天使商务公司　夜　内

秦小冲对李顺东说：……这么看来，也许我搞错了：两年前那阵子牛石艳待在办公室并不是监视陷害我，而是失恋后遗症，对吧？

李顺东：没错，牛石艳是个重情重义的天使啊！

秦小冲：哥，你别说天使，如今的女孩哪有几个是天使？就算情人眼里出西施，也不能这么夸张，一夸张就虚假了，就让人觉得不真实。

李顺东：兄弟，我今天不是多喝了几口晕头大曲嘛！

秦小冲：即使牛石艳没参加陷害，但我仍然认为她妈石红杏很可疑！尤其是你说到这娘儿们曾经用十万元收购了你的爱情，那么，她是不是有可能再花个十万把我装进去，收购我的人生呢？

李顺东：这个倒是有可能，石红杏不是个简单的女人！好了，不说这个了！从今往后，在咱们天使公司，我李顺东是大天使，你秦小冲就是二天使了，只要我们好好合作，我相信就没有过不去的坎！

秦小冲：就是，就是，李总，咱们那可是一对老 K 啊！

李顺东：好好干吧，拿下了钱荣成，我另给你百分之三公司股份！职务也提一提，不是专务了，提你一个副总！排名在白副总之前！白副总继续主管黑色业务，你管白色业务，他线下，你线上！

秦小冲一下子激动了：哎呀，李总，这真是意外的惊喜啊！

24　简易房前　夜　外

牛石艳采访李达康：……李书记，群众的强烈呼声，您今天在这里听到了，群众对京州市政府二〇一一年24号文件的批评，您也听到了，请问李书记，国家层面的过时文件都能撤销，这些年已经撤销了不少，我市这个制定于五年前的24号文难道就不能撤销吗？

李达康：当然可以撤销，不过，要经过调查研究，要有一定的程序，还要选择一个相关利益方能够接受的时机。比如说，这个拆迁文件，规定了拆迁必须得到百分之九十五以上居民同意，而刚刚做过的最新统计没达到规定，现在再出个新文件，让它达标了，这合理吗？大家说！

这时，林小伟在用手机录视频。

25 李达康家 夜 内

李佳佳看手机上林小伟发来的视频。

李达康在视频上和牛石艳对话——

牛石艳：李书记，什么都让大家说，老百姓还要你们政府干什么？

李达康：政府有政府的工作，收集意见，统计相关的数据，制定和发布搬迁政策，开听证会等等，这是出于遏制强拆的必要措施嘛！

26 简易房前 夜 外

牛石艳尖锐反问：那么，政府考虑没考虑绝大多数棚户区居民对美好生活的期望？这种貌似合理的拆迁规定当真合理吗？政府是被少数人挟持了，还是不愿干事混日子？这难道是负责任的做法吗？！

李达康仍在微笑：这个24号文件当年得到过社会充分肯定！

牛石艳：但现在情况发生了变化，随着房价上涨，城里的老百姓也是从普遍抗拒拆迁到积极欢迎拆迁！我们记者这几天采访中，听到许多群众反映，说是这里还涉及一个基本公平的问题：一座城市的棚户区居民也该享受到一座城市房价上涨的好处，获得房产的增值！

李达康：这里的房价好像也涨了一些吧？

牛石艳：没涨多少，几乎可以忽略不计！

李达康：好了，牛记者，咱们今天就到这里吧！

牛石艳：哎，李书记，我还有几个问题……

李达康：我们再约时间吧——不过，我估计你这采访发不出来！

牛石艳：李书记，只要你和市委支持，我就能发出来！

李达康已开始往外走：告诉你们范总编，就说我和市委支持！

牛石艳追着李达康：李书记，你再说一遍，我得录音为证！

林小伟保护着李达康往外走。

李达康：好，那就再说一遍：范家慧同志啊，我和市委支持你们牛记者报道矿工新村棚户区的中国梦……

27　天使商务公司　夜　内

白副总苦着脸问李顺东：……李总，你今天是不是喝多了？

李顺东：没喝多少，秦小冲又回来了嘛，我就是和他谈了谈心！

白副总：你们喝酒时说的，我都听到了，提拔秦小冲做副总我没意见，可让他排名在我之前，是不是有点过了？就算尊重知识，尊重人才，也……也不能不顾历史吧？李总，我可是头一个跟你干的啊！

李顺东：所以呀，我对你是充分信任的，线下业务还是你的！

白副总：还有股份，我才百分之五，秦小冲都百分之三了，太那个了吧？

李顺东：哎呀，我这也是有前提的，秦小冲不拿下钱荣成，就没股份！好了，睡觉，睡觉……

28　李达康家　夜　外

李达康和市长吴雄飞通话：雄飞市长，猜猜我刚才到哪去了？

电话里的声音：达康书记，半夜三更的，我可没心思和你猜谜。

李达康：我在我家准女婿的陪同下，到矿工新村棚户区走了走，果然不出所料，棚户区大多数群众对我们的拆迁政策有疑义，情绪不小！已经在搞请愿上书了，估计近期会有群访出现在你们政府门口！

电话里的声音：这个情况我已经知道了，市信访局刚汇报过！

李达康：雄飞市长，你政府准备怎么面对啊？还坚守24号文件吗？恐怕不合适吧？今天我在现场被人家群众和记者问得张口结舌！

29 吴雄飞家 夜 内

吴雄飞穿着睡衣，依在床上接电话：……怎么还有记者？哪家媒体的记者？怎么这么不顾大局？这种时候还跑到棚户区去煽风点火！

30 简易房门前 夜 外

牛石艳、秦检查和男甲、女乙等聚在门前仍在议论。

秦检查激动地对牛石艳说：牛主任，在这种时候，你能来棚户区采访，直言不讳和李达康对话，我就服你了！你比我家秦小冲强！

牛石艳：秦师傅，你先别夸，这文章还不知能不能发出来呢！

秦检查：怎么不能发出来？李达康书记说了，他支持你报道！

牛石艳：问题是，谁知道李达康书记还能干几天呢？

男甲：就是，李达康和吴雄飞说撤职不就撤职了！

31 李达康家 夜 内

李达康在客厅看着规划图，用教杆指点着图上的拆迁区，好像吴雄飞就在面前：……雄飞市长啊，你就别和《京州时报》的一个小记者计较了！我在想一个大问题，矿工新村，还有这里，这里，都被24号文件捆住了，动弹不得，咱们就下个大决心，把它作废如何？

吴雄飞的声音：达康书记，你可真敢想啊……

李达康：就是要敢想嘛！雄飞，你看啊，这件事反正要做，今天不做，明天要做；不去主动做，就要被动做；我们这届班子不做，下一届班子也要做！所以我想，咱就痛下决心，担当起自己的责任吧！

32 吴雄飞家 夜 内

身着睡衣的吴雄飞和李达康通话，满脸讥讽：达康书记，你觉得咱们这届班子还能存在几天？省委和中央改组咱们班子恐怕已经有方案了，甚至连任免文件都起草好了，咱们还找这个麻烦干啥？！

李达康的声音：雄飞，咱们不找这个麻烦，老百姓就很麻烦啊！

吴雄飞：是，老百姓会有麻烦，谁也不会上任就找这种事做！那我们又为啥要做？24号文件又不是今天搞出来的，我们为什么去废？

33 简易房前 夜 外

牛石艳对秦检查等人说：不过，我还是相信达康书记！他今天为啥到这儿来？半夜三更来练胆的？微服私访啊，倾听群众呼声啊！

秦检查：有道理，达康书记这性格，反正撤职，索性干它一把！

众人纷纷应和：

——就是，咱达康书记敢担事，有气魄！

——这种时候处理这种麻烦事，也只能指望李达康了！

——哎，你们说，吴市长会听李达康的吗？

——吴市长就是李达康的马仔，他敢不听！

34 李达康家 夜 内

林小伟把一杯水放到茶几上。

李达康喝了口水，继续和吴雄飞通话：好了，雄飞市长，这事先不说了！要不，我和班子其他同志协商一下时间，看看是不是尽快开个民主生活会？就算下台，咱们也干干净净下，可别弄得一身腥气！

吴雄飞的声音：好，好，达康书记，那我听你招呼！

放下电话，李达康冲着林小伟苦恼地摊了摊手。

林小伟会意地耸了耸肩。

35 吴雄飞家 夜 内

吴雄飞对老婆大发牢骚：这位达康书记，他是一点不考虑别人的感受！我像他马仔似的陪他玩，白加黑，七加七，玩出了个"九二八"！他倒好，明知要下台了，还不消停，我受够了，这次绝不陪他玩了！

吴妻：哎呀，算了，算了，人家李达康也是为工作，快睡吧！

吴雄飞却抽起了烟：睡？还睡啥？睡不着了，两片安定白吃了！

吴妻：饿了吧？要不，我给你下点汤圆？

吴雄飞：不饿！李达康真是一点儿数都没有！孙连城和一帮被他收拾过的干部盯着他玩命，易学习的同级监督搞得像真的似的，在常委会上公开批他，他还开民主生活会！好，开，开，开不死他……

36 齐本安办公室 日 内

齐本安对牛俊杰说：老牛，你们的解困保壳方案我看过了，有些问题，想深入和你谈谈，其实在民主生活会上你也说了：京丰、京盛两个矿是京州中福高价买来的，所以，你们要把这包袱还给京州中福！

牛俊杰：没错，齐书记，就是这个意思，过去我老婆石红杏主持工作，许多事让我有口难言，我吃苦受罪还挨群众骂！现在好了，你来了，我看到亮了，京州能源也看到亮了，该甩的包袱就得赶快甩！

齐本安：其实这个事我们前阵子一起下矿时就谈过：这个包袱往哪里甩？谁接盘？四十七亿买来的啊，四十七亿再卖出不可能……

牛俊杰：怎么不可能？完全可能啊，京州能源是股份公司，你京州中福是控股大股东，我们卖给你们嘛，当初就是从你们那儿买来的！

齐本安：可现在评估值根本没有四十七个亿了啊，你知道的嘛！

牛俊杰：当年评估值有四十七个亿吗？你们集团为什么要买呢？

齐本安没好气：这你别问我，问你老婆石红杏去，是她经手买的！

牛俊杰：我问她干啥？这么多年了，她里外就是林满江的一只白手套！现在她这只白手套都被林满江玩黑了，搞不好要出大事……

37　林满江办公室　日　内

林满江坐在办公桌前交代皮丹：……你和齐本安联系一下，让他这两天抽空到集团总部来一趟，把八十年大庆的后续问题解决好！

皮丹记录着：好的，林董，我今天就给齐书记打电话联系！

林满江：齐本安到后，让他立即来见我，我还有别的事和他谈。

皮丹：明白！哦，对了，林董，京州市纪委昨天来了个电话，说是李功权行贿受贿案京州检察院考虑立案了，要求我们移交李功权。

林满江怔了一下：这个……先不要睬他们，地方纪委管不了我们！

618

皮丹提醒：可是……可是林董，京州纪委这只是打招呼，检察院如果立案的话，我们是顶不住的，我们的单位都在他们地盘上啊……

林满江：你亲自联系处理，让京州方面不要急，就说有些违纪违法的腐败线索我们还在查！千万不要造成立案事实，实在顶不住，我找李达康交涉！李功权不彻底交代问题，绝不能把他交给京州检察院！

皮丹：我明白，我明白！哦，对了，陆建设已经到了！

林满江不悦地：五分钟以后再让他进来……

38　范家慧办公室　日　内

范家慧摇晃着手上的稿子，狐疑地看着牛石艳：……这篇稿子是李达康书记让发的？李达康？牛石艳，你也不怕风大闪了自己舌头！

牛石艳：范社长，这还真让你说着了，棚户区这回风不小，半夜三更把李达康刮过去了，我亲眼见到达康书记向棚户区居民征求意见，当场对他进行了采访，并对达康书记的指示进行了录音，请听！

范家慧有些意外：你……你还有录音？好，你放，放给我听！

牛石艳用手机放录音——

牛石艳：哎，李书记，我还有几个问题……

李达康：我们再约时间吧——不过，我估计你这采访发不出来！

牛石艳：李书记，只要你和市委支持，我就能发出来！

李达康：告诉你们范总编，就说我和市委支持！

牛石艳：李书记，你再说一遍，我得录音为证！

李达康：好，那就再说一遍：范家慧同志啊，我和市委支持你们牛记者报道矿工新村棚户区的中国梦……

39 齐本安办公室 日 内

齐本安半真不假地问牛俊杰：……我说老牛，你怎么会有这种认识？咱们石总会是林满江董事的白手套吗？这位师妹我知道，她可不是个好缠的主啊，当年在矿机厂学徒时就没少欺负我，这回到京州还想欺负我，我现在都还有心理阴影呢！

牛俊杰：哎，哎，齐书记，我不和你开玩笑，没那心情！我给你这么说吧：石红杏对林满江的崇拜已经达到了变态的程度！只要是林满江说的，她都百分之百地执行。我说个事情，你别见笑：她一直保留着历年来林满江的讲话记录，从当年在京州电厂，到今天北京总部。

齐本安怔了一下：我的天，那得多少记录本啊？你家放得下吗？

牛俊杰：一百七十多本吧，现在还在增加呢！这次林满江到京州的所有讲话，她又都记下了，全宝贝似的藏在她办公室的文件柜里！

（第二十八集完）

第二十九集

1　林满江办公室　日　内

陆建设半个屁股坐在沙发上，双手捧着一次性纸杯小心地喝水。

林满江在和石红杏通电话：……红杏，你不要怕，京州中福的天塌不下来，我和集团党组坚定地支持你！王平安、李功权的腐败和你有什么关系？这两个腐败分子是你亲戚，还是你的朋友？都不是嘛！

电话里的声音：林董，你知道的，王平安是我表弟，我舅的儿子！

林满江：那又怎么了？王平安是王平安，你是你，你是我看着一步一个脚印走过来的，你的清正廉洁我清楚！好了，先说这么多吧！

放下话筒，林满江又抓起一部电话：张书记，让人事部把文件发下去吧，我批过了！对了，请把京州中福陆建设的简历给我送过来！

陆建设一听，显然激动了，手一抖，纸杯里的水洒到了茶几上。

2　范家慧办公室　日　内

范家慧踱着步，对牛石艳分析电话录音：……看看，李达康一开始就有个估计——你的这篇采访发不出来！李达康为什么这样估计呢？

牛石艳：因为你老范胆小怕事呗，哦，不，不，是比较谨慎呗！

范家慧：我当然要谨慎，我要是不谨慎，你们饭碗早就没了！

牛石艳：但是，李达康让我告诉你，他和市委这次支持咱发稿！

范家慧：我这感觉还是不大对头啊，好像是你逼李达康表态！

牛石艳学着范家慧的口气：我的天哪，你也不怕风大闪了自己舌头！李达康是什么人？我敢逼他表态？范社长，请你逼一次给我看看！

范家慧仍不放心：你……你再把达康书记最后那个表态放一遍！

牛石艳苦笑着，再次放录音：……好，那就再放一遍！

录音——

　　……范家慧同志啊，我和市委支持你们牛记者报道矿工新村棚户区的中国梦……

3　齐本安办公室　日　内

牛俊杰对齐本安说：林满江下令四十七亿买下这两个烂矿，石红杏能不买吗？她对林满江只有崇拜，没有怀疑，甚至早就没有怀疑的能力了！也正因为这样，林满江才一直不愿让别人插手京州中福！

齐本安：如果事情真是如此，那就太可怕了！老牛，不瞒你说，这笔交易一直有人盯着，《京州时报》的记者也在跟踪。

牛俊杰：意料之中的事，齐书记，你记得吗？我和你说过的：几个小股民在香港告我们，说的也是这件事，矛头都指向石红杏。所以我替石红杏担心啊，这臭娘儿们就一蠢货，被人卖了还帮人数钱呢！

齐本安：所以，你在民主生活会上是故意跑题的，对吧？

牛俊杰：对，我就是要让大家都知道，京州中福幕后有人操纵！

齐本安摇头苦笑：这个操纵者是林满江？嗯？

牛俊杰：没错，就是他，一个心怀叵测的云雾山中人！

4 林满江办公室　日　内

林满江翻看着陆建设的简历，居高临下却又不无亲切地和陆建设谈话：建设同志啊，你一直在政工人事部门工作，应该说是老政工了！

陆建设谦恭地：林部长，在您面前我哪敢称老啊？小职员一个！

林满江：怎么又林部长了？嗯？企业早就没有行政级别了嘛！

陆建设：可事实上干部配备还是按级别来的，您是部级干部嘛！

林满江自嘲：什么部级干部啊，我呀，林家铺子一个掌柜罢了！

陆建设：林部长，您可别误会，我没说过林家铺子！和石红杏同志搭班子，我们产生过一些工作上的分歧，她对我也许有些误解……

林满江：说了也没关系，你现在就可以在我面前说嘛，我有则改之无则加勉嘛！党内不能搞团团伙伙帮派山头，企业——尤其是我们这种大型国有企业，那就更不能搞团团伙伙帮派山头了！

陆建设：就是，就是，咱们中福集团从来就没有山头帮派啊！

5 范家慧办公室　日　内

范家慧握着话筒和李达康的秘书通话：……刘秘书，这个话据我们的记者牛石艳说，是达康书记在前天夜里视察棚户区时说的。你知道不知道这件事？什么？不知道？那么，请你帮我落实一下，问一问达康书记，他是否于前天夜间访问过棚户区，做了这一重要指示呢？

牛石艳面带讥讽，看着范家慧打电话。

电话里的声音：好的，范总编，我马上给你落实！

范家慧:谢谢,谢谢!我手下这位记者很能干,还对李达康书记的这一重要指示录了音,但我还是不放心啊!"九二八事故"发生后,棚户区群众反映强烈,我们发过内参的,对舆论导向必须十分注意!

牛石艳在一旁嘀咕:老范,你也注意过头了吧?

6 京州市委大楼台阶上 日 外

李达康边走边对秘书说:……对,《京州时报》那位牛记者没说错,我前天夜里是去了一趟矿工新村棚户区,听了听群众的反映,也说了支持牛记者发稿的话!告诉范家慧同志,让她大胆发稿就是!

秘书应着:好的,好的!(却又小心提醒)李书记,吴市长在《京州时报》的内参上做过批示,不太主张让棚户区群众讨论这件事……

李达康:吴市长不让讨论,我们群众就不讨论了?现在新媒体力量强大,几个大V发个公众号,能让全国讨论起来!与其这样,不如面对!况且,《京州时报》毕竟不是党报,就算试探一下反应也好!

秘书:那好,李书记,那我这就给范家慧总编回电话!

李达康:哦,和小范总编多说两句:他们这个牛记者有立场,有温度,没有在棚户区人民群众的困难面前闭上眼睛,要表扬一下!

秘书:好的,好的,李书记!

7 齐本安办公室 日 内

齐本安对牛俊杰说:……俊杰,话既说到这份上,我也实话告诉你,这笔矿产交易可能有重大问题,查账的财务公司对这笔账的真实性不愿意出示意见,作为上市公司老总,你应该清楚这意味着什么。

牛俊杰：这意味着账目有问题，甚至是严重问题，这还用说吗？

齐本安：如果这个结果公之于众，那么，告我们的可就不是香港那几个小股民了，可能会引起群讼！你大股东高价买进坏资产，转手加价增发给上市公司，然后就连年亏损，人民的财产可以这样玩吗？

牛俊杰：就是，就是！所以我才提出原价让大股东抱回家玩去！

齐本安：那么，更大问题又来了：财务公司同志告诉我：目前评估值十四亿九千万，那这三十二亿一千万的差价损失算谁的？总不能算到我齐本安头上吧？如果当时是我决策，这笔交易就不会存在的！

牛俊杰：齐记，这正是我非常担心的啊，这根本就是林家铺子的买卖，经手人是石红杏和皮丹，真正的决策的大老板是林满江！而且，有传言说，交易方傅长明还为林满江买了一架公务专机……

8 林满江办公室 日 内

正踱步的林满江猛然一个转身，逼视着陆建设：……李功权、王平安给齐本安送钱，你是怎么发现的啊？陆建设同志，你火眼金睛啊！

陆建设紧张地看着林满江，一时摸不清林满江的意图，支吾着：我……我……我，这……这个是有群众反映的，这个当时呢，这……

林满江看着天花板，继续踱步，一针见血：年龄差不多了，党委书记没当上，正局上不了，年薪待遇也没弄上去，心态很不平衡，一不做二不休，和林家铺子拼了！我估计，你是把齐本安的老底都查了一遍，否则，你怎么知道李功权和王平安是他在上海的好朋友呢？

陆建设亦步亦趋地跟在林满江身后，额头上开始冒汗了，不时地用手背抹汗：可……可是，林部长，李功权和王平安确实是……是腐败分子啊！您看他们俩，这……这……一个逃了，一个喷了……

林满江：这两个腐败分子是你查出来的吗？要我给你发勋章吗？

陆建设实在吃不透林满江了：林部长，是您火眼金睛啊，您到京州南巡视察，亲自给我打了一个电话，让我把李功权控制起来……

9　范家慧办公室　日　内

范家慧完全变了个人，亲切地拍打着牛石艳的肩头：……你这个石艳，干得漂亮，不愧是我一手带出来提拔起来的好学生！李达康书记对你评价很高啊，但是不要骄傲，谦虚使人进步，骄傲使人落后……

牛石艳：范社长，现在变了，好酒也怕巷子深，人要出名，猪要壮，骄傲使人进步，谦虚使人落后！我过去一直很谦虚，你不是讥讽挖苦我，就是严肃批评我，我这一骄傲，李达康书记和你都表扬我！

范家慧：好了，好了，别贫了！你这篇《棚户区里的中国梦》发这期特稿！给你三个整版，你抓紧给我补几张照片，李达康和群众的！

牛石艳：哎，这期不是说发孙连城的英雄事迹吗？都排好版了！

范家慧：哎呀，孙连城不配合，小刘尽瞎编，也就是应付，撤了！

牛石艳：那……那小刘的工分怎么算？人家孙连城事迹白写了？

范家慧：不白写，工分照算！也不一定就不用，做留用稿处理！

10　齐本安办公室　日　内

齐本安对牛俊杰说：……俊杰，我们是同志，我和石红杏又是师兄妹，有一件事我一直耿耿于怀：石红杏是不是很不欢迎我到京州来？是不是在我头一天到任，就给我做了局？在我房间安了摄像头？

牛俊杰：齐书记，你既然和石红杏是师兄妹，那就应该知道，她是蠢货，但不是坏人，绝不可能干这种缺德事，要干只能是林满江！

齐本安：俊杰，这你不要意气用事，林满江没有干我的理由！他要是想干我，当时就不会把我派到京州来，而且我住宾馆他不知道！

牛俊杰：那就是你两个好朋友混蛋了，现在事实证明：他们都有经济问题，所以故意设局套你，你幸亏警惕了，才没栽在他们手上！

齐本安思索着：这有一定的道理，可是也不太对，那晚王平安喝得东倒西歪，几乎站不住，李功权也不像套我的样子，似乎很诚恳！

牛俊杰：你们老大林满江看起来比谁都诚恳，心里想的啥你知道吗？反正我是不知道！石红杏自认为知道，其实也从来不会知道！比如说，她就没想到林满江会把你派过来，而且让你做她的领导！

齐本安思索着：是啊，是啊，你刚才说了，林满江是个云雾山中人！

11 林满江办公室　日　内

林满江逼视着陆建设：……官当多大才叫大啊？人生的价值难道就是一个当官吗？就是追求一个高级别吗？为了上正局，可以这样不顾一切吗？陆建设同志，你这份简历就摆在我桌上，如果你愿意看的话，自己去看看，看看这次对你的考察，看看群众是怎么评价你的！

陆建设几乎要哭了：林……林部长……

林满江：别再一口一个"部长"了，我算什么部长啊？我就是一个国有资产的经营管理者，党和人民把中福集团这么一个资产几万亿的企业交给我，我每天战战兢兢，如履薄冰！我用的每一个干部都慎之又慎！说中福集团是林家铺子，老陆，你见过我这样大公无私的掌柜吗？

陆建设：没有，没有，林部长，我错了，我……我罪该万死……

林满江：罪该万死不至于，但有错误要改正，经验教训要吸取！

陆建设已是满面泪水：是，是，林部长，我改正，我吸取……

12 齐本安办公室 日 内

牛俊杰对齐本安说：……齐书记，我还有个提醒：要警惕陆建设这个人。我可以明确说：他是人品有问题的人，为了往上爬不顾一切，他资历老，在京州中福谁都看不上，一直认为能做党委书记……

齐本安警醒：俊杰，你说：在我房间安摄像头的会不会是他？

牛俊杰：我也这样想，也有可能是他，他太想抓住你的问题做文章，搞掉你这个书记了！现在他又赖在北京不回来，跑官那是肯定的，借协助审查李功权，摸林满江的意图，后面会怎么着就难说了！

齐本安意味深长地：俊杰，谢谢你的提醒，这个提醒很重要！

13 林满江办公室 日 内

林满江严肃恳切地对陆建设说：我说过中福集团不存在任何铺子，这话是负责任的！李功权现在不是"双规"了吗？督促李功权继续交代，不管涉及谁，涉及什么人，如果齐本安有问题也绝不姑息！

陆建设以为自己探明了风向：林部长，我估计齐本安问题严重！

林满江：不要估计，要有事实根据，绝不能冤枉一个好人，也绝不能放过一个坏人！陆建设同志，你不要以为齐本安是我师兄弟，我就会对他网开一面！No，在我这里只有党纪国法，没什么个人私情！

陆建设：我明白了，齐本安的问题性质相当严重，在任职大会上公开暗示索贿，在我们目前的反腐败的实践中还是极为罕见的……

林满江：现在看来，我也多少有些失察啊，让齐本安做了党委书记兼董事长，从京州中福的现实考虑，三角架构也许更稳妥一些……

陆建设立即表忠心：林部长，我一切听您安排，您指向哪里，我打向哪里！学习石红杏，把您的指示当成最高指示，行动的指南……

14　齐本安办公室　日　内

齐本安和皮丹通话，语带讥讽：……哎呀，我们皮董摇身一变成了皮主任了！怪不得牛俊杰夸你任凭风浪起，稳坐钓鱼台呢！哎，皮主任，是您老对京州工作有什么指示，还是咱们林董有什么指示啊？

电话里的声音：齐书记，我哪敢指示你？再说，你又是我二哥！

这时，牛俊杰抢过电话：哎，哎，皮蛋，京州房价最近又涨了啊，你还不回来炒一把呀？城西南房价现在都上八万了，你赚翻了吧！

电话里的声音：牛总，多想想工作，少想点房子涨不涨的！

牛俊杰：哟，皮蛋，才几天不见，你就成好人了？

电话里的声音：牛俊杰，我不和你瞎扯，我和齐本安有正事！

齐本安接过电话：好，皮主任，你说，你说！

电话里的声音：齐书记，林董有重要指示，今天上班说的，让你赶快进京见他，两个事：一是要和你谈工作，二是八十年大庆的事！

齐本安：好的，皮主任，你告诉林董，我也正要向他汇报呢！

放下电话，齐本安不禁陷入了深思。

牛俊杰：齐书记，你向林满江汇报什么？我们的解困方案？

齐本安这才说：这个方案他已经知道了，我让石红杏报过去的！

牛俊杰：那估计他对这个方案有反应了！但愿是好反应吧！

齐本安：我的预感不会好，也许要正面交火了。哎，俊杰，你能不能和我说说那位傅总的情况？傅总那架公务飞机又是怎么回事？

牛俊杰：好的，好的，傅总我最清楚！傅总叫傅长明，最早和钱荣成、黄清源一起倒卖煤炭起家，后来介入资本市场发了，手上握有八千多亿资产，掌握着海内外五家上市公司和一家全国性房地产公司。其中有在纳斯达克上市的长明科技，在香港上市的长明保险，在新加坡上市的长明信息，在上海上市的长明电力，在深圳上市的长明云数据，是京州也是汉东省唯一一家拥有公务飞机的民营企业……

15 长明集团 日 内

长明集团总部的董事长办公室很像一个佛堂。

傅长明数着佛珠，盘腿坐在大佛前，在弥漫的香烟中，满脸微笑地和钱荣成聊天：……钱总啊，实在是抱歉得很哪，听我们公关部经理说，你找了我几趟，都没能见上我？对不起，实在对不起啊钱总！

钱荣成已完全失去了在李顺东面前的傲慢，变得谦恭而卑微，跪坐在傅长明面前，也下意识地数着佛珠：傅总，您以后千万别再叫我钱总，我快破产了，在您面前我哪还敢称"总"啊，直呼其名，钱荣成！

傅长明拈了一根香插到身边香炉上：也好，直呼其名，现在世界怪得很，经济增长没后劲，老总却几何级增长，三天不见就这总那总的了，要我看啊，都是浮肿！直呼其名好，我称你荣成，你称我长明，我们还像当年！当年一个你，一个黄清源，咱们仨桃园三结义啊！

钱荣成小心地纠正：傅总，您可能记错了吧？咱结义不在桃园在杏园，岩台李家坡矿外的一片杏林，还是您提议结义拜把子的呢！

傅长明：对，对，荣成，我最大，是老大，清源老三，你老二！

钱荣成感叹：现在我和黄清源时运不济，都完蛋了，就您大哥越做越好，越做越大，不但是在咱京州，在咱汉东，在咱中国，甚至在全世界都是第一流的！您瞧您，又是直升机，又是公务飞机……

办公室落地窗外，院中的停机坪上，停着一架长明号直升机。

16　京州人民医院病房　日　内

石红杏在程端阳面前抹泪。

程端阳：哭什么哭？红杏，你想多了！林满江和齐本安谁都不会故意害你，就算他们谁想害你，只要你没做坏事，他们也害不成！

石红杏：师傅，那照你这么说，那这世上就没有冤假错案了！

程端阳：哎，起码林满江和齐本安他们不会制造冤假错案吧？

石红杏：那不一定！我在京州中福实际主持了六年工作，只要想整我，那容易得很，办不了腐败，也能办我一个渎职！就像六年前和长明集团傅总签订的矿产协议，现在就有人说造成了三十几亿损失！

程端阳：这事我知道，皮丹也说起过，说是具体你们俩办的？

石红杏：具体我们俩办，但决策人是林满江啊，我们就是执行！

17　齐本安办公室　日　内

齐本安：牛总，如果我现在告诉你：集团战略委员会决定以最新评估价也就是我说的十四亿九千万将京丰矿和京盛矿转让给长明集团的长明电力公司，你认为合理吗？你和京州能源董事会能认可吗？

牛俊杰：什么战略委员会？还不都是林满江的传声筒？扯淡！

齐本安：牛俊杰，你不同意？嗯？

牛俊杰：我当然不同意！齐书记，我们上报的方案很明确：原价四十七亿从你们大股东手上拿来的，你们大股东必须原价收回去！如果你们想以十四亿九千万把它重新转让给长明集团，那与我们无关！因此造成的国有资产流失也与我们京州能源无关，该谁负责谁负责！

18　长明集团　日　内

傅长明对钱荣成说：我佛仁慈，假我之手普度众生，几百亿几千亿不过是个数字嘛！有意义吗？没有！这些物质财富属于众生者也！

钱荣成：是的，是的，傅总，您修炼到家了，把世事人生全看透了！我现在追求的就是您这一境界，可凡心难以沉静，真不好意思！

傅长明：只要心中有佛，心里就会自然平静下来，就不会有那么多怨恨，好像这个世界上谁都欠你的！我就不这样想，我每天都在感恩。爹妈生我傅长明是大恩，活过困难时期没饿死是大恩，生逢如此盛世是大恩，认识你和黄清源也是大恩啊，我傅长明何德何能认识你们俩呀？！不是你们俩最早点拨了我，哪会有我的今天？我感恩啊！

钱荣成窘迫地：傅总，您真让我无地自容啊，是我何德何能……

19 京州人民医院病房 日 内

石红杏对程端阳说：现在外面传得很凶，说我高买低卖国有资产，造成了国有资产的巨大损失！师傅，这可不是小钱啊，是三十多个亿，办我个渎职罪有什么话可说？更要命的是，林满江一手掌控的集团战略委员会不但决定甩掉京丰、京盛两矿，还要甩给傅长明的长明集团！

程端阳：林满江怎么回事？五年前四十七亿买进，五年后十五亿不到卖出，而且仍然是原来的卖主！他这是糊涂了，还是太能作了？

石红杏：师傅，昨夜老牛把我骂了半夜，吓出了我一身冷汗！现在老牛又找齐本安汇报去了，看齐本安怎么说吧，现在他是一把手！

程端阳：林满江不会这么大胆吧？不过那个长明集团有些不明不白的，皮丹和我说起过，说傅长明手眼通天，都能指挥吴雄飞市长……

20　长明集团　日　内

傅长明手捻佛珠，对钱荣成说：荣成啊，知道你和荣成钢铁集团现在遇到了一些困难，我和你一样着急啊！尽管你找我几次我都不在，你我没有见上一面，但你我都是心中有佛的人啊，我能不伸手拉你一把吗？我得感恩啊！一个不知道感恩的人能做大做强吗？不能的嘛！

钱荣成激动起来：傅总，您说得太好了！我就知道您会帮我……

傅长明：所以，我和雄飞——就是你们吴市长一起去瑞士苏黎世开会时，就在飞机上和他说了，顺便说一下，雄飞是跟我的包机一起走的！我对他说呀，要保护钱荣成的荣成钢铁集团，要敲打一下断贷的坏银行，尤其是第一个断贷的京州城市银行，我说胡子霖是条毒蛇！

钱荣成：哎呀，哎呀，傅总，原来市里这个银企会是您让开的呀！

傅长明：是啊，我说来说去就你们俩人，一个你，一个黄清源！

钱荣成：哎呀，吴市长真是太够意思了，在会上两次提了我，还让我站起来让大家认识，但是，吴市长一次也没提黄清源……

傅长明：黄清源不能提，他就是个老赖，吕州法院已经生效的法院判决也不执行，不是我打了招呼，吕州法院执行局早就抓他吃牢饭去了！黄清源啊，也是没数哩，还敢去告人家天使公司，糊涂透顶！

钱荣成：哦，对了，我听说他最近可能出国去旅游了……

傅长明：是我让他出去的，躲一躲吧，和天使公司李顺东、秦小冲那帮穷鬼、讨债鬼纠缠啥呀?!

21 齐本安办公室 日 内

齐本安对牛俊杰说:……据我所知,京州中福和傅总的长明集团合作项目好像不止京州能源一项,起码还有京州证券和长明保险吧?

牛俊杰:没错,京州证券的第一大股东是我们京州中福,二股东就是傅长明和长明集团。长明保险正相反,控股股东是长明集团和傅长明,我们京州中福虽说是第二大股东,但只有百分之十的股权。这些合作都是在林满江的授意下,甚至是指示下,由石红杏完成的。

齐本安:这个事实说明,傅长明的长明集团和我们京州中福的关系很不一般,其历史渊源应该相当深远,可奇怪的是,长明集团可查证的公司历史仅仅十几年,而且最早起家时就和上海中福合作!

22 长明集团 日 内

钱荣成谦卑地对傅长明说:……傅总,您给吴市长一打招呼,吴市长就给我们荣成钢铁集团帮大忙了,胡子霖行长被吴市长骂得狗血喷头,马上变了个人似的,主动请我吃饭,这几天已经主动解封了我的部分生产经营性资产,还答应给我贷款五个亿,但是……但是……

傅长明:但是要担保是吧?

钱荣成:就是,就是!傅总,胡子霖行长说了,让我最好找您……

傅长明:荣成,这你就错了!在这个世界上,你可以找任何人,唯独不可找我!你我都是信佛的人,你问问佛:同意我长明集团给你荣成担保吗? 你荣成钢铁集团现在还有信誉吗? 一群"天使"你都没摆平, 市民广场天天载歌载舞, 京州大人小孩都知道: 防火防盗防荣成!

23 京州人民医院病房　日　内

石红杏对程端阳说: 师傅, 我们家老牛怀疑林满江和傅长明有利益输送关系! 甚至有人说, 傅长明的公务专机是专为林满江买的!

程端阳: 不对吧? 林满江要公务飞机干啥? 如果真的需要公务飞机, 中福自己可以买, 何必经过长明公司? 难不成还把飞机传家吗?

石红杏: 我听林满江夫人童格华说, 说是为了家里人看病方便!

程端阳笑了起来: 这也太能胡思乱想了吧? 买架飞机专为看病? 好了, 好了, 这些疯话在我老太婆这儿说说就算了, 别和别人说!

石红杏: 我知道, 师傅, 这话你也别和林满江、齐本安说啊!

程端阳: 不说, 不说, 师傅只希望你们三兄妹和和气气, 哪会胡言乱语给你们生事呢? 师傅岁数大了, 脑筋还好, 还没老糊涂! 红杏啊, 你也别多想了, 明天让护理组给我烧锅绿豆粥喝, 打点面糊!

石红杏: 好的, 师傅, 我让他们给你弄! 走了, 你好好休息!

程端阳: 哎, 对了, 杏, 还有个事: 劳模田大聪明有十五万医疗费没地方报销, 田大聪明昨天找到我这儿来了, 你看能给他报了吗?

石红杏: 哎呀, 这事我知道, 都是自费药, 报不了的! 省、市总工会和我们京州中福都给他补助过, 前后三十多万呢, 这事你别管!

程端阳: 哎呀, 杏, 人家田大聪明可是癌症啊, 用了那么多自费药，再说，他儿子田园又跳楼自杀了，和我说起这事，眼泪直落……

石红杏：好，好，师傅，那我想别的办法吧，公账肯定不能报！

24　长明集团　日　内

钱荣成恳切而凄哀地看着傅长明：……傅总，您不是黄清源，您是汉东省首屈一指的大富豪，您拔根汗毛都能立在我荣成钢铁集团当旗杆，您去年一年的捐款就是五个亿，我也只求您五个亿担保……

傅长明挂着佛珠，双手合十，念了声：阿弥陀佛！

钱荣成眼里汪上了泪水：傅总，别管真假，咱们也算是杏园三结义的兄弟啊，还都是信佛的人，您又是知恩图报的大善人，难道就不能救我和荣成钢铁集团一命吗？胡子霖行长说了，不要您长明集团拿出任何担保资产，就您“傅长明”三个字，就您的信用，他敢贷三十亿！

傅长明捻着佛珠：我佛保佑，让我从一进市场就明白了信用的珍贵，所以我才不敢乱施信用，尤其是施与你们有失诚信的荣成集团！

钱荣成：可是，傅……傅总，您是知恩图报的啊，不是吗？

傅长明：难道我还没报吗？我没报会有银企协调会吗？胡子霖会解封你经营性资产吗？会同意贷你五个亿吗？这不叫知恩图报吗？

钱荣成：是，是，可是傅总，这五个亿没您的担保我拿不到！

傅长明叹息：荣成啊，你也是信佛的人，不知道因果皆有缘吗？

钱荣成：傅总，您……您的意思是不会为我这五个亿贷款担保？

傅长明双手合十：阿弥陀佛，一切随缘吧！

25　齐本安办公室　日　内

齐本安带着回忆的神情，对牛俊杰说：当时上海中福的董事长是林满江，我只是下属公司副总经理，见过傅长明几次，感觉这人像个文弱书生。他和中福做的第一笔生意是一块地皮，是林满江拍板卖给他的，好像卖了八千万吧？后来在上面盖了座四十多层的长明宫，现在是长明集团的上海办事处，其房产价值已经高达七十多个亿了……

牛俊杰：哎，齐书记，好像我们上海中福就是租用的长明宫吧？

齐本安：是啊，租了他们的二号主楼，每年租金就是五千万！

26　长明集团　日　内

钱荣成仍不死心，继续纠缠：傅总，您不替我担保，那您能不能找一下林满江或者石红杏，让京州中福替我担保呢？他们都不信佛！

傅长明：他们不信佛，你荣成钢铁集团就可以去坑他们吗？荣成啊，你别问我，去问一问你心中的佛，看佛会不会答应？阿弥陀佛！

钱荣成露出了凶相：傅总，您现在是立地成佛了，可过去您也有过我这样的日子，也有过被债务压身的时候，您也是一步步走过来的！

傅长明：但我从来没有赖过任何人的账，不管是银行机构、企业单位，还是个人高利贷，我傅长明和我傅长明的长明集团的信用记录在全世界任何地方都是最高等级，这是一笔伟大的财富，你知道吗?

钱荣成有些不顾一切了:我当然知道啊,你对一个个贪官也是十分讲信誉的,一笔四十七亿的交易,你都敢给人家兑现十亿费用……

傅长明的眼中现出难得一见的凶光:阿弥陀佛!钱荣成,佛家不打诳言,你现在满嘴诳言,我们不必再谈了,你怕是在劫难逃了……

钱荣成意识到自己的失言,立即换了副笑脸:傅总,我……我瞎说!您……您大人不把小人怪,我……我现在真是急了眼了……

傅长明:钱荣成,我还当你是一个信佛礼佛的人,最后送你一句话:六界轮回皆因果,种什么因就一定会有什么果!善哉,善哉!

（第二十九集完）

第三十集

1 京州街上 日 外

轿车急驰。

车内,马仔向李顺东汇报:李总,钱荣成已经从长明集团出来了。

李顺东:让秦小冲的车跟上去,跟紧了,争取在中华路口活捉!

马仔:明白!打开报话机:秦副,秦副,李总呼叫秦副……

2 京州街上 日 外

轿车急驰。

车内,另一马仔向秦小冲汇报:……秦副,计划改了,李总要在中华路口活捉钱荣成!钱荣成出了长明集团,只能单行线走中华路!

秦小冲:告诉李总,明白!我方将和他们会师中华路!跟上去!

秦小冲的破富康拼命加速,渐渐追上前面钱荣成的大奔驰。

3 京州街上 日 外

轿车急驰。

车内,钱荣成破口大骂傅长明:……妈的,傅长明这吃人不吐骨头的东西！他还信佛？还报恩？还种什么因就结什么果，吓唬谁呀？！

司机：钱总，您还是得小心点，傅长明那可是黑白通吃啊！

钱荣成：我等他吃，我让他吃毒药，我撑死他，王八蛋！

司机：还得小心天使公司，李顺东也不是好说话的主！

这时，手机响。

钱荣成接手机，没好气地：谁呀你？

李顺东的声音：还能有谁？"天使"啊！钱总，咱的劳斯莱斯被吕州法院执行走之后，我一直说要找你谈一谈，你一直躲着，这哪行啊？

钱荣成：李顺东，有本事你来抓我呀，我他妈候着你呢……

就说到这里，司机一个急刹车，奔驰车在李顺东的桑塔纳和秦小冲的富康车的两面夹击下，被迫停下了。

李顺东和秦小冲从各自破车内走出，拉开奔驰车门，上了车。

4 天使商务公司 日 内

钱荣成在两个强壮马仔的有力挟持下，被半架着走进门厅。

李顺东和秦小冲站在门厅二楼敞开式走廊上，双手扶着栏杆，看着钱荣成，故意制造出了一种居高临下的胜利者蔑视失败者的态势。

一楼空荡荡的客厅和紧闭的大门，以及十余个"天使"站成两排。

李顺东：钱总，你不觉得这是个激动人心的时刻吗？我和秦副以这么隆重的形式会见你！在此之前，我曾经这么会见过美丽集团的赵美丽女士，大风服装的蔡成功先生，但我真没想到今天也会这么隆重地会见你钱荣成！钱荣成，你太黑了，你做过界了，你让吕州执行局把车执行走了，还让我和秦副自愿地打耳光，你说我们能放过你吗？

秦小冲：钱总，咱们就从自打耳光开始！我们是文明的公司，我们绝不动手，希望你自觉自愿地动手，带着无限惭愧动手，开始吧！

钱荣成强作笑脸：李总，秦副，有话好说，你们知道我为什么到长明集团去吗？就是去解决债务问题的，现在好了，傅长明答应担保，我五亿贷款一到手，你们这边的委托债务也能解决一部分了。

李顺东乐了：哎呀，钱总啊，你终于明白过来了，我谢谢你了！

秦小冲：李总，你先别急着谢，钱总还没开始自愿打耳光呢？！

李顺东：不必了，这就不必了，人家钱总成明白人了嘛……

5 京州人民医院病房 夜 内

秦检查和男甲、女乙又来看望程端阳了。

程端阳：哎呀，秦师傅，你看看你们，怎么又来了？

秦检查赔着笑脸：程师傅，我们来给您反映一点新情况！

男甲：程师傅，咱们棚户区拆迁有希望了，您可能都想不到：市委李达康书记前天夜里连秘书都没带，独自一人来棚户区访贫问苦了！哎呀，李达康书记那话说的，很有感情哩！

女乙：真的，程师傅，李书记那真是关心咱们弱势群众啊！

程端阳乐了：哎呀，哎呀，李达康夜访棚户区，可真是大好事！

秦检查：人家记者当时也在棚户区采访，哦，对了，那个记者程师傅您认识的，就是石红杏的闺女石艳，哎呀，石艳真厉害，代表咱们大家伙，什么话都敢问李达康书记。李达康书记也没回避……

6 天使商务公司 夜 内

李顺东和秦小冲从楼上走廊下来，走到楼下客厅钱荣成面前。

客厅正面墙上挂着两幅显眼的大照片，一幅是李顺东和蔡成功的合影，一幅是李顺东和已经入狱判刑的美丽集团赵美丽的合影。

李顺东指着照片向钱荣成介绍：钱总，上次你来也匆匆，去也匆匆，没能好好在我们这里体验参观，今天呢，一定得补上这一课！瞧瞧这张欢乐合影：这位用地沟油做食品的美人在照片上笑得多开心啊！她一人欢笑万家哭啊，违反食品法，还非法集资，现在被咱人民法院判处有期徒刑十五年！就这样的王八蛋，判刑后还乱告，还敢从北山牢房里为自己几根破头发提出起诉。是的，食品集团个别愤怒的前员工违反了本公司讨债政策，揪掉了你的几根头发，怎么的了？！

钱荣成强笑着应付：就是，就是，她……她是罪有应得……

李顺东将钱荣成引到另一幅照片前：蔡成功总还认识吧？是他把李达康老婆送进去的，最后自己也进去了！但从这幅照片上看，蔡成功还是意气风发的吧？你看我搂着他的肩头，好像我们是一母所生的亲兄弟。其实为照这张相，摄影师可费老劲了，蔡成功自知不妙，很不配合呀，白副总用大灯泡照了他好一阵子，才让他挤出了这点破笑。

钱荣成识趣地：李总，你放心，我肯定配合，肯定配合你笑！

李顺东：那就好，那就让我们也留下一张珍贵的历史照片吧！

这时，秦小冲按下快门，留下了一张李顺东和钱荣成的合影。

照片上，钱荣成和李顺东全是一脸虚假的笑容。

7　京州人民医院病房　夜　内

程端阳感慨：……李达康书记了不起啊，"九二八事故"以后，压力这么大，对弱势群体还这么关心，有担当啊！咱们党的干部要是都像达康书记这样负责就好喽！哎，秦师傅，我建议你们再给上面写封请愿信，挽留咱达康书记，可别让达康书记为"九二八事故"被撤职！我把话撂在这儿：达康书记要是真被撤职，棚户区改造再等五年都没戏！

秦检查乐了：哎，程师傅，您这主意太好了，我举双手赞成！

男甲：我也赞成！这其实也是变相要求政府部门赶快拆迁嘛！

女乙：程师傅，这可是您老人家提议的，到时候别您当大官的徒弟林满江啥的一个电话过来，您又耍滑头，头疼脑热啊，不签字了！

程端阳：这回不会，我第一个签字，咱这信就寄给省委和中央！

8　天使商务公司　夜　内

钱荣成和李顺东分别代表债权人和债务人在还债计划书上签字。

签字很有仪式感，钱、李身后各站着五六名"天使"，秦小冲照相。

钱荣成、李顺东双方交换还债计划书后，亲密握手，再度合影。

李顺东：钱总啊，我真没想到会这么顺利，三亿二你一把还了！

钱荣成恳切地：这不是有钱了吗？吴雄飞市长亲自替我讲话，京州城市银行胡子霖行长贷给我五个亿，世界五百强的长明集团傅长明替我担保，我既有钱了，该还就得还了，李总，你知道的，我信佛！

李顺东：对，对，佛家不打诳语，钱总，我代表债权人谢你了！

钱荣成：谢啥呀？欠债还钱，理所当然，好了，咱们再见！

秦小冲上前拦住：钱总，哪能这么就再见了？你这三亿二在哪？

钱荣成：哎，不是在还款计划书上写着了吗？我又不是没签字！

秦小冲：钱总，你欠下的八九个亿不都是签过字的吗？该赖你不是照样赖吗？所以，好不容易把你请来了，你看你是不是在我们这里自愿休息两天？我强调一下啊，我们依法讨债，不搞非法拘禁，一定请你自愿休息！你不但要签订自愿留宿协议书，还得自掏住宿费⋯⋯

9　京州人民医院病房　夜　内

孙连城收拾东西准备出院，孙妻在一旁帮着收拾。

这时手机响。

孙连城接手机：喂，哪位啊？

手机里的声音：孙区长，我是和你同一批被处理的老金啊！

孙连城：哦，钟楼区的金书记？你好，你好，听说你分学校去了？

手机里的声音：哎呀，贬到光明区天音小学做教导主任了，职务和你一样：科员。孙区长，不说这个了，哎，怎么听说你要出院？

孙连城：是啊，那点烧伤早就好了，再不出院都不好意思了！

手机里的声音：有啥不好意思的？你住在医院里和李达康斗非常有利啊，时刻提醒人们记住李达康的严重问题，孙区长，你再想想！

孙连城迟疑起来：这⋯⋯这倒也是啊！

手机里的声音：孙区长你光是烧伤吗？救孩子时是不是从楼梯上摔下来过？头是不是碰到水泥地或者水泥墙了？头是不是经常晕？

孙连城：哎呀，金书记，你这一说我还真想起来，我脑震荡啊……

10　天使商务公司　夜　内

钱荣成眼皮一翻，问秦小冲：秦副，如果我不自愿留宿呢？

秦小冲手向凶神般的白副总一指：那你就归白副总说服教育了！

白副总天使工作服一脱，露出身上的刺青龙凤：请吧，钱总！

钱荣成把求助的目光投向李顺东：哎，哎，李总你看……

李顺东：我不看，我眼不见为净，哦，对了，我还晕血，见鸡血都晕！我现在就像你电话里规劝我说的：绝不用阴暗的目光来看世界了，这对健康非常非常不利，对我们双方公司的发展也很不利。哪个诗人说的啊？黑夜给了我黑色的眼睛，我却要用它去寻找光明……

钱荣成：李顺东，我请问：我在你天使窝里自愿休息了，贷款手续谁去办？担保手续谁去办？你们这些"天使"能代办吗？要能代办，我自愿在你们这儿休息了！妈的，孙子才不想休息呢！给我开房间吧！

李顺东、秦小冲全怔住了。

11　京州人民医院病房　夜　内

程端阳坐在轮椅上，对秦检查和男甲、女乙说：……我现在不但担心上面撤了达康书记，也担心政府部门不听达康书记的话，今非昔比啊，达康书记犯错误了，还不墙倒众人推？听医院里人嘀咕，那个被撤职的区长孙连城就一天到晚骂李达康，他烧伤科病房那个热闹啊，没人不知道！我现在能坐轮椅了，哪天我得过去和他理论理论！

秦检查：哎，哎，程师傅，您可千万别和那个家伙理论，理论不清！他是懒政不干事受了李达康处理的，现在当然要报复李达康！

程端阳：那就更得理论了！你当了几年光明区区长，棚户区动都不动，人家李达康要做事，你还报复？搞倒了李达康，能指望你啊？

男甲：哎，这倒是！

女乙：咱们赶快回去再写封请愿信，支持达康书记！

程端阳：对，对，赶紧的，写好我第一个签字！

12　京州人民医院病房　夜　内

收拾好的东西全又放了回去。

孙连城对孙妻说：金书记说得对，我还真就不能轻易出院！

孙妻：可你身上的烧伤全好了啊，怎么继续住院，没理由啊？

孙连城：有理由，让他们明天给我转到脑外科去，我脑震荡了……

孙妻：哎，老孙，你听我一句劝：人哪，千万别把路走绝了！

孙连城：不是我要把路走绝，是李达康要把路走绝！我这一辈子容易吗？大学毕业十年后才上到副科级，十五年后副处，现在工作三十二年了，上到副局，结果倒好，被他一撸到底，降为主任科员！

13　范家慧家　夜　内

范家慧吃着饭，对齐本安说：真没想到，李达康这么得民心呢！

齐本安：意料之中的事嘛，老百姓需要能为他们做事的干部！

范家慧：我真佩服李达康的胆量，夜访棚户区，还支持我们的记者发稿，一起讨论棚户区的难题，这种开明的市委书记真是太少见了！

齐本安叹息：也许李达康是最后一搏了，让人觉得挺辛酸的！

范家慧：不，是悲壮！齐本安，我希望你也做李达康这样的人！

齐本安：老范，你知道的，我天生就不是李达康那种人！

范家慧：林满江倒是李达康那种人，但现在成了你的对手！

齐本安：错，林满江也不是李达康那种人，牛俊杰有个评价倒是挺准确的：林满江是一个云雾山中人，你很难看清他的真面目……

14 天使商务公司 夜 内

李顺东一声叹息，满脸沉痛地对钱荣成说：钱总，尽管你信用极差，但我和天使公司仍然选择相信你！什么叫无奈的选择？这就是！

钱荣成：我既然信用差，那我还是留在你们天使窝休息吧，真的！

秦小冲：钱总，你也别将我们军，咱们还是得尽快解决债务问题嘛！你知道吗？又一个债权人因为你欠债不还，无钱治病去世了……

钱荣成：你们别啥都往我身上赖，我这五个亿贷下来立马还账！

李顺东：那就好，那就好！钱总，谢谢，谢谢，太谢谢您了！既然这样，我也就不多耽误您宝贵时间了。小六，开车送咱钱总回府！

钱荣成挺客气：李总，别麻烦你们了，我把自己的车开走就行了！

李顺东：钱总，不好意思，咱们的劳斯莱斯被执行走了，您的奔驰得来接劳斯莱斯的班了！要不，你再不还债，我们用什么车去游街？

秦小冲：就是，你也得替我们想想嘛！我们找你要账容易吗？！

15 范家慧家 夜 内

齐本安思索着，对范家慧说：……这时候突然把我叫到北京，林满江什么意思？不错，八十年公司庆典是有不少未了事宜，但不至于离了我就做不了呀？这既不是专业技术活，又不是什么涉密的业务！

范家慧：一个借口而已，以此借口把你留在北京，继续当凤尾。

齐本安：这可能吗？他有什么过硬的理由？再说，近期林满江的工作很可能发生变动，离开中福，据说，总部已经出现了微妙的变化。

范家慧乐了：哦？有人开始反对他了？林家铺子根基动摇了？

齐本安：不是太清楚，有人说张继英书记不买林满江的账了！

范家慧：你过去好像说起过，说这个张继英还挺有原则性的？

齐本安：是，长期以来一直是我的主管领导，对我也比较了解。

16 天使商务公司门前 夜 外

破富康停在门口，李顺东、秦小冲送钱荣成上车。

李顺东：钱总，是回家，还是去哪里，您和我们的司机说！

钱荣成昂然对李顺东道：去京州第一人民法院！

秦小冲：哎，钱总，你这时候去法院干啥？人家早下班了！

李顺东：你没听出来啊？钱总有情绪，把我们这儿当二法院了？！

秦小冲对司机说：钱总让你去哪，你就送到哪吧，听他的！

破富康载着钱荣成走了。

把钱荣成送走后，秦小冲不无担心：他别黄鹤一去不复返吧？

李顺东：有这个可能，不过，吴市长支持荣成钢铁集团也是真的！

秦小冲：但愿钱荣成这回能讲一次信用吧！

李顺东：他不讲信用，我们也没亏，缴获了他一台奔驰嘛！

17 范家慧家　夜　内

齐本安问范家慧：老范，你对长明集团的傅长明了解不了解？

范家慧：了解啊，早年我们《京州时报》给他做过不少报道，后来他搞大了，不把我们看在眼里了，总体感觉是个了不起的人物，还很低调！

齐本安：我到了京州才知道，京州中福和长明集团有许多交集！

范家慧：这很正常啊，京州最大的国企是你们中福，最大的民企是傅长明的长明集团，这么两个大集团怎么可能不打点交道呢？！

齐本安：这倒也是！不过，这么多交集中，利益输送少得了吗？

18 京州街上　夜　外

轿车急驰。

富康车内，钱荣成肆无忌惮地打手机：……三哥吗？毛六毛七从北山回来了吧？好，明天让他们俩过来找我，给我当保镖！我现在被黑社会盯上了，前阵了劳斯莱斯被抢，今天奔驰又被抢了……

司机从后视镜里不时地怯怯地看上钱荣成一眼。

钱荣成威风十足，俨然黑社会头目的感觉和气派：让毛六毛七把放血器带上，该放血时就放血！事情发展到这一步，必须见血了……

19　范家慧家　夜　内

范家慧对齐本安说：哎，我可提醒你啊，没有确凿证据，利益输送你千万别提！京丰、京盛两矿的产权交易是可疑，但你也别光看着傅长明赚了你们钱，中福也没少赚长明集团的钱，你们中福入股长明保险，不也赚翻了吗？石红杏有一次和我说，赚了二十几个亿呢！

齐本安：这也是事实，财务公司也向我汇报过！但是，长明保险起家的本钱几乎全是林满江和京州中福帮着傅长明搞来的！

范家慧：哦？

齐本安忧虑地：细思极恐啊，林满江和中福鼎力帮助傅长明搞起了长明保险公司，替长明集团贷款担保十个亿，借款给长明集团八个亿，承担了十八个亿的风险，却只占了百分之十的股权，很不正常！

范家慧：本安，你是不是多疑了？况且，这个项目毕竟赚了不少！

齐本安叹息：但愿是我多疑吧，但愿！

20　天使商务公司　夜　内

司机向李顺东和秦小冲汇报：……钱荣成没去法院，去了清水区的一个大院子，他一上车就给黑社会打电话，要黑社会给他派保镖！

李顺东：黑社会？哪个黑社会？说具体一些！

司机：他电话里叫人家三哥，保镖一个叫毛六，一个叫毛七，刚从北山监狱出来，对了，钱荣成还特别说了，让他们都带上放血器!

秦小冲：放血器? 这是一种什么武器? 属于冷兵器吗?

李顺东：属于冷兵器，就是刀子，匕首，一种比较文化的说法!

秦小冲：那钱荣成这意思，要和我们在法律线之下较量了?

李顺东：有这个可能! 看来他对我们的承诺实现不了!

秦小冲：这五亿的贷款和担保会是假的吗?

李顺东：很不幸，假的! 若是真的，就用不着保镖和放血器了。

21 范家慧家 夜 内

范家慧对齐本安说：……哎，本安，我突发奇想：要不，你也做一回云雾山中人，让林满江看不清你，让他去猜谜，去着急?

齐本安：什么意思? 说明白点。

范家慧：找个借口不去见他，就说正在京州查账，给他点暗示!

齐本安想都没想就摆起了手：林满江是何等人物啊，还要我来暗示? 老范，你这是鸡头级别的水平，别说林满江不玩，我也不玩!

范家慧：你们还准备来场凤凰大战吗? 齐本安，那你可小心点!

齐本安：我知道，李功权现在在他手里，陆建设也虎视眈眈!

22 中福宾馆客房 夜 内

陆建设在做李功权的工作：……李总，你这个交代写得还是不行啊! 齐本安既然在会上暗示你们老朋友们给他送礼送钱了，怎么又拒收了呢? 这不合情理啊! 他有没有问你卡里有多少钱? 应该问过吧?

李功权：齐本安没问，我交代上说了，是我误会他的意思了！

陆建设：你误会了，王平安怎么也误会了？这又怎么解释？

李功权：那我怎么知道？这你们得去问王平安！

陆建设：李总，要我说，你们俩也太小气了，你交代上说，卡上打了五万，王平安呢，也只送了八万八，难怪人家齐本安不收！不做官嫌官小，不贪财嫌财少嘛，是不是？哎，这层意思齐本安透露过吗？

李功权：没有，真没有，齐本安胆小谨慎，不是个贪财的人。

23 天使商务公司 夜 内

秦小冲有些后怕地对李顺东和白副总说：……事实证明，虽然我们讨债文化产业的前途是光明的，但道路还是很曲折的啊，有时甚至还要被放血器放出一点血，尤其是在黑社会势力公然介入的情况下。

白副总趁机加码：李总，为了尽量减少被人放血，我负责的这部分线下事业是不是也得准备准备，购置一些放血器材呢？比如，藏刀跳刀，三角刮刀？最好再添置点防护设备，比如，警用防弹背心……

李顺东笑了：瞧你们俩，让钱荣成吓成了这样，丢人现眼！还黑社会？如今扫黑打黑一场连一场的，哪来这么多黑社会？有人还污蔑我们天使是黑社会呢！无非是钱荣成请了两个坐过牢的保镖罢了。

秦小冲：李总，从司机说的情况看，这俩保镖也许真敢玩命！

白副总：就是，他们毕竟是从北山下来的，喝过几口好汤的！

李顺东：冷静！碰上了这种非法反动的家伙，我们反而得多考虑法律底线了。无底线的非法把戏我们天使是不玩的。我早就说过，而且不断向你们强调的原则是：我们天使公司必须在底线之上行事。

秦小冲：对，对，李总，就是你一直说的：做法律底线之上的补充。坚持以事实为根据，以法律为准绳，坚持依法处理账务债务。

李顺东：白副总，现在我要特别提醒你，线下的事想都不要去想，要坚持赤手空拳的原则，要打不还手，骂不还口，文明讨债清欠！

24　范家慧家　夜　内

夫妻二人倚在床上依然在谈论面临的危机。

范家慧：本安，你也想想，这一切到底是怎么发生的？你们毕竟不是一般的关系，都是程端阳师傅带出来的徒弟，同志加兄弟啊！

齐本安：是啊，这几天我也在复盘想，这是怎么了？如果不是同志加兄弟，林满江不会把京州中福交给我，虽然他不太情愿，但总还是交给我了，交给我后如果没发生"九二八事故"和棚户区五亿协改资金被挪用，矛盾也不会这么快暴露。"九二八事故"发生以后，程端阳师傅受了伤，林满江赶了过来看望师傅，眼里含着泪水，当时我真不敢对他有任何怀疑……

范家慧：林满江对程端阳、对棚户区的感情应该不会是假的！

齐本安：是的。但"九二八"一场事故，把京州中福见不得人的阴暗面暴露了，在京州期间，我两次找他，想向他汇报，但最终没敢开口。

范家慧：你们同志加兄弟啊，你为什么不敢开口？你怕什么？

齐本安：我怕他以兄弟的名义，让我包庇坏人，违法乱纪！

25　中福宾馆客房　夜　内

陆建设对李功权说：李总，你是中福集团的老人了，难道还不了解林满江同志吗？如果你不忠诚，让他丧失了对你的信任，你就完蛋了。齐本安对林满江同志、对组织就不忠诚啊！明明知道王平安有问题，就是不向组织报告，等到王平安逃掉了，才让我去找他谈话！

李功权苦着脸：陆书记，我真不知道齐本安有什么问题啊！

陆建设：不要这么绝对，齐本安怎么会没问题呢？组织上说他有问题，他就肯定有问题，没有大问题也有小问题！我这是有经验的！他起码和你、和王平安拉帮结派吧？齐本安能上去，你们出过力吧？

李功权：陆书记，拉帮结派真谈不上，就是关系比较好……

陆建设：关系好，经常在一起喝酒，酒喝多了就一起发牢骚！哎呀，本安这么能干，怎么上不去呢？太不公平了！送点钱给上面，让本安上，本安上去了，我们也就一起上去了，一人得道鸡犬升天！

李功权：这话王平安喝多时是说过，但谁也没这么做，真的！

陆建设兴奋了：看看，群众的眼睛是雪亮的嘛，好，继续说！

26　张继英办公室　夜　内

干部甲向张继英汇报：……陆建设一直对李功权诱供套供！

干部乙：张书记，陆建设说了，他是执行林满江同志的指示！

干部甲：真不明白，他为啥不在京州审查，非弄到咱这里违规审？

张继英思索着：我估计是为了回避京州地方纪检部门和检察机关

655

吧？李功权案涉及京州，是京州地面上的一个窝案串案，林董还是不想家丑外扬吧？但是，陆建设这么违反政策不能允许，谁说的都不行！

干部乙：张书记，那您得和林满江同志交涉一下！

干部甲：张书记，起码不能让陆建设违规单独和李功权接触！

张继英：好，这个我去和林董说吧！

干部乙：张书记，您最好现在就说，陆建设像疯狗似的！

27 天使商务公司 夜 内

秦小冲对李顺东说：李总，我觉得你有必要提醒一下钱荣成，让他也和我们一样在法律底线之上活动，不要顶风作案去违法乱纪。

李顺东：嗯，也好！牛石艳和我说了，公安局正扫黑呢！双方犯不着去舞枪弄棒的，再说现在也不是枪林弹雨街头争雄的时代了嘛。

秦小冲：就是嘛，李总，那咱这就打个电话给钱荣成吧！

李顺东将电话拨通：钱总啊，安全回到府上了吧？

电话里的声音：回到寒舍了，但不够安全啊，被你们吓着了！

李顺东：哎呀，钱总你太谦虚了，你胆大包天，能让我们吓着？

电话里的声音：真让你们吓着了，逼我照相逼我签订不平等条约！

李顺东：哎，钱总，咱签的可是还债计划书啊，哪不平等了？看来你是想继续赖账了？怎么听说还准备了两个杀手和一堆放血器？

28 钱荣成家 夜 内

钱荣成和李顺东通话：……李总啊，你既然啥都知道了，那我就给您通报一下情况吧：李总，我这俩保镖兄弟一个叫毛八，一个叫毛七，你应该听说过吧？杀人惯犯啊！一个防卫过当，干掉了黑社会一条人命，另一个呢，哎，他正当防卫，也干掉了黑社会一条人命！

李顺东的声音：钱荣成，你就编故事，给我开故事会吧！

钱荣成：李总，你爱信不信！他们哥俩干掉的虽说是黑社会，可刑满出狱后怀里揣着放血器在京州街上四处乱逛，也太瘆人了吧？我呢，就把他们招到我的荣成钢铁集团干保安了。李总，我这也是跟你学的啊，你看你多义气，把我们荣成钢铁集团的十几个下岗工人都给安置了，让我好感动哦！

29　天使商务公司　夜　内

李顺东和钱荣成通话：……钱总，你也不必感动，我安置你们的下岗职工，是为了给社会做贡献。另外，你别一口一个"黑社会"地威胁我。哦，你们杀了两个黑社会，是不是还想杀第三个第四个？杀我李顺东啊？钱总，我可警告你，京州是法治的京州，你我以及我们的公司都必须在法制线以上活动，非法违法乱法的事谁都不要做……

钱荣成在电话里乐了：哎呀，李总，听你这么说，我可太高兴了！所以啊，咱们的债务，请你们天使公司依法起诉！我们法庭见吧！

李顺东放下话筒不禁有些发愣：他妈的，这狡诈的钱荣成……

30　林满江家　夜　内

身着睡衣的林满江满脸不悦地和张继英通话：……张书记，这种小事有必要这时候请示汇报吗？好了，我知道了，你看着办好了！

电话里的声音：林董，问题是不好办啊，陆建设说是您的指示！

林满江恼火地：我指示他办好李功权案子，没指示他搞违规审查！

电话里的声音：好的，好的，我明白了，林董，那我们制止他！

放下电话，林满江骂了一句：这个蠢货，成事不足，败事有余！

童格华一语道破：陆建设是太想立功了，老林，得小心他坏事！

林满江：也坏不了多大的事，等和齐本安谈过再看吧！

31 范家慧家 夜 内

范家慧对齐本安说：……"九二八事故"发生了，五个亿的协改资金不见了，王平安逃跑了，京丰、京盛两矿的可疑交易被盯上了，这些都是不能回避的，本安，你们这次肯定要摊牌了，你得有充分的心理准备。

齐本安：已经准备得很充分了，家慧，我给你说：我甚至准备被诬陷！从李功权被林满江下令从京州带走，我就闻到危险气息了！

范家慧：你想没想过退下来啊？假如林满江劝你退下来呢？

齐本安：这我也想过，如果仅仅是我个人的麻烦，我肯定退，毫不犹豫地退，但是这里涉及的是人民的财产，人民的巨额财产在黑幕交易中流失了，被内外勾结侵吞了，我被逼上了战场，退不下来了！

32 林满江家 夜 内

林满江对童格华说：齐本安不是石红杏，他对中福集团的业务相当熟悉，虽然从来没做过任何单位任何企业的一把手，但能力强啊！

童格华：不过，在我的印象中齐本安和你一样，也很重感情。

林满江：但他和我一样，也很有原则性，不该让步时绝对不会让步！我在上海中福主持工作时期，为了他下面一位经理几万块钱的受贿，我亲自和他打了招呼，他就是不听，阳奉阴违移送法办了。其实这个经理很能干，对我也忠诚，他不是不知道！到了北京，我是董事长、党组书记，整个集团谁对我不是唯唯诺诺啊，就他有主张……

童格华：所以，你一生从来就不敢放手用他，你宁愿用石红杏！

林满江：是啊，石红杏忠诚听话，不像齐本安！这次真是糟糕，情急之下用了齐本安，偏又碰上了"九二八事故"，真是悔之莫及啊！

童格华：哎，那你当时为什么不把石红杏压在齐本安上面去呢？

林满江：这不是没想过，最终被我自己否定了。齐本安是能力很强的干部，张继英、朱道奇对齐本安的能力都很肯定，所以，必须疑人不用，用人不疑……

33　中福宾馆客房门外　夜　内

陆建设着急地对干部甲说：……哎呀，我马上要突破了！

干部甲：什么突破？违规突破不算数的！

干部乙：就是，老陆，你抢功劳的心情也太迫切了吧？！

陆建设：我不是和你们开玩笑，李功权案子是林董亲自抓的！

干部甲：那也不能违规单独由你一人半夜审啊，谁抓的也不行！

干部乙：老陆，你两天没让人家审查对象睡觉了，先告一段落吧！

陆建设脚一跺，气恼地：你们会误了林董的大事啊！

34 范家慧家 夜 内

齐本安像是对范家慧说，又像是自语：也许我错了？也许林满江被石红杏骗了？替石红杏背黑锅？可石红杏有这种气魄和手笔吗？牛俊杰对她的评价，和我对她的了解比较一致，她就是林满江的白手套！

范家慧：好了，本安，不说了，是福不是祸，是祸躲不过！睡吧！

齐本安看了看表：还睡啥？五点了，天都快亮了，我八点的飞机。

范家慧：哦，那我去给你下点面条！

齐本安：算了，老范，我自己弄，你快睡吧……

（第三十集完）

第三十一集

1 吴雄飞办公室　日　内

《京州时报》专题文章：棚户区里的中国梦（特写）

吴雄飞恼怒地把《京州时报》扫下桌面，对秘书交代：马上打电话给市委宣传部，问问他们是干什么吃的？还要不要社会稳定了？

秘书：好的，吴市长，我……我这就找市委宣传部周部长！

吴雄飞：找周部长干啥？直接找他们主管新闻出版的副部长！

秘书：好的，那我找刘部长，刘部长主管新闻出版这一摊子！

吴雄飞：再给《京州时报》那个姓范的女总编打个电话，代表我和市政府问问她：到底安的什么心？她报上这篇《棚户区里的中国梦》三个整版，有两张李达康和受灾群众在一起的照片，政府在哪里？！

2 范家慧办公室　日　内

范家慧乐呵呵地接电话：……李处长，谢谢，谢谢你和市委宣传部的关注支持！这篇特稿只是一个开头，既然社会反响这么好，那我们就继续做下去！帮助市委、市政府推动棚户区改造工程的启动！

这时，手机响。

范家慧挂上电话，接手机：刘部长，您好，您怎么也打电话过来了？新闻处李处长刚来过电话表扬！刘部长，这都是我们应该做的！

电话里的声音：家慧同志，我可不是表扬你！吴雄飞市长来电话了，对你们的这个梦很不满意，批评你们添乱！你们确实是添乱嘛！

范家慧：哎，哎，刘部长，这您和新闻处谁代表市委宣传部？主管新闻出版的新闻处表扬我们，而您却批评，让我们看不到方向了！

电话里的声音：新闻处的小李只代表他个人的意见，不代表宣传部！范家慧，请问：我和小李谁领导谁呀？谁是上级谁是下级呀？你是真糊涂呢，还是装糊涂啊？我真是服了你了，范家慧同志！

范家慧：哦，对，对，我被新闻处表扬昏头了，我检讨，我检讨！

3 刘副部长办公室   日   内

刘副部长和范家慧通话：要好好检讨，深刻检讨！吴雄飞市长雷霆大怒啊，你范家慧不检讨过得了关吗？赶快写，今天下午就送部！

范家慧的声音：刘部长，那您指示：我……我们应该怎么写？

刘副部长：家慧同志啊，你是写检讨的行家老手了，这种检讨还要我教你吗？故意将我的军是不是？常规写呗，让吴雄飞满意就成！

范家慧的声音：刘部长，我不知道该如何让吴雄飞市长满意！

刘副部长：那你就亲自到市政府去向吴雄飞市长负荆请罪好了！

4　天使商务公司　日　内

秦小冲和李顺东主持荣成项目组开会。

李顺东：……同志们，秦专务短暂离职后又回来了，现在是公司副总了，但仍然主管荣成项目组的项目！今天，就钱荣成赖账进行第六次专题研究。经过一个时期的拉锯对决，双方互有胜负。令人欣慰的是，在劳斯莱斯被意外执行走后，我们又及时缴获了一辆奔驰！

秦小冲：这里要说明一下：这次缴获是在和平友好的气氛中进行的。不要一说缴获就想到打打杀杀！缴获了钱荣成的奔驰车后，我们很礼貌地请钱荣成来我们公司进行了参观访问！李总，请你继续指示！

李顺东：钱荣成是一个毫无诚信的人，他如果有诚信也不会有今天，当年和他一起起家的傅长明现在世界五百强了，他却成了京州最著名的老赖！还赖得很有底气，请了两个北山下来的暴徒当保镖……

秦小冲：哦，李总，我再打断一下！北山下来的这两个暴徒有暴力倾向……

5　范家慧办公室　日　内

牛石艳愕然而恼怒地看着范家慧：……怎么会这样？还负荆请罪？我们何罪之有啊？老范，要请罪你自己去请吧，老牛我恕不奉陪！

范家慧：我让你去负荆请罪了吗？我这是和你通报情况嘛！牛石

663

艳，你凭良心说，报社哪次闯祸我推卸责任了？我哪次没保护你们？

牛石艳：所以我粉你啊！哦，对了，你那幅画像我拿来了……

范家慧：现在扯什么画像？说事！说说你的看法？咱们怎么办？

牛石艳：好办！范社长，咱俩一起去趟市委宣传部，把李达康书记的录音放给刘副部长听听，刘副部长要是还坚持让咱们写检查、负荆请罪呢，咱们就直接去市委找李达康，问咱们达康书记要个说法！

范家慧一把握住牛石艳的手：英雄所见略同！走，现在就去！

6　天使商务公司　日　内

"天使"们七嘴八舌，气氛激昂。

甲：……既然知道他们有暴力倾向，那我们也得有暴力准备！

乙：哦，钱荣成以为他的人身安全有保障了，就能继续赖账了？！

丙：就是，他王八蛋还有点人格没有？！竟然玩起了黑社会！

甲：李总，秦副，我们天使公司也黑一回吧，准备武装拿人！

李顺东苦笑不已：这么好拿呀？我们真武装拿了钱荣成的人，钱荣成请来的杀手就很可能杀到我们公司来，武装砸我们的场子啊。

白副总及时插话：那就可能闹出一场相当残酷的血案！

秦小冲马上想起了史上的同类残酷的血案，语调忧郁地指出：真要这样，那可就是一出现代版的"血溅鸳鸯楼"了！

李顺东立即纠正：没有鸳鸯，只有"天使"，血溅天使楼……

7　空镜　日　内

中福集团大厦大堂倒计时牌：距我司八十周年庆典48天

8 林满江办公室门外　日　内

齐本安在等候林满江接见。

已经在等候的干部有五六个，包括陆建设。

陆建设和齐本安都意味深长地互相看着，没说话。

9 林满江办公室　日　内

皮丹向林满江汇报：齐本安已经到了。

林满江：知道他到了，让他等着吧，不知天高地厚的东西！

皮丹：林董，陆建设也到了，那是不是让陆建设……

林满江想了想：我就不见了，你让他到你办公室，有事让他直接和你说吧！

皮丹：那也好！林董，今天您还得去香港呢……

林满江：亏你还记得，长明集团的公务飞机报飞了吗？

皮丹：报飞了，空管也批过了，老规矩上午起飞，晚上返程回来。

林满江想了想：这样吧，你让齐本安先到展览馆去，把八十年庆典展出的问题集中解决一下，我从香港回来再安排时间见他吧……

皮丹：好的，好的！

10 京州街上　日　外

轿车急驰。

车内，范家慧对牛石艳说：艳，这两年你算是锻炼出来了！

牛石艳半真不假地：范社长，主要是你领导有方，指挥有力！

范家慧：这倒也没说错，强将手下无弱兵嘛！艳，这回咱要做到有勇有谋！虽然有李达康的指示录音，但对吴市长还是不要得罪！

牛石艳：谁想得罪呀，市财政每年好歹还给咱点财政补助！

范家慧：你明白就好，一年一百万，这不是个小数目啊！

这时，范家慧手机响。

范家慧看了看来电显示：吴雄飞市长的秘书！

牛石艳：老范，先别接，等咱们从宣传部回来再说！

范家慧笑了：聪明！

11　天使商务公司　日　内

李顺东用指节敲着桌子：……好了，好了，越扯越远了，还血溅血洗呢，没这么严重！现在我们文武两手都要抓，两手都要硬……

秦小冲：听明白没有？武的一手要防备准备，文的一手也要跟上来。下面我们就着重研究一下：是否和钱荣成法庭上见一见呢？

李顺东：钱荣成骂我们是黑社会，我们偏偏就不去做黑社会！我们就得在法律底线之上活动，越是这种时候越是要做守法的公民！诸位，再提醒一下：公安局一直比较关注我们，我们千万不能犯法！

秦小冲：所以，大家都开动脑筋想一想，希望大家献计献策。

12　京州市委宣传部　日　内

范家慧、牛石艳放录音，刘副部长认真听录音——

牛石艳：哎，李书记，我还有几个问题……

李达康：我们再约时间吧——不过，我估计你这采访发不出来！

牛石艳：李书记，只要你和市委支持，我就能发出来！

李达康：告诉你们范总编，就说我和市委支持！

牛石艳：李书记，你再说一遍，我得录音为证！

李达康：好，那就再说一遍：范家慧同志啊，我和市委支持你们牛记者报道矿工新村棚户区的中国梦……

范家慧：刘部长，您看，这康书记的指示很明确……

刘副部长不睬范家慧：小牛同志，请把录音再放一遍！

牛石艳又放起了录音——

牛石艳：哎，李书记，我还有几个问题……

13 皮丹办公室 日 内

皮丹对齐本安说：齐书记，情况有些变化，林董今天要去日本东京出席一个重要活动，明天才能回来，今天就不见你了！林董让你辛苦一下，马上到咱们的庆典展览馆去，把握处理有关历史问题，主要是香港时期大撤退那一段，林董说他们把很多重要细节都搞错了！

齐本安苦笑叹息：林董现在是不想见我了吧？好，我知道了！

皮丹：齐书记，瞧您说的！林董怎么会不想见你呢？的确是事发突然啊！本来，日本这个会林董谢绝了，可日本方面一再坚持……

齐本安：好，好，不说了，皮主任，我等你通知就是！

皮丹：哦，对了，齐书记，晚上一起吃个饭吧，我请客！

齐本安：好啊，把陆建设也叫上，他协助办案这么久，我有点想他了！对了，皮丹，你既然说了请客，那就个人掏腰包啊，别套我！

皮丹：那是，那是，齐书记，你廉政，谁想套你也没那么容易！

14　天使商务公司　日　内

李顺东向与会者指出：……钱荣成让我们走法律途径去起诉讨要这三亿两千万债务。可大家想过没有：三亿两千万标的官司，光诉讼费就二三百万，再搞个财产保全，还得拿出三亿两千万等值资产押给法院，我们要傻成这样也别开讨债公司了。所以起诉我们玩不起！

秦小冲不无讨好地：李总，我从来就没想过起诉！起诉玩不起是一回事，就算玩得起也不能玩，赢了官司也讨不回钱！钱荣成现在输掉的官司多达三十六起，迄今为止没有一家把债务给执行回来的……

李顺东：秦副，也别这么绝对，劳斯莱斯不是让吕州执行走了吗？

秦小冲：那是执行局执法腐败，和钱荣成内外勾结嘛……

李顺东：所以，我提醒一下：这台大奔要小心，赶快办手续！

秦小冲：是的，是的，我马上安排人去办司法查封手续……

15　京州市委宣传部　日　内

刘副部长握着话筒和周部长通话：……周部长，就是这么一个情况，录音我认真听了两遍，的确是李达康书记的指示！好，明白了！

放下电话，刘副部长对范家慧和牛石艳说：这事就到此为止吧！

范家慧：刘部长，你不征求一下李达康书记的意见了？

刘副部长：你们这有录音嘛，找还征求什么意见？！

牛石艳开玩笑：刘部长，你就不怕我造假骗你啊？

刘副部长：我谅你小牛也没这胆！行了，你们回吧！

范家慧：对不起，刘部长，给你添麻烦了！

刘副部长苦笑：我也是没办法，范社长，希望你们谅解啊！

范家慧：谅解！那刘部长，我们怎么和吴市长那边说啊？

刘副部长：实事求是说呗，这是市委李达康书记指示的嘛！

16 吴雄飞办公室 日 内

吴雄飞看着秘书：李达康的指示？好，好，我们达康书记很会运动群众啊！不过，这次我吴某不奉陪了，我看他李达康能蹦跶几天！

秘书：吴市长，要不，我来和李达康的秘书交流一下？

吴雄飞：你们交流什么？

秘书：婉转地表达一下您的意见嘛！

吴雄飞：不必了，我和他民主生活会上见吧，反正这会要开了！

17 京州街上 日 外

轿车急驰。

车内，范家慧对牛石艳说：……艳，你这一经验要推广，以后凡是这类敏感而重要的特稿，都要有一定的安全措施，否则就有麻烦！

牛石艳：我当时也是灵机一动，没想到还成经验了！（又对司机交代）哎，王师傅，到天使公司门口停一下，我在那儿下车，不回报社了！

范家慧狐疑地看了看牛石艳：嗯？又去找秦小冲吵架啊？

牛石艳：不是，不是，我现在懒得理他！找李顺东说点事！

范家慧一怔：好家伙，你和李顺东也熟悉？艳，你行啊你！

牛石艳掩饰：记者嘛，就得广交天下豪杰嘛！

范家慧：李顺东是豪杰吗？

牛石艳：这个……现在不是豪杰，但以后也许是豪杰！

18　天使商务公司　日　内

秦小冲对众人说：……钱荣成这次签字的还债计划书又成了一纸空文，现在由于京州各银行相继收贷，荣成钢铁集团资金链已经彻底断裂了。据可靠情报：荣成钢铁集团负债近十亿，一年利息支出即达两亿多，而旗下生产企业号称资产百亿，可全部税后利润仅五千余万，破产死亡是正常的，能活下去反倒不正常了。所以，我和李总既不相信城市银行还会贷款给他，也不相信长明集团会为他做担保。

李顺东：不过，钱荣成既然说得这么信誓旦旦，怕也有点根据，钱荣成毕竟经商多年，人脉关系资源倒也挺丰厚……

这时，李顺东手机响。

李顺东看看来电显示：秦副，你们继续，下面我就不参加了。

说罢，李顺东匆匆出门。

19　京州中福大厦门厅　日　外

一辆轿车停下。

石红杏从轿车中钻出。

钱荣成从一旁敏捷地闪现出来：石总！

石红杏一怔：哟，钱总！你怎么突然来了？也不事先约一下！

钱荣成：约了约了，石总，今非昔比了，您的秘书不理我呀！

石红杏：哎呀，我现在也没时间啊，钱总，咱们再约时间好不好？

钱荣成可怜巴巴地：石总，我……我就耽误您十几分钟……

20　街心公园　日　外

牛石艳和李顺东边走边说：……李天使，吕州执行局的事我让王大眼帮你查清楚了，整个就是钱荣成做的局，不过法律手续完备！

李顺东：那我这亏就白吃了？

牛石艳：你反一反司法腐败呀，要不，我给你来一篇？

李顺东：哎，别，别，咱不说这事了，我请你吃大餐去！

牛石艳：谁吃你的大餐，李天使，我是来警告你的，别把钱荣成逼得太狠，惹出大麻烦！钱荣成和荣成钢铁集团这些年来把能借的钱都借了一遍，最近又饮鸩止渴借了岩台市鑫鑫担保公司八千万高利贷，每月光利息就是五百六十万。为了这笔高利贷，不但抵押了荣成钢铁集团最后一点股权，债务拖期后，还被迫押上了自己六岁的亲生儿子钱飞飞，这事我昨天才知道。

李顺东：什么？他连亲儿子都押上了，这他妈的是什么玩意儿？！

牛石艳：你他妈的又是什么玩意儿？为十万连亲爹都出卖！

李顺东：哎，哎，艳，你不是我亲爹，你是我的天使！

牛石艳：我要是天使，你李顺东就是魔鬼——大魔鬼！

21　石红杏办公室　日　内

石红杏对钱荣成说：……钱总，你怎么搞到了这种地步啊？京州几乎大人小孩都知道你荣成集团失信，广场舞及其插播广告天天有！

钱荣成：我已经向李顺东的天使公司发了律师函！他们污辱了我的人格，给我的名誉和公司商誉都造成了极大伤害，后果十分严重！

石红杏：那你们为什么不起诉李顺东和天使公司呢？

钱荣成：接到律师函后他们要是再不停止伤害，我就起诉了。

22　天使商务公司　日　内

秦小冲对众人说：……这个无赖的钱荣成，他还人格、商誉？他有人格、商誉吗？他起诉我们，好啊，太好了！我们早就等着这一天了！他起诉了我们，立案诉讼费就得他钱荣成交。他也算聪明的，不打那三亿两千万的债务官司，只打人格、商誉官司，让法院没得赚。

甲：就是，名誉权官司是一般民事，诉讼费不过百十块，都不够人家喝茶的。经济纠纷就不一样了，诉讼费咋说也得上百万。

乙：不过，钱荣成这无赖虽说是坑了法院，我个人并不怎么同情。

秦小冲：各位，我在想啊，钱荣成谈人格，我们正可以趁机谈债务嘛！要知道，本案涉及的人格问题完全是由原告拖欠我司受托之三亿两千万债务引起的。这一来，就把诉讼由名誉权引向了债务确权。

法务部长听明白了：秦副，您的意思，咱不交财产案诉讼费，就把债务官司顺手给打了？一家伙就省下来上百万的诉讼费，是吧？

秦小冲：没错，我就是这个意思。法院不对我们债权做出裁定，就无法证明我们是否侵害了钱荣成的名誉权和荣成钢铁集团商誉嘛。

法务部长带着明显的讥讽：秦副，你觉得法院也像你这么聪明？

秦小冲：这个……你是专家，在法律诉讼方面我不是太懂……

法务部长：秦副，你不懂呢，我就教教你，诲人不倦嘛！不要老抱怨法院诉讼费太贵，诉讼要是免费，谁都可以诬人清白，大家就都别想过安生日子了！最近有个作家就是这样，写了本书，拍了电视剧非常轰动，被人诬告抄袭，原告牙好胃口也好，开口就让作家赔她一千九百九十九万，按法院规定交了二十多万诉讼费。如果不让她交诉讼费，她能开价诈人家一亿九千万！所以呀，大家看问题一定要全面……

23　鲍翅楼　日　内

牛石艳在豪华包间四下看着：……李天使，你现在够胆啊，敢请我在京州第一贵的地方搓！怪不得动人的歌谣唱，京州出了个李顺东！

李顺东：艳，那我也实话实说，这第一贵的好地方我也是头一次来，鲍鱼鱼翅怎么吃，我也不知道，你要知道就指点，别考虑价钱！

牛石艳：我也实话实说，这地方我来过一次，是长明集团请的！

李顺东：傅长明请你？艳，你就是牛，这牛姓得好，姓着了！

牛石艳：哪里，长明集团下属一个孙子企业请的，为发稿子！

李顺东：别管孙子还是爷爷，你总吃过，别客气了，点菜吧！

牛石艳接过菜单：好，那就好好好宰你魔鬼一次，报仇雪恨！

李顺东：对，对，带着仇恨吃，吃出感情来！艳，为这一天，我等了两年零四十八天，我当年收下你妈十万元，就是为了有这一天！

牛石艳眼中汪上泪：李顺东，我恨不得生嚼了你，你个王八蛋！

24　石红杏办公室　日　内

石红杏看了看手表，做出一副焦虑的样子：……钱总，我今天事不少，你有什么事就快说！融资借款免谈，我们的困难也不比你小！

钱荣成赔着笑脸：我知道，我知道，石总，你们京州能源也够难的！所以，我这次来找您，既不要融资，也不借款，是想请京州中福替我们荣成钢铁集团做个担保：吴雄飞市长在银企协调会上亲自发话，支持民营企业，城市银行答应给我们贷款五个亿，但得有担保……

石红杏：我的天哪，钱总，你也真敢想？让我们国企替你民营企业做担保？别说咱们从来就没有过这种互保关系，就算有，我今天也不敢替你们担保啊！谁不知道防火防盗防荣成？你荣成欠债太多了！

钱荣成：哎，石总，您别急着一口回死，听我把话说完行不行？

石红杏再次看手表：你说，你说！哎呀，马上我还有会……

钱荣成：石总，我现在真是走投无路了，连六岁的儿子都被人家扣押了，但凡还有一条地缝可钻我都得钻啊！我把丑话说在前头：你别骂我无耻，我就是无耻了，我是无耻小人，我不是东西，我王八蛋！

石红杏怔住了：哎，哎，钱荣成，你到底想说什么？

钱荣成逼视着石红杏：替我们荣成钢铁集团做五亿担保，必须的！

石红杏惊疑的：五亿担保？还必须的？钱荣成，你……你疯了？

25　鲍翅楼　日　内

李顺东问牛石艳：想喝点什么？

牛石艳：想喝你的血！

李顺东：我的血你以后喝，今天喝茅台吧！

牛石艳讥讽：李顺东，看来你真发起来了？

李顺东：有那发的意思了，所以敢见你一面了！当初我答应你妈的，只要收了你妈给我的这十万创业费，今生今世绝不再和你见面。

牛石艳：那为什么今天又见面了？感谢我替你找了王大眼？

李顺东：不是，不是，现在我准备对你妈毁约了！把你妈给我创业的这十万连本加利还给她！

牛石艳：毁约？这可不是男子汉大丈夫的所作所为！

李顺东：错！这正是大英雄的所作所为！真正的男人为了心中既定的目标，能退能进，绝不囿于小道德的困扰！

牛石艳：言而无信，是道德品质问题，很严重的！

李顺东：可用金钱去收买爱情，收买者也是不道德的，所以为这不道德的交易冲破道德的小底线，上帝都会原谅的！

26　石红杏办公室　日　内

钱荣成急促地对石红杏述说：……石总，我没疯，我会死，但不会疯！不过，我要死就不是一人死，会有不少人陪我死！比如说你！

石红杏：我……我怎么了？钱荣成，你……你威胁我，是吗？

钱荣成：我不威胁你，只是和你说一点事实！石总，五年前京丰矿、京盛矿的产权交易是你一手经办的吧？四十七个亿的交易额里竟然有十个亿的所谓交易费用！这不是一件小事吧，石总，你说呢？

石红杏惊问：钱荣成，你……你的意思是说，我受贿十个亿？

钱荣成：哦，我可没这么说，我只是说：在这笔交易的账目上出现了十个亿的交易费用！石总，如果你记忆不好的话，我可以提醒你一下：这笔交易我们荣成钢铁集团和黄清源的清源矿业都有份！虽然我们两家的股权加在一起只有百分之十，但账目我们是要看的，傅长明也是讲规矩的，交易完成后，账目清单全给我们了，现在就在我手上……

这时，办公室主任吴斯泰敲门进来：石总，马上要开会了……

石红杏努力镇定着：哦，这个会我不参加了，马上要去医院！

吴斯泰：石总，那……那会议谁来主持呢？

石红杏略一沉思：让毕总主持吧，就说我说的！

27　鲍翅楼　日　内

牛石艳：上帝原谅你，我不原谅你！

李顺东：艳，别这样，你知道的，我是穷人家的孩子，一辈子没见过这么多钱！你妈绝啊，不但是企业家，还很懂行为艺术，堪称行为艺术家啊，她不是随随便便给我一张银行卡，而是一下子拿来了十万现金啊！十万现金那是很有分量的，尤其是在一个穷屌丝面前！

676

牛石艳：于是，爱情在十万现金面前变成了 根轻飘飘的鸿毛？

李顺东：是，我承认，事实确实是这样！我当时泪流满面……

牛石艳：而且，你"扑通"一声，在我妈面前跪下了？

李顺东：你妈和你说的？

牛石艳：对，我妈回来和我说的！我妈说，你跪在她面前发了血誓，和我一刀两断，从此不再来往，你还咬破手指用血写了血书！李顺东，你可真干得出来啊你！这没冤枉你吧？是事实吧？

李顺东：这都是事实，但你妈不该告诉你！这对你伤害太大！

牛石艳灌了一杯酒：你还知道对我伤害太大？我就值十万吗？你知道那天我妈带了多少钱过去的吗？五十万！十万就把你打倒了！你李顺东就那么点小出息，所以，也别怪我瞧不起你！

李顺东：什么？五十万？哎，你妈把包里的钱全掏出来了啊——（闪回）石红杏将一万一沓的现金一沓又一沓地砸到桌上。（升格）石红杏的眼睛冷冷地看着李顺东。

李顺东的眼睛看着石红杏砸出的一沓沓钱。

当皮包掏空时，李顺东"扑通"跪下了。（升格）（闪回完）

牛石艳：那四十万就在隔壁房间的保险柜里，你哪怕假装相信爱情，再坚持十分钟，也许就能把这笔爱情多卖点钱，看看，可惜了吧？

李顺东：不可惜！艳，我……我已经后悔了！我后悔莫及啊！

牛石艳：后悔晚了，姑奶奶这辈子就是嫁只狗也不嫁你李顺东！

28　石红杏办公室　日　内

石红杏对钱荣成说：……钱总，你这么一提，我想起来了，这笔矿产交易的甲方确是由三名股东构成的，但交易期间你和黄清源全没露面，是吧？

钱荣成：没错，石总，我和黄清源的股权一共百分之十，我百分之六，黄清源百分之四，交易关系又是傅长明的，我跟着赚钱就行了，谁会管那么多？这我也得凭良心，这笔交易我投资六千万却净赚了两个亿……

石红杏已经完全镇静下来：钱总，这就是说，不论是我们京州中福，还是傅长明先生的长明集团都没亏待过你和黄清源，是不是？

钱荣成一脸谦卑：是的，是的，所以，石总，我上来就把丑话说在前面了嘛，是我混蛋，我不是玩意，我是无耻之徒，我不要脸……

石红杏：钱总，你对自己的定义太准确了，像你这种人世上少有！

29　鲍翅楼　日　内

牛石艳抹了把泪，起身要走，李顺东拦在前面。

李顺东：哎，哎，艳，这么贵的东西，刚上桌，你吃点啊！

牛石艳：去，去，你吃吧，我吃不下去！

李顺东：那你还瞎点啥？五千多块钱呢，来，来，坐！

牛石艳一把推开李顺东，扬长而去。

李顺东看着桌上几乎没动的鲍鱼、鱼翅，呆了。

片刻，李顺东打手机：秦副吗？我在鲍翅楼，你赶快过来……

30　石红杏办公室　日　内

钱荣成阴阴地对石红杏说：……像我这种人过去比较少有，现在呢，经济脚步太快，灵魂没有跟上，就一点点多了起来，悲哀啊！

石红杏：钱总，你别光顾悲哀，也想想是不是找错了敲诈对象？

钱荣成：没错呀，傅长明给我和黄清源的账单上有这十个亿啊！

石红杏：就算有这十个亿，傅长明就一定是行贿给我石红杏了？

钱荣成：这我来时就想过，不一定，你石总也没这么大胃口。

石红杏：就是嘛，钱总，这十亿会不会是傅长明虚构出来的呢？

钱荣成：也有可能，说用十个亿行贿，结果只用了三五个亿！但是，傅长明这个人我知道，他信奉的原则就是：有钱能使鬼推磨！现在从国内到海外，真有不少内鬼外鬼洋鬼替傅长明推磨，让我佩服啊！

石红杏：那你就认定我是内鬼外鬼之一了？钱总，不要欺人太甚！

钱荣成：哎，石总，天地良心，我不敢欺负你，是恳求您帮忙！

石红杏"哼"了一声：我要是帮不了这个忙，不帮这个忙呢？

钱荣成：我脑子一短路，就可能把账单寄给有关部门，让专业人士来查一查这笔可疑的交易，和这十个亿的去向！如果你石总真的内心无愧，对得起党和国家，没有造成国有资产的流失，你就不用怕！

石红杏手向门口一指：钱荣成，你，滚蛋，现在给我滚出去！

31 鲍翅楼 日 内

秦小冲看着酒菜，眼睛发亮：……哎呀，哎呀，这又是鲍鱼，又是鱼翅的，我这辈子竟然还得她牛石艳一次济了呢！

李顺东苦笑：秦小冲，你得济了，我……我的天使却飞了……

秦小冲自己倒了一杯酒，一饮而尽：啊，好酒，好酒！

李顺东：我走后，荣成项目的会开得怎么样？

秦小冲：不怎么样，大家七嘴八舌说了些方案都不可行！

李顺东：以后荣成项目组要小心一些了，牛石艳透露了一个重要信息：说是钱荣成最近急眼了，饮鸩止渴，竟然又借了岩台鑫鑫担保公司八千万高利贷，债务拖期后，被迫押上了自己六岁的亲生儿子！

秦小冲：我的天，连亲儿子都押上了？真的假的？！

李顺东：不知道，应该是真的吧，咱们得小心他狗急跳墙！

秦小冲：我知道，我知道，钱荣成就是条疯狗，咱们俩不是，咱们潜龙在渊呢！

李顺东：所以，那个奔驰游街行动暂时中止吧，一来小心再被哪里执行走，二来也得小心钱荣成手下的毛六毛七啥的和咱们玩命啊！

秦小冲吃着喝着：是，是，是……

32　石红杏办公室　日　内

石红杏失魂落魄地坐在办公桌前。

石红杏走到窗前，看着窗外的秋色发呆。

石红杏满面愁容在屋里来回踱步。

石红杏摸起电话，又放下。

石红杏再次打开手机，拨打林满江电话，电话那边传来：您所拨打的电话已关机……

石红杏放下手机，怅然若失。

石红杏思索着，再次拨打电话：老牛吗？马上回家，和你说事！

电话里的声音：回什么家？我现在在京丰矿呢，有事你电话说！

石红杏：老牛，别管你在忙什么，尽快回来，晚上一起吃个饭！

电话里的声音：好，好！哎，红杏，今天是什么节啊？

石红杏一声叹息：什么节？倒霉节！

电话里的声音：你不倒霉就想不起我！打起精神，站直了别趴下！

石红杏眼泪下来了：老牛，等你了啊！

33　北京某餐馆　夜　内

齐本安、皮丹、陆建设三人聚餐。

皮丹热情倒酒：……过去我和我妈来北京，都是齐书记安排请我们，今天我来做次东，既代表我妈，也代表林董了！老陆作陪！

陆建设乐呵呵地：我今天作陪，明天呢，我单请齐书记！

齐本安：老陆，你请我喝茶就行了，没准哪天我就落你手里了！

陆建设心知肚明：齐书记，看你说的！你……你也真会开玩笑，这……这不是你让我过来协助审查李功权的嘛！

齐本安：又捧我，你可是林董亲自点名过来办案的，来，喝！

34　石红杏家　夜　内

石红杏把最后一个红烧鱼端上桌：齐了，老牛吃吧！

牛俊杰坐下：好，好，下厨给我做饭了，估计麻烦又不小！

石红杏：有件事拿不准，你给我参谋参谋！老牛，喝酒！

牛俊杰：哎，不等等咱大记者闺女了？她那篇《棚户区里的中国梦》据说很火，新媒体上都十万加了，咱们也给她祝贺一下嘛！

石红杏：以后再祝贺，闺女不在正好，我有事和你说！

牛俊杰呷起了酒：那就说呗，看为夫能帮你点什么小忙？

石红杏：别急，事情反正已经出了，你先喝点压压惊！

牛俊杰：惊啥惊？我不惊，红杏，你说。

石红杏几乎要哭了：老牛，你能想到吗？荣成钢铁集团的钱荣成那个奸商，他……他今天突然来找我了！他胆大包天啊，竟然要求我们京州中福替他荣成钢铁集团担保贷款五个亿。这明摆着是个套啊……

牛俊杰大吃一惊：他怎么敢这样？钱荣成敢找你，必有名堂！

石红杏：可不是嘛，敲诈啊他！

牛俊杰盯着石红杏，狐疑地：哎，钱荣成为什么要来敲诈？又为什么一定要敲诈你呢？钱荣成怎么不来敲诈我啊？

石红杏叹气：哎呀，这个，真是……真是一言难尽……

牛俊杰吃着，喝着：不急，慢慢说！

石红杏抱起酒瓶，灌了两口酒：好，我说……

35　北京某餐馆　夜　内

齐本安呷着酒，对皮丹和陆建设说：……这真是眼睛一眨，老母鸡变鸭，本来我好端端地在北京搞我的企业文化，林董非把我调到京州，一到京州王平安就跑了！

皮丹：这不巧了嘛，李达康闹出了一个"九二八"嘛！

陆建设：就是，就是，齐书记，你这是命不好啊，来，咱喝！

齐本安：我命不好倒也罢了，可谁在我房间及时安装了摄像头啊？老陆，你是党委副书记，还兼着纪检书记，是不是你好心怕我犯错误，采取了一些措施？实话实说，这种朋友喝酒场合，没关系！

陆建设：哎呀，齐书记，你可真会开玩笑，你是谁？林董的亲信红人，老书记朱道奇的秘书，新到任的老大，借我个胆我也不敢啊！

齐本安大笑：林董要是借你个胆你就敢了！是不是啊，老陆！

陆建设：齐书记，听你这意思，好像林董命令我在你房间安了摄像头？哎，这咱得说道说道，你可以诬陷我，但你不能诬陷林董啊！

齐本安有些窘迫地：这……这……我说话没过脑子，这个，自罚一杯！老陆啊，我只是太奇怪了，一直有人给我设局啊！

陆建设：那你也不能怀疑林董！要让林董知道了，该多伤心啊！

齐本安似笑非笑：是，是！不过，你们俩不说，林董不会知道！

皮丹：不说，不说，不过，安子哥啊，你以后说话还真得多注意点，不能再由着自己性子来了，你现在毕竟是一把手了嘛！

陆建设也插上来，貌似真诚：齐书记，一把手讲话得有一把手的水平！你看你的就职讲话就让人产生歧义了吧？你得学学林董，林董那叫有水平！林董的讲话，咱们得反复研究反复揣摩，意味深长哩！

齐本安嘲弄地：所以啊，前几天还有人一天到晚四处骂林家铺子呢，甚至当着石红杏的面都破口大骂，怎么现在钻到铺子里了？老陆，你也听我一句劝，没事还是尽快回京州吧，在这里泡什么啊？

陆建设：我泡什么了？我没日没夜地工作，执行林董的指示，就得到了你齐书记这样的评价？你是冲着我来的，还是冲着林董来的？

齐本安脸一拉，站了起来：我是冲着工作来的！好了，你们二位是闲人，慢慢地喝吧，我得回馆审阅布展稿去了！（说罢，离席而去。）

等齐本安走了，陆建设骂了句：这什么熊人啊，真不讲究！

皮丹叹气：他这人就这样，啥事都爱较真！来，来，咱继续喝！

陆建设举杯：皮主任，你得提醒咱们领导，小心这个白眼狼！

皮丹：是，是，我已经提醒领导了！

（第三十一集完）

第三十二集

1 石红杏家 夜 内

牛俊杰思索着，对石红杏说：红杏，这事我一点都不意外，甚至可以说是在意料之中！岩台矿业集团十五亿都不要的两个矿，中福怎么四十七亿接下来了？你不懂，林满江也不懂吗？好，现在钱荣成来揭秘了：交易费用十个亿！你没拿这十个亿，那么林满江也没拿吗？

石红杏惊愕地：这怎么可能呢？林满江是什么人？一身正气的兄长，两袖清风的领导，老牛，你打死我，我也不相信林满江会这么贪！

2 胡子霖家 夜 内

钱荣成一脸恳切地对胡子霖说：……患难见真情啊，傅长明和石红杏都挺够意思的，都抢着为我担保，哥，我这回真是死里逃生啊！

胡子霖也很诚恳：那就太好了，贷款额度我给你留着呢，你抓紧！

钱荣成：但是，哥，你知道的，中福是国企，替私企担保得走程序，五个亿的额度得送北京总部批，石红杏估计起码得十天半月的！

胡子霖：是，是，像中福这种国企办事就这样，工作作风比较拖拉！兄弟，要我说，你别等石红杏了，让傅长明的长明集团担保吧！

钱荣成：长明集团那边也得等上一阵子，说是得上董事会过一下！人家五百强企业呀，能为咱这五亿的一个小担保专开董事会？是吧？

胡子霖赞同：也是，也是，五亿对他们长明集团屁都不是……

3 石红杏家 夜 内

牛俊杰对石红杏说：……你不相信林满江会腐败，我也不愿相信，但这四十七亿的可疑交易是事实吧？盯着这个事实质疑的可不是一个两个人！所以，我认为这事非常严重，钱荣成揭秘不可能是讹诈！

石红杏：老牛，你冷静一些，这种时候，千万别意气用事！我知道，因为我长期以来对大师兄林满江的崇敬，你心里是不舒服的……

牛俊杰：石红杏，是你不要意气用事啊！我对林满江舒服不舒服都没关系，现在的问题是，你这个傻瓜别让林满江卖了还替他数钱！

石红杏：牛俊杰，你这是污辱我！我智商这么低，还当什么老总！

牛俊杰：你最大的毛病就是认不清自己，自以为是，你作死啊！

石红杏筷子一摔：老牛，不和你说了，没说点有用的，尽打击我！

牛俊杰：好，好，我给你说点有用的：你当真认为钱荣成是敲诈？

石红杏：没错，就是敲诈，就是！钱荣成负债累累，狗急跳墙！

牛俊杰：那好，那你现在就去报案，让咱们公安机关依法办事！

石红杏怔住了：这……这……

4 胡子霖家 夜 内

钱荣成对胡子霖说：哥，您看这事闹的？根本想不到会在担保上出现这种时间差！本来我还以为是办了双保险呢，长明不行就中福！

胡子霖：是，是，可以理解，银行贷款这种事，总会出意外！我的个亲啊，你那边出了意外，我这边也出了意外啊！你看，我给你们荣成钢铁集团留下的五亿额度，你一直不来办，就让大丰公司占用了！

钱荣成怔住了：哥，您……您和我开玩笑是吧？这才几天啊！

胡子霖：开什么玩笑？荣成，我的好兄弟啊，你不知道我是干啥的吗？我是开银行的，不是慈善家！我不把存款贷出去，谁给我利息啊？也别说才几天，五个亿啊，一天的利息够咱喝一辈子晕头大曲啊！

钱荣成急眼了：胡……胡行长，你……你坑我是吧？

胡子霖亲切地笑着：是你要坑我吧？没担保，我敢贷款给你？！

5 石红杏家 夜 内

牛俊杰盯着石红杏：……怎么？石总，不敢去公安局或者检察院报案？对你那位一身正气的兄长，两袖清风的领导，又没信心了？

石红杏：不是，钱荣成说的这十亿可能是讹诈，但报案不合适！

牛俊杰吃着，喝着：石总，那就说说，为什么就不合适啊？

石红杏：林满江毕竟在中福集团干了这多年一把手啊，现在社会风气那么坏，齐本安到京州任职，王平安、李功权就去送礼，你

687

说万一林满江一念之差收了谁十万八万的礼，我不把自己大师兄给害了!

牛俊杰：哎呀，清廉啊清廉，林满江收礼只收十万八万的? 我实话告诉你，石红杏，你不报案，这个十亿大案只要存在，就一定会有人报! 没准钱荣成就会去报! 在钱荣成眼里，你和林满江都有问题!

石红杏：哎，老牛，你倒提醒我了，我不应该把钱荣成赶走!

牛俊杰：没错，你应该先稳住他，把情况搞一搞清楚再说啊!

6　胡子霖家　夜　内

胡子霖对钱荣成说：……我的个亲，咱们哥俩谁不知道谁? 你夸我是掐了尾巴的猴，还是什么望天猴，上面不发话，我就不行动!

钱荣成：我这夸错你了吗? 这次不是有吴市长支持，你能贷款给我们荣成钢铁集团吗? 能给我们经营性资产解封? 你不但望天猴，还眼镜蛇啊! 哦，这是吴市长在银企协调会上夸你的，我借用一下!

胡子霖并不生气：钱荣成，我对你也很了解嘛，你这人嘴里从来没实话! 还双保险担保? 京州中福会给你荣成钢铁集团做担保? 人家凭什么? 长明集团就更别吹了，傅长明眼皮都不夹你，你要还敢吹，我还是那句话：就凭"傅长明"这三个字，我敢贷给你三十亿，否则免谈!

这时，手机响。

争吵中的二人一时没注意是谁的手机。

最终，钱荣成发现是自己的手机，接了手机，一下子激动起来：哦，石总啊，对，对，我在城市银行胡子霖行长这里谈贷款细节呢！

7　石红杏家　夜　内

石红杏在牛俊杰的注视下，镇定自如地和钱荣成通话：……钱总啊，你走后我想了一下，担保的事也不是一定不能办，问题是，董事长齐本安过来了，担保的事不经过齐本安和董事会肯定不行，我给齐本安汇报后再说吧！齐本安现在人在北京……

8　胡子霖家　夜　内

钱荣成和石红杏通话：……好的，好的，石总，那您汇报，我等您的音信！哎，石总，胡行长就在我跟前，您能不能就担保的事和胡行长说一声呢？他不相信你们中福会替我们荣成钢铁集团贷款担保！

电话里的声音：我们中福和胡行长没业务联系，算了吧！

钱荣成：石总，您就实事求是说一句：正研究我们的担保！

钱荣成将手机递给胡子霖。

胡子霖：石总，哎呀，真不好意思，这事还真得麻烦你……

9　石红杏家　夜　内

石红杏和胡子霖通话：……民营企业也是兄弟企业嘛，吴市长亲自主持银企协调会，要求大家帮助有困难的企业，我们就担保吧！当然，不是我一个人说了算的，要研究，要走程序，最后董事会决定！

电话里的声音：好，好，石总，我知道了，谢谢你啊，石总！

石红杏挂上电话，苦笑：但愿我别把京州城市银行给坑了……

牛俊杰：你坑不了京州城市银行，人家那位胡行长比猴都精！

10　胡子霖家　夜　内

气氛戏法般演变，二人和好如初。

胡子霖拍打着钱荣成的肩头：兄弟，你还真说了一回实话呀！

钱荣成诚恳得让人感动：哥，你知道我的，佛家不打诳语啊……

胡子霖：哟，哟，兄弟，哥劝你别再打着佛的旗号说谎了，把佛祖气着了，报应很可怕的！哦，对了，我还欠你一幅字呢！你上次送了我一幅，别当成行贿了，我得还你一幅！

钱荣成：对，对，赶快给我写吧，我还等着你的字哪天升值呢！

11　石红杏家　夜　内

牛俊杰对石红杏说：……红杏，你这个电话一打，暂时稳住了钱荣成，但也带来了麻烦，起码钱荣成会认为你和十亿交易费用有关！

石红杏：所以，我想，我得赶快去一趟北京，向林满江汇报去！

牛俊杰逼视石红杏：如果林满江贪了这十个亿呢？嗯？你这汇报算啥？纪检监察有关部门会怎么看？再说，你们又是这么一种关系！

石红杏心里很有数：那……那我可能就……就成通风报信了！

牛俊杰：不是可能，就是通风报信！今天咱俩能坦诚相待吗？

石红杏：老牛，这种时候了，我能不和你坦诚相待吗？说吧！

牛俊杰：好，那我问你：这十亿交易费当真和你没关系，你一点好处都没得吗？除了现金转账之外，还有别的，比如股份，傅长明或者和傅长明有联系的第三者公司有没有给你和林满江送过股份？

石红杏摇头：没有，具体皮丹谈的，林满江让签字我就签字了！

牛俊杰：哎，那应该是皮丹签字啊，怎么是你签字呢？

石红杏：当时皮丹还不是董事长，我兼京州能源董事长……

牛俊杰脱口而出：我就没见过你这么蠢的娘们儿！这种字林满江让你签，你就签？你还有脑子吗？你现在已经被林满江套得死死的了！

12　北京中福展览馆　夜　内

宣教部干部甲对齐本安说：……林董指示：香港这一块，要重点突出一九四一年年底香港沦陷后，我党组织的文化名人大撤退！

齐本安：香港撤退，是在中共南方局领导下进行的，东江纵队功不可没，我们香港公司也拿出了自己全部家当支持了这次行动……

这时，齐本安手机响。

齐本安接手机：哦，老牛？什么事啊？

13　石红杏家　夜　内

牛俊杰和齐本安通话：齐书记，什么事电话里不好说，要不我去北京说，要不你回来当面说！京丰矿和京盛矿的交易涉嫌重大腐败！

石红杏紧张地看着牛俊杰。

电话里的声音：哦？既然这样，那我回去吧！

14 北京中福展览馆 夜 内

齐本安不动声色地和牛俊杰通话：……煤矿安全是天大的事，老牛，你们千万不可大意，这次透水事故不可瞒报！好，就这样吧！

挂上手机，齐本安对两个宣教干部交代：按这个方案改吧，改后报皮丹主任，告诉皮丹主任，就说京州煤矿出事故，我回去处理了！

干部甲：好的，好的，齐总，这次让你受累了！

干部乙：齐总，改后我们发微信给你，你再帮我们看一看！

齐本安：好吧！这个，我打问号的地方你们再核实一下吧！

15 首都机场 夜 外

一架飞机腾空而起。

16 林满江办公室 日 内

林满江愕然看着皮丹：什么？齐本安回去了？他回京州了？

皮丹：是的，挺突然的！昨晚我和齐本安还一起吃过饭的。

林满江：文宣那边怎么说的？什么事故？哪个矿发生事故了？

皮丹：这就不清楚了，据文宣的人说，好像是哪个矿透水吧？

林满江：到底是哪个矿啊？啊？死人了没有？死了几个？

皮丹：这谁知道，文宣那边说，齐本安离京是半夜九点多，直接从展览馆走的，您交代的整改部分，他也都安排改了，倒是挺负责任的，京州又突然出了事故，所以齐本安才临时回去的……

林满江思索着，手一摆：没这么简单！皮丹，你打电话给京州，通过熟悉可靠的同志了解一下，看京州昨夜哪个矿发生了透水事故？

皮丹：好的！

林满江：搞清楚马上向我汇报！

皮丹：明白！

17　京隆矿苗圃　日　外

牛俊杰把齐本安和石红杏引进空无一人的园区，边走边介绍说：……想了一些地方，觉得还是这里比较僻静，也相对安全一些！

石红杏：齐书记，你看我们老牛，夸张不夸张？和林董打游击！

牛俊杰：打游击？是打上了一场遭遇战啊，你怎么还没弄明白！

齐本安一声叹息：这场遭遇战迟早要打，早遭遇早打也是好事！

牛俊杰：我敢打赌，林满江现在正在查你齐本安在哪里。你在电话里灵机一动说到透水事故，林满江没准就会查一查这场透水事故！

齐本安：所以呀，老牛，我昨夜才在机场安排你准备应对了嘛！

牛俊杰：我也和调度室的同志布置了，但估计林满江还能查出真相！别忘了，皮丹一直在京州能源当董事长，他的熟人下属多着呢！

18　林满江办公室　日　内

皮丹向林满江汇报：……京隆矿调度室说出了一场透水事故，但昨夜值班的一个调度员和一个夜班区长说，没听说有透水事故！我分析齐本安应该是伙同牛俊杰在说谎，就算有事故也没死人，根本用不着他急忙回去！

林满江看着窗外：齐本安为什么要说谎？为什么急于回去？

皮丹：也许是牛俊杰发现啥了，要和齐本安密谋吧？！

林满江：皮丹，你打个电话给石红杏，问下情况。

皮丹：我打过了，红杏姐支支吾吾的，有点装天真！

林满江不说话，脸上看不出表情。

皮丹：大哥，你真得留点心，昨晚一起吃饭时，齐本安原形毕露地和陆建设说了，让陆建设别投靠林家铺子！

林满江：哦？

皮丹：齐本安甚至很露骨地说，是你指使陆建设在他房间里安了摄像头，搞得陆建设当场和他翻了脸！

林满江略一沉思：皮丹，联系陆建设，了解一下情况！

皮丹：好的，好的！

19 张继英办公室　日　内

张继英严肃地和陆建设谈话：……陆建设同志，你兼职京州中福纪检书记，对立案审查的程序和有关规定不是不清楚！你怎么能连着两天不让李功权睡觉，搞疲劳审查呢？集团纪检组说了你也不听！

陆建设：张书记，我……我有点着急了，可能好心犯错误……

张继英：好心坏心咱放一边，就事论事：你还一再违反审查规定啊！把集团纪检同志支开，单独和被审查者接触，想什么呢？嗯？

这时，陆建设的手机震动起来。

陆建设看看来电显示：张书记，是……是皮主任的电话！

张继英脸一拉：关机！

陆建设一怔，只得老实关机。

20　京隆矿苗圃　日　外

牛俊杰把齐本安和石红杏引进园内一座破凉亭：在这儿谈吧！

齐本安四处看着：满眼落叶，四处残枝，真个是天凉好个秋啊！

石红杏苦笑：齐书记，都这时候了，你还这么有诗情画意啊?！

齐本安：哎，越是这种时候，越是要冷静，越要小心误判犯错误！

牛俊杰：钱荣成找上门来了，明确说，这十个亿上了傅长明交易账单了，误判和犯错误的概率就很小了！好，你们二位领导先谈吧！

齐本安：老牛，耍滑头是吧？你也别想逃啊，找地方坐下！

牛俊杰：行，行，我去给你们弄壶茶来，你们先谈！

就在这时，石红杏手机响。

石红杏看了看来电显示：光明公安分局的！

齐本安：肯定又是问王平安啊！接吧！

石红杏按断手机：天天来电话问，烦死了，回头再说吧！

21　张继英办公室　日　内

张继英审视着陆建设，批评：……陆建设同志，党员干部要讲政治，讲规矩，讲纪律，不论出于什么动机，都不能乱来，哪怕是好心也不成！对李功权的审查是组织审查，不是哪个人的审查，再说满江同志那么忙，你就是替满江同志着想，也不应该加重他的负担！

陆建设：可……可是，这真是林满江书记一手抓的案子……

张继英：中福集团哪个事不是满江书记抓的？包括我这摊子！

陆建设抹汗：是，是，张书记，可……可我也向您汇报过……

张继英：那就继续汇报：齐本安有什么问题，你这么一再诱供！

22 林满江办公室　日　内

皮丹向林满江汇报：……林董，陆建设手机本来开着机的，可我的电话一通，他那边就关机了，估计是怕张继英书记不高兴吧！

林满江：哎，陆建设在张继英书记那里？这又是怎么个事？

皮丹：哦，张书记找他谈话，京州检察院不是找上门来了嘛！

林满江：我让你打电话给京州市委沟通一下，你打了吗？

皮丹：打了，是市委一个办公厅主任接的，说是向李达康汇报！

23 京州城市规划馆　日　内

李达康看着规划沙盘，用教杆点击棚户区，思索着什么。

秘书悄然走过来：李书记，得向您汇报个事！

李达康仍然目不转睛：说！

秘书：前天北京中福集团来过一个电话，对我市检察机关拟捕的一个涉案中福干部提出疑义，要我向您汇报一下。我想，这种违反原则的事，您肯定不会同意，就应付过去了，可他们今天电话又过来了。

李达康想都没想：别理睬他们，就回他们一句话，依法办事！

秘书：中福那边说，这个电话是……是林满江书记让打的……

李达康一怔：林满江？马上查一下这事，有什么背景和内情！

秘书吞吞吐吐：我……我已经查过了，是纪委易……易学习书记亲自盯着的案子，检察院说，易书记要求他们汇……汇报结果……

李达康苦笑：明白了，易书记惹不起，你和中福实话实说吧！

24　京隆矿苗圃　日　外

石红杏和齐木安四目相对，久久无语。

片刻，石红杏才说：齐书记，这个电话不是我让老牛打给你的！

齐本安点头：我能想象到，老牛这是为你担心，毕竟十个亿啊！

石红杏：可这是钱荣成的一面之词，我觉得老牛有点小题大做了！

齐本安：哎，也别这么说！质疑精神是一个现代管理者应该具备的品质，红杏，你如果不对这件事有疑惑，我相信你不会告诉老牛！

石红杏叹息：这倒也是！本安，你和老牛，你们俩老叨叨这笔交易有问题，再加上钱荣成真的上门敲诈了，我才觉着这笔交易不太正常，但就此怀疑大师兄，我不敢，这么多年了，我从来不敢怀疑他！

齐本安：所以老牛说，你已经丧失了对大师兄的判断能力！你可以怀疑我齐本安，怀疑你家老牛，就是不会怀疑林满江，他成神了！

石红杏：也不是神，他是有能力，有情义，不像你们俩瞎叨叨！

齐本安：咋是瞎叨叨呢，火炭捧在我们俩手里，我们当然要叫！

25　林满江办公室　日　内

林满江一声叹息：……这个易学习，可把李达康监督苦喽！

皮丹试探着：张继英书记是不是咱中福集团的易学习啊？

林满江：过去不是，现在难说！你再联系一下陆建设！

皮丹按手机，手机里的声音：您所拨打的电话已关机……

26 张继英办公室 日 内

张继英冷冷看着陆建设：……这都是什么线索？全是捕风捉影！好了，陆建设，你的协助审查工作已经完成了，今天就回京州吧，密切配合京州有关方面办好这起棚改资金贪腐案，需要汇报的及时汇报！

陆建设：是，是，张书记，那我向林满江同志汇报后就走！

张继英收拾着桌上文件：你就不必汇报了，我去汇报吧！

陆建设抹了把汗：那好，那好，张书记，那……那我回去了！

张继英挥了挥手。

陆建设走后，张继英想了想，摸起桌上内部电话：皮丹啊，我是张继英，请满江同志接个电话……

27 京隆矿苗圃 日 外

石红杏：是不是因为我崇拜大师兄，才让你把大师兄往坏里想？！

齐本安：谁把大师兄往坏里想了？我和牛俊杰只不过不像你那么迷信他！我们具有一个经营管理者正常的质疑能力！红杏，我的小师妹，咱这位大师兄最初怎么上来的，你比谁都清楚！当年那个劳模是确定给大师兄的吗？不是吧？组织上是让师傅在我们俩中挑一个！

石红杏：对，对，这我记得，你得了两票，大师兄得了两票！这些年你和大师兄一直说，你们都是互相投了对方的票，我都相信！

齐本安：那么，你当时投了大师兄，师傅投了我，对不对？

石红杏：不对，我投的是你！那阵子我正和大师兄怄气呢！

齐本安：我不相信，你当时尽欺负我，还会投我的票?！如果你真投了我的票，那么，大师兄的两票就是我的一票，他自己的一票！

石红杏乐了：哎，你别说，这也有可能啊，大师兄从来都是当仁不让！不像你齐本安，软绵绵的，有时还假谦虚，谦虚之后又后悔！

齐本安叹息：是，是，大师兄是当仁不让啊，当时竟然就认定这个劳模应该是他的！竟然就敢揣上三角刮刀去捅人！心狠手辣啊！

石红杏：还不都是青春荷尔蒙闹的，谁年轻时没冲动过？

齐本安：可有几个敢去杀人？你该打破对林满江的迷信了……

28 林满江办公室 日 内

张继英和林满江谈工作。

林满江亲切而不失威严：继英书记，过去总有些同志不负责任地瞎议论，什么京州帮，什么林家铺子，中福集团有这种东西吗？嗯？

张继英：哪有这种东西？瞎说一气嘛！齐本安去京州，那是老同志朱道奇提名建议，咱们党组慎重研究，最后才由你拍板决定的嘛！

林满江：但是，继英啊，不管是你们支持的，还是我拍板的，只要有问题，就要查，就要一查到底！这些年我大会小会一直强调：中福集团是有着光荣历史的特大型国有企业，没有腐败的容身之地！

张继英：林董，集团党政工作部和文宣部正按你的这一重要指示精神加班加点地布置八十年庆典纪念活动，主题就是不忘初心！

林满江很欣慰：好，继英书记，你多辛苦，你办事，我放心！

张继英半开玩笑半认真地：满江书记，也有你不太放心的吧？比如，齐本安的问题？因为他是你师弟，是京州出来的干部，你为了避嫌，就把李功权弄到北京来审查，并且让陆建设同志过来协助？

林满江一声叹息：继英书记，多年合作，了解我的人就是你了！

29 京隆矿苗圃 日 外

牛俊杰捧着茶具过来：来，喝茶，秋风紧，天气凉，喝口热茶！

齐本安拿起一杯茶，喝着：好，回忆至此结束，咱们说正事！

牛俊杰：我的天哪，现在还没说正事？你们二位领导扯啥呢？

齐本安：扯石红杏当年为啥不愿嫁我？我哪点比你老牛差了？

牛俊杰：你不比我老牛差，你比林满江差，人家只粉林满江！

齐本安：所以呀，我得帮咱们红杏同志温习历史，让她认清现实！

牛俊杰：媳妇，认清现实了吧？林满江那是大奸臣一个啊！什么叫大奸似忠？就是林满江这样的！所以钱荣成揭出十个亿我不吃惊！

齐本安：俊杰，你吃惊不吃惊并不重要，重要的是要有事实根据！

30 林满江办公室 日 内

林满江踱着步，对张继英说：……继英同志啊，京州的"九二八事故"发生得很突然，五亿协改资金的腐败案几乎就是这一声爆炸给炸出来的！王平安一看大事不妙，溜掉了！石红杏向我一汇报，我立即意识到了问题的严重性，就让陆建设同志采取措施控制李功权，这才没让李功权也逃掉。李功权呢，偏偏又是齐本安的好朋友，偏偏又在齐本安上任后和王平安一起去向齐本安行贿送礼，唉！

张继英恳切而小心：满江书记，您的原则性和警惕性值得我们好好学习！不过，有些话我不知当说不当说？我要说了您别生气啊！

林满江越发亲切：你这个张继英，一个班子的同志，这么多年共事，有什么不好说不能说的？我当真开林家铺子啊？说，但说无妨！

31　京隆矿苗圃　日　外

牛俊杰对齐本安说：……齐书记，钱荣成敢以这十个亿的所谓交易费用威胁石红杏替荣成集团担保贷款，这是不是一个事实根据？

齐本安：既是也不是！牛俊杰，算你有一定的道理吧，你继续说！

牛俊杰：评估不到十五亿的资产，以四十七亿成交是不是事实？

齐本安：是事实，但这一事实到底能证明什么呢？嗯？

石红杏似乎发现哪里不对劲了：老牛说这证明有利益输送啊！

牛俊杰：对，没错，就是有利益输送！否则没法解释这个事实！

齐本安：当真没法解释吗？我就能替林满江解释清楚！

牛俊杰：什么？你能解释清楚？难道你们三兄妹是一伙的？！

32　林满江办公室　日　内

张继英对林满江说：……陆建设对李功权搞诱供、套供，目标直指齐本安同志，还暗示说是你的意思，我听到汇报后极为吃惊，立即叫停了对李功权的纪检审查！满江书记，我不相信这会是你的本意！

林满江苦笑不已：我们有些同志呀，总爱揣摩领导意图！针对李功权的审查，我讲过一个原则：这个腐败案不管涉及谁，涉及什么山头帮派，都要一查到底！陆建设不是一直在大骂林家铺子吗？不是反映有人举报齐本安索贿了吗？我对陆建设说，你们该查照查！

张继英：你看看，满江书记，你就这么原则性的几句话，就让陆建设上了发条似的，不顾日夜，忙活了好几天，都忙瘦了一大圈！

林满江：这也是好事，起码让人知道，中福集团没有林家铺子！

张继英：这倒也是，坏事变好事了！也还了齐本安同志清白！

林满江呵呵笑着，指点江山：所以啊，还是要讲点唯物辩证法，你看到这一次，啊？陆建设忙瘦了一大圈，可他没白忙嘛！既还了齐本安清白，也让我们发现了一位坚持原则不怕碰硬的好干部！

张继英一脸茫然：哪个好干部？满江书记，你是说齐本安吧？

林满江一脸严肃：不，是陆建设同志嘛，这位同志不简单啊！

33　京隆矿苗圃　日　外

齐本安对牛俊杰说：……牛总牛俊杰同志，改革开放三十多年了，你怎么仍然没学会用市场的眼光看问题呢？我到任后陪你下矿，你就暗示我这笔交易有问题，就咬定了当初的受让价和今天的评估价的巨大差额。你别以为我没听出来，我当时就提出了市场变化问题！

牛俊杰：所以，我当时也没坚持什么啊，你说市场就市场呗！

石红杏：老牛，听齐书记说！哦，原来你早就在怀疑林满江了？

齐本安：俊杰，你听我把话说完，像股票，牛市时股民们几十元、几百元在高处买了，熊市时几块钱在低处卖了，你又怎么解释？

石红杏：是了，齐书记说得对，请问老牛，你怎么解释？

牛俊杰急了，也气了：哎，哎，你们二位林家伙计怎么这样啊？这和股票交易不能比的，我请问，股票交易有秘密的高额的交易费用吗？股票是另外一回事，石红杏，你少给我捣乱，我是为你好……

石红杏：但是老牛，我们都怕你意气用事，误会了林满江嘛！（说罢，看着齐本安）是吧，齐书记？

齐本安未置可否。

34 林满江办公室 日 内

张继英窘迫地笑着：林董，就算坚持原则，也不能违反审查纪律嘛！您看看，我不知道你对陆建设评价这么高，那我还批评错了？

林满江摆了摆手：继英书记，别误会啊，你没批错，回头我还要严肃批评他呢！哎，说到这里啊，我想起了一个人，就是京州纪委书记易学习，搞起同级监督，连京州市委书记李达康同志都怕他啊……

张继英：哦，对了，满江书记，你不提那个易学习书记我还忘了呢！易书记昨天亲自打了个电话过来，你不在，我接的，向咱要人！

林满江会意地：要李功权，是不是？

张继英：是，京州检察院的几个同志已经到北京了……

35 京隆矿苗圃 日 外

齐本安对牛俊杰说：……咱们再说十个亿的交易费用。首先，它是否真实存在？俊杰，我不否认钱荣成在交易账单上看到过这笔费用，但这笔费用会不会是傅长明为了对付钱荣成他们虚构出来的呢？

石红杏：是啊，我也这么和老牛说过，他不信，非说是行贿了！

齐本安：牛俊杰，我的牛总啊，你怎么敢断定行贿了？如果它是收购产生的变相资金成本呢？比如说，当初傅长明购入京丰、京盛两矿时的融资成本？甚至是高利贷？你知道当年的高利贷利息多高吗？！

牛俊杰不称"齐书记"了：齐本安，你的意思，我还诬陷林满江了？

石红杏：哎，哎，老牛，你别叫唤，三里外都听见你叫唤了！

36 林满江办公室 日 内

林满江问张继英：继英书记，你的意思呢？

张继英：满江书记，你是书记，我听你的！

林满江思索着：易学习都亲自出面了，我们能不交人吗？嗯？

张继英试探着：那咱就交人？其实咱们这边也没啥可查的了！

林满江：好，继英书记，就按你的意见办，将李功权移交法办！

张继英欲离去：好的，满江书记，那我就回去落实你的指示！

林满江：哎，继英书记，你的事谈完了，我的事还没谈呢！

张继英：林董，你开玩笑吧，你的事还要和我谈？

林满江：怎么不要和你谈啊？你协助我管干部人事，干部人事我不和你谈，不和你商量和谁商量？不要民主了？当一霸手啊？坐！

37 京隆矿苗圃 日 外

牛俊杰认输，冲着齐本安和石红杏摆手：……好，好，我不叫唤！我听你们的，我继续给林家铺子当伙计，但你们四十七亿把这两个矿拿走！二位，我严肃提醒你们一下：你们都是党员干部，要讲原则！

齐本安苦笑不已：哎，哎，我和石红杏怎么不讲原则了？你说！

牛俊杰：我建议啊，对钱荣成说的这十个亿，咱向检察院报案！

齐本安：咱怎么报案？具体案情是什么？谁行贿了？谁受贿了？

牛俊杰：要是都知道还要他们干啥？我们提供线索，让他们去查！

齐本安：查不出来怎么办？不要说是对林满江这位大师兄和领导，就是对一般同志，我们也不能这么不负责任啊！石总，你说呢？

石红杏：我赞成齐书记的意见，在没有基本事实根据的情况下不能报案，其实老牛，你昨夜就不应该这么急着把本安从北京叫回来！

齐本安：没错，俊杰，如果我们大师兄林满江真像你想象的那样是个大贪官，你就打草惊蛇了，凭林满江的智慧，我们将很被动啊！

画外音：齐本安后悔了，后悔自己的冲动，为了这个没证据的报料竟然撒谎离开了北京！他了解林满江，这种谎言骗不过林满江，霸道的大师兄也不会听任他如此逆行的，京州中福怕要风狂雨暴了……

（第三十二集完）

第三十三集

1 京州市信访站大厅　日　内

信访大厅里挤满了吵吵嚷嚷的荣成钢铁集团的员工。

混乱中,有人打出标语:企业要生存,工人要吃饭!

2 京州市信访站办公室　日　内

主任大喊大叫:让钱荣成滚出来,把他们的员工全带走!

干部甲赔着小心:钱荣成四处躲债,现在已经联系不上了!

干部乙:是的,主任,他的九个手机不是停机,就是关机!

干部丙捧着手机过来:主任,市政府办公厅的电话!

主任接手机:刘秘书长,请你转告吴市长,我们正在处理,正紧急寻找钱荣成!钱荣成现在负债累累,四处躲债,九个手机全关机!

电话里的声音:吴市长说了,政府门前只要出现上访,你就辞职!

主任挂上手机,立即指示:通知保安,关闭大门,准备盒饭!

3 林满江办公室　日　内

林满江对张继英说:在物理结构中,三角形是一种稳固结构。

张继英应付:林董,我不是太懂物理,我是学政治经济学的。

林满江：我就是在讲政治经济学！讲京州中福现在面临的严峻的政治经济学！"九二八事故"发生了，轰隆一声，我们的矿工新村危房倒了一片，连全国劳模程端阳都砸进去了！长期以来，京州中福党风廉政建设欠债太多，我们必须提高认识，加强党的政治思想工作啊！

张继英：你的意思，不让齐本安同志任董事长、党委书记了？

林满江手向张继英一指：哎呀，继英啊，我赞成你这个意见！

张继英忙否认：哎，哎，林董，这可不是我的意见啊……

林满江笑道：也是我的意见嘛！瞧，我们又想到一起去了！

4 京隆矿苗圃 日 外

齐本安对石红杏说：钱荣成肯定还会来找你，你只管把责任往我头上推，让他来找我吧，我在这一接触过程中，会进一步掌握情况！

石红杏：本安，那你准备怎么对付钱荣成呢？答应他还是……

齐本安：我当然不会答应他的，他的举报威胁不到我嘛！

牛俊杰：那就让他去找检察院报案，哎，这倒是个好办法！

齐本安：还有一个可能，钱荣成是京州老人，不会不知道我们三兄妹和程端阳的关系，也可能会把我当作中间人，出示相关证据。

石红杏：倒是有这种可能，而且可能性很大！钱荣成目的是贷款担保，不是反谁的腐败，他的荣成钢铁集团工人现在天天在市里上访！

5 京州市信访站大厅 日 内

上百号人在"企业要生存，工人要吃饭"的标语下吃盒饭。

玻璃窗内，干部甲忧虑地对主任说：咱这月的经费又得让他们吃超支了！荣成钢铁集团这帮老油条专等吃饭时来上访，经验丰富啊！

主任：此风不可长啊，你……你把账全给我记到钱荣成头上！

6 荣成钢铁厂　日　内

钱荣成和财务总监在早已停产的厂内脏乱的办公室里吃盒饭。

二人面前挂着一只笼子，笼子里，一只雪白的仓鼠在跑轮上进行健身运动，四只小爪子飞快地点踩着跑轮，把跑轮踩得飞转不止。

钱荣成看着雪仓卖力地踩跑轮：我觉得它的小眼睛像孙红雷！

总监苦笑：钱总，它才不像孙红雷呢，我看倒是像老板你啊！

钱荣成：也对，我就是只踩着跑轮的雪仓。荣成钢铁集团能活到今天都是个奇迹。全部秘密就是，永无止息地踩着资金的跑轮。这五六年来，别管出现啥情况，我就没有哪一天敢让资金的跑轮停下来。鼠笼里的跑轮一停下来，仓鼠就站不住脚，我也一样啊，资金运作的跑轮一停下来，荣成钢铁集团立即就得破产，就像今天面临的情况。

7 林满江办公室　日　内

林满江以严肃而不容置疑的口吻对张继英说：张副书记，既然咱们有共同的认识，那就这么定了：陆建设任京州中福党委代书记！

张继英有苦难言：这……这个，林董，你是否再慎重想一想？

林满江：张副书记，我们两人研究了这么半天，还不够慎重吗？

张继英：是，是，不过，上次对陆建设的考察结果你也知道……

林满江：所以是代书记嘛，代着看吧，好就转正，不好拿下！

张继英无可奈何：好，林董，你既然决定了，我就不说了！

林满江：哎，怎么不说啊？有话就当面说嘛，别背后乱说！

张继英话里有话：好，如果三角中有一只坏角，还能稳定吗？

林满江：哎，那就把这只坏角换掉嘛，有什么可担心的？嗯！

张继英：是，是，林董，这话也对，干不好就拿下来！

林满江：好，张副书记，那你通知一下，下班前走个程序，党组碰下头，研究一下陆建设的任命，让陆建设尽快到京州中福去上任！

张继英：林董，也不必这么急吧，大家手上都有不少事……

林满江：谁手上有事都放一放，京州中福那边别再出乱子了！

8 皮丹办公室　　日　内

陆建设几乎要哭了：皮主任，我这都是为了林董啊，我对林董忠心耿耿，张继英就盯上我了，公然骂了我一通，要我今天就回京州！

皮丹安慰：回就回吧，你对林董的这片心，林董一定会看到的！

陆建设：林董能看到吗？他要没看到，你得提醒他，我是他的人！

皮丹：谁的人这种话一定不要多说，心里有就行了嘛！林董是何等聪明的领导，啥看不出来啊？你越是挨了张书记的骂，林董越会重用你！到了北京我才看清楚：林董和张书记可不是一回事，两派的！

陆建设眼睛又亮了：皮主任，你……你这话当真？

皮丹：那还有假？你回去等着吧，没准你刚到京州，通知就到了：陆建设同志，回来谈话吧，集团党组任命你为京州中福党委书记！

陆建设苦笑：皮主任，你……你就别讥讽我了……

9 京隆矿苗圃 日 外

齐本安对牛俊杰道：……牛总，你一肚子苦水我知道，当了两年上市公司老总，每月只挣一千块生活费，而且京州能源一旦退市，根据集团规定还要追责，你连一千元生活费都没有了，我深深同情你！

牛俊杰：可你齐书记就是不愿过来兼一个董事长，和我共患难！

齐本安：我会去兼任的，但是得先按你们的要求，把京丰矿和京盛矿给踢出来啊！我想了一下，哪怕得罪林满江和北京总部，也得支持你的意见——把这堆包袱用四十七亿收回京州中福，为你们上市公司解困，毕竟京州中福是上市公司的大股东嘛，于情于理都应该！

牛俊杰乐了：齐书记，太好了，这样一来，股民那边也好交代了！

石红杏摇头：本安，咱大师兄绝对不会答应的，他会认为你是将他的军！我去年试着提过一次，他根本就像没听见似的……

牛俊杰：所以，没人陪石总干这种倒霉的总经理啊，只能我来！

齐本安感慨：红杏、俊杰，在这一点上，你们夫妻两个真是不简单啊！红杏把京州中福旗下一个最苦最难的岗位交给了自家老公，我们俊杰同志呢，虽然任劳不任怨，牢骚怪话不少，但也坚持下来了。

石红杏苦笑：怎么小呢？党员干部嘛，吃亏受苦自己先带头呗！

牛俊杰：别说得这么高尚，你是牺牲了牛俊杰，幸福了林满江！

石红杏脸一拉：老牛，谈工作，能不能严肃点？林满江哪里幸福了？在这么大一个集团公司做领导，党政一肩挑，人家容易吗？！

10 荣成钢铁厂 日 内

钱荣成和财务总监边吃边说：李总，其实我也知道，咱负债近十亿，一年利息支出就两亿多，企业的全部税后利润也就五千万……

财务总监：哪还有五千万？现在最多三千万！地条钢停了！

钱荣成：所以啊，破产也在意料之中。突然想了起来：哎，地条钢怎么停了？我还指望用地条钢的钱还鑫鑫担保公司八千万高利贷呢。李总，这可是你办的，鑫鑫月息七分，每月利息就五百六十万啊！

财务总监：我知道！所以啊，我才安排地条钢厂工人到政府吃盒饭去了！它政府让停的，让工人找政府要饭吃去吧，你就当不知道！

钱荣成苦起脸：我怎么敢不知道？我正找担保贷款，不能闹啊！

财务总监：放心，没人闹，就是让政府帮忙先管工人几顿饭呗！

钱荣成苦笑不已：怪不得你让我把手机全关了呢……

11 林满江办公室 日 内

皮丹引着陆建设怯怯地走了进来。

林满江坐在自己办公桌后批文件，头都不抬。

皮丹轻声地：林董，老陆到了，要回京州了，向您告个别！

林满江用下巴指了指对面椅子，示意陆建设坐。

陆建设搭着半个屁股，小心地坐了下来，怯怯地看着林满江。

林满江把批好的文件给皮丹：告诉薪酬委员会，把这个薪酬方案再好好看一下，以国资委的最新规定为标准，全集团都要重新核定！

皮丹把文件夹入文件夹：好的，好的，林董！

林满江：告诉他们：要从我做起，坚决杜绝薪酬腐败！

皮丹：林董，您的薪酬已经按最新的规定降下来了！

林满江起身挥了挥手：好了，皮主任，你去吧！

皮丹夹上文件夹离去。

林满江走到沙发上坐下，陆建设也小心地跟了过去。

陆建设：林部长，我……我是来……来向您告别的！

林满江漫不经心：嗯，京州事情那么多，你也该回去了！

陆建设：林部长，张副书记批了我，我辜负了您的期望……

林满江仍然不看陆建设：我对你有什么期望啊？又胡说八道！

陆建设不敢说下去了，十分紧张地看着林满江。

林满江这才不在意地看了陆建设一眼，理了理自己的衣襟和裤脚，叹息似的轻声说了一句：老陆啊，回吧，去做京州中福党委书记！

陆建设怔了一下，几乎被惊呆了：林……林……林部长……

"扑通"一声，陆建设从沙发上滑落下来，就势跪到了地上。

12　京隆矿苗圃　日　外

齐本安对牛俊杰和石红杏说：……不管林满江同意不同意，我都会为京州能源的这个重整方案据理力争。在其位就要谋其政，就得对下属企业和下属同志负责，这没什么可说的！我相信林满江也不会这么固执，他懂市场，是市场运作的高手，不会不明白市场的逻辑！

石红杏很冷静：不过，齐书记，我还是得劝你一句，争不下来也就算了，他反正用不多久就要离开了，等他走后也可以再争取嘛！

牛俊杰：石红杏，你少来！我早就受够了！齐书记，你对我评价没错：任劳不任怨！可我凭什么要任怨？我又不是缺心眼的傻子！这个方案林满江要是不答应，我立即辞职滚蛋，自谋职业，说到做到！

齐本安哭笑不得：哎，哎，老牛，你别冲我来呀，我支持你嘛！

牛俊杰：齐书记，你是京州中福集团的董事长兼党委书记，京州中福的资产处置，干部人事通通都归你管，你千万得有点骨头，得多少改变一下京州中福的形象了，咱们这里不是他林满江的个人领地！

齐本安：老牛，你说得都对，但是，京州中福是中福集团的一个下属企业，林满江是中福集团董事长兼党组书记，是我们的上级，这里还有个下级服从上级的问题，这是规矩，也是组织原则……

石红杏：所以，牛俊杰，你不要太极端……

这时，石红杏手机响。

石红杏看看来电显示：又是光明区公安分局！

齐本安：接吧，老躲着人家也不是事！

石红杏接手机：哦，张警官，你好，你好……

13 京州公安局光明区分局　日　内

警官和石红杏通话：……石总，到底和你通上话了，否则，我们又得去你们公司！怎么样？你们那边这几天怎么一点消息都没有啊？你表弟王平安和你联系过没有？市局一直盯着呢！

石红杏的声音：我知道，我知道，但是，王平安没联系过啊！

警官：市局同志有个担心啊：王平安很有可能会被内部知情人暗害，也可能自杀，昨夜岩台出现了一起抛尸案，请你过来辨认一下！

14　京隆矿苗圃　日　外

石红杏和警官通话：……什么？王平安死了？不可能吧？六天前他和我通电话时，没有任何迹象显示会自杀，如果死了，八成是暗害！

警官的声音：石总，你先过来辨认一下尸体吧！

石红杏：好的，好的，我马上过去！（说罢，挂上手机。）

齐本安惊疑地：王平安怎么会突然死了？谁会向他下手？

牛俊杰冷冷地：该不会是你们家老大吧？

石红杏严厉地：牛俊杰，你也太敢胡思乱想了，这具尸体是不是王平安还不知道呢！就算是，林满江为什么要杀了他？你有毛病啊！

齐本安：是啊，俊杰，你别啥事都往我们大师兄身上扯！哎，石总，你快去吧，如果尸体是王平安，赶快和我说一声啊！

石红杏：明白明白，我会及时汇报的！（说罢，匆匆离去。）

15　林满江办公室　日　内

林满江和陆建设谈话：……老陆，我对你这个即将就任的党委书记有两点要求：一，坚持原则，二，搞好团结。你像这次协助审查李功权，做得就很好，顶住了压力，坚持了原则。当然，也好心办了错事，违反了办案规定，张副书记批评了你，但坚持原则没错，要肯定！

陆建设认真做着记录：林部长，我……我这都是按您的教诲做的！

林满江继续教诲：团结很重要嘛，所以要搞好团结。要和京州中福这个班子里的董事长齐本安、和总经理石红杏搞好团结，也要和下面的干部群众搞好团结，在坚持原则的同时，要尊重他们，明白吗？

陆建设：林部长，我明白，重大的、吃不准的问题，我及时汇报！

林满江：别再乱汇报了，现在是三角权力格局，你向谁汇报啊？

陆建设：哦，不是不是，林部长，我……我是说我向您汇报！

林满江微笑着：我忙得过来啊？有事找皮丹，皮丹会请示我的！

陆建设：明白！那我和皮主任保持联系……

16 中福宾馆客房　日　内

纪检干部带着几个穿制服的检察官和警察走进客房。

检察官甲：李功权，你因涉嫌职务犯罪被拘留了！

警察掏出了一张拘留证：李功权，请在这里签字吧！

李功权签字，一脸欣慰：谢谢，谢谢，可把你们给盼来了！

17 京隆矿苗圃门前　日　外

齐本安和牛俊杰分头上车。

牛俊杰上车前，又想起了什么，走到齐本安面前。

齐本安：又怎么了你？

牛俊杰：齐书记，中福集团和傅长明长明集团的买卖可不止这笔矿产交易，多着呢，你是不是也留意一下？哎，我这可是友情提醒！

齐本安：谢谢你的友情，不过，用不着你提醒，忙你的去吧！

牛俊杰：是，是！

这时，齐本安的手机响。

齐本安接手机：哦，林董！我正要打电话给你解释呢，家里出了点情况，我已经回京州了……

本来欲走的牛俊杰又站下了。

18 林满江办公室 日 内

林满江：说是哪个矿出事故了？死了几个人啊？

齐本安的声音：不是不是，是范家慧要我回来看房子！

林满江：看来你们家老范的话比我的话管用啊！

齐本安：不，不是，林董，这个，我……我马上回北京见你！

林满江淡淡地：不用来了，我也没时间见你，电话里说吧！

齐本安的声音：好，好，林董，那你指示！

林满江看了一眼面前的陆建设：本安同志啊，为了进一步加强京州中福班子党的建设，集团党组决定，任命陆建设同志为你们京州中福党委代书记，年薪待遇和你、和石红杏等同……

19 京隆矿苗圃门前 日 外

牛俊杰看着齐本安和林满江通话。

齐本安压抑不住地本能反抗抵制：……林董，你这是征求我的意见，还是已经决定了？如果是征求我的意见，那我可以明确地说：陆建设同志完全不具备做京州中福党委书记的基本条件！任用陆建设恐怕会事与愿违，不是加强，而是会削弱和损害公司党的组织建设……

林满江严厉的声音：齐本安同志，这是决定，不是和你商量！

齐本安沉默片刻：是，那……那我明白了！

20　林满江办公室　日　内

林满江缓和了一下口气：本安啊，给我一些理解好不好？你非要让人家骂林家铺子啊？京州中福当真成了谁的独立王国了？陆建设有缺点，有毛病，所以现在还是代书记嘛！排名在你和石红杏之后！

21　京隆矿苗圃门前　日　外

齐本安和林满江通话：……是，是，林董，你说得对！人无完人嘛，谁没毛病，我齐本安毛病更大！到京州中福上任迄今也就一个月吧，没做出啥成绩，问题倒闹出了一大堆，我向你和集团党组辞职吧！

林满江严厉的声音：齐本安，你将我军是不是？要辞职？打报告！我和党组马上批！

手机里变成了一片"嘟嘟"声。

齐本安和牛俊杰全怔住了。

22　林满江办公室　日　内

陆建设热泪盈眶，声音哽咽：林……林部长……

林满江挥了挥手：老陆，啥都别说了，赶快回京州，京州这一摊子就全靠你了！哦，对了，回去后马上写份检讨给张继英副书记！坚持原则没错，违反审查纪律是错误的，这个检讨要诚恳，要深刻！

陆建设：我知道，我知道，林部长，您也得给张副书记面子！

林满江一声叹息：老陆啊，你看看，为了用你，阻力多大啊！

陆建设"扑通"跪下：林部长，我生是您的人，死是您的鬼！

23 京隆矿苗圃门前　日　外

牛俊杰四处看看，赔着小心对齐本安说：齐书记，你气糊涂了吧？林满江现在巴不得你辞职！你这不是将他的军，你是将自己的军啊！

齐本安一下子爆发了：太过分了！中福集团简直成了他林满江个人的领地了，为所欲为啊！

牛俊杰：所以齐书记，你不能辞职！你想想，如果陆建设到京州中福主持工作，京州中福会变成啥样子？石红杏是顶不住的，她本来对林满江就迷信！一个敢任用陆建设的人还有什么事做不出来啊？

齐本安：老牛，别说了，啥都别说了，让我静下心好好想一想！

牛俊杰：那你好好想吧，走了！（说罢，上了自己的车，开走了。）

画外音：看着牛俊杰的背影，一丝苦涩涌上齐本安心头：这个盟友可靠吗？牛俊杰的怀疑究竟有多少可信度？那十亿的交易费真的存在吗？如果因此和林满江刺刀见红，他还能活着走下战场吗……

24　停尸房　日　内

一具浑身污泥的尸休躺在停尸床上。

石红杏围着尸体看了好半天，不敢辨认。

警官：石总，你看是王平安吗？

石红杏：说不准，看起来有一点点相似，但王平安没这么黑，也没这么瘦啊！你们还是请他家属再来认一下吧，我不敢说是不是！

警官：王平安的家属在广州，正在赶过来，DNA也正在做！

石红杏：那不结了？！哎，这具尸体你们是在哪找到的？

警官：在岩台乡下一个水沟里，死因系溺水……

25　京州街上　日　外

轿车急驰。

车内，石红杏失神地看着窗外。

手机"嘟"了一声，有信息进来。

信息：石阿姨，我是李顺东，想见您一面，不知能否赏光？如蒙赏光，我将于今日晚六时在贵司之中福宾馆聚福厅恭候您的大驾！

石红杏想了想，回复信息：No！

26　天使商务公司　日　内

李顺东举着手机，冲着秦小冲苦笑摇头：秦小冲，真被你小子说中了，人家给我No掉了，没多用一个字，没多一句废话，简洁有力！

秦小冲：所以啊，李顺东先生，请不要轻易出卖珍贵的东西！

李顺东：哎，你承认这是珍贵的东西了？那我就更不能撒手了！

李顺东在手机上输入信息：妈：两年零五十六天过去了，我真的有许多话想和您说，仍盼望您百忙之中接见小婿一次，顺东叩首！

27 石红杏办公室 日 内

石红杏走进门，把手包往沙发上一扔。

石红杏给李顺东回信息：谁是你妈？滚！

石红杏又和女儿牛石艳通话：艳，在哪呢？

牛石艳的声音：还能在哪？在报社上班呢！

石红杏：那就好！我警告你：绝不许和李顺东死灰复燃啊！

28 京州时报社走廊 日 内

牛石艳提着范家慧的油画像，一边向总编室走，一边和母亲石红杏通话：……哪来的死灰复燃？谁又和你胡说八道了？接触？对，有点小接触，李顺东的公司找我帮过点小忙，打听点信息！

石红杏的声音：李顺东在电话上都叫上妈了！

牛石艳：那是你们的事，又不是我的事，你和李顺东理论去！

石红杏的声音：小姑奶奶，你妈这阵子够倒霉的了，你就别添乱了！

牛石艳：放心，放心，我指天发誓，不会和李顺东死灰复燃！石老太，你不想想，我能嫁给一个为十万块出卖爱情的感情骗子吗？！

石红杏的声音：那就好，那就好！哎，你喊谁石老太？啊？

牛石艳关机，走到范家慧办公室门口，用脚踢了踢门。

画外，范家慧的声音：进来！

29　范家慧办公室　日　内

牛石艳倒提着范家慧的油画像走进门。

范家慧正给刚进门的齐本安倒水泡茶。

牛石艳：哟，这不是齐书记吗？您咋有时间到我们这小庙来了？！是微服私访，还是与民同乐？

齐本安：哎呀，艳，这小嘴越来越厉害了呀，真不比你妈差！

牛石艳：没你家范社长厉害，我都粉她！

范家慧：别乱捧我，哎，你又什么事啊？

牛石艳：哦，没啥事，这不是给你送画像来了嘛！八百多块呢！

范家慧看了看画像：我的天，这是我吗？我有这么难看吗？！牛石艳，你故意丑化我是吧？哎，我哪点对不起你了，你这么丑化我？！

齐本安也在看：我看还好嘛，不但没丑化，还有点小美化呢！

牛石艳一把握住齐本安的手，夸张地：齐书记，救命恩人啊你！

齐本安：我替你们范社长收下了，回头让范社长给你八百块！

范家慧重新看画像：给她什么钱？不给她钱，我没告她侵犯肖像权就便宜她了！哎，艳，我仍然觉得你串通的那个画家丑化了我……

牛石艳慌忙逃跑：那……那你们二位领导谈吧，咱们再见！

30　北京某餐馆　日　内

陆建设和皮丹对酌，桌上放着两瓶舍得酒。

皮丹：……老陆，祝贺你，多年媳妇熬成婆啊，不容易，太不容易了！这要不是有个神一般的领导林满江，哪有这奇迹！

陆建设呷着酒：没错，真就是奇迹啊！走进门时我就一个已经到点的毫无希望的政治瘪三，出门时就高升一级，成正局级的京州中福党委代书记了，虽说头上还有一个"代"字，那也是正局级，年薪待遇百分之百拿，和齐本安、石红杏一样了，每年四十万，一下子多八万！

皮丹：没错，没错，老陆，你终于朝里有人了，好自为之吧！

31　范家慧办公室　日　内

牛石艳已离去。齐本安吹着茶杯上的浮茶喝茶。

范家慧夸张地观察齐本安：你不是专为到我儿这喝茶的吧？

齐本安：路过这里，没地方上厕所，借你报社厕所用了一下！

范家慧：厕所用了，茶也喝了，喝完快走，把我的画像捎走！

齐本安：好，好，老范，我知道你忙，你鸡头嘛，是吧！

范家慧笑了：所以齐本安，你有事快说！要完蛋了吧？你一脸的完蛋相！真的，从你一进门，我就发现你完蛋了，这回是真完蛋了！

齐本安火了：住嘴！你还成完蛋专家了你！张口就一串"完蛋"，没完蛋也让你说完蛋了！给我听着，我给你说事！

32　北京某餐馆　日　内

陆建设把脑袋凑过去，压低声音，询问皮丹：皮主任，我带了张卡过来，卡上有二十万，你看，是我送给林董，还是你转给林董呢？

皮丹一怔：老陆，你搞什么搞？这是腐败啊，幸亏你没送过去！

陆建设：怎么？这不都是规矩嘛，咱林董当真这么清廉啊？

皮丹：林董他就是这么清廉，清廉了一辈子！你怎么想的你！

陆建设怕了：那我错了，皮主任，你叫千万千万不能告诉林董啊！

皮丹：那你千万千千别在京州中福搞腐败！你要搞腐败，林董对你不会客气了！齐本安涉嫌腐败，林董都不客气，会对你客气？嗯？

陆建设：皮主任，这……这真是警钟长鸣啊！我敬你老弟一杯！

33　范家慧办公室　日　内

范家慧看着齐本安问：说完了？

齐本安：先说这么多吧，说多了你小鸡脑袋装不下也理解不了！

范家慧：我呸！齐本安，我说过你多少次了，冲动是魔鬼，冲动是魔鬼！你咋就改不了这冲动的老毛病呢？你又上你家林老大的当了！人家就是要逼你辞职！你倒好，还没等人家正式逼呢，一听说拿掉你的党委书记，马上自动辞职，林老大乐得呀，嘴都笑成了兔子！

齐本安懊恼地：是，林满江那边一挂电话，我就知道犯错误了！

范家慧：这就是林老大的智慧！他知道你最不能接受的就是陆建设这种无耻的小人，他却偏把他提成主管政治组织的党委书记……

齐本安：没错，陆建设要提个总经理、总监啥的，我不会反对！

范家慧：你反对有用吗？人家林老大根本就没打算征求你的意见！

齐本安自嘲：是，是，这倒也是！

34　北京某餐馆　日　内

皮丹对陆建设说：……好好干吧，记住林董的指示和教导，争取早日把头上的"代"字拿掉！老陆，你我都清楚这里面的文章，我敢肯定你头上的这个"代"字不是咱林董的意思，必定是张继英副书记的意思！

陆建设：所以，林董交代了，要我给张继英写检讨，我写呗！

皮丹：咱内部兄弟说个私房话，林董是伟人，咱不服不行啊！

陆建设：那是，那是，皮主任，相见恨晚，真是相见恨晚啊！

皮丹：关于齐本安，你现在看清楚了吧？他根本不是林董的人！

陆建设：看清楚了，这回可真是看清楚了！其实对齐本安，我早就有数，只可惜没能突破啊！如果从李功权身上突破了齐本安，那齐本安的董事长也别干了，我也就帮上咱林董的忙了……

皮丹：如果京州中福你的党委书记，我的董事长，那可是绝配！

陆建设：是啊，是啊，咱们俩搭班子，这将来也不是没可能！又进一步摸底问：哎，皮主任，那石红杏呢？应该是咱林董的人吧？

皮丹：过去是，现在呢，就不太好说了，像这次，齐本安搞小动作，她没及时汇报，领导不是太高兴！今天提到她时，皱了两次眉头！

陆建设：哦？林董都皱了两次眉头？那没明确说石红杏啥吗？

皮丹：这倒没明确说！让我想想，第一次皱眉头时，是说到她老公牛俊杰，第二次皱眉头呢，是说到京州中福报上来那个重组方案！

陆建设：要这么说，林董皱眉头大有文章啊，那是有公也有私？

皮丹：可不是嘛！我也这么想……

陆建设思索着：皮主任，你说，石红杏该不是咱林董的老情人吧？

皮丹：哎，哎，老陆，别乱猜，更别乱说！

陆建设：是，是，就是情人也不能说，咱们是林董的人！

35 范家慧办公室 日 内

齐本安对范家慧感慨说：……是啊，林老大就是林老大啊，出手又快又狠，根本不给我回旋的余地啊，悔之晚矣！

范家慧：明白了？你和牛俊杰加起来也未必是林老大的对手！

齐本安叹息：要不是牛俊杰火急火燎地把我从北京叫回来，也不至于让林老大如此警觉，闹出今天这么一个被动局面！唉，这倔牛！

范家慧：现在明白石红杏为啥迷恋林满江这样的男人了吧？

齐本安：不明白！这样的男人深不可测，是你女人掌握得了的？

范家慧：所以我才选择了你嘛！我不是石红杏，看不得林满江那副样子，啥事都一副不容置疑的口气，真不知他老婆咋就忍受得了！

齐本安：你就别替人家老婆操心了，多帮你老公参谋参谋吧！

36 林满江家 日 内

杰奎琳·杜普雷悠扬的《埃尔加协奏曲》播放着。

林满江半躺在沙发上，闭眼听着。

童格华一边轻轻地帮林满江按摩，一边劝道：……老林，别听了，人家演奏者用生命去追求极致，像你这样沉迷也会折寿的，真的！

林满江赞叹：但这是极致之美啊，带给人们无限回想！后人在评论这位大提琴家时说了，如此壮阔的一生也不过两行文字。然而，不壮阔的人生呢？肯定连两行文字都没有！格华，你知道的，我的生命必须燃烧！哎，对了，我的性格这么强悍，你跟我是不是太憋屈了？

童格华：憋屈啥？我爱你的全部，石红杏爱的只是她的想象！

林满江脸一拉：哎，格华，以后别再提石红杏了，她谢幕了！

童格华一怔，想说什么又没说。

37 北京某餐馆 日 内

皮丹和陆建设显然都喝多了，越说越放肆。

陆建设：这一辈子，我活到最后总算是活明白了，也看透了！什么工作成绩，丰富经验，什么能力、才华，都不是提拔进步的依据！

皮丹：没错，没……没错！只要朝里有人，有权势，那就能上！历朝历代都是这样……

陆建设：老弟，你……你这个权势说得好，有了权还不行，得靠权力形成一种势力！像咱林……林董，你我就是他的势啊，权势……

皮丹：对，对，老陆，我们离不开林董，林董……也……也……也离不开我们！林董是权，我们是势，是……是……是林董的势！

陆建设：还有这个权利，有了权就有利啊！没权，利根本别想！

皮丹：哎呀，老陆，不愧是当书记的，说得好！我……我敬你！

陆建设：所以，皮主任，我认为，咱俩一起在京州中福搭班子不是不可能，说不定下个月或者下一周！你想啊，林董要是调到汉东当了省长，能不做最后安排吗？能放心让齐本安做京州中福的董事长？

皮丹：不……不过，最近林董要走的说法又变了，说不走了……

陆建设眼睛一亮：那岂不更好嘛，咱得谢天谢地啊！怪不得张继英副书记那么不喜欢我，也没敢反对林董用我！皮主任，林董只要当一天中福老大，你就一天不能离开，你这个岗位对下面弟兄太重要了！

38　范家慧办公室　日　内

范家慧：林老大向你炫耀权力的任性，再次提醒你：他是可以改变你命运的！他这已经第二次敲打你了，你得有个被敲打的样子了！

齐本安：对，对，第一次带走李功权是暗谕，这次真是明打了！

范家慧：你就别找死了，陆建设不论好坏，都是林满江以党组名义派下来的，张继英都没顶住，你有啥办法，争取好好合作共事吧！

齐本安：是，你说得有道理，可问题是，我想和陆建设好好合作共事，人家要是没这想法呢？他现在抱上林满江的粗腿了，腰杆硬了！

范家慧：所以齐本安，你更不能意气用事，我觉得你可以暂时退一步，比如说，以身体不好为借口，请个长假？让双方都有台阶可下！林满江很可能调走，你那时再回来，也未尝不是一个可行的策略！

齐本安：这倒也有道理，不过老范，我觉得这有点像逃兵啊！

范家慧：怎么像逃兵呢？就是撤退嘛，退一步海阔天空！就像当年，胡宗南进攻延安，共产党就主动放弃了……

齐本安：行，行，老范，你让我再想想吧！好，走了！

39　北京某餐馆　日　内

两瓶舍得全喝空了。

皮丹晃着空瓶：老……老陆，再……再来一瓶？

陆建设：算……算了，喝……喝不动了！

皮丹：在我这儿喝不……不算你腐败，回去可要注意……

陆建设：放心，我专反齐本安的腐败，能……能不注意吗？！

皮丹：对，就咱俩说的，把这忘恩负义的家伙挤……挤走……

陆建设起身：没……没错，挤走他，你过来！咱……咱撤退吧！

皮丹也摇摇晃晃起身：那……那就撤……撤退！

40　范家慧家　夜　内

齐本安看着电脑上的历史影像资料，陷入沉思。

影像资料：日军海军陆战队列队进入香港岛，太阳旗飘扬。

身着睡衣的范家慧走了过来：哎，本安，怎么还不去睡？

齐本安：睡不着，把八十年庆典的相关文案再处理一下！

范家慧看到了电脑画面：我的天哪，你这时候回顾起历史了？！

齐本安：让自己的心静一静，净化一下灵魂！家慧，真想和林满
江一起看啊，看看他的外祖父朱昌平、外祖母谢英子的奋斗牺牲！

范家慧拉了把软椅过来：人家不会睬你了，还是我陪你看吧！

（第三十三集完）

第三十四集

1 香港街上　日　外

在零星的枪声中，全副武装的日军一队队跑过。

2 港督府　日　外

港督府的英国国旗降下，日本太阳旗升起。

3 香港九龙半岛酒店日军总部　日　内

港英当局向日本占领军投降的投降仪式正在举行。

字幕：一九四一年十二月二十五日　香港

画外音：一九四一年十二月七日，日军在山本五十六的指挥下偷袭珍珠港，同日，酒井隆属下的中国占领军由深圳进攻香港。负责防守香港的英国、加拿大、印度士兵和香港市民义勇军，历经十七日抵抗，终于不支，于一九四一年十二月二十五日在九龙半岛酒店日军总部被迫向日军投降。同一日，中共南方局根据延安总部指示开始了一场从日本占领军手中抢救滞留香港的大批中国文化名人的紧急行动。

4 香港街上　日　外

日军海军陆战队士兵列队行进在街头。

香港电台广播声——

> 下面播送日本香港占领军指挥部公告：大日本皇军胜利挺进香港，英国殖民当局已向皇军投降，特令下列人士：何香凝、柳亚子、邹韬奋、梁漱溟、茅盾、戈宝权、乔冠华等……凡九百六十五人，即日起向大日本皇军香港指挥部报到，接受查询审定，违者格杀勿论……

5 香港九龙佐敦道八路军办事处　夜　内

干部甲向首长汇报：……赵主任，延安中央紧急指示：这些滞港的文化名人是我们国家和民族的宝贵财富，抢救行动是为未来之新中国保存精英人才，中央命令我们不得迟疑，不惜代价，立即行动！

干部乙汇报：赵主任，重庆，中共南方局周恩来同志电：日军占领香港，在港从事抗日救亡工作之大批内地文化人士和知名民主人士处境危险。请赵主任联合广东抗日游击武装，竭诚竭力，穷尽办法，给以抢救。抢救行动计划及进程及时报告南方局……

6 香港福记　夜　内

谢英子抱着不足一岁的男孩道奇，看着账册，和会计对账。

钱阿宝一头闯进来：谢协理，鬼子封锁了香港至九龙交通，还实行了宵禁，街上正四处搜捕公告上列名的内地众多文化人士……

谢英子：知道，朱昌平不就是为转移文化人的事去九龙的嘛！

钱阿宝：还有，李乔治今天又从昆明来了一封电报，要钱买官！

谢英子：香港这几天一直在打仗，还能收到昆明的电报吗？

钱阿宝：还真收到了，是军统的人通过广州转来的……

谢英子：现在哪有闲钱帮他买官？别理他，就当没收到电报！

钱阿宝：协理，这是朱经理在昆明时答应的，是他们俩的计划！

谢英子：那时是那时，现在是现在，那时谁知道香港会沦陷？！

7 香港九龙佐敦道八路军办事处 夜 内

八路军驻香港办事处赵主任主持召开紧急会议。

到会者中有东江纵队游击干部和香港福记经理朱昌平等十几人。

赵主任：同志们，情况大家都知道了，中央和南方局多次急电我们，要求我们设法保护并帮助旅港文化名人和民主人士撤离港九，将他们转移到东江抗日游击区等地。我已代表大家向中央和南方局表了态：坚决执行中央指示，不惜代价，不怕牺牲，完成任务！下面，我就来宣布一下撤退安排和撤退时各个小组的负责人及联络地点……

8 香港福记 夜 内

谢英子抱着男孩，对钱阿宝叹息说：撤退，撤退，这些年来，几乎是年年撤退，退到香港还没完，又要撤退了，该死的日本鬼子！

会计走过来：谢协理，这月的账全对完了，一毫不差，我回去了！

谢英子不放心：哎，小毛，你还走得了吗？阿宝说鬼子封锁了香港至九龙的交通，实行宵禁了，你还是在店里留一宿，明日再走吧！

会计想了想：协理，我出去试一试看吧，走不了再回来！

钱阿宝：轮渡停了，鬼子在四处搜捕文化人，别把你抓了！

会计苦笑：你看我像文化人吗？走了，家里人也不放心我啊！

9 香港九龙佐敦道八路军办事处 夜 内

赵主任具体布置工作：……各小组会后马上分头行动，东江纵队的短枪队在新界待命，随时准备进入九龙市区，已进入市区的同志由我们办事处直接指挥调用！朱昌平和谢英子同志的香港福记负责本次撤退、转移、安置的相关经费！好了，大家马上行动吧，散会！

与会众人纷纷起身，急速出门离去。

朱昌平走到门口，被赵主任叫住：哎，朱老板，你留一下！

朱昌平站住，回头对赵主任苦笑：赵主任，你别叫我"老板"，哪有我这么倒霉的老板？从京州，到上海，到昆明，一路经商一路败！

赵主任笑了笑：昌平同志，你没败，你和谢英子同志帮党赚的钱全用在党最需要的时候、最需要的地方了，党感谢你们啊！这次时间紧急，任务繁重，近千人的转移，花费不是个小数目，党对你们香港福记的要求是：不留下一块铜板，全拿出来做撤退经费，心疼吗？

朱昌平：说不心疼是假的，从昆明过来刚做得有点模样啊……

赵主任严肃地看着朱昌平：那么，党的要求你们能做到吗？

朱昌平：能做到，香港福记一个铜板不留，资金全部上交！

赵主任欣慰地：好，好，昌平同志，谢谢你，谢谢英子同志！又对身边东江纵队十部交代：派两个得力同志护送朱老板回香港岛！

东江纵队干部笔直一个立正：是，赵主任！

10　香港福记门外　夜　外

店门紧闭，毛会计回头张望着，紧张地敲门。

夜色中响着枪声和脚步声。

店门开了，毛会计一头栽进来。

11　香港福记　夜　内

毛会计已受了伤，额头在流血。

谢英子抱着男孩：快，阿宝，帮毛会计处理一下伤口。

阿宝跑过来：哎呀，毛会计，你怎么中弹了？

会计捂着额头：不，不是，被鬼子追得撞到墙上了……

谢英子忧虑地：坏了，经理白天去了九龙，只怕也回不来了！

12　香港九龙海边　夜　内

夜幕下，朱昌平随两名便衣东江纵队短枪队员上船。

东江纵队的短枪队员摇着舢板，护送朱昌平偷渡维多利亚海峡。

海峡风高浪急，舢板在海面上艰难前行。

13　香港福记　夜　内

钱阿宝在为毛会计处理伤口。

毛会计一副心胆俱裂的样子：……吓死人了，满街鬼子啊！

钱阿宝讥讽：毛会计，你也是绝了，能自己一头撞到墙上去！

毛会计苦着脸：这……这不都是因为鬼子吗？阿宝，你……你是没见过鬼子啊！小鬼子个矮腿短，跑得倒快，哎呀，吓死我了……

钱阿宝：哎，哎，我怎么没见过鬼子？京州陷落时，我被鬼子当街抓走，给鬼子拉了十天人力车！我们股东李乔治还挨了鬼子三枪！

谢英子将怀里的男孩放到摇篮里：可不是嘛，毛会计，你是不知道，我也是在京州送走了道奇他姐姐多余，那是我们头一个孩子！

毛会计叹息：这可真是国难当头……哎哟，阿宝，你轻点！

14 香港九龙海边 夜 外

朱昌平下了小船，向两位短枪队员挥手道别。

15 香港街上 夜 外

一九四一年底的香港岛杂乱无章，乏善可陈。

朱昌平溜着墙角，穿过小巷，警惕前行。

街上，时有一队队日本巡逻兵走过。

昏暗的路灯下，日军命令文化名人报到的公告在风中飘飞。

16 香港福记后院 夜 外

后院门开了，朱昌平走进来，回头看了看，关上后院门。

谢英子松了口气：我的天啊，朱昌平，你可回来了，鬼子一占领港岛就封锁了交通，港九轮渡停了，我还以为你今夜回不来了呢！

朱昌平：八路军办事处赵主任安排东江纵队的同志送我回来的！

谢英子：哦，东江纵队进九龙市区了？营救被困在港的文化人？

朱昌平：没错，赵主任亲自指挥的行动，中央和南方局下了死命令，要求八路军驻香港办事处不惜一切代价转移这些文化名人！

谢英子：那我们的任务呢？

朱昌平：协理同志，这还用我说，你猜不到啊？！

谢英子笑了，脱口而出：掏钱呗！对不对？

朱昌平苦笑：没错，听着：赵主任指示我们，香港福记一个铜板不留，资金全部上交，用作撤退、转移这一千多名文化名人的经费！

谢英子怔了一下：明白，坚决执行党的决定！

朱昌平：好不容易积下的这点家当又完了！都不知该怎么和李乔治交代！我本来想和赵主任说一下，这里面有人家李乔治个人投资！

谢英子：情况这么紧急，又是党的命令，还说啥说？执行吧！

朱昌平痛惜不已：这一来也把我和李乔治的计划给打乱了……

17 香港福记 夜 内

毛会计额头上已贴上了一大块纱布，逗着睡在摇篮里的可爱男孩：这孩子怎么叫道奇？阿宝，知道不，米国生产一种道奇汽车……

钱阿宝调着奶粉：还真让你说准了，这孩子就是生在美国道奇车上的！咱商行有个股东叫李乔治，和经理在昆明经营运输公司，专跑滇缅线，去年协理去昆明看望经理，就把孩子生在了道奇车上了……

毛会计咕噜：这名字起的，那还不如叫车生呢！

钱阿宝：哎，经理起名叫车生，协理说道奇洋气，就道奇了！

毛会计笑了：我知道，我知道，咱们商行协理比经理厉害……

摇篮里，男孩道奇可爱的笑脸。

18　香港福记后院　夜　外

朱昌平对谢英子说：……来香港之前，我和李乔治有个计划：花钱在西南运输处买个科长，现在运输处改组后变成了中缅运输局，正是好机会！买下个运输科长或者主任科员，在生意上好处很大！

谢英子：昌平，这种事现在还能想吗？以后再和李乔治解释吧！

朱昌平懊丧地：是的，是的！我呀，还真想做个好商人，为党多赚点钱，可命运总是把我打得落花流水，头破血流，嘿，不说了！

谢英子：不是命运，是日本鬼子！这些不得好死的小鬼子！

19　香港福记店堂　夜　内

朱昌平和谢英子匆匆进门。

毛会计站了起来打招呼：朱经理！

朱昌平：哦，小毛，怎么没回去？

谢英子：对账，没来得及走，哎，你们帮我看好道奇啊！

朱昌平走到摇篮旁，亲昵地抱起道奇，举过头顶：儿子哎——

谢英子扯了朱昌平一把：来吧，来吧，我给你大老板交账！

20　香港福记会计室兼卧室　夜　内

谢英子拉开保险柜，把里面的一扎扎法币、港币往外拿。

朱昌平接过钞票，一一装进一只帆布背包里。

转眼间，保险柜里的现金钞票全被拿光，一张没留。

谢英子：老朱，今天和小毛刚对过账，现金全都在这里了！

朱昌平想了想，从帆布包里掏出一沓十元一扎的港币留下。

谢英了一把按住朱昌平的了。哎，老朱，你这是干什么？

朱昌平一声叹息：干什么？给咱们的道奇留下点奶粉钱……

谢英子看着朱昌平：可你传达了党的指示：香港福记一个铜板不留，资金要全部上交，用作撤退、转移这一千多名文化名人的经费！

朱昌平苦笑：哎呀，我们执行党的指示也不能这么机械嘛！

谢英子固执地：什么叫机械？执行党的指示不能打折扣！

朱昌平：哎，谢英子，你……你想让咱们道奇再成为多余吗？

谢英子：道奇不会成为多余，就是再难，我也不会把他送人了！

21　香港福记店堂　　夜　　内

摇篮里的孩子已经入睡。

钱阿宝和毛会计也在各自的地铺上睡着了。

22　香港福记会计室兼卧室　　夜　　内

朱昌平拿开了压在钞票上的手。

谢英子将那扎十元面额的港币重新放进帆布背包。

朱昌平：咱家道奇还有多少奶粉？够吃几天的？

谢英子：反正今天还有半袋，总能吃两三天吧？

朱昌平：英子，两三天后怎么办呢？你想过没有？你以为日本鬼子这次是来香港做客啊？玩几天就走？我们起码要留一些生活费啊！

谢英子一声叹息：老朱，你说得对，日本鬼子不是来做客的，所以我们才更得靠党的力量赶走他们！我们困难，党也困难，如果党不困难，就不会命令我们香港福记交出最后一枚铜板的！你说是吧？

朱昌平：好，英子，我们不争论了，你就留下一百元港币，给孩子买奶粉、代乳粉，这总可以吧？你就把它理解为经理对协理的命令！

谢英子：不，老朱，你这个命令我不能执行，我执行党的命令！

朱昌平：英子，在香港福记难道我朱昌平就不能代表党吗？嗯？

谢英子：你代表党，但现在不代表，现在代表党的是赵主任，你想打折扣那是不行的！我们香港福记要不折不扣地执行党的命令！

朱昌平没办法了：好，不说了，英子，我听你的！

23 香港街上 日 外

宵禁解除，街上出现少许行人。

24 香港福记 日 内

借宿的毛会计打着哈欠，告别离去。

谢英子从门内伸出头嘱咐：哎，小毛，小心点！

毛会计：协理，我哪天再来上工？

谢英子：看情况吧，反正现在也做不了什么生意！

屋里，朱昌平抱着儿子道奇逗乐。

谢英子提醒：哎，老朱，你们也该走了！

朱昌平恋恋不舍地把孩子道奇交给谢英子，和背着帆布背包的钱阿宝一起出了店门。

谢英了又嘱咐朱昌平和钱阿宝：你们一路上小心，别丢了东西！

朱昌平在门口挥了挥手：放心吧，有东江同志接应呢！游击队的短枪队就在新界和九龙，已经建起了陆路和海路两条秘密交通线！

25　香港洛克道　日　外

游击队的交通员——一个渔民模样的人，引领着朱昌平和钱阿宝穿街过巷，为避开日军的岗哨和检查站，时走时停，时而回转原路。

日军的一个个检查站在检查过往行人，一些人被日军抓走。

渔民、朱昌平和钱阿宝在脏乱的小巷巷口远远看着一个检查站。

26　香港九龙佐敦道八路军办事处　日　内

赵主任在接电话：……好，英子同志，我知道了，谢谢你们！

放下电话，赵主任对下属交代：朱昌平同志已经把香港福记的现金全部背过来了，通知各小组今天晚上都过来领活动经费吧……

27　香港九龙巷口摊档　日　内

电台广播声：大日本皇军香港占领军指挥部公告：大日本皇军胜利挺进香港，英国殖民当局已向皇军投降，特令下列人士：何香凝、柳亚子、邹韬奋、梁漱溟、茅盾、戈宝权、乔冠华等……凡九百六十五人，即日起向大日本皇军香港指挥部报到，接受查询审定，违者格杀勿论……

渔民、朱昌平、钱阿宝一边吃着河粉，一边观察检查站。

一些戴眼镜的文化人均被日军详细检查，有些人被抓走。

西装革履的朱昌平放下碗，对钱阿宝说：回去吧，换衣服！

渔民悄声说了句：我还在老地方等你们！也起身离去。

28　香港福记　日　内

谢英子愕然地看着无功而返的朱昌平和钱阿宝：怎么回事？

朱昌平：鬼子一路设卡，专挑戴眼镜穿洋装的文化人搜查！

谢英子：还真开始抓文化人了？这可怎么办？

朱昌平：换身衣服，混在难民群里应该能闯过去！

谢英子：那好，我把那些店员的破衣服给你们找来换上吧！

朱昌平开玩笑：这一来，又让我家道奇做出了牺牲：没尿布了！

谢英子翻腾着破衣服：嘿，你还有心思开玩笑！我已经打电话给赵主任了，说你们已经上路，今天肯定能到九龙，你们偏回来了……

29　香港九龙左敦道八路军办事处　日　内

赵主任问下属干部：港岛鬼子一路设卡，朱昌平不会误事吧？

干部：我们的接应船只已经抵达铜锣湾避风塘，应该不会吧？

赵主任：那就好！

30　香港福记门口　日　外

先后出门的朱昌平和钱阿宝已变成了一副难民模样。

31　香港街上　日　外

渔民引领着朱昌平和钱阿宝，混在难民群中。

难民们三五成群过通日军检查站。

32　香港铜锣湾避风塘　夜　外

铜锣湾出口处巡逻的日军在换岗。

朱昌平和背着钱袋的钱阿宝上了一只披有草席篷的小船。

小船是条机动船，立即疾驶渡海……

33　香港九龙左敦道八路军办事处　夜　内

帆布钱袋出现在赵主任和大家面前。

朱昌平：赵主任，都在这里了，一个铜板没留！

赵主任递过一个名单：好，昌平同志，马上给大家发经费！

朱昌平：是！哎，阿宝，过来，你点钱，我复验！

朱昌平和钱阿宝开始给各小组十几个同志分发经费……

34　香港福记　夜　内

谢英子调奶粉喂道奇。

35　香港九龙左敦道八路军办事处　夜　内

经费已全部发完，各组代表全已离去。

朱昌平：赵主任，我们也回去了，夜里渡海方便。

赵主任：昌平，你们别回去了，也算一组，参加撤退行动吧！

朱昌平一怔：这……

赵主任：怎么？商行不是关闭了吗？

朱昌平：是，商行是关门了，可……算了，不说了！

赵主任：有困难就克服一下！昌平同志，你知道的，日军攻打港九后，文化人和民主人士几易住所，各自分散隐蔽，彼此失去联络。

朱昌平：我知道，我知道，所以得找到他们……

赵主任：是啊，这让我们营救人员大费周折！现在设法找到了一部分营救对象，你们也参加进来，帮助他们安置安全的秘密住所，摆脱日军的搜捕和特务的监视、跟踪，择机将他们从港岛偷渡过海！

朱昌平、钱阿宝：是，赵主任！

36　香港福记　日　内

字幕：五天之后

奶粉没了。

米罐空了。

道奇饿得哇哇哭着。

谢英子有气无力给道奇喂水。

谢英子身子向前一倒，昏迷过去……

37　香港铜锣湾避风塘　夜　外

朱昌平和钱阿宝将最后几个文化人送上机动小船。

38　香港福记　夜　内

朱昌平和钱阿宝走进门。

谢英子昏迷，孩子道奇依在母亲怀里，也闭着眼。

朱昌平慌了神：英子，英子，你……你们这是怎么了？！

钱阿宝：坏了，坏了，朱经理，他们肯定是饿死过去了！

朱昌平：快，阿宝，把我的西装皮鞋全当掉，买奶粉买米……

钱阿宝应着：哎，哎！（慌忙抱着朱昌平的西装、皮鞋就往外跑。）

39 范家慧家　夜　内

电脑画面上的香港福记门面变成一幅渐显模糊的历史图片。

齐本安感叹不已：……看看，这就是当年的共产党人！都是一些忠诚而有信仰的人啊！他们执行党的指示不打任何折扣，谢英子和儿子朱道奇差点没饿死！幸亏朱昌平及时回来了，把自己的西装、皮鞋全拿去当了，这才换回了一袋奶粉、一袋米，才把他们娘儿俩救了！

范家慧：这个差点儿饿死的朱道奇就是现在的朱老朱道奇吧？

齐本安：是的，这个婴孩和他母亲的故事，我早前给朱老当秘书时，朱老就和我说起过。当时，我不知道这是朱老亲身经历的事，直到这次搞庆典，收集整理历史资料才弄清楚！

范家慧也很感慨：我们今天的一些党员和前辈们真是没法比啊！

齐本安：可不是嘛，革命前辈们为了信仰什么都可以牺牲，现在呢？不少人入党就是为了做官，做大官，做了大官才能发大财嘛……

40 林满江家　夜　内

林满江一声叹息，对童格华说：……命运眷顾我，给了我一个好师傅，让我有了人生的平台和精神的家园。师傅让我带好齐本安和石红杏，让我苟富贵勿相忘，我真的是尽心尽力了……

童格华：可今天，他们俩把这些全都忘了，尤其齐本安！

林满江：是啊，齐本安现在处处和我作对啊，连我祖宗亲历的历史，我让他改，他都不改，这新做的文案里，仍然把香港撤退我外祖母和我大舅朱道奇那段加上了！你说一个为了党的指示，不惜饿死自己和儿子的人，当真具有现代价值意义吗？我一直就没能说服他！

41　齐本安家　夜　内

范家慧对齐本安说：……本安，要我说，也不能迷信上级：八女投江的故事听说过吧？过去拍过电影的！八位抗联女战士为了掩护他们的上级撤退，打光最后一粒子弹，集体投江，献出了她们年轻美丽的生命，但被她们掩护的那位上级呢？一被俘就投降了日本鬼子！

齐本安：是的，类似的事情，历史上还有不少，所以重庆渣滓洞的地下党组织写给狱外同志的信中就有一条：不要迷信上级！我就从来没迷信过哪个上级，包括对林满江，我从未丧失怀疑的能力……

42　林满江家　夜　内

童格华问林满江：齐本安怎么这样啊？这是故意和你捣乱吧？

林满江：倒也不是，价值观不同吧！他就是有这么一股书生气！

43　齐本安家　夜　内

齐本安对范家慧说：……有点书生气也没啥坏处！人，还是要有点精神的！一个政党，一个国家，也要有点精神！历史证明：正是因为有了一批又一批朱昌平、谢英子这样的有奋斗牺牲精神的共产党人，我们才有了一个新中国，才有了这个不断发展壮大的中福集团！

44 林满江家 夜 内

林满江对童格华说：……信仰是什么？信仰就是确立一个伟大的奋斗目标，用整个灵魂和身心去追求伟大，但可悲的是，日复一日的生活总是把我们推向琐碎和渺小——甚至成为恶的帮凶啊……

45 齐本安家 夜 内

齐本安对范家慧说：……人在琐碎渺小的生活中会变得物欲横流，不择手段。这时候，宗教信仰就成了约束的手段，阻止人在恶的推动下，滑下深渊。所以说，宗教不是神的需要，是人类自身的需要。

范家慧：那么，从某种意义上说，马克思主义也是一种宗教喽？

齐本安：不！马克思主义不属于宗教，马克思主义者都是无神论者，所以马克思主义是政治信仰，是你我这些共产党人的政治信仰！

46 林满江家 夜 内

林满江对童格华说：……马克思主义怎么不是宗教啊？就是一种宗教嘛！现在阻碍改革开放历史进程的，正是一帮僵死的原教旨主义者！我老舅朱道奇就是一个原教旨主义者，一直和我格格不入……

童格华：所以你从小到大，就没喊过朱道奇一声"舅舅"？

林满江：我也没喊过朱昌平、谢英子"姥爷""姥姥"！朱昌平、谢英子是革命时代的传奇，是革命的神，他们不是人，更不是我的亲人！

童格华：我知道，你的亲人是你师傅，是程端阳，是皮丹……

林满江：还有红杏、本安，但是现在他们变得……唉……

47　范家慧家　夜　内

范家慧看着齐本安：……本安，别做理论家了，你现在要深思的是，下一步怎么和陆建设共事，其实，你还有机会进行选择……

齐本安心知肚明：老范，你又来了！临阵脱逃吗？No！

（第三十四集完）

第三十五集

1　京州市政府门前　日　外

吴雄飞一边向车前走，一边对秘书交代：……你告诉财政局，《京州时报》的经费补助不要再列支了，自谋出路就是自谋出路，这么年年补贴下去，何时是个头？范家慧有本事，就让她去找李达康要钱！

秘书：好的，好的，吴市长，我今天就找财政局李局长！

吴雄飞：哦，对了，和李局长说，市信访办二百万追加经费我批了。得尽快拨，和维稳那块统筹安排，这说话就年底了，到省的、赴京的少不了，该管饭的管饭，该旅游的旅游，怎么办呢？国情嘛！

秘书：要我说，这信访制度就该取消！不解决问题的机构，留着干啥？依法依纪办事嘛，该找法院找法院，该找纪委找纪委……

吴雄飞挥挥手：少给我胡说八道，你说了不算！哦，对了，抽空问一下胡子霖，荣成钢铁集团的贷款发放了没有？告诉他，别给我蒙事！这么多钢铁工人下岗，影响安定团结，他胡子霖就看不见？！

秘书：吴市长，这事我知道，胡行长刚汇报过，说正办担保呢！

吴雄飞：哦，那就好！（说罢，匆匆上车离去。）

2　易学习办公室　日　内

易学习把几份文件夹入文件夹，收拾桌面，准备出门。

秘书走了过来：易书记，还有个事忘记向您汇报了！

易学习仍在收拾，头都不抬：哦，什么事？说，马上走了。

秘书：京州中福新上任的党委书记陆建设下午想过来见您。

易学习：他们党委书记不是齐本安吗？这才一个多月吧，又换人了？让这位同志改天来吧，今天这个民主生活会还不知啥时散呢！

秘书：易书记，达康书记会认真对待民主生活会？怕是又有想法了吧？哎，您没注意吗，前几天《京州时报》上登了三大版，还有达康书记和棚户区群众在一起的大幅照片，听说把吴雄飞市长气得不轻……

易学习：你在哪听说的？你千里眼还是顺风耳？少议论领导！

秘书：是，是，易书记！不过，大家都说：吴市长这下子不愿给达康书记当马仔了！不但是因为生气，也是让达康书记搞怕了！您说现在是什么时候啊，达康书记还想七想八的，一点都不知道安分守己……

易学习：你别说啊，李达康能夜访棚户区，我还是挺服他的！

3 李达康办公室 日 内

李达康对办公室主任交代：……田主任，今天这个常委班子的民主生活会预计时间会比较长，你告诉机关食堂，准备十五份盒饭！

田主任：好的，李书记！

李达康拿出一份文稿：这份棚户区调查打印十五份，送会场！

田主任：好的！不过，李书记，在民主生活会上发这个调查报告？

李达康：怎么？有问题啊？这份调查报告是《京州时报》记者

搞的，实事求是，为什么不能发？让班子里的同志都看一看，我这个班长是怎么失的职！民主生活会嘛，我检讨自己嘛，这不是霸道吧？

田主任：可是李书记，不知道你听说没有，市政府和吴市长……

李达康：哦，听说了一些，我和吴市长沟通过，沟通还不止一次呢，这次趁民主生活会正好再听听他的意见，这也不是什么坏事嘛！

田主任不便再劝说了：这倒也是！好，李书记，我这就去安排打印报告，保证在你们开会之前放到每位常委面前的会议桌上……

4 京州市委大院   日 外

一辆辆轿车驶入院内，在第一会议室门前停下。

吴雄飞、易学习、郑子兴和几个干部模样的人分别下车。

5 京州市委第一会议室   日 内

横幅会标：中共京州市委常委会民主生活会

李达康、吴雄飞、易学习、郑子兴等常委进门后互相打招呼。

易学习：哎，子兴同志，那个跑掉的王平安你们抓到了没有？

郑子兴：嘿，易书记，别提了，王平安死掉了，溺水淹死的。

李达康也插了上来：怎么会溺水？追捕时王平安掉河里去了？

郑子兴：哦，不是，不是，李书记，王平安是在岩台乡下一家藕塘挖藕时掉到塘里淹死的，藕塘老板呢，怕担责任，又抛尸河沟了！

李达康：这人一死，又带走不少秘密！哎，死的是王平安吗？

郑子兴：是王平安，李书记，DNA的结果已经出来了。哦，对了，财富神话基金的那个女老总武玲珑在虹桥机场被上海警方抓获了！根据有关部门的安排，我们经济侦查处两位同志参加了专案组！

李达康：好，告诉我们的同志，一定要盯牢咱们这五亿资金！

郑子兴：是的，是的，李书记，我已经和他们交代过了……

李达康和与会众人纷纷入座，十五名常委中有一名少将军人。

常委们的座席前都有一份文件：《我市棚户区现状调查》。

吴雄飞看到《我市棚户区现状调查》，一怔，匆忙翻看起来……

6　京州中福会议室　日　内

京州中福全体干部会议即将召开。

主席台上坐着齐本安、石红杏、陆建设，和北京总部来的那位组织人事部刘部长。

台下，京州电力、京州证券、京州信托、京福商场等各所属企业干部大都到了，“京州能源”座席牌前的位置显眼地空着。

陆建设悄声问石红杏：京州能源怎么回事？你家老牛呢？

石红杏叹了口气，递过一份辞职报告：陆书记，你自己看吧！

陆建设看了一眼辞职报告：怎么？老牛辞职了？脸一下子拉长了：哎呀，石总，你……你也不劝劝牛俊杰？啊？

石红杏苦笑：老陆，你上来了，你去劝吧，以后全靠你了！

齐本安向台下看了看：人都到齐了吧？好了，同志们，开会！

7　京州市委第一会议室　日　内

李达康主持会议：同志们，我们开会吧！

吴雄飞、易学习等常委翻看着棚户区调查报告，面有异色。

李达康指了指身后会标：这个会是我们市委常委班子的一次民主生活会，应该说酝酿已久，"九二八事故"之前就想开，可是因为大家都忙，一直没开成。今天，终于开成了，摆在我们面前的局面也变了！

这时，吴雄飞举手要求发言：达康同志，我想先提一个问题！

李达康开玩笑：我们吴市长很迫切嘛，好，雄飞同志，你说！

吴雄飞抓起调查报告扬了扬：这个报告和民主生活会有关吗？

李达康脸一拉，做出了本能的反应：当然有关！雄飞同志，还有别的问题吗？如果没有的话……

吴雄飞也挂下了脸：当然有……

这种意外情况让与会者都很吃惊。

8 京州中福会议室　日　内

主持会议的齐本安扫视着会场：……下面，请中福集团组织人事部刘部长宣布一项集团党组的任命！大家欢迎！（说罢，带头鼓掌。）

台下，礼节性的掌声响了起来。

台上，陆建设忽然想起了什么，掏出就职演说修改，在第二页，"坚持和加强班子党的领导"后面，加上了"集体"二字……

9 京州市委第一会议室　日　内

吴雄飞手上抓着一份《京州时报》，向与会者展示：我不知道达康书记夜访棚户区时，心里是怎么想的？是否考虑过"九二八"之后的大局？是否考虑过依法依规行政？是否考虑过我们政府这边的困难？

会场上一片静默，显然，谁也没想到吴雄飞如此批评李达康。

吴雄飞扫视着众人，最终目光落到李达康身上。

二人对视着，双方的目光都很复杂，都没有退让的余地。

李达康尽量压抑着自己的愤怒：雄飞市长，你说完了吗？

吴雄飞：没有！

李达康隐忍着：好，你继续说！继续！

10　京州中福会议室　日　内

组织人事部长有板有眼地宣读任命文件：……为了进一步加强京州中福投资集团公司领导班子党的建设，经中共中福集团党组研究决定，齐本安同志任专职董事长，不再兼任党委书记，任命陆建设同志为京州中福投资集团公司党委副书记、代书记，排名在齐本安、石红杏之后。中共中福集团党组，二〇一五年十月十八日。宣布完毕。

刘部长话一落音，齐本安立即起身：好了，同志们，散会！

说罢，齐本安收起桌上的文件，抬腿走了。

台下的与会干部全怔住了。

石红杏、陆建设和组织人事部长也都怔住了。

陆建设手上的就职演说稿滑落到会议桌下。

齐本安下台经过陆建设面前，恰巧踩到了演说稿上。（升格）

台下的干部见齐本安走了，面面相觑，无人率先起身。

石红杏迟疑了一会儿，见齐本安下了主席台，才起身走了。

台下干部这才陆陆续续走出会场。

画外音：*齐本安的任性让石红杏心中不安，她知道，消息很快就会传到林满江耳里，霸道蛮横的大师兄绝不会容忍下属挑战他的权威！石红杏深谙林满江品性：这个男人一旦出手便无回旋的余地……*

11　京州市委第一会议室　日　内

吴雄飞情绪激动：……同志们，今天我实在是忍无可忍，被迫和达康书记较一回真！这些年和达康书记搭班子，我努力摆正位置，时刻提醒自己：吴雄飞，你不但是京州市的市长，还是市委副书记，达康书记和市委的指示就得坚决落实执行，以至于社会上有些人把我贬作达康书记的马仔和跟班！但这种马仔和跟班我不会再做下去了……

易学习举手要求发言。

李达康看到了：哦，学习同志，请讲！

易学习：雄飞同志，我们这是一次难得的民主生活会，达康同志刚开了个头，没说几句话呢，你就把他打断了！你能不能让达康同志把话说完？我想，你为这次民主生活会做了准备，达康同志肯定也有准备，你应该让达康书记把话说完，把自我批评做完再提意见！

吴雄飞似乎有所会意：好，好，易书记，我赞成你的意见！

易学习：达康书记，既然是民主生活会，还是请班长带个头吧！

12　京州中福会议室　日　内

陆建设面对着空荡荡的会议室，眼中流下了委屈的泪水。

陪同陆建设的只有北京过来的组织人事部刘部长。

刘部长将就职演说稿从地上拾起来，交给陆建设。

陆建设抹了把泪：刘部长，您……您都看到了吧？

刘部长应付：这也正常，老陆，你得让大家有个适应过程嘛！

13　京州市委第一会议室　日　内

李达康阴沉着脸，打开笔记本电脑：好，我带个头，按照党内民主生活准则，进行一次批评与自我批评！但是，同志们，在进行批评与自我批评之前，我要先回答一下吴雄飞同志的问题！我们雄飞同志今天一反常态，气势磅礴，大有炸平庐山，停止地球转动之势啊……

易学习再次举手，请求发言。

李达康：哦，学习同志，又是你，好，请讲吧！

易学习努力微笑着，尽量表现着轻松：达康同志，你是班长，可否不要这么意气用事呢？可否先做自我批评，然后再来谈庐山呢？庐山就在江西，这个季节游人如织，咱们雄飞同志想要炸平庐山怕也没那么容易吧？别说全国人民不答应，首先江西旅游局就不会答应！

吴雄飞下意识地鼓起了掌，但看看没人敢响应，也停下了。

李达康被迫再次退让：好，易学习同志，我下面只谈我自己！

14　陆建设办公室　日　内

仍然是原来那间小办公室，只是牌子换成了"党委书记办公室"。

吴斯泰小心翼翼地向陆建设汇报：……陆书记，现在和齐本安、石红杏面积相同的办公室实在是找不到了，陆书记，您看这事……

陆建设：你找齐本安和石红杏说去，让他们按职级标准办吧！

吴斯泰：陆书记，咱们是企业，其实，也没什么职级标准……

陆建设：怎么没职级标准？啊？难道你吴斯泰和我的等级一样吗？如果都一样，还要组织部门干什么？我告诉你，你要记住：我和齐本安、石红杏都是正局级！尽管刘部长宣布时没说，但林满江同志和我谈话时说了，我和齐本安、石红杏年薪是一样的，都是四十万！

吴斯泰：是，是，我知道，这……这我……我知道了……

陆建设气狠狠地：告诉齐本安，必须把我的办公面积补齐！

吴斯泰：好，好，我……我去争取一下吧！

陆建设：不是去争取一下，是必须办到！我不管你用啥法子！

吴斯泰抹汗：哦，是必须，必须办到……

吴斯泰退身出门时，差点儿被门槛绊倒。

15 京州市委第一会议室 日 内

李达康扫视众人：……同志们，在上次——也就是二十六天前总结"九二八事故"教训的会上，我做过检讨，我说，我是市委书记，京州出了这么大的灾难性事故，我有不可推卸的责任！中央和省委不论给我啥处分，我都没怨言。今天我仍然是这个态度。但是，有一点和那时不同，那就是：二十六天前我有怨气，表态很勉强。表过态后，就开始追究同志们和相关部门的责任，实际上没意识到自己有多大的责任，我只谈王平安和那五亿协改资金，不及其余，最终把会开炸了……

对这些话，易学习和吴雄显然都很意外，怔怔地看着李达康。

李达康态度诚恳：我的确霸道啊，是一霸手啊，不让同志们说话啊！易学习发言被我几次打断，我宣布散会，把他将在会场上了。还有吴雄飞同志，也没能说完自己的意见，这都是我要检讨的！这种不让同志们说话的作风，伤害了班子共事的同志，我要向同志们道歉！

说到这里，李达康郑重站起来，向会议桌两侧常委各鞠了一躬。

片刻，易学习满脸兴奋，带头鼓掌，大家也跟着鼓起了掌。

吴雄飞鼓掌很勉强，脸上挂着明显的讥讽。

16　陆建设办公室　日　内

办公室主任吴斯泰已离去。

陆建设反锁上门，立即拨电话：皮主任吗？我，老陆啊！

电话里的声音：怎么样伙计？就职演说效果应该不错吧？

陆建设沮丧地：哪来的就职演说，齐本安根本就没让我讲啊，刘部长一宣布完任命，齐本安就起身宣布散会，我都没反应过来……

17　齐本安办公室　日　内

石红杏进门后，急急地走到齐本安面前，责备说：本安，你今天是不是有些过分了？怎么连个表态的机会都不给人家老陆呢？！

齐本安：看到陆建设小人得志的样子，我实在是气不过！

石红杏：哎呀，你就是装也得装一下嘛，你得表现出对权力的尊重！这不是一个陆建设的事，陆建设上面是林满江，人家大权在握！

齐本安：装着装着就炸了！别光说我，老牛怎么回事？咋辞职了？

石红杏：那头蛮牛不和你一样吗？我真是倒了八辈子血霉了，整天和你们俩纠缠……

18　京州市委第一会议室　日　内

李达康时不时地看一眼电脑，继续说：……同志们，今天我说作为市委书记，我要对京州发生的一切负责，完全发自内心！在嗣后的二十六天里，联合调查组两次找我谈话，省委书记沙瑞金同志和省纪委书记田国富同志也代表省委严肃地批评了我，使我认识到了问题的严重性："九二八事故"对京州人民群众——尤其是矿工新村棚户区的弱势群众造成的伤害，是无法挽回、无法弥补的……

19　陆建设办公室　日　内

陆建设不无激动地和皮丹通话：……皮主任，你得赶快向林董汇报：京州中福已经不是他老人家的天下了，齐本安、石红杏、牛俊杰一个个都反了！我是林董的人，是林董派来的，他们这是蔑视林董啊！

电话里的声音：老陆，你别急，稳住劲，一步步来！

陆建设：皮主任，要是你能赶快过来做董事长就好了！

电话里的声音：让齐本安继续作，他作狠了，我就能过来了！

陆建设：好，那我就创造条件让他作，让他们都来反对咱林董！

电话里的声音：对，遇事不要轻易让步，该顶的坚决顶住，比如办公房，该怎么要怎么要嘛，既然他们不怕把事闹大，你怕什么？在班子里你排名老三，就是讲风格，也得让齐本安、石红杏带头……

20　齐本安办公室　日　内

石红杏苦笑着对齐本安说：……本安，实话告诉你：老牛是怕陆建设报复他啊！那么多腐败分子陆建设不去抓，却一直吵着要抓我们老牛的腐败！你说我家老牛一个月就一千块生活费，万一陪债权人吃个饭啥的被陆建设抓住，再给弄成一个腐败分子啥的就不好了！是吧？

齐本安火透了：不是，他陆建设甭想为所欲为！红杏，你别和我耍小聪明，老牛就是不能走，我让陆建设给我做工作去了！

石红杏笑了：哎，这就对了，组织人事现在归陆建设管了嘛！

齐本安：你呀，就会耍小聪明！

石红杏很严肃：本安，你也听我一句劝：得韬光养晦了，你今天会上这种做法，别说是林满江了，就是朱道奇、张继英也未必高兴！

齐本安自嘲：这么说，我齐本安还是不会做官啊！

石红杏：赶快给大师兄打电话解释一下吧，甭让陆建设四处胡说。

齐本安想了想：算了吧，打电话去解释还显得我心虚了呢！

21　京州市委第一会议室　日　内

李达康在发言：……"九二八"后，我经常失眠，夜里睡不着啊，又不喜欢像咱们孙连城同志那样看星星，就到老城区四处转了转，到矿工新村的棚户区走了走，就碰上了记者采访，碰上了群众请愿。就有了前几天《京州时报》上的报道和今天发给你们的这个《我市棚户区现状调查》。郑于兴同志刚才悄悄地问我：这个报告是不是你让搞的？没错，报告是我支持《京州时报》搞的！同志们，我们的《京州时报》做了一件大好事啊，这帮记者同志没有在人民群众和弱势群体的困难面前闭上眼睛，他们关注着这个最需要我们各级党和政府关注的底层群体。我在这里介绍一位女记者，就是采访我的那位牛记者，大名牛石艳，她那天采访时，锋芒毕露啊，问得我后背直冒冷汗……

吴雄飞、易学习听着，时不时地做记录。

22　天使商务公司门厅　日　内

牛石艳一脚踹开门，走进门厅，大喊：李顺东，李顺东！

23　李顺东办公室　日　内

正在看报表的李顺东听到喊声，愕然一惊。

白副总跑进门：李总，一个女的杀上门了！

李顺东放下报表：杀上门？你们看见刀了？

白副总：没看见刀，但那女的很凶恶，会不会是钱荣成的人？

画外，牛石艳的喊声继续传来：李顺东，李顺东！

李顺东知道是谁了，匆忙走出办公室：哎，艳，来了，来了！

24　京州市委第一会议室　日　内

李达康难得这么真诚检讨：……同志们，经过这段时间的反省和总结，我发现：我作为一个经济发达的省会市的市委书记，这些年来最大的一个错误就是没有在追求 GDP 高速增长的同时，认真关注扶助弱势群体,没有给这部分群众获得感、幸福感。所以棚户区居民才说出这样尖锐、刺耳的话:你们政府的GDP增长和我们没啥关系!

会场上鸦雀无声。

李达康扫视众人:同志们啊,如果我们的工作和奋斗和我们为之服务的广大人民群众没有关系了,那我们工作和奋斗的价值又在哪里呢? GDP增长的价值又在哪里呢?从某种意义上说,我们是不是失了职啊?我就痛悔自己失了职!如果五年前我能坚决一些,不把GDP看得那么重,对弱势群体多一些关心和扶助,及早采取果断措施废除那个阻碍棚户区拆迁的24号文件,也许就不会有"九二八事故"了……

吴雄飞一脸的不屑与讥讽。

25 天使商务公司门厅 日 内

牛石艳站在门厅里,李顺东站在二楼开放式走廊上。

李顺东:艳儿,你上来,有事上来,到我办公室说!

牛石艳:李顺东,你下来,我忙着呢,说几句话就走!

李顺东:哎呀,你给我点面子行不行?我现在好歹是总经理!

牛石艳:李顺东,你不下来是吧?你非要丢脸是吧?

李顺东无奈:好,好,我下来,你等等,我拿点东西!

26 京州市委第一会议室 日 内

李达康的发言已接近尾声:……其实这个问题在上次事故总结会上易学习同志也从另一个角度提出来了:就是我们的城建思路需要有所反思,我们忽略了老城改造,尤其是棚户区的危房改造。易学习质疑我：眼里到底有没有人民群众？心里是否真正装着人民群众？我们对这座特大城市的弱势群体到底上心了没有？责问得好啊，易学习同志，你的质疑责问促使我反省反思，才让我有了今天的认识。好了，先说这么多吧，请同志们批评指正！雄飞市长，是不是从你开始啊？

吴雄飞毫不客气：可以，党的民主生活会不能走过场了嘛！不能再一团和气，你好我好大家好，今天天气哈哈哈，各位多注意健康……

众人全盯着吴雄飞看。

李达康看吴雄飞的眼光带着充分的警觉。

27　李顺东办公室　日　内

李顺东找出两张银行卡装进上衣口袋。

秦小冲匆匆进来：李总，牛石艳怎么来了？

李顺东：估计我发给她妈的信息起作用了……

秦小冲：看来不是好作用啊，她气势汹汹，来者不善啊！

李顺东：是，是！哎，你跟我一起下去，必要时帮下忙！

秦小冲：好，好，我见机行事吧！

28　天使商务公司门厅　日　内

李顺东和秦小冲从二楼楼梯上下来。

秦小冲一脸假笑：哎呀，牛主任，您怎么来了？参观访问？

牛石艳：不是，兴师问罪！秦小冲，没你啥事，你一边去！

秦小冲：有话好说嘛！最近报社怎么样？山猪肉生意可好？

牛石艳冷冷地：谢谢关注，生意不错，绿色食品，一抢而空！

李顺东煞有介事：哎，秦副啊，我不是布置安排了吗？让你们也去报社抢购一些山猪肉，你们去抢了吗？也没听你们向我汇报嘛！

秦小冲也煞有介事：哦，李总，抢倒是去抢了，就是没抢到啊，今天听咱牛主任一说才知道他们生意实在太好了，一抢而空啊……

牛石艳：哎，哎，打住！你们俩说相声是吧？

李顺东赔着笑脸：不是，不是！

秦小冲：牛石艳，是你先演小品的嘛……

29　京州市委第一会议室　日　内

吴雄飞发言：……在今天的民主生活会上，我终于看到了一个能检讨自己的李达康，能进行一定程度自我批评的李达康，这是非常令人欣慰的。批评与自我批评是我们党内民主生活的基本准则，但这个基本准则在京州班子被破坏了，长期以来不存在了，李达康同志作为这个班子的班长应负主要责任，我们在座各位也有责任：我们的软弱迁就造成了李达康同志的霸道。今天，在经历了"九二八事故"之后，我们到底从李达康同志的嘴里听到他对自己的评价：作风霸道，是一霸手，不让同志们说话！很好，这个评价实事求是，令人信服！

易学习愕然看着吴雄飞，显然十分惊异。

李达康眼光中的警觉变成了讥讽。

30　天使商务公司对面咖啡馆　日　内

李顺东、秦小冲前倨后恭把牛石艳让进茶馆包间。

牛石艳　坐下就发威：李顺东，你开始挑事了，是吧？

李顺东：艳，你看你说的，我挑啥事？我是要还咱妈钱！

牛石艳：还什么钱？丢掉的东西还能买回来吗？你就死心吧！

李顺东：哎呀，艳，瞧你说的，还买呀卖的，我是欠债还钱！你给妈把钱带过去吧，这两张卡里一共二十万，本息一次付清！

牛石艳：你们俩做的买卖，你们自己去算，我不管……

李顺东：可妈现在她不太冷静啊……

牛石艳：哎，李顺东，你说清楚：妈？谁的妈？

李顺东忙改口：哦，你妈，你的妈！

牛石艳：那你怎么发信息叫她妈？

李顺东：哎呀，这……这不是尊称吗？

秦小冲：哎，你们二位喝点什么？

牛石艳：随便！还尊称？咱们完了，知道吗……

李顺东：知道，知道，可我欠了你妈十万，就是得还钱啊！

牛石艳：你少找借口纠缠我妈，知道我妈的外号吗？鬼不缠！

李顺东：鬼不缠是我，不是你妈！艳，你听我说……

31　京州市委第一会议室　日　内

吴雄飞侃侃而谈：……可我在怀疑，达康同志这个自我批评当真发自内心吗？是不是言不由衷啊？这位班长同志当真不做一霸手了吗？恐怕靠不住！达康同志不过是借题发挥罢了！众所周知，迎宾大道拓宽工程出现野蛮施工就是达康同志的强迫命令造成的，而野蛮施工挖断了燃气主管道，酿发了爆炸事故，才导致了棚户区的这场大灾难！这不是我的结论，这是"九二八事故"联合调查组的结论……

郑子兴忍不住提醒：哎，哎，吴市长，我插一句话：联合调查组的结论上并没说是李达康的强迫命令，只是说到了强迫命令这件事情，并没点李达康和任何一位同志的名……

李达康冷冷地：但事实上是我的强迫命令，我命令施工单位必须按计划完工，吴雄飞同志没说错什么！这个错误我认领！好，请吴雄飞同志继续说！

郑子兴：吴市长，那你继续！

吴雄飞看了看笔记本：那我继续说！李达康同志今天是在试探我们！试探我们的底线，试图继续乱作为，这很有可能再次给党和人民的事业造成损害损失和被动，这也是让我今天忍无可忍的地方……

32　天使商务公司对面咖啡馆　日　内

李顺东对牛石艳说：……你说我一个商务公司老总，干的工作就是清偿别人的委托债务，总不能赖别人的债吧，尤其是自家亲人的！

秦小冲：就是，我们李总最恨老赖了，像荣成钢铁集团的钱荣成！

牛石艳喝起了茶：好，表演，你们继续表演，再说段相声也行！

李顺东：哎呀，艳，我现在哪有这种心情，哪有时间说相声啊！

秦小冲：就是嘛，牛石艳老牛牛主任，现在情况相当严峻啊！社会诚信不断丧失，底线一降再降，我们李总着急啊！是吧，李总？

李顺东：可不是嘛！艳，咱这笔账呢，还真得好好算清楚，将来可以写到我们天使公司经典案例里去！你看啊，我借妈十万，哦，你妈！按三分息计算，两年就是十八万多，还零了俩月，得二十万……

秦小冲：现在天使发展不错，李总身家上亿，这二十万得还了！

牛石艳：都身家上亿了？你们就吹吧！哎，上简餐，我饿了！

李顺东乐了：好，秦副，让他们拣好的上！

牛石艳：别虚张声势，没啥好的，最贵的一份一百元，替你省了！

33 京州市委第一会议室　日　内

吴雄飞先拿起桌上的《京州时报》和《我市棚户区现状调查》扬了扬，又拿起一份政府文件扬了扬：……同志们，李达康同志提议召开这次民主生活会的主要目的我认为是这个，废止市政府二〇一一年的这个24号文件，这个文件规定：我市棚户区拆迁必须得到百分之九十五以上居民的同意，达康同志认为这个数字太高，私底下和我谈，希望废止！但是，同志们啊，正因为"九二八"后倒了这么多房子，我们才提前做了一次统计，但遗憾的是，这次统计仍没达到规定！达康同志这就火了，就要再出个新文件，降低标准，让它达标，这是不是乱作为？

易学习：我提个问题：吴市长，这次差多少才达标啊？

吴雄飞想了想：还差百分之三，最后的统计数据好像是百分之九十一点九八……

郑子兴苦笑不已：我的天哪，吴市长，你记忆力可真好！能记住小数点后面两位数！但是，我有点想不通：这关键少数是不是太强势了？竟然让棚户区百分之九十一点九八的大多数群众陪他们在危房里苦熬岁月！

易学习态度平和：子兴同志啊，你也别就想不通，现在必须依法行政嘛！在法规未改变之前，谁都不能霸王硬上弓，吴市长没说错！

吴雄飞来劲了：就是，别说还差了百分之三，就是差百分之零点三也不行嘛！

34 天使商务公司对面咖啡馆 日 内

李顺东、秦小冲、牛石艳吃起了简餐。

秦小冲边吃边说：牛主任，不是我说你，你就是有福不会享，上次李总真心实意在鲍翅楼请你，啊呀，又是南非大鲍鱼，又是鱼翅，你点了又不吃，李总被爱情弄伤了心，吃不下，这就便宜我了！我发誓说啊，这绝对是我这一辈子最享受的一顿午餐！牛主任，谢谢你了！

牛石艳：秦小冲，你少恶心我，你们李总又没有心，他还伤心！

李顺东：艳，伤心是真伤心啊！只因为过去没珍惜，今日就痛悔！

秦小冲：李总的伟大不在于不犯错误，而是犯了错误能改正，这不仅是我们李总的信条，也是我们公司的信条，不犯错误还叫人吗？

李顺东：犯了错误立即改正，那就是好同志，是吧，艳？

牛石艳已经吃完：可泼出去的水是收不回来了！（说罢，扬长而去。）

秦小冲手一摊,对李顺东说:没戏,李总,你就死了这条心吧!

李顺东:我不死心!我这人就这样!秦小冲,我告诉你:无论命运给了我什么,我他妈的都得扫除垃圾,留下精华,把劣势变成优势!

秦小冲乐了:牛!

35 京州市委第一会议室 日 内

郑子兴责问吴雄飞和易学习:吴市长、易书记,我妹妹就住在棚户区,我也听到不少群众对市政府二〇一一年24号文件的批评,请问二位,咱们中央和国家这一级的过时文件都能撤销废止,我市这么一个制定于五年前的已经明显过时的文件就一定不能废止撤销吗?

易学习:可以废止撤销!但要有一定的程序,比如,要有实事求是的调查报告,要有可行方案,要市长办公会通过,甚至我们市委常委会通过,形成决议,这绝对不是哪一个人大手一挥就能办的事情!

吴雄飞立即表态:对,今天我也把话摆在桌面上:我们政府这边不会为任何借口的违规拆迁开绿灯,谁的手再大,也不能一手遮天!

说罢,吴雄飞把手上的签字笔拍放在桌上。

签字笔飞了起来。(升格)

与会者纷纷抬头,吃惊地看着吴雄飞。(升格)

李达康把玩着手上的笔,冷冷来了一句:如果中共京州市委常委会做了决议废止24号文件呢?吴雄飞市长,你和市政府也不执行?

吴雄飞：好啊，李达康同志，那你可以考虑在这场民主生活会散会后，连夜召开常委会，看看这个决议是否能形成？是否能通过？！

易学习：哎，哎，达康书记，雄飞市长，你们都跑题了啊！

郑子兴看了看表，站起：哟，都十二点多了，是不是先吃饭啊？

李达康：好，先吃饭！田主任，通知食堂送盒饭过来吧……

（第三十五集完）

第三十六集

1 齐本安办公室 日 内

齐本安从办公桌后抬起头，恼怒地看着吴斯泰：他说什么？

吴斯泰赔着笑脸：齐书记，哦，陆书记，不，是陆代书记说，他的办公室面积好像……好像不足正局级规定的标准，要我向您汇报，这个……说是一定……一定要给他补足！齐董，您看这事弄的……

齐本安：人家都一定要补了，那就给他补呗，还和我说什么？

吴斯泰：这不是没房了吗？他要和您同样标准的房间啊……

齐本安故意将军：那好办啊，吴斯泰，你去告诉陆建设，我和他对换就是了嘛！我这间大的给他，我呢，到他那间小办公室去呗！

吴斯泰为难地：齐董，我真……真这么和陆代书记说啊？

齐本安又看起了集团资产报表：就这么说！去吧，我还有事！

吴斯泰走了两步又回来：哎，齐董，万一陆代书记真过来了呢？

齐本安满脸讥讽：那好啊，来一次孔融让梨呗，我让他嘛！哎，对了，我让他今天代表组织找牛俊杰谈话的，他找了吗？

吴斯泰：哦，找了，找了，牛总刚到，正在谈呢！

2 陆建设办公室 日 内

陆建设一脸假笑，和牛俊杰谈话：老牛，不够意思啊，我不来你不辞职，我一来你就辞职，怎么？给我难堪？让我下不了台？说吧！

牛俊杰：老代，我辞职和你来不来没关系，真的，就是这么多年伤了心，干不下去了！本来还想报个工伤——伤心也是受伤啊，估计你们也不会给批，算了，我滚蛋走人，你们轻装上阵，继续前进吧！

陆建设痛惜不已：老牛，你都正处级了，这一辞职，啥都没了！

牛俊杰：没了好，一身轻松，又可以从头开始了。老代……

陆建设：哎，哎，老牛，咱能别一口一个"老代"不？讥讽我啊？

牛俊杰：哎，老陆，你难道不是一个老代吗？京州中福党委代书记？那我称你"陆代书记"好吧？另外，提个宝贵建议啊，你门口的牌子得改，"党委书记办公室"后面得括号加上一个"代"字，听不听随你！

陆建设忍住气，勉强笑着：听，听，听你的，代，加个"代"字！

3 李达康办公室　日　内

李达康和郑子兴前后脚走进办公室。

李达康很感慨：子兴，敢在这个班子公开支持我的也就你一个了！

郑子兴坐下：李书记，没这么悲观，大多数都会支持你的！别说还有那么多老百姓，尤其是棚户区的老百姓！棚户区的居民现在私底下都说，这种时候还能想着棚户区改造的，也就是咱达康书记了！

李达康自嘲：所以我傻嘛，子兴，咱们班子里聪明人太多了！

郑子兴：我看不是这么个情况，主要是你和吴市长公开冲突了，让其他同志很难表态，尤其是政府口的。李书记，你可不能悲观！

770

李达康叹了口气：这倒是！我看政协张主席和警备区陈司令员未必就会同意吴雄飞的意见，你没担当嘛，不愿为老百姓干事嘛……

郑子兴：包括你的老搭档易学习书记，我看到时也会支持你！

李达康笑：我也注意到了，我这位老搭档有点意思啊，暗示我把这个买卖弄到常委会上去做！没错，我也是这样想的，和常委们好好沟通，只要常委会做了决议，他吴雄飞和政府就得老老实实去执行！

郑子兴：李书记，这个沟通工作，我也帮你一起做！

李达康叹了口气：不过，也许那时市委书记和市长都换人喽……

4 京州市政府大楼门前 日 内

吴雄飞和常务副市长老金边走边说。

吴雄飞：……金市长，我先给你打个招呼，咱政府这边连我一共三个常委，立场要保持一致，不能再顾前不顾后，顾头不顾腔……

金副市长：吴市长，我明白你的意思，咱们别自己找事做了！

吴雄飞：就是嘛，他唱什么高调啊他？谁不说是为人民服务？可国情摆在那儿呢，你不找麻烦麻烦还来找你，像"九二八"，轰隆一声就来了！李达康还非要去自找麻烦，哎，这不是神经病吗?！

金副市长：就是，就是！

吴雄飞四下里看看，声音压低了许多：金市长，你现在看看咱们省内外，像李达康这样的人还有几个？不作为的大有人在，懒作为的普遍存在，乱作为的一个没有！谁愿意主动出击啊？除非他是疯子！

金副市长苦笑不已：我看达康书记就是个疯子！实在是少见！

吴雄飞：所以啊，他少见，我就多怪了，不是怪哪个人，是怪事！

金副市长：是，是，咱们这其实也是为了他李达康好嘛！

吴雄飞摇头叹息：但愿咱达康书记能理解吧，对他这样麻木而且又霸道的领导同志，有时候就得敲响鼓，用重锤，我也是没办法了！

5 易学习办公室 日 内

易学习在屋里来回踱步。

易学习几次走到桌旁，想摸电话机，却又放弃了。

易学习在落地窗前站下，看着窗外的秋色思索。

6 李达康办公室 日 内

李达康对郑子兴说：……就算到时换人，我下台滚蛋，这个24号文件也得废止，棚户区改造也得提上议事日程，尽快启动！账是我李达康欠京州老百姓的，我就得努力去还这笔欠账，不能当老赖嘛！

这时，桌上红机电话响。

李达康抓起电话，不禁一怔：哦，老易？

易学习的声音：哎，达康，明天周末，请我到你家喝点小酒如何？

李达康笑问：老易，你是喝点小酒呢，还是和我诚勉谈话呀？

易学习的声音：诚勉谈话轮不着我，就是去你那儿讨点小酒喝！

李达康大笑：老易，我早就等着你了！你想啥时来就啥时来吧！

易学习的声音：好，好，达康，就这么说了，明天见，啊？！

郑子兴心领神会：看看，人家易学习书记主动找上门了吧？

李达康：易书记也是一个心里有老百姓的干部啊，我了解他！

7 石红杏办公室 日 内

石红杏走进办公室时，电话铃正在响。

石红杏抓起电话：喂？哦，皮丹啊，有事？

皮丹的声音：石姐，你们怎么回事？咱们不能这么欺负人啊！

石红杏：哎，哎，什么咱们？哪个咱们？皮丹，你跑北京享清福去了，把我家老牛一人撂在京州能源，还说什么说？谁欺负谁啊！

皮丹：石姐，你知道不？陆建设刚才打电话给我，都快哭了！

石红杏：哭就哭呗，我家老牛都哭两年多了，眼泪流成了河！

8 林满江办公室 日 内

皮丹握着话筒，一副哭笑不得的样子：……行，行，石姐，我说不过你，我不和你说了，林董和你说！你等着啊，林董来了！

林满江接过话筒：石红杏，你们怎么回事啊？非要让人家骂林家铺子啊？你和齐本安说起来是我师妹师弟，还都是我一手扶植提拔起来的，现在一点不给我省心！咱们先不谈原则，能不能凭点良心？

石红杏的声音：林董，不就是没让陆建设讲个话吗？算啥大事？

林满江：怎么不是大事？这事很大，关系到你们对组织、对我林满江的态度，你们不认我了嘛！还有牛俊杰，你石红杏真要是说不动他，管不了他，就离婚吧！现在我支持你们离婚！这头倔牛一直以来就没起过好作用！难怪皮丹那么好脾气的人都没法和他合作下去！

9　石红杏办公室　日　内

石红杏难得对林满江发了火：……林董，你话不能这么说！皮丹这些年在京州能源公司干得怎么样，董事长是怎么当的，你也下来听听大家的反映，听听咱师傅皮丹他亲妈的意见！皮丹对自己的亲娘都不负责任，你还这么重用他，还让他做了你的秉笔大太监，你大领导不能这么是非不分啊！

林满江的声音：红杏，你别给我转移话题！皮丹是皮丹，陆建设是陆建设！我让陆建设去京州中福做党委书记，三家分晋，齐本安不知道，你知道啊，我是不是在此之前征求过你的意见？你同意的嘛！

石红杏：我那时一时心慌，有点糊涂，现在我把这事看清楚了！

林满江的声音：你看清楚了，我和党组就得再改回来，是吧？

石红杏：林董，我不是这个意思！我哪有这么大的脸？我是说中福集团的一把手是你，在你的领导下不能尽出这种反常的干部逆淘汰啊！你看这个陆建设，副书记都没干好，现在反而提书记了；你看皮丹，整个就是一官混子，竟然也混到你身边，得到了你的重用……

林满江冷峻而严厉的声音：那你就没想想你自己吗？啊？你石红杏又凭什么得到了我和组织的重用？啊？！（嗣后，电话里传出忙音。）

石红杏呆呆地拿着电话，好半天，眼里汪上了泪水。

10　林满江办公室　日　内

皮丹赔着小心对林满江说：……林董，石姐既然都这么说了，要不，我回去？回京州？其实，陆建设也想我回去，他独木难支啊！

林满江踱步思索着，没作声。

皮丹：林董，齐本安和石红杏不是冲陆建设来的，是冲你来的！

林满江拧了皮丹一眼，没好气地：这话还要你说！

皮丹：你还让他们凭良心？他们哪有良心！他们不是陆建设！

林满江怒道：屁话！陆建设又是啥好东西啊？没让他当京州中福党委书记之前，他哪天不骂林家铺子？你们都当我是瞎子聋子吗？！

皮丹不敢作声了。

11 陆建设办公室 日 内

陆建设声音很低，鼻音浓重，打着经典的官腔：……俊杰同志啊，组织上还是要用你的嘛，我准备提名你兼任京州能源董事长啊……

牛俊杰：老代，你说什么？我听不见！

陆建设的官腔打不下去了，一声大吼：牛俊杰，你耳朵塞驴毛了？！让你再兼个董事长，这总行了吧？争取让你享受副局级待遇！

牛俊杰：老代，你以为我也是你啊？不要官嫌官小？！我真是不能干了！过去石红杏主持工作，我忍气吞声，那是没办法，谁让我有这么一个当领导的老婆呢？现在你来了，我终于穷人翻身得解放……

陆建设厌恶地挥手：行，行，行了！牛俊杰，我不和你扯了，没时间！这些废话你上楼去和齐本安说吧，是老齐让我做你工作的！

牛俊杰：好，那我滚蛋！走到门口，又指着牌子说：哎，陆代书记，别忘了在牌上加个"代"字啊，免得让人家误以为你是正式书记了！

陆建设看了牛俊杰一眼，抓起桌上的文具盒砸了过去。

办公文具砸到门框上，文具四散，落了一地。（升格）

陆建设气狠狠地：牛俊杰，你……你等着，看我整不死你！

12　石红杏办公室　日　内

石红杏办公室在陆建设办公室斜对面。

石红杏听到动静，拉开门，看到了牛俊杰离去的背影。

石红杏低下头，又看到了落到门前的回形针、大头针。

石红杏立即关上办公室的门。

石红杏打电话：吴斯泰，快去劝劝陆建设，像什么样子！

吴斯泰的声音：哎呀，石总，我不敢啊，陆代书记可能疯了！

13　齐本安办公室　日　内

齐本安站在窗前，看着院中离去的牛俊杰，掏出了手机。

齐本安和牛俊杰通话：老牛，你们怎么这么快就谈完了？

牛俊杰的声音：和陆建设那种小人有啥可谈的？！

齐本安：上来，那我和你谈，还真当逃兵了你？上来！

牛俊杰的声音：齐书记，要不，晚上到你家谈吧，你管饭！

齐本安略一沉思：也好，吃了你一顿，还情吧！

14　天使商务公司地下室　夜　内

地下室房间的布置已经美国化，墙上贴着英文广告画。

秦小冲最后检查了一下房间，开始和女儿微信视频通话。

女儿的笑脸出现在视频上：爸，我看见你了！

秦小冲欢快地：我也看见你了，宝贝！哎呀，两年多没见，我们宝贝长大了，长俊了！哎，爸爸是不是也老了不少啊？

女儿：爸，你不老，就是有点瘦了！

视频上出现周洁玲：你爸在美国又要打工，又要上学学习，能不瘦吗？哎，小冲，你托朋友给女儿带来的生日礼物，女儿可喜欢了！

女儿又出现在视频上：爸，你那里怎么也是黑天啊？

秦小冲：哦，不是，不是，爸这边是白天，爸现在住地下室！

女儿：爸，你什么时候回来呀？我都想死你了！

秦小冲脱口而出：宝贝，爸也想你啊，爸下个月就回来了！

视频上再次出现周洁玲：哎，哎，你不是还要上两年学吗？

秦小冲支吾起来：这个……我这不是想闺女了吗？顺口一说！

15　范家慧家　夜　内

牛俊杰在餐桌前坐下，乐呵呵地对正在摆碗筷的范家慧说：……范社长，得感谢你的栽培啊，你看我家石艳，最崇敬的人也就是你了！

范家慧：别捧我，牛总，我最崇敬的可是你家石总啊！你家石总有战略眼光，有经济头脑，年年和我们报社互动，让我们双方受益！

齐本安端着炒好的菜过来：就是，我家老范一直说，比起你家石总，我就是一个完蛋的货！从我到京州上任第一天她就没给过我好脸色！

范家慧：那是，我们报社在石总手上签订了战略合作协议，老齐一过来，哎，他不认账了！牛总，你说我这不是倒了八辈子血霉嘛！

牛俊杰：对了，听石艳说，政府马上也不给你们钱了，是吧？

范家慧一声叹息：是啊，就为你家牛石艳那篇《棚户区里的中国梦》，把吴雄飞市长和政府那边得罪了！今年他不想补贴也补贴完了，明年没戏了，本来就说自收自支的，没办法，报社快办成商场了！

牛俊杰话里有话：这就是坚持真理必须付出的代价！悲哀啊！

齐本安倒酒：要你跟着瞎悲哀！其实我们范总早该收摊子了！命苦别去怪政府，现在啥时代？新媒体崛起，自媒体爆炸，谁还去看报纸啊？我就不看，一般都是上网或者在手机上看新闻……

范家慧桌子一拍：打住！齐本安，我是泰山压顶不弯腰，你不夸我是女汉子吗？我就女汉子一枚了！宁愿站着死，绝不跪着生！

牛俊杰不无夸张地拍手：哎呀，哎呀，悲壮，悲壮……

16 天使商务公司地下室 夜 内

秦小冲和周洁玲进行视频通话。

周洁玲：秦小冲，你要言而有信，要给孩子带个好头，做个好榜样！去美国留学不容易，你一定要珍惜，怎么能说回来就回来呢？

秦小冲：对，对，我得坚持下去！我刚才也就顺口一说！

周洁玲威胁：秦小冲，你再顺口一说，以后就别视频通话了！

女儿的脸孔出现在视频上：爸，我得做作业去了，再见！

秦小冲怅然若失：再见，再见，我也得上学去了！

关闭视频后，秦小冲怔了半天，眼中泪水滚落……

17 京州人民医院病房　夜　内

在石红杏的注视下，程端阳和皮丹通话。

程端阳握着手机：……皮丹，我可警告你，你现在在你满江大哥身边工作，岗位重要，责任重大，该说的话说，不该说的话别说，尤其是影响团结的话，更不要说，别把京州中福弄得鸡飞狗跳的！

皮丹的声音：妈，谁又跑你那胡说八道了？石红杏还是齐本安？

18 长明集团驻京办事处　夜　内

皮丹和程端阳通话：……妈，京州中福现在是齐本安、石红杏、陆建三人管着，和我没任何关系了，我起的作用就是上传下达！

程端阳的声音：不管是上传也好，下达也罢，都要准确！

皮丹：准确，肯定准确！林董要求很严，汇报数字要精确到小数点后两位，你比如说最近非洲那家闹罢工的公司……算了，不和你说了！说了你也不懂，领你去又太远，再说你身体也不好，还住着院……

这时，傅长明在不远处的酒桌上打了个手势。

皮丹捂着话筒，回应傅长明：就来，就来！

皮丹继续和程端阳通话：哎，妈，说说你身体情况吧！林董让我问的，按林董的要求，这个，要精确到小数点后两位数啊……

19 京州人民医院病房　夜　内

程端阳：……林满江不让你问，你就不问了？到底谁是我儿子？是你，还是林满江？我很好，没什么数据要汇报，让领导放心！现在呢，是我不放心你们领导！你问问领导：那个陆建设是怎么回事？干部群众反映这么大，哎，还提拔升官了，弄得牛俊杰要辞职！

皮丹的声音：妈，退下来的老同志不要干政，这不好！

程端阳：谁干政了？我是反映基层干部群众的呼声，知道吗？

皮丹的声音：不知道！你现在最大的任务就是把自己保养好！

程端阳：我身体很好，前所未有的好！你和领导放心工作吧！

皮丹的声音：那好，晚上还要加班给领导写稿子呢，先挂了啊！

程端阳举起手机，让石红杏听。

手机里传来"嘟嘟"忙音。

20　范家慧家　夜　内

牛俊杰半真不假地：……哎，我说齐书记，咱们不能让范社长就这么悲壮地死去嘛，该合作还得合作，该登的广告咱还得找范社长登嘛！你别说没人看报纸，我就看报纸，而且还就喜欢看咱范社长办的《京州时报》！《京州时报》办得好啊，及时反映弱势群体的呼声……

齐本安打断：牛俊杰，你不都辞职了吗？少在这儿充好人！

范家慧：哎，牛总充什么好人了？啊？无非是给我点个赞……

牛俊杰：对，对，我现在也只能四下里点个赞了，处境不比你强多少！不说了，来，来，喝酒！范社长，你要是女汉子，也换白酒！

范家慧豪爽地：好，换白酒！今天一醉方休了！

齐本安忙阻拦：哎，老范，老范，你别听牛俊杰的，他是唯恐天下不乱！今天是在家里，你是女主人，别喝白的，就弄点啤的吧！

范家慧倒白酒：在家里才得喝白的呢，醉倒也不怕出洋相！

齐本安：你醉倒，我不就惨了？哎呀，牛俊杰，我怎么想起来答应你在家吃饭的呢！二位，你们都少喝点，我担心你们的情绪……

21　长明集团驻京办事处　夜　内

皮丹和傅长明在吃日本料理，喝清酒。

傅长明：你过来这么多天了，一直没给你接风，罪过，罪过！

皮丹吃着，喝着，很享受的样子：别罪过了，傅总，大家都忙！

傅长明：是啊，你现在在领导身边，求你的人那么多，能不忙吗？！

皮丹一声叹息：傅总，你别说，为领导服务还真不是啥好差事！

傅长明：还想回京州？继续当你一千元一个月的京州能源董事长？

皮丹：哎呀，不是，不是！现在机会来了，傅总，你往大里想！

傅长明：有多大？无非京州中福董事长呗，哎，不会这么快吧？

皮丹：事实上它就是这么快啊，连陆建设都京州中福党委书记了！

傅长明苦笑：也只有你们国企能这样玩，林董就没考虑后果？

皮丹：啥后果？他是集团老大党组书记兼董事长，他的话是绝对真理！那个副书记张继英，一直对领导心怀不满，有啥用？没用！

傅长明：皮丹，你千万别跟在领导后面添油加醋，也别说谁就没用，一粒沙子都有它的用处，它落在你的鞋子里，就硌你的脚……

22　京州人民医院病房　夜　内

程端阳抚摸着石红杏的手说：……红杏啊，皮丹虽然不是啥好东西，可有句话说得对，退休下来的老同志呢，不是太了解情况，就不能干政了！你像皮丹说的那个非洲……哎，非洲究竟怎么了？工人大罢工？它对咱工人阶级领导的国家也罢工吗？没道理的事啊……

石红杏：行，行，师傅，你就别放眼世界了，说京州！

程端阳：杏，京州我还真管不了，只能替全世界瞎操心！

石红杏：我觉得你还是能劝林满江的！在这个世界上，林满江只听一个人的话，就是你老人家说的话！师傅，我不是吓唬你：这种时候你再不说话，就是对林满江不负责任，对我们三个徒弟不负责任！当年你怕我掉队，把我送给林满江去培养，现在我怕林满江掉队了！

程端阳：林满江掉啥队呀？他是大领导，你们的大师兄！

石红杏：所以，他就更不能乱来呀，牛俊杰都气得辞职了！

程端阳：牛俊杰辞职是林满江造成的？你要我和林满江说啥？

23 林满江家　夜　内

林满江对童格华说：……她说啥我都没兴趣听，这个白眼狼！

童格华：至于吗？你也太霸道了吧？竟然命令石红杏离婚！

林满江：一叶落而知天下秋！她现在开始相信牛俊杰的鬼话了！

童格华：人家毕竟是夫妻嘛，你以为她哭着喊着要离婚是真的？

林满江"哼"了一声：当然不是真的！真正的告别都是悄无声息的！她敲锣打鼓地离婚，无非是想讨好我，讨好我手中的权力而已！

童格华：你明白就好，就别太霸道！你当真有权力安排别人的生活啊？别说你们是师兄妹，就是亲兄妹，各自成家后也得有分寸嘛！

　　林满江叹息：是，是，我这也是习惯了，习惯了替她做主……

24　京州人民医院病房　夜　内

　　程端阳对石红杏说：……满江这叫什么话？宁拆一座庙，不拆一桩婚，杏，这婚你别离，师傅挺你！牛俊杰我看就不错！不过，你们几个也别公然和他对抗啊，陆建设再怎么说也是组织上派下来的呀！

　　石红杏：是，是，我知道，我已经说过二师兄了！师傅，你呢，也劝劝大师兄，我和本安对他都没恶意，真的！

　　程端阳：好吧，回头我给满江打个电话吧！真不让人省心！

25　林满江家　夜　内

　　林满江叹息：……富易妻，贵易友，我呀，也是太看重"苟富贵勿相忘"了，以至于石红杏都误以为可以对我的决策说三道四了！

　　童格华：可不是嘛，近则狎，远则怨，你的师弟师妹啊，都以你的层面看问题了，都以为可以和你探讨了，这就忘了下级服从上级！

　　林满江：所以，还是要保持距离！你看我和张继英，就是上下级关系，她对我的决策再不满都不会公开质疑我，她知道界限在哪里！

　　童格华：石红杏还不是你捧的吗？让她真以为自己能力超群呢！

　　林满江：真正能力超群的有几个？改变世界的就是那么几个人！

对于领导者来讲，用人第一要素是忠诚，忠诚永远要摆在能力前面！

童格华：以前石红杏忠诚，所以，你用她，是吗？

林满江：是啊，忠诚就是她石红杏的敲门砖嘛！

童格华：那么，齐本安呢？

林满江苦笑：齐本安确实很有才华，可有才华的人只能欣赏不能用啊，都太有自己的想法了！你看用了齐本安，给我带来多少麻烦啊！

童格华：你啥都明白，这次干吗还要用齐本安呢？

林满江：责任心呗，我还是想把京州中福的工作做好的嘛！

26 范家慧家 夜 内

齐本安对牛俊杰说：老牛，你要够意思，我也会对你够意思！

牛俊杰吃着喝着，不时地和范家慧碰杯：我知道，让我兼个董事长，享受副局级年薪，陆老代和我说了，我回绝了，谢谢领导们的关心，我是决心不玩了！没法玩，连个起码的公道都没有，谁和你玩？！

齐本安：我有个新建议：我按你的要求，兼任京州能源董事长！

牛俊杰摆手：算了，我别坑你了，这是矛盾旋涡，别人躲都来不及，你往里跳啥？你跳坑里被埋了，我不同情你也得同情范社长啊！

齐本安：哎，这不是你的提议吗？第一次见我就提出来了！

牛俊杰：那时我想坑你，让你和我一样，一个月拿一千块生活费！

范家慧听明白了：齐本安，我可警告你啊，你要也一个月一千生活费，我一脚把你踹了！你儿子在北京国际学校的学费一年可是二十万！

牛俊杰：齐书记，你最好和林满江商量一下，把皮丹调回来，让他董事长兼总经理吧！来，范社长，我敬你一杯，有原则的好同志啊。

27 长明集团驻京办事处 夜 内

皮丹对傅长明说：……傅总，这事你还真得帮帮我，让领导尽快把我外放回京州做京州中福的董事长！陆建设能力差些，一到京州就受到了齐本安、石红杏的强烈狙击，急需我过去助一臂之力啊！

傅长明：皮主任，你知道的，我有个原则，就是不干涉内政。

皮丹：你是领导最要好的朋友，领导最听你的，你只要一句话……

傅长明：罪过，罪过，皮主任，听说你也是佛系的，佛家不打诳语，可不敢乱说啊！我一个民营企业，在你们央企那里屁都不是！

28 石红杏家门前 夜 外

一辆轿车在门前停下。

石红杏郁郁不乐地从车上下来。

另一辆车里，钱荣成及时钻了出来。

钱荣成：哎，石……石总！

石红杏一怔：哦，钱总，怎么是你？

钱荣成赔着笑脸：石总，我……我来看看您！

石红杏：哎呀，稀罕，稀罕！

29　石红杏家　夜　内

钱荣成像仆人似的帮石红杏脱去外套。

石红杏：钱总，有事到办公室谈嘛，到家里干什么？

钱荣成：今天我倒是去了你们集团，你办公室门一直关着！

石红杏支吾：哦，我在齐本安书记那儿谈事呢！

30　范家慧家　夜　内

牛俊杰对齐本安说：……齐书记，你别劝了，我和陆建设不可能再同堂议事了！而且，今天的事你也知道，他差不多快和我动手了！

齐本安呷着酒：要我说，这事你也有责任，你故意刺激人家嘛！

牛俊杰：哎，我这不是跟你学的吗？你看你会议主持多有水平！

齐本安苦笑：这不又后悔了吗？你家石总都批评我了，太没肚量！

牛俊杰：好啊，那你肚量再大点，把办公室也让给他吧！党领导一切嘛，本来把他这个书记摆在第三位就不合理，"代"字一取消，他就是老大了！你的办公室与其那时再让，倒不如主动点，现在让给他！

齐本安冷笑：怕也没这么容易吧？他林满江的手当真能遮了天？

范家慧：遮不了天，但能遮了中福集团，能决定你齐本安的命运！

牛俊杰：没错，范社长虽然喝了不少白的，头脑还保持着清醒呢！

786

齐本安：行了，你们都别喝了，咱们都清醒着，也能说点正事！

范家慧已有醉意：喝酒就是喝酒，说啥正事？来，牛总，这杯酒我……我敬你家石总咱石……石红杏同志，你——你代表她喝！

牛俊杰一饮而尽。

牛俊杰也敬范家慧：范社长，这杯酒呢，我代表我们家红杏和牛石艳敬你，石艳大学毕业就跟着你，成长了，成熟了，她就粉你！

范家慧一饮而尽：只可惜英雄无用武之地了，改行卖肉了……

31 长明集团驻京办事处 夜 内

傅长明对皮丹说：我也不主张你回去，你回去干什么？添乱嘛！

皮丹翻着白眼：傅总，你就不怕齐本安翻旧账？齐本安一上任就把京州中福集团的账冻结了，迄今没解冻，你说万一，他找到什么碴？

傅长明：什么碴？我们的碴那么好找吗？别人不知道，你应该知道啊，京州中福的合作项目不少都是你具体经手的，哪个有问题啊？

皮丹：人家说呀，京丰矿、京盛矿的矿产买卖就有问题！牛俊杰一直在嚷嚷，石红杏都疑惑了，钱荣成那儿又冒出了十个亿交易费用！

傅长明苦笑：这个钱荣成啊，怎么就不安分呢？！

32 石红杏家 夜 内

石红杏煞有介事地对钱荣成说：……为荣成集团担保的事，我向齐本安董事长汇报过了，齐董既没说行，也没说不行，只说考虑一下。

钱荣成立即掏出两张银行卡：石总，太谢谢您和齐董了！我这儿呢，有点小意思，您和齐书记一人五十万，别嫌少，企业现在困难……

石红杏怔了一下：哎，钱总，你的企业现在既然困难，还这么乱送礼啊？快收起来，用到生产上去！

钱荣成：哎呀，这怎么好意思……

33 齐本安家 夜 内

范家慧和牛俊杰都醉了，几乎忽略了齐本安的存在。

牛俊杰：……好，好，范社长，你……你女中豪杰啊！

范家慧：牛总，你……你才是豪杰呢，敢做敢当，兄弟佩服！

齐本安：行，行，你们兄弟都是豪杰，赶快到梁山聚义去吧！

牛俊杰：那我也得先砸了林……林家铺子再……再走！

范家慧指着齐本安醉笑：齐……齐本安，你……你就是凤凰尾巴上的一根毛！我老……老范，正走在变成凤凰的道……道路上……

齐本安恼怒透顶：行了，你现在没变凤凰，快变成醉鸡了！

牛俊杰：是，范凤凰，你别喝了，咱……咱会议到此结束吧！

这时，桌上电话响。

齐本安接电话：哦，石总？你可来电话了！牛总在我这里……

石红杏的声音：我知道在你这里，我不找他，找你！

齐本安：哎呀，你还是找他吧，再不找，他就奔梁山去了！

石红杏的声音：怎么？开发梁山旅游？

这时，范家慧就势说起了旅游：……哎，牛总，我们报社准备办一个国内旅行社，你……你辞职后，愿……愿意过来帮我的忙吗？

旅行社咱……咱就叫"凤凰旅行社"……

34 石红杏家 夜 内

石红杏电话录音灯闪烁。

石红杏和齐本安免提通话：……齐书记，就是咱们为荣成集团担保的事，钱总很着急啊，这不，又来我家里催问了，还带了两张银行卡来，说是我和你一人五十万，我回绝了，也替你回绝了……

齐本安的声音：这位钱总行贿啊？你让他明天来找我！

石红杏：好，齐董，那我就让钱总明天过去了！（说罢，挂机。）

钱荣成哭丧着脸：哎呀，石总，送礼的事，你不应该和齐董说……

石红杏：不说不行啊，现在我们中福集团正反腐倡廉呢！

35 长明集团驻京办事处 夜 内

傅长明对皮丹交底说：……皮主任，我告诉你：钱荣成现在也是急眼了，最近被一笔八千万的高利贷逼着，他把自己儿子都押上了！

皮丹：那不成疯狗了？傅总，你可小心他乱咬人啊！

傅长明：放心，放心，我会处理好的！领导现在身体状态如何？

皮丹：还好，总体不错。

傅长明：还是要让领导多注意身体！皮主任，我可再强调一下：你也别老想着回京州，你回去干什么？除非哪一天领导回去做省长了，你跟着领导去省政府！权势的学问你知道的，你现在要是离开了领导，光想着自己的小利益，让领导失势，你我就没有权力可依靠了。

皮丹：那是，那是！傅总，我也是糊涂，不回京州，先不回了！

36 齐本安家 夜 内

牛俊杰眼又瞪了起来：……什么？钱荣成？又……又上门讹诈了？哎，齐书记，你……你得让钱荣成……告……告上去啊！

齐本安看着牛俊杰：你的意思——顺水推舟？嗯？

牛俊杰：对，顺水推舟！

这时，范家慧插上来：推什么舟啊，要搞顺水漂流！牛总，我……我们旅行社还准……准备搞股份制呢，你……你还能入股呢……

齐本安扶着范家慧离开：行了，老范，喝多了别谈生意，容易后悔！再说牛总也没钱入你的股，他是穷人，都被石红杏包养两年了！

37 京州人民医院病房 夜 内

程端阳犹豫半天，终于拨通了林满江的电话：喂，满江吗？我是师傅！今天红杏过来说了半天，皮丹又和我说了半天，弄得我心事重重，睡不着了，就想和你聊聊天！满江啊，皮丹郑重地和我说了，这老同志退休了呢，就不应该干政，我不是干政啊，就是和你聊天……

38 林满江家 夜 内

林满江和程端阳通话：……好，师傅，想说啥你就说，不存在干政问题！中福集团不是政府，就是一个大型跨国企业，哪来的什么政？！其实啊，我也睡不着，正想把电话打过去和你老人家聊聊天呢!

程端阳的声音：那就好，那就好！

林满江看着北京的夜空，感慨不已：师傅，只怕你想不到吧？你老人家当年一手带出的三个徒弟啊，现在也许要分道扬镳了！我今天就说石红杏：不说对我和党组织的忠诚了，你们起码得凭良心吧？师傅，石红杏可是你让我培养的！当时我负责筹建京州电厂，建成后成了第一任党委书记，你就把石红杏硬派给我当了办公室副主任……

39 石红杏家 夜 内

钱荣成已经离去，石红杏看着窗外发呆。

40 京州人民医院病房 夜 内

程端阳和林满江通话：是啊，是啊，你和本安都走了，你做了电厂的党委书记兼厂长，本安调到京隆矿做了党委副书记，红杏在矿机厂继续待下去哪还有前途？煤矿又不太适合女同志，也只能奔你去了！

林满江的声音：师傅，我知道你，你是不愿意看着我们任何一个人掉队！哎，对了，我记得你还让我们看过一本书叫《永不掉队》！

程端阳：满江，你还记得这本书啊？那咱就说说这本书……

41 齐本安家 夜 内

范家慧已离去。

齐本安问牛俊杰：牛总，你还能坐稳了，和我说话吗？

牛俊杰大口喝着水：能，能，这点小酒能……能醉倒我？

齐本安伸出巴掌晃了晃：这是几啊？

牛俊杰：五！哎呀，说……说事，趁你家范凤凰不在！

齐本安：我没啥要瞒着我家凤凰的，我们俩心心相印，没有秘密！现在我问你啊，你甩手走了，京州能源谁能接你？给我推荐一个！

牛俊杰：京隆矿矿长王子和吧，他还兼着上市公司副总呢！

齐本安打定了主意：俊杰，那你先请病假，看看情况再说吧！

牛俊杰：哎，哎，齐书记，陆建设可是公开说了，他要整死我！

齐本安：所以呀，你被吓病了嘛，就到医院住院查三高去了嘛！

牛俊杰：行，行，齐书记，我……我听你的，也学一回皮丹了！

42　林满江家　夜　内

林满江和程端阳通话：……这本书是苏联作家冈察尔写的，你从矿上的图书馆借出来让我们三人传看。书中讲的是一位连长在卫国战争中如何不让一个参军的教授掉队。而战争胜利之后，教授又如何不让这位年轻连长掉队。这么多年过去了，许多读过的小说都忘记了，这个故事我却没忘记。这也都是因为师傅你和本安、红杏嘛！

程端阳的声音：唉，满江啊，红杏、本安现在是怕你掉队呀！

43　京州人民医院病房　夜　内

程端阳和林满江通话：满江，当年我怕红杏掉队，才把红杏交给你，你让她一步步成长起来了。现在你呢，成了中福集团一把手，位高权重，说话做事就得小心，尤其是用人，不能由着自己性子来！像陆建设，京州中福干部群众反映这么大，你听不到吗？师傅都听到了！

林满江的声音：我知道陆建设毛病不少，但该用就得用！在我的棋局中从来没有废子，师傅，这和掉不掉队没关系，你就放心吧！

程端阳叹息：那就好！满江，不能掉队，咱永不掉队，啊？

林满江的声音：哎，哎，师傅，你放心，放心吧！

（第三十六集完）

第三十七集

1 李达康家 日 内

李达康指着桌上一坛老酒，对易学习说：老伙计，还认识它吗？

易学习打量了一下坛子：嘿，金山老酒嘛，我在金山开发的！当年咱们可没少喝它，县里的招待用酒也是它，咱们走后就停产了。

李达康感叹：可不是嘛，那时候，你的县委书记，我的县长！我们合作得多好啊，我蛮干闯了祸，你和副县长王大路替我顶了雷……

易学习坐下：这次你是一把手，没人能再替你顶雷了，你老兄就悠着点吧！哎，达康，怎么没叫上王大路啊？好久没见到他了！

李达康：叫了，这家伙和一帮朋友在欧洲旅游呢，来不了！

易学习不无羡慕地：你看看人家王大路那小日子过的，因祸得福啊！在金山背黑锅受了处分，弃政从商倒走出了一条阳光大道……

2 齐本安办公室 日 内

钱荣成坐在沙发上，双手小心地捧着一杯水，怯怯地看着对面的齐本安，不无讨好地说：……齐书记，这大周末的，您还办公啊？

齐本安自嘲：这不是等你钱总嘛，是你不让我休息，逼我办公啊！

钱荣成：哎哟，齐书记，不好意思，太不好意思了！我……我这也是没办法，城市银行那边等着呢！哎，石红杏石总都和您说了吧？

齐本安：说了，说为你们荣成集团贷款担保五个亿，是不是？

钱荣成：是，是！齐书记，感谢你们京州中福及时伸出援手啊！

齐本安：哎、钱总，你别急着感谢！石红杏和你说啥都没用，这事得上会研究。我问你：你怎么不找别人，非要找我们担保啊？历史上我们两家没什么合作，而且你们荣成集团现在资信也不好，谁不知道防火防盗防荣成啊？石总支支吾吾说不清楚，你能和我说清楚吗？

钱荣成：哎，是，是！齐书记，那……那我就简单汇报一下……

3 李达康家 日 内

李达康对易学习说：……王大路聪明啊，一直和咱们保持着清清白白的政商关系，从来没通过咱们或者哪个官员谋取商业利益，所以呢，也从不招惹是非！你看去年，我前妻欧阳出事也没牵扯到他。

易学习：哎，对了，我怎么听说欧阳在北山当上营销经理了？

李达康一怔：怎么？老易，这事还真有人反映到你那里去了？

易学习：达康，你不想想，你是谁？多少人的眼睛盯着你啊！

李达康自嘲：是，是，这我能不知道吗？听说孙连城赖在医院不走，治好了烧伤又转到脑外科治脑震荡，还顺便办了个第二纪委。老易啊，孙连城的第二纪委是不是和你们的第一纪委联合办公了？

易学习：达康，我要和孙连城联合办公，今天就不会找你喝酒了！

李达康：这倒是！老易，咱慢慢说，我现在享福了，女儿、女婿回来了，这家也像个家了！哎，佳佳，小伟，快来见过易大人！

画外，李佳佳和林小伟的声音：哎，来了，来了！

4　齐本安办公室　日　内

钱荣成对齐本安说：……尽管没啥大的往来，但我们和京州中福还是有往来的。您比如说，五年前京丰矿、京盛矿的矿权转让，虽然是傅长明和你们做的交易，但我们也有股权的，也算是有过往来吧？

齐本安：钱总，你不提这笔交易我还不好说，你既然提了，那我也直说吧：这个交易京州能源上下反映很大呀，说是不值那么多钱！

钱荣成：这我就不知道了，我们这边的主持人是傅长明，你们那边拍板的是林满江！齐书记，这事您得去问傅长明，或者林满江！

齐本安：钱总，你啥意思，是不是暗示我什么？我问林满江？

钱荣成：是啊，问问林满江为什么要用这个价格买下来啊？

齐本安：哎，钱总，你这话更有意思了，好像也觉得交易不公平？

钱荣成：哎，我可没这么说！齐书记，咱……咱们还是说担保吧！

齐本安：为一个没有任何往来的民企做五个亿的担保，钱总，不瞒你说，难啊，这几乎是不可能的事情！我再强调一下：石总过去和你说过什么都没用，你呢，也甭想用行贿的手段摆平这件事，毕竟涉及五亿国有资产的风险啊，我多大的胆，敢和你这失信的企业玩？

5　李达康家　日　内

李达康指着易学习，乐呵呵地向李佳佳和林小伟介绍：……这就是你易叔叔，我当年的领导！我主持集资修路，闹出了一条人命，你易叔叔是县委书记，冒着枪林弹雨，掩护我撤退，"达康同志，你快走，我掩护！"哎，我就能活到了今天！所以今天呢，我得隆重介绍！

李佳佳、林小伟恭敬地向易学习打招呼：易叔叔好！

易学习：哎，哎，达康，没这么夸张，还枪林弹雨呢，瞎吹吧！我当时也是没办法！整个金山的道路工程全面铺开，要钱没钱，要人没人，让你下台走人，烂摊子谁收拾？我没你李达康那么大的本事！

李达康开起了玩笑：哎，小的们，你易叔叔的话听明白了吧？这是做官的一个秘诀啊：尽量把摊子铺大弄烂，让谁都不敢接手！

易学习：哎，李达康，你能不能教孩子们一些好的经验？

李达康：这还用你说？好的经验我教得更多，不过，我要让这两位海外游子读懂中国这本大书，就不能光吹正面，不讲负面！

李佳佳：我知道，易叔叔，你就是一个铁脸包公，对吧？

林小伟：不对，应该是——是个监军，上头派下来的监军！

易学习：都不是，我们俩是一起作战的战友，以前我在县里领导他，现在呢，他在京州领导我！哎，二位游子，你们好像要出门？

林小伟：哦，李书记派下的任务，让我们搞棚户区现状调查！

李佳佳：易叔叔，我们现在可是达康书记的亲兵啊！

易学习：哎，你们二位亲兵主要调查什么？

林小伟：一大堆课题呢，目前最紧要的是要查清楚矿工新村棚户区钉子户情况：真正的钉子户有多少？主要利益诉求是什么？

李达康：好了，小伟，现在兵分两路吧，你们出发，我们喝酒！

6 齐本安办公室 日 内

钱荣成眼中的怯弱变成了凶恶：……齐书记，据我所知，您和石红杏可都是林满江书记的部下兼亲友啊，你们之间的关系不一般……

齐本安：我们是部下不错，亲友谈不上，就是当年同一个师傅！

钱荣成：是啊，同一个师傅，你们的师傅叫程端阳嘛，我知道！

齐本安讥讽：你知道得还真不少啊！行，想说啥直说吧，别绕我！

钱荣成仍不直说：哎，齐书记，石红杏石总就没给您直说吗？

齐本安：说了，担保五个亿，我也说了，难度不小，希望不大！

钱荣成话里有话：齐书记，那您说我要直接去北京找林满江呢？

齐本安：哎，好啊，只要林满江能给你写个条子，给我们京州中福这边下个指示，别说五个亿的担保，五十亿的担保我都给你做！

钱荣成：那一言为定！

齐本安意味深长地：但是，钱总啊，我劝你不要这么胡来！我告诉你：林满江董事长最恨的就是奸诈小人，你最好别去自讨没趣……

7 李达康家 日 内

李达康、易学习对酌。

李达康很感慨：老易啊，真没想到你还会来找我李达康喝酒！

易学习：达康啊，我也没想到，在泰山压顶的情况下，你会认下棚户区这笔历史欠账，而且想还账！老伙计，你还是那么有担当啊！

李达康：老易，你这么夸我让我不太踏实！你真的假的？

易学习吃着喝着：真的，真的，我和你还能说假话吗？！

李达康：那民主生活会上也没见你支持我，我说吴雄飞市长要炸平庐山，你还说庐山游人如织呢，和吴雄飞市长一唱一和，是吧？

易学习：我既没唱，也没和，就是帮你掌控一下会场。哦，我站出来明确支持你，在民主生活会上也不让大家讲话，你觉得合适吗？

李达康笑：老易啊，仗让你越打越精了，也让你变滑头了！

易学习：哎，这可不是滑头，是注意策略了。来，达康，为咱们的当年喝一杯！（喝罢，又说）可惜了，可惜了，这坛老酒没留下来啊！

李达康：本来能留下来，王大路做烟酒食品的，可以收了这家酒厂。可他想来想去，还是没收，怕沾上我这个当县长的，将来说不清！

易学习：所以，这么多年了，哪个官员下台倒台都牵扯不到他！

8　齐本安办公室　日　内

钱荣成在办公室门口转过身：哎，齐书记，您就一点不替你们领导担心吗？您说，我要是直接去中央纪委呢？真的，我现在急眼了！

齐本安已经坐到了自己的办公桌前：去就去呗，和我说啥？！

钱荣成又走了回来，恶毒地强调：齐书记，我现在破罐子破摔了！

齐本安收拾着桌上文件，根本不看钱荣成：钱总，你随便摔，我不怕你破罐子的碎片崩到我身上！请你记住，我不是被谁吓唬大的！

钱荣成：齐书记，我发现您这个人不太凭良心！明明可以帮领导和同志一把，就是不帮！碎片崩不到你身上，但能崩到林满江、石红杏、皮丹身上！我希望您现在别把话说得那么死，别逼我走上不归路！

齐本安冷冷地：你已经在不归路上了，我劝你自重！请吧，你！

钱荣成无计可施了，恨恨地看了齐本安一眼，快步出门。

9 石红杏办公室 日 内

石红杏在整理文件柜，把一本本工作日记摆到桌上。

工作日记封面上注明着年代，从一九八八年，到二〇一五年。

石红杏找出二〇〇九年的一本工作日记本，看了起来——

画外音：十一月十日，林满江书记指示：要用市场经济的眼光看问题，紧紧抓住京州地方政府整合煤炭资源的大好历史时机，吃进长明集团旗下的京丰和京盛两矿，日后输入京州能源，把蛋糕做大……

10 李达康家 日 内

易学习对李达康说：……达康，一进会场，看到桌上那份《京州时报》记者的调查，我就明白你的意思了，当时别说吴雄飞市长，我也有所警惕，心想：我的达康书记啊，在这种被动情况下，你还在谋求进攻啊？找死不成？所以，你别怪吴雄飞发难，人家责问很正常！

李达康用筷子指点着易学习：知我者老易也！不过，实事求是地说，我也是真心检讨自己，真的是让班子里的同志都看一看，我这个班长是怎么失的职！民主生活会嘛，我检讨自己嘛，这没啥不对吧?

易学习:这我也看出来了,能让你达康书记低头认错,检讨自己也实在不容易!所以,对吴雄飞市长的批评,也别太往心里去……

李达康放下筷子:哎,老易,问题是,吴雄飞他不想干事啊!

易学习:那咱们想办法让他干事嘛!不过,吴雄飞有一点并没说错:必须依法行政,在24号文件没废止之前,的确不能盲目乱动……

李达康:所以,我们下一步要做的工作就是:在合适的时候,召开常委会,废止24号文件,让棚户区民众也有获得感和幸福感……

11　石红杏办公室　日　内

石红杏仍然在看二〇〇九年的工作日记。

画外音:……十二月二十五日,林满江董事长在北京中福集团总部办公室召见我和皮丹,指示如下:上市公司京州能源申请停牌,发布资产重组公告,公告内容是,对大股东京州中福控股集团公司增发股份,购入大股东京州中福控股集团公司京丰、京盛两矿资产,本次交易对价为人民币四十七亿元……

这时,响起了敲门声。

石红杏走过去开门。

齐本安走了进来。

石红杏:钱荣成走了?

齐本安:走了,这个钱总,比我想象得还要强硬!

石红杏:意料之中啊,我也在对这笔交易进行复盘!

齐本安这才注意到桌上、文件柜里的工作日记本,拿起八十年代的一本,随手翻着:我的天哪,这么多笔记本!上世纪八十年代的都有啊？红杏，你家老牛可真没和我瞎说，你可真是林满江的铁粉……

12　咖啡馆　日　内

周洁玲冲着秦小冲发火：……秦小冲，你这是背信弃义带忘恩负义，知道不？我同情你，可怜你，我让你每周的周末和你闺女在视频上见个面，说说话，叙叙父女情，你倒好，头一次就差点儿搞砸了！

秦小冲苦笑不已：是，是，怪我一时冲动！可是，周洁玲，我也得把话说清楚：我有看望女儿的权利啊！你不能剥夺我的权利……

周洁玲：又来了，又来了！秦小冲，我这是为闺女好，知道吧？

秦小冲沮丧地：是，是，我知道，这我哪能不知道？！所以，我一直听你的嘛，这不是滚到"美国"地下室里求学去了吗……

13　秦检查家门口　日　外

陆建设对照着手上的一封举报信，疑惑地看着门前的秦检查：……老同志，是你举报的牛俊杰吗？这封寄自北山监狱的信？

秦检查：哦，不是，不是，同志，这是我儿子秦小冲写的！

陆建设：我说嘛，你老同志一点也不像劳改释放犯嘛！

秦检查：哎，请问同志，您是法院的，还是检察院的？

陆建设：哦，都不是，我呀，是京州中福的陆建设！

秦检查眼睛一亮：哎呀，陆书记，你不是管纪检的吗？！哎呀，您可来了，快屋里坐！屋里坐！

陆建设手一挥：我现在不仅管纪检，京州中福的事全管了！

14 李达康家 日 内

易学习呷着酒，掏心掏肺地问李达康，达康，有一个问题你想过没有？假如24号文件真的经过常委会轻易废止了，是不是会给你和吴雄飞带来新的被动？甚至有可能加重上面对你们的组织处理呢？

李达康：我明白，老易，你的意思是，既然这个24号文件能废止，为何早不废止呢？为何一直拖到今天，以致让"九二八事故"发生？

易学习：是的，如果这样推理，咱们京州市委、市政府就罪加一等了。所以，达康，你一定得理解吴雄飞市长，他有他不干的道理！

李达康：这我能理解，不过，这已经不重要了！重要的是，要为群众解决实际问题，无非一个下台嘛，告别演出总得有点精气神！老易，你知道像矿工新村这样的棚户区我市有多少？住了多少居民吗？

易学习：这我当然知道，你会上发的那份《京州时报》的调查报告上有数据：连片大棚户区十四个，总居住人口为五十八万六千人。

李达康：五十八万六千人啊，占了我们京州六百三十万人口的近十分之一啊！这部分群众没有获得感，没有幸福感，我们就没有尽职尽责！如果我们继续熟视无睹无动于衷的话，还配叫共产党人吗？

易学习怔住了，脸上现出激动的神色。

15 石红杏办公室 日 内

齐本安放下二〇〇九年的工作日记，对石红杏说：……红杏，你的复盘证明，当年的交易并不是咱们京州中福自主进行的，而是林满江一手操纵的，你和皮丹都只是执行者，也就是白手套？没错吧？

石红杏：没错，所以钱荣成才把敲诈的矛头对准了林满江。

齐本安踱步思索着：敲诈？我刚才亲身体验了一次，是有敲诈的意思，但也说不准，我仍然觉得林满江能自圆其说。只要资产交易的决策程序没问题，就算京丰、京盛矿高买低卖，也不涉嫌违法违纪。要知道，咱们大师兄可不是一般的莽汉糊涂虫，他做事历来滴水不漏！

石红杏：可如果真有那十个亿的交易费呢？

齐本安：钱荣成并没有在我面前提这十个亿的事！

石红杏：十个亿肯定存在！本安，我们怎么办？就眼看着钱荣成跑到北京去找林满江？或者去中央纪委？我们除了是林满江的下属干部，也是他师兄妹、师兄弟，总该和他通个气吧？！我们还是尽快进京汇报一次，明里汇报京州能源的资产重组，借机把这件事说穿！

齐本安想了想：说穿什么？我刚不说了吗，只要决策程序没问题，就算我们的推理天衣无缝，仍然是推理，老大一巴掌就能把我们揍扁！

石红杏：哎呀，揍扁就揍扁呗，反正我们尽心了！

齐本安有些怜惜：哎，红杏，你是不是害怕了？

石红杏：本安，林满江的脾气你不是不知道，他能给我们遮风挡雨，也能让我们不见天日！咱们已经把他狠狠得罪了，我能不怕吗？！

齐本安：所以，这辈子你只敢欺负我，从来不敢惹林老大！

石红杏气道：本安，都啥时候了，还逞口舌之强？你这毛病得改！

16　咖啡馆　日　内

周洁玲向秦小冲交代：……秦小冲，下次和闺女通话前，你一定要注意两边的时差：我们这边是晚上，你那边是白天，你应该是刚起床，要有个刚起床的样子，头发乱蓬蓬的，睡眼迷离，哈欠连天……

秦小冲：周洁玲，你……你这是让我演戏，做戏精啊！

周洁玲：别叫，听我说！可不就是演戏吗？相信你能演好！

秦小冲：周导演，还是别让我演了，我真是被冤枉的……

周洁玲：怎么又来了！听着，我继续说啊：你桌上还要放一杯牛奶，再放一块面包！你应该一边吃着早饭，噎得翻着白眼，一边和闺女聊天，得显得很匆忙！我呢，就拿你的事迹教育闺女：瞧你爸，在美国留学多不容易？白天上学，夜间打工，每天只睡三小时啊……

秦小冲：哎，导演，戏过了，睡五小时吧！

周洁玲：三小时！这戏是你导还是我导？要励志，懂不懂？！

秦小冲：行，励志，励志，我听你的，都听你的！

周洁玲：秦小冲，你这"导演""导演"地一喊，还真提醒我了！回去我就给你弄个剧本，让你以后按剧本演，这就不会演砸了……

这时，秦小冲手机响。

秦小冲如释重负，忙去接手机：哦，爸！

手机里的声音：小冲，快回来，人家陆建设书记来找你了！

秦小冲：哎呀，太好了，看来我的冤案要平反了，我这就回去！

周洁玲：秦小冲，你……你还真是冤案啊？

秦小冲：还骗你啊？我一身正气的人会去诈骗吗？！

周洁玲有些信了：那就尽快弄清楚，要我帮忙就打声招呼！

秦小冲：哎，哎！（说罢，起身离去。）

17 李达康家 日 内

李达康自责说：老易啊，就算罪加一等，我也不抱怨！24 号文件先摆一边，说一个事实：五年前矿工新村棚户区改造如果启动，有国家和省市专项补助，有中福集团五个亿的协改资金，矿工新村棚户区里的居民基本上可以不花啥钱，就可以一比一的比例换住新房。现在就困难了，房价这么高，我测算了一下，个人得掏一点了。

易学习：哎，对了，王平安死了，那五个亿还能追回来吗？

李达康：应该可以吧？郑子兴和我说，这笔钱打进了财富神话基金，这个基金账上的所有资金和股票全被有关部门冻结了！那个女老总武玲珑也被上海警方抓住了。哦，对了，我和子兴说这事时你在场！

易学习呷着酒：万幸啊，否则，棚户区的老百姓还得掏更多的钱。

李达康放下筷子，神往地：老易，我甚至想啊，就算我被省委和中央撤职，我也会向省委和中央要个小官当着：就是京州老城改造指挥部总指挥，利用三至五年时间，搞一个可行性方案，全面改造棚户区，让这十四个连片棚户区的五十八万六千人全部住上新楼房。

易学习：好，我支持你！我找吴市长他们谈，让大家都支持你！

18 石红杏办公室 日 内

石红杏看着手上的手机，对齐本安说：大师兄不接我的电话！

齐本安苦笑：他也不接我的电话了。

石红杏：要不，找皮丹安排？

齐本安：那就找呗，看大太监怎么说吧！

石红杏拨通了手机：哦，皮主任，你在林书记身边吗？

19 林满江家 日 内

童格华用毛笔作画，林满江在童格华的画上题字。

皮丹时不时地看一眼林满江和童格华，和石红杏通话：……石总啊，今天周末，我不在林董身边，有啥事你说，我替你跑腿传达！

石红杏的声音：我和本安想和大师兄聚一聚，你给我们传达吧！

皮丹：哟，林董恐怕没时间啊！哎，我说你和齐本安怎么突然想起咱们林董来了？林董的指示你们又不听！该不是告陆建设的状吧？

石红杏的声音：皮丹，你哪那么多废话啊？把话带给林董！

皮丹：好，好，我带我带，不过，我估计林董不会见你们！

皮丹合上手机，用征询的眼神看着林满江和童格华。

林满江继续写着：谁说不见啊？见，让他们过来吃晚饭吧！

童格华：就是，应该见，自家师弟师妹嘛！哎，皮丹，回话！

皮丹：好的，好的，我等几分钟再打给石红杏吧……

20　秦检查家　日　内

秦小冲进门时，秦检查和陆建设正在看秦小冲的那块挂板。

秦检查：哎呀，小冲，你可回来了，让陆书记等半天！

秦小冲：陆书记，对不起，对不起，和前妻谈事呢！

陆建设一脸悲悯：看看，让人家害得妻离子散啊！

秦小冲一把握住陆建设的手：陆书记，你啥都知道啊！

陆建设：你从监狱寄给我们京州中福纪检委的举报信我早就收到了，当时呢，出了个情况，纪委书记抑郁症发病自杀了，我虽然主管纪检也不好说话，坏人当道嘛！现在可以说了，牛俊杰就是个坏人……

秦检查一怔：哎，陆书记，牛俊杰也……也不能说是坏人吧？

秦小冲：爸，你别插嘴，我得向陆书记汇报，你出去遛个弯吧！

秦检查出门前交代：小冲，说话一定要有根据，没根据的话少说！

秦小冲：知道，知道，人家陆书记又不是吃干饭的，我骗不了他！

21　石红杏家　日　内

牛俊杰对京隆矿矿长王子和面授机宜：……陆建设这坏蛋还真爬上来了，他一上来，肯定第一个收拾我，所以，我得回避一下。本来呢，已经说好要辞职了，齐本安非留我不可，我也不能不给齐本安面子。

王子和：就是，齐本安书记不错的，一上任就到咱矿上来调研！

牛俊杰：所以呢，职先不辞，我也向皮丹学习一回，住院查三高去！我走了，京州能源这摊子就靠你了，子和，你得负责任啊！

王子和：这眼看又要给干部群众兑现点欠资了，我负不了责啊！

牛俊杰：负不了责，你就躲呗，谁一找你，你就说下矿了！

王子和：这倒是，其实京隆矿那一摊子事就不少……

牛俊杰：还有，这个安全一定要注意，可千万别出事！

王子和：那是，那是！

22　石红杏办公室　日　内

石红杏挂上手机，对齐本安说：……好了，说定了，皮丹让咱们打飞的过去，大师兄晚上在他家赏饭！那咱现在就直接去机场？

齐本安：好，去机场！一路上好好想想，看怎么和大师兄说！

石红杏：没想到大师兄还愿意见我们！

齐本安：他贼着呢，估计也想摸我们的底……

23　林满江家　日　内

林满江一边写字，一边漫不经心地问皮丹和童格华：……你们俩说说看，齐本安和石红杏他们急着过来想干啥？

皮丹：害怕了吧？林董，你连他们的电话都不接了嘛！

童格华：石红杏可能是害怕了，齐本安未必！

林满江放下笔：是啊，齐本安不会怕我的，估计是来和我摊牌的！哎，皮丹，钱荣成那边怎么回事？说是什么十个亿，都弄清楚了吗？

皮丹：傅总已经弄清楚了，就是钱荣成狗急跳墙，胡乱搞讹诈！

林满江思索着：也就是说傅长明拒绝了钱荣成的敲诈，钱荣成就去找了石红杏，就让牛俊杰和齐本安发现了我这个大腐败分子？嗯？

童格华：这太荒唐了吧？他们俩宁信外人也不信自己大师兄？！

皮丹：他们俩就是这么荒唐！就这么一把臭牌，也敢来摊牌！

林满江一声冷笑：该来的总是要来，不以我们的意志为转移！

24　秦检查家　日　内

秦小冲对陆建设说：……陆书记，我一直怀疑牛俊杰和石红杏给我使坏！两年多之前，他们因为一个神秘的举报，故意陷害了我！

陆建设听着，记录着：什么神秘举报？说说具体情况！

秦小冲：这位举报人自称"深喉"，说是中福集团内部腐败严重，其腐败的主要根据地并不在他们北京集团总部，而在我们京州！

陆建设不无兴奋地：举报人有什么证据，具体说了哪件事？

秦小冲：林满江通过石红杏、皮丹高买低卖国有资产……

陆建设害怕了：哎，停，停，别提林满江和皮丹，只说牛俊杰！

秦小冲：好，好，那我就说牛俊杰……

25　石红杏家　日　内

王子和对牛俊杰说：……牛总，你这一躲，资产重组怎么说？

牛俊杰：这你问齐本安去！对了，齐本安还说来兼咱的董事长！

王子和乐了：那可太好了，欠薪就好解决了，让工人找他要钱去！

牛俊杰：哎，哎，看把你高兴的！在齐本安面前千万别暴露，别吓得他不敢来了！另外，京丰、京盛两个矿让齐本安抱走，这别变啊！

王子和.这种大事,我肯定到医院找你汇报,我就一维持会长!

牛俊杰:你明白就好,行,子和,你赶快撤吧,我也得去医院了!

王子和起身:好,好,那我走了!哪天到医院看你!

牛俊杰:没事你别来、把咱摊子看好,别让陆建设偷东西!

26 林满江家 日 内

皮丹已经走了,林满江夫妻二人边写字画画边聊天。

林满江:……格华,不要轻信所谓的情义,情义在利己阴暗的人性面前常常会溃不成军的,越是对亲近熟悉的人,恶意往往就越深。

童格华:乞丐不会妒忌百万富翁,但会妒忌收入更高的乞丐?

林满江:没错!像齐本安,这辈子生活在我的阴影下,从当年跟着程端阳学徒到今天都是如此,打败我也许是他人生中最快意的事!

27 京州街上 日 外

轿车急驰。

车内,齐本安和石红杏也在聊天。

齐本安:……在大师兄看来,我一直和他作对,想把他打败!

石红杏:你确实一直和他较劲嘛,当年就这样,他干啥你干啥!

齐本安:那是因为他总有超人的眼光啊,我不学着干,傻啊?但他有一点我总也学不来,就是做事缜密,滴水不漏,心思深不可测。

石红杏:这倒是,你爱冲动,尽逞口舌之强,连女人都不让!

齐本安：所以我骗不了你！老大能哄你，卖了你还让你替他数钱！

石红杏：哎，这你也别夸张，老大从没卖过我，对我挺够意思！

28　秦检查家　日　内

秦小冲对陆建设说：……深喉透露：京州能源买的那两个矿是问题矿，交易时的储量和实际储量相差巨大，整个就是一场骗局！

陆建设：石红杏和中福公司这么好骗啊？他们会不会联手作案？

秦小冲：应该是联手作案，深喉说，当初这两个矿十五亿卖给岩台煤业集团人家都没要，结果两个月后四十七亿卖给了京州能源！石红杏、牛俊杰、皮丹胆子没这么大，肯定后面有林满江插手操纵！

陆建设：哎，哎，叫你别提林满江和皮丹……

秦小冲：那如果……如果林满江也参加了联手作案呢？

陆建设脸一拉：那也别给我提，我能查得了皮丹、林满江吗？我的权限只能查牛俊杰！连石红杏都查不了！咱还是重点说牛俊杰！

秦小冲：牛俊杰没啥好说的，顶多一个同案犯！哎，说我的冤案！我估计牛俊杰、皮丹他们这帮坏人为了掩盖这个秘密，才陷害我！

陆建设：不可能！他们真要是为了掩盖秘密，就杀人灭口了！

秦小冲苦笑：对，这……这倒也是……

29　京州街上　日　内

轿车急驰。

车内，齐木安在想心事——

林满江的面孔和声音：……本安啊，给我一些理解好不好？你非要让人家骂林家铺子啊？陆建设有缺点，有毛病，所以现在还是代书记嘛！……齐本安，你将我军是不是？要辞职？打报告！

范家慧的面孔和声音：……较量，较量！你们男人怎么除了较量就不知道和谐？退一步海阔天空，再说，林老大又是你们三兄妹中的大哥，让让他算了！就算是严峻斗争，也不缺你齐本安一个人……

齐本安回过神来，一声叹息……

30　空镜　日　外

一架飞机腾空而起。

31　林满江家　夜　内

齐本安在开放式厨房炒菜，石红杏做下手，林满江摆碗筷。

林满江夸奖：本安宝刀不老，这几个菜搞得还是那么经典！

齐本安：当年咱们的老三样嘛，小葱拌豆腐，一清二白……

石红杏：辣炒回锅肉——辣得到位！哎，皮丹和嫂子呢？

林满江轻松地笑着：为了和你们二位谈开说透，我今晚清场了！

石红杏：啊？还把皮丹和嫂子赶走了？本安，你看这事闹的……

齐本安开玩笑：也好，这一来，我就不担心鸿门宴了！

林满江也快乐地打趣：啥鸿门宴啊？就算皮丹在场他也舞不了剑，本安啊，用你的话说，把他剁剁碎做个皮蛋瘦肉粥还差不多！

石红杏：对，对，皮蛋三高啊，血脂高、血压高、血糖高！

林满江：好，你们都坐吧，老规矩：想喝什么自己拿！

石红杏：大师兄，那我就先喝点白酒壮壮胆吧……

林满江：你还要壮胆？石总，你现在胆够大的了，经常吓我一跳！

32　秦检查家　日　内

秦小冲和秦检查吃着简单的晚餐。

秦检查：……小冲，不是我说你，你就不应该和陆建设书记说这么多！人家根本就不是为你平反冤案来的，人家是来给牛俊杰挖坑的！

秦小冲：没错，没错！他差不多和我明说了，他就是要收集牛俊杰的材料，别的他都不管！林满江、皮丹他不敢管，也管不了……

秦检查：所以，我劝你悠着点，可别掺和害人家牛俊杰！

秦小冲：是，是，所以，我一看情况不对，也就不和他说了！

33　陆建设家　夜　内

陆建设吃过晚餐，剔着牙，对照记录本，听录音：

秦小冲：……陆书记，我一直怀疑牛俊杰和石红杏给我使坏！两年多之前，他们因为一个神秘的举报，故意陷害了我！

陆建设：什么神秘举报？说说具体情况！

秦小冲：这位举报人自称"深喉"，说是中福集团内部腐败严重，其腐败的主要根据地并不在他们北京集团总部，而在我们京州！

陆建设：举报人有什么证据，具体说了哪件事？

秦小冲：林满江通过石红杏、皮丹高买低卖国有资产……

陆建设：哎，停，停，别提林满江和皮丹……

陆妻凑了过来：哎呀，老陆，这个举报人好像知道得不少啊？！

陆建设很感慨：是啊，是啊，我拦都拦不住，腐败线索一直通到北京！人家点名道姓举报了林满江和皮丹，看来这腐败不反不得了啊！

34 林满江家 夜 内

气氛有点沉闷。

齐本安、石红杏闷头喝酒，林满江静静地喝茶。

过好半天，林满江才沉着脸说：听说你们要反我的腐败了？

石红杏看了看齐本安：二师兄，还是你说吧，我现在心慌！

林满江：那你再喝两口！

石红杏接连喝了几杯酒，就是不说话。

齐本安：红杏，别喝了，我来和大师兄说吧！

（第三十七集完）

第三十八集

1 林满江家 夜 内

齐本安恳切地对林满江说：……大师兄，你既然清了场，没让皮丹和嫂子留下，我就知道你想和我们说点心里话。我和红杏呢，考虑再三，也想和你说一些掏心窝子的话，要有言语差错，你别计较！

林满江呷着茶，根本不看齐本安：本安，红杏，我会计较你们俩啊？说吧，畅所欲言，今天就咱们师兄妹三人，骂骂娘都没关系！

齐本安：林董，我和红杏真是为你好，觉得有些话不能不说了！

石红杏：就是，就是，大哥，我们是好意，师傅也怕你掉队啊！

林满江：我知道你们是好意，我对你们也没有恶意，说事吧！

齐本安：好！大师兄，我最近帮着做公司庆典宣传，又看了一下香港公司的历史资料——当年为了营救滞港文化名人，党的南方局一声令下，我们的铺子就关门停业，变卖资产，把最后一块铜板都交给了党组织！连孩子的奶粉钱都没留！你老舅朱道奇差点没饿死……

2 皮丹公寓 夜 内

皮丹和陆建设电话通报情况：……老陆，给你说个情况：齐本安和石红杏突然双双来京，正在林家吃晚饭，我估计不是一次好吃！领导不让我参加，甚至不让童格华参加，想想吧？什么问题？摊牌啊！

陆建设快乐的声音：摊牌好啊，领导手上应该有一把好牌吧？你我就一对老K了！别说还有长明集团傅长明、朱道奇两张大小王！

皮丹：咱们俩可以算一对老K，起码也是一对Q，但傅长明和朱道奇是不是领导的大小王就不知道了！估计不是！傅长明发了财，人就变了，胆小怕事，朱道奇教条主义严重，领导根本看不起他……

3 林满江家　夜　内

林满江站起来，看着落地窗外的夜色，感叹不已：……是啊，是啊，本安啊，亏你还记着我这位差点饿死的老娘舅！今天我们的同志都是怎么了？嗯？还有当年的那种信仰吗？还有当年那种忠诚吗？

齐本安：林董，这信仰和忠诚，应该是对党的信仰和忠诚吧？

林满江：哦，难道我说错了吗？就是对党组织的忠诚和信仰啊！

齐本安：林董，党和党组织还是有区别的，党的某一级组织，有时候并不能真正代表党，在被腐败侵蚀后会变成帮派个人的势力……

林满江：本安，你什么意思啊，不要绕，有话请直说！我们中福集团这一级党组织是不是变成帮派个人势力了？也无所谓忠诚了？

石红杏插上来：对，对，有话直说！大哥，本安不是这个意思！

林满江：本安啊，那你什么意思？别给我打哑谜啊，有些问题如果你早提出来，也许就没有这么多误解了！你对我好像不信任了嘛！

齐本安：大师兄，早提出来，我怕误解会更大！比如说——京州能源的那笔矿产交易，和现在集团战略委员会的重组方案！

林满江笑了，笑得轻松自然：你看看你，憋到现在，憋得面红耳赤，到底说出来了！不就是四十七个亿买进了京丰、京盛两个矿吗？

石红杏：大师兄，为这两个矿的交易，京州上上下下议论纷纷！

林满江脸一拉：怕议论就不做事了吗？众口一词的决策未必就是好决策，有争议的决策也未必就是坏的决策！齐本安，你以为人人都有制定规则的能力吗？这个世界的规则从来都是由一小部分人制定的，大多数人，比如你们，就得去执行，上传下达，向群众做解释！

4 陆建设家 夜 内

陆建设和皮丹通话：……皮主任，我也和你说个新情况：我今天调查牛俊杰的腐败线索，无意中了解到：有人在暗中做你和领导的文章呢，说京丰、京盛这两个矿十五亿卖给岩台煤业集团人家不要，你们却四十七亿买了！怀疑领导和傅长明的长明集团相互勾结……

皮丹的声音：这我正要说：这就是齐本安和石红杏手上的牌！

5 林满江家 夜 内

齐本安尽量平静地对林满江说：……林董，也不是没解释，我和石总一直都在解释，但总也解释不清！现在竟然有人打上门来，以这笔交易为把柄，要挟我和石总为这家民营企业做五个亿的担保！

林满江冷冷问：是不是那个荣成钢铁集团啊？

石红杏：哎呀大哥，你啥都知道啊？！

林满江：我当然知道！你们就为这事找我的？

齐本安：怎么林董，钱荣成是不是也找到了你？

林满江盯着齐本安：他还没有这么大的胆吧？！哦，你们说一说具体情况吧，钱荣成都和你们说了什么，拿出了什么事实根据？

齐本安正视着林满江：钱荣成说，这四十七亿的交易额中有十亿交易费用，并且再三暗示，这十亿交易费用是长明集团的行贿费用！

石红杏：大师兄，钱荣成很强硬，先找的我，后找的本安，还扬言要到北京来举报，所以我和本安怕你出事，就不能不来和你说清楚！

齐本安叹息：没错，如果你不是我们的大师兄，我们可以不管！

林满江点了点头：好，这才像我师弟师妹！不过我告诉你们，这是讹诈，回去告诉那个奸商，中福集团任何单位都不会替他担保的！

齐本安与石红杏互相看了看，不约而同点起了头。

6 皮丹公寓　夜　内

皮丹和陆建设通话：……告诉你老陆，领导早就知道他们手中的臭牌了，早就等着他们摊牌了！我现在希望他们把领导搞毛了，弄得个双双下台，我来和你搭班子，我的董事长，你的党委书记兼总经理！

陆建设的声音：如果真能这样就太好了，我这罪就受到头了！

皮丹：所以，你得继续和他们折腾，他们不折腾，你折腾！你想啊，领导对齐本安和石红杏已经不满意了，你折腾起来，领导就有了把他们拿下来的借口！老陆，你不要怕，一定要想法折腾起来！齐本安不说把他的办公室让给你吗？你搬过去啊，看他怎么办，气死他！

陆建设的声音：皮主任，我明白，我明白了……

7 林满江家 夜 内

齐本安在沉默中放下筷子：林董，还有个事……

林满江吃着，喝着，根本不看齐本安：什么事？说吧！

齐本安：就是我们那个重组方案，集团一直没给我们答复。

林满江也不吃了，放下筷子：这事我正要说！本安，我知道，这笔矿产交易在你看来是有问题的，所以，你支持牛俊杰搞了这么一个重组方案，要用四十七亿把京丰、京盛两矿收回京州中福，是不是？

齐本安：是的，林董，我甚至准备兼任京州能源董事长！

林满江：好，共产党人就应该这样，哪里困难到哪里去！现在是京州能源最困难的时候，你放弃年薪，到京州能源去拿每月一千元的生活费，对鼓舞京州能源的干部群众是很有说服力的，我支持你……

石红杏：哎，大师兄，本安没……没说放弃京州中福的薪酬……

林满江逼视着齐本安：哦，是吗？光挂个名作秀啊？不会吧？

齐本安硬着头皮回道：不会，林董，京州能源不解困，我也拿一千块生活费！牛俊杰拿了两年半生活费，做出了牺牲，我也牺牲吧！

林满江立即夸奖：哎呀，本安，好同志嘛！你既然愿意主动挂在火上烤着，那我也不能不支持你！我原则同意你们的重组方案！

石红杏乐了，拍手：哎呀，这可太好了，京州能源甩了个包袱……

林满江却又说：但是，本安啊，这京丰、京盛两个矿拿回京州中福以后，三十个亿的资产减值损失责任谁负？根据集团规定，那是要追责的，当然，主要责任是石红杏和靳支援的，但你齐本安安心吗？

石红杏和齐本安看着林满江，一时间全怔住了。

屋子里气氛益发沉郁。

石红杏看了看林满江，又看了看齐本安：本安，林董，这么大的事，又是这种场合，是不是别定？本安，我们回去后商量一下再说吧！

齐本安被迫退让：好吧，这个重组方案，我们回去再想想吧！

林满江脸色缓和了一些：这就对了嘛，不要意气用事嘛，来，喝酒，本安，你满上，我要罚你！别以为你翅膀硬了，能展翅高飞了！

齐本安苦笑：我往哪飞？这还没飞起来呢，就让你一枪撂倒了！

8 陆建设家　夜　内

陆建设摩拳擦掌，一边踱步，一边兴奋地对老婆说：……皮丹比我还急呢，巴不得借我的手挑起事端，早些赶走齐本安和石红杏！这家伙号称佛系干部，说是与世无争，实际上呢，是正事干不了，邪门歪道鬼点子倒不少，今天这一聊，哎呀，很受启发，很受启发呀！

陆妻：老陆，别听皮丹的！皮丹有个能干的劳模老娘，有个铁心护着他的大哥林满江，你有啥？到时候闹出麻烦，你吃不了兜着走！皮丹又换个钓鱼台钓鱼去了，你就当落水狗让人痛打吧！

陆建设：但是，齐本安、石红杏他们就是不团结我啊……

陆妻：那你去团结他们嘛，你再有两年就退休了，别争了！

陆建设：也是，这样斗下去，将来退休都不安生！不过，不斗下去呢，我现在就不得安生！我好不容易朝里有了人，有了林满江这笔宝贵的政治资源，弄上了一"代"字，总不能把个"代"字代到退休吧?！

9 林满江家 夜 内

林满江对齐本安和石红杏说：……本安，红杏，你们不是普通群众，不能意气用事！改革开放三十多年了，怎么仍然没有学会用市场的眼光看问题呢？京丰、京盛两矿的交易，你们怀疑它有问题，是吗？

齐本安：大师兄，这不是我们怀疑不怀疑，是钱荣成找上门了！

林满江：找上门，你们就信了？

齐本安：可我确实无法理解这笔交易，请大师兄为我释疑！

林满江：本安，你这样就好，有话直说！为了给你释疑，我说个案例给你听：法国有家著名的化妆品公司，曾经以二十五亿法郎的对价卖给了一家日本公司，五年后日本公司经营不下去了，又以一亿法郎把化妆品公司卖给了原来的这家法国公司。这是不是很荒唐啊？

石红杏：哎，这个……这是有点荒唐啊……二十五亿买来的，五年后竟然一亿卖回去，二十亿损失了……

林满江：一点也不荒唐，这是市场的选择！

齐本安：这话我赞成，也是两家明智的交易者的明智选择！类似

822

的案例还有一个：日本软银的孙正义曾耗资十五亿美元头卜U盘制造企业金士顿百分之八十的股权，结果三年后却恳求对方四亿美元买回去。

林满江：这种正常的市场行为和有些人臆测的腐败毫无关系！

齐本安放下手中的酒杯：但是大师兄，法国化妆品公司和孙正义软银的资产交易，是不是也有秘密高额的交易费用呢？他们应该没有吧？我作为新任董事长，不应该搞清楚这笔交易费的来龙去脉吗？

林满江笑了起来，并夸张地鼓起了掌：应该，当然应该啊，所以我说你齐本安有主张嘛，你不是红杏、皮丹，你一贯有主张啊！

10　京州人民医院走廊　夜　内

程端阳摇着轮椅在寂静无人的走廊前行。

程端阳摇着轮椅到孙连城的病房门口，门开着。

孙连城奇怪地看着程端阳：哎，老同志，你走错病房了吧？

程端阳看看门上的牌子：这不是脑外科吗？你不是孙区长吗？

孙连城：哦，是，是！老同志，你是来举报的吧？来，进来，进来！哎呀，你看看，你这么不方便，打个电话给我，我去找你嘛！

程端阳：孙区长，我哪知道你的电话啊！

孙连城：也是，也是，我现在不是区长了，电话不公开了！

11　林满江家　夜　内

在抑郁的气氛中，林满江审视着齐本安：……钱荣成说的这十个亿的交易费用，你是否已经搞清楚了？请实话实说！

齐本安正视着林满江：实话实说，没搞清楚，疑点多多……

林满江手一挥：那就继续搞，一定要搞清楚，不要放过一个受贿高达十亿的坏人，哪怕这个坏人是石红杏，是林满江、程端阳……

齐本安：哎，哎，林董，你扯远了，竟然扯到了师傅身上……

石红杏：本安，你也冷静点！哎，大师兄，你别误会，千万别误会了，我……我和本安真是为你好！来，我们喝酒，喝酒！

林满江盯着石红杏：红杏啊，你现在也和我要花招了？是吗？别以为我不知道！钱荣成找上门敲诈了你，你就怀疑上了我，就让牛俊杰假报事故，把齐本安紧急叫回京州，齐心合力和我打游击，是吧？

石红杏有些慌乱：哎，大师兄，不……不，我……我……

齐本安忙解释：这不是红杏的事，是老牛有点小题大做了！

林满江一声长叹：牛俊杰不是东西，你们可是我师弟师妹啊，你们不相信我这个大师兄！有个作家说过，没有一种感情背后不是千疮百孔！真让他说对了！（林满江呵呵笑了起来，笑出了满眼伤感的泪水。）

石红杏有些怕了，惊问：哎，大哥，你……你这是怎么了？

林满江抹去脸上的泪水，一声沉重的叹息：红杏啊，你，你……你和齐本安，你们俩对不起我，对不起我这个大师兄啊……

12　京州人民医院病房　夜　内

程端阳对孙连城说：孙区长，我知道你这里是第二纪委，专门接受对市委咱达康书记的举报，但是，我不是来举报的，是来劝你的！

孙连城：你劝我？你是谁呀？我用得着你劝吗？走，走，你走！

这时，护士长进来了：哎呀，程师傅，你怎么到这儿来了！

孙连城：程师傅？哎，你是不是那个被砸到危房下面的劳模？

程端阳：是啊，孙区长，你能不能听我几句劝呢？

孙连城：行，行，程师傅，你说，你说！你看看你，著名的全国劳模啊，也让李达康给害了，听说这次差点送了命，是吧？

护士长：可不是嘛，程师傅昏迷了好几天！

13 林满江家 夜 内

齐本安：大师兄，即便是千疮百孔的感情后面依然还有温情！

林满江：从理论上说是这样，但是，前提是不涉及自己的利益。

齐本安：好吧，大师兄，我承认我和红杏在这件事上有自保的成分，但把事情搞清楚弄明白有什么不好？你不能用道德来绑架我们！

林满江：本安，我早就和你说过，这个世界不是非黑即白，有大量的灰色地带，尤其是在经济领域，都像你这样僵化就啥也别干了！

齐本安：那么大家就不按规则行事，就让潜规则大行其道吗？

林满江痛心疾首：齐本安，你要知道，这是一个狂奔的时代，它以胜负论英雄！不管你狂奔的姿势好不好，你都要争取不被这个时代抛弃！否则，没有人会记住你的高尚，因为世人不知道你存在过！

齐本安也发作了：天哪，怪不得现在有人呼吁要等等灵魂！

林满江不屑地：你等待灵魂的时候，先驱者们早已呼啸而去，成了资本巨人，成了新规则的制造者！我可以骄傲地说，中福集团在我任上七年，增值三倍多，没被这个时代抛弃，齐本安，你能做到吗？

齐本安：林董，对此我并无疑义，你的贡献谁也不能抹杀。但这并不等于说你就当然获得了法纪的豁免，就可以天马行空自行其是！

林满江：你怎么知道我自行其是了？我只是适应了市场！本安同志，你也要学会适应市场，学会在激流中奋力搏击，不要总是抱怨市场，因为市场永远是对的！牛俊杰矿工出身，不懂市场经济，以小农的计划经济眼光看世界，他提出质疑我可以原谅，但你不可原谅！

石红杏：大师兄，其实二师兄也可以原谅，他也不是为自己……

林满江怒道：我是为自己吗？我长年带病坚持工作，不惜榨干自己，却落得了这么一种下场，我最亲密的兄弟部下算起了我的黑账！

14　陆建设家　夜　内

吴斯泰坐在沙发上，怯怯不安地看着陆建设：……陆书记，这么晚了把我叫过来，是不是有啥急事？请您指示！

陆建设一脸亲切：老吴啊，我办公室的事怎么说啊？

吴斯泰：这个……这个，陆书记，我……我正在想办法！

陆建设：好像齐本安说过，要和我对调一下办公室？嗯？

吴斯泰：是，是，说过的，但……但是，我看是句气话……

陆建设：你怎么知道是气话？吴斯泰，你呀，小瞧了齐本安同志的高风亮节了！人家老齐是从北京总部下来的，在京州过渡一下镀层金，说走就走了，占这么好办公室干啥？你给我们对调一下吧！

吴斯泰：哎，这……这个恐怕得等上班后齐本安回来定吧？

陆建设：不必了吧？你有钥匙，让办公室同志辛苦一下，把我的东西搬到齐本安的办公室，把齐本安的东西搬到我的办公室就完了！

吴斯泰怔住了。

15　林满江家　夜　内

齐本安思索着，谨慎而真诚地说：……大师兄啊，我真不是算黑账，是为你担心，请你解惑！记得上次在这里吃饭，也是咱们三兄妹，你给我送行，我们谈得多愉快啊！你要我有担当，要我做领头雁……

林满江：但是，本安，你让我大失所望啊！集团战略委员会定下的事情，你不老老实实去执行，却因为牛俊杰等人的牢骚怪话，就找不到北了，就开始怀疑战略委员会的决策，甚至怀疑到了我头上！你从云南追到北京，非要搞审计交接，被靳支援耍了一圈后，仍不醒悟！

齐本安：林董，离任审计不是我独出心裁发明的，是国家的规定啊！这是我的错吗？我不坚持离任审计，前任的问题就得由我承担！

林满江逼视着齐本安：哪一个前任的问题不是后任承担的？我们都是这样过来的嘛，你齐本安为什么就不能承担？就不能有点担当？

齐本安：林董，我要承担的是党纪国法允许范围内的责任，而不是对任何小团体的无限责任！更不是对违法乱纪者的包庇和恣意！

林满江：所以，到现在为止，你仍然没在审计交接单上签字？

齐本安：是的，没签字，许多问题没弄清，有疑问，不敢签！

林满江一声叹息：本安，要不，你还是回来吧，回集团来吧！

齐本安和石红杏看着林满江，都怔住了。

16　京州人民医院病房　夜　内

程端阳对孙连城说：……孙区长，先声明一下：我能理解你，你不贪污不受贿，却因为懒政问题被李达康撤职，而且一撸到底，对李达康有情绪，抓住"九二八事故"和李达康血拼一场，情理之中的事嘛！

孙连城：就是，就是，程师傅，李达康他就不是个东西！那么多贪污受贿的腐败分子他不去抓，却在我身上做文章，这下好了，"九二八"一声爆炸，他的政治前途也完蛋了，这叫啥，这叫天不容奸呀！

程端阳：但是孙区长啊，对这场"九二八"，你就一点不内疚吗？你毕竟当了这么多年的区长，我们棚户区的群众没少找过你们啊……

孙连城：程师傅，你要这么说，我是内疚的，对不起大家啊！

程端阳：看看，看看，我就知道咱们孙区长通情达理！

孙连城：我通情达理也晚了，帮不上你们什么忙了……

17　陆建设家　夜　内

吴斯泰小心翼翼地对陆建设说：这事总得和齐本安打个招呼吧？

陆建设：好啊，招呼你打呀！现在就给齐本安打电话吧！

吴斯泰结结巴巴：陆书记，这……这个电话得您打呀，只……

只要齐本安发话，我……我连夜给您搬，您……您千万体谅我的难处！

陆建设想了想：是，吴斯泰，你也不容易！既怕得罪我，又怕得罪齐本安！但是怎么办呢？干事就难免得罪人啊！有时候你不想得罪那个人，可实际上还是得罪了他！比如齐本安，齐本安恨死你了！

吴斯泰：不会吧？

陆建设：不会？好，我们让事实说话！吴斯泰，齐本安公款旅游的违纪事实是你揭露的吧？玩了石林，逛了西双版纳，有图有真相！

吴斯泰：哎呀，这是我虚荣心作怪，吹牛上的税啊！

陆建设讥讽：哦，你还是光荣的纳税人啊？

吴斯泰：全是我胡说八道，陆书记，你……你听我解释……

18 林满江家 夜 内

齐本安缓缓抬起头，问林满江：林董，你是不是想把我拿下来？

林满江目光冷峻：这取决于你是否能履行集团的战略决策！

齐本安：四十几天前，在我完全不了解情况的前提下，集团战略委员会对京州能源提出资产重组方案，我作为一个在三十多年改革开放中成长起来的业务干部，经过深入了解，提出自己疑虑不可以吗？

林满江：可以，事实上你一直在疑虑，直到今天没有任何动作！

齐本安：林董，我们有动作，我和牛俊杰拟定的重组方案早就报到集团了，你和集团一直没给我们答复！哦，不对，补充一下，今天你终于给了我一个答复，但却要追究石红杏他们的资产减值责任！

林满江：国有资产发生人为减值，当然要追究责任，集团有明文规定，这有啥可说的？！真稀罕啊，你还知道保护自己的小师妹了！

　　齐本安：那么，按战略委员会的方案，把京丰、京盛两矿以十五亿的价格转让给傅长明的集团，不也同样造成了国有资产损失吗？而且是不可挽回的损失！由京州中福原价收回，将来还有回旋余地。

　　石红杏：是的，林董，这我们想不通啊，四十七亿从长明集团买来的东西，五年过后，十五亿又卖给了长明集团，我们没法交代啊！

　　齐本安：这不是一个法国化妆品公司的交易案例可以解释的！

19　京州人民医院病房　夜　内

　　程端阳热切地看着孙连城：怎么帮不上忙啊，你能帮上忙，能帮上我们一个大忙！孙区长，你知道吗？"九二八"爆炸后，李达康书记也后悔了，觉得把棚户区群众耽误了，微服私访下来看，要动迁了！

　　孙连城：不会吧？李达康肯定得撤职下台，他想干也干不了！

　　程端阳：他想干还是能干了的，现在都在传，说是李达康下台前会废止那个24号文件，哪怕下台，也会下到棚户区搞拆迁！

　　孙连城直摆手：不可能，不可能，除非李达康是疯子！

　　程端阳：行，咱就算李达康是疯子，可他这是为棚户区老百姓疯的，是吧？老百姓就支持他，是吧？所以，孙区长，你就别告他了！

20　陆建设家　夜　内

　　陆建设猫玩老鼠似的看着吴斯泰：吴斯泰，你解释完了？

吴斯泰点头，抹汗：是，陆书记，是我拖累了齐书记啊！

陆建设鼻音浓重：嗯？齐书记？哪来的什么齐书记啊？

吴斯泰：哦，是齐董事长！哦，不，不，是齐本安，齐本安！

陆建设语重心长：吴斯泰啊，你别以为齐本安看不出你肚子里的那点坏水！你今天一说，我都看出来了嘛，你这是故意给齐本安使坏！

吴斯泰苦笑：我……我怎么敢啊，陆书记，我对个个领导忠诚！

陆建设眼睛看着天花板：个个忠诚，就是都不忠诚！你对齐本安就不忠诚！齐本安不让你公款出书了，你和大猫出版社谈定的第二本书没法问世了，你生气啊：好，齐本安，你不仁，就别怪我不义……

吴斯泰几乎要哭了：陆书记，我……我没这么想，真的……

21 林满江家　夜　内

林满江看看齐本安，又看看石红杏：那我就试着解释一下集团的方案，看看能否说服你们两位京州中福的国有资产的经营管理者！

石红杏：好的，林董，你……你就给我们解解惑吧！

齐本安：对，林董，你给我们解惑，我们洗耳恭听！

林满江：对红杏是解惑，本安，你呢，是讨论，平等讨论！

齐本安半真不假地：哎，林董，在你面前我能奢望平等吗？

林满江：在真理面前人人平等！没什么奢望不奢望的！

齐本安：好，林董，请讲！

林满江：本安，红杏，京州能源是上市公司，当年受让京丰、京盛两矿是市场行为，现在转让京丰、京盛两矿也是市场行为，这个没错吧？

齐本安：就像买卖股票？亏赢买者自负？

林满江：是啊！证券交易所进门就是这句话：投资有风险，入市需慎重！市场波动造成的损失没人追究，像王平安，在这次股灾中一亏就是十五亿，我发狠要枪毙了他，实际上别说毙，都无法追责！

齐本安：我听明白了，你的意思是说，京州能源将京丰、京盛两矿十五亿转让给长明集团是市场行为，谁都没有责任。反之，如果京州中福以四十七亿高价收回了，就是非市场行为了，就要追责了，是吗？

林满江不无讥讽：本安，你到底听明白了？我的天，真不容易！

齐本安却叫了起来：但是，林董，京州能源社会股东的投资能这么玩吗？中小股东的钱也是人民的财产啊！我们凭借大股东的控股优势，四十七亿把矿买进来，十五亿卖出去，虽然是随行就市，不会被集团层面追责，但中小社会股东的损失就大了，他们不会答应的！

林满江冷漠地：他们不答应又能怎么样？能把我们怎么样？嗯？

22　京州人民医院病房　夜　内

程端阳对孙连城说：……孙区长，你知道棚户区的百姓多么盼望拆迁吗？大多数人白日想的、夜里梦的都是拆迁，住上新房子。尤其是这场事故以后，这种心情就更迫切了。你做了这么多年党和国家的干部，你心里不会一点没有老百姓，你肯定也希望老百姓生活幸福！

孙连城：是的，是的，程师傅，你这是一句有良心的话！其实咱大多数干部还都是好的，并不像有些人想的那样，欺压老百姓！

程端阳：你看，你看，咱们还是心心相通的吧？孙区长，那你就别再揪着李达康不放了，让他为棚户区再做一桩大事好事吧，啊？

孙连城：程师傅，我不告李达康，李达康还是要倒台的……

程端阳：孙区长，那你能不能高抬贵手，别再乱告了？

孙连城一声叹息，应付说：行，行，不告了，不告了……

23　陆建设家　夜　内

陆建设在屋里踱着步，威胁吴斯泰：……老吴，跟什么人，走什么路，这可是个大问题啊！跟对了人，没有枪可以有枪，没有炮可以有炮。跟错了人，就是有了枪也会被人收缴，有了炮也会被人毁掉！

吴斯泰应付：是，是，陆书记，您说得太对了，经验之谈啊！

陆建设：老吴，我和你挑明了说，我和齐本安是天敌，死仇！

吴斯泰：陆书记，瞧您这话说的，夸张了吧？您开玩笑是吧？

陆建设：不是！我不开玩笑，京州中福有他没我，有我没他！

24　林满江家　夜　内

齐本安慷慨激昂：……不客气地说，中国的股票市场就是这样被玩惨了玩残了，玩到不如赌场了！这个市场和我们泱泱大国的形象已经很不般配了！林董，我们国企作为国之重器，不能自毁形象啊！

林满江不耐烦地：形象，形象，市场从来不讲形象，只讲输赢！

齐本安：问题是，就算不讲形象，最终我们仍然赢不了！如果这个市场垮掉了，大家都别玩了！大家就都是输家！真执行战略委员会的这个方案，我们还是最大的输家！京州中福毕竟控股京州能源啊！

石红杏：另外，还要应对一堆诉讼，估计先是香港，后是内地。

齐本安热切地：所以，林董，你再想想，也和战略委员会研究一下，是不是非要十五亿转让这两矿矿权？而且一定转让给长明集团？

这回，轮到林满江沉默了。

25　京州人民医院病房　夜　内

程端阳向孙连城告辞：孙区长，不打搅你了，谢谢，谢谢啊！

孙连城本能地脱口而出：好，好，我也该下班了！马上意识到不对，又自嘲说：我这是上的哪门子班啊，再见，再见，程师傅！

26　陆建设家　夜　内

吴斯泰已是一副狼狈不堪的模样，脸上却仍然挂着职业性的笑容：……陆书记，这真是听君一席话，胜读十年书啊，好，走了……

陆建设：哎，别急着走啊，换办公室的事怎么说？

吴斯泰：这个，你们领导定呗，我只管具体办！

陆建设翻着眼皮：我和你说了一个晚上，你也没去办啊！

吴斯泰：这不是还……还涉及齐本安董事长嘛，你……你得和齐本安打招呼说定了，让……让齐本安通知我！陆书记，我……我也不怕你生气，我……我得把话说明白：你说万一搬家以后齐本安说，他办公桌里……有一笔巨款丢了，少了，我……我怎么赔他，是吧？

陆建设煞有介事：啊？齐本安办公桌里竟然有一笔巨款？好，吴斯泰，我接受你的举报！说，多少钱？是现金，还是银行卡？嗯？

吴斯泰：哎呀，我……我这就是举个例子……

27　林满江家　夜　内

林满江缓缓抬起头，做出了决定：本安，战略委员会的决策是有权威性的，你们必须执行，不过，转让对象可以不是长明集团，转让价格也可以不是十五亿，只要不低于十五亿就行，当然是越高越好！

齐本安脸上现出笑容：林董，这趟北京没白来，你还是听进我们一些意见了！我这也是为你好，十五亿转让给长明集团，你说不清！

石红杏：是啊，大师兄，京州一直有议论，传你和傅长明的事！

林满江：有人传，你们就信吗？决策者就是要不畏人言！

齐本安：可大师兄，你也真不能无视悠悠之口啊，你不反思一下为什么钱荣成一说长明集团的交易费，我们就疑惑了呢？

石红杏：是啊，大师兄，你刚才很伤感，我们也很伤感啊！你现在位高权重，肆意用权，听不得一点逆耳之言啊，像那个陆建设，群众反映这么大，你说用就用，影响你的威信啊，我还是建议拿下来！

林满江瞪了石红杏一眼：陆建设最早不也是你建议把他提上来的吗？让我林满江也像你，做事首尾两端吗？用了就用了，不能悔棋！

石红杏：哎，大师兄，如果……如果你走了臭棋也不悔棋吗？

齐本安呷着酒，意味深长地对石红杏说：红杏，你想简单了，大师兄这是下一盘政治大棋，你这个建议是在将我们大师兄的军啊！

林满江看了齐本安一眼：没错，我这个人从没悔棋的习惯！

28　陆建设家　夜　内

陆建设教训吴斯泰：这种例子你少举！有诬陷领导的嫌疑！

吴斯泰：是，是，不说了，陆书记，您忙，我……我走了！

陆建设：心虚了？害怕了？是不是？齐本安没公款旅游，你公款旅游了啊，有图有真相啊，我就得处理啊！老吴，把你公款旅游的事实经过老老实实写一份，送到我这里来，根据你的态度做出处理！

吴斯泰：这……这……这事齐本安董事长已经处理过了！

陆建设：怎么处理的？也没听说给你什么处分啊？

吴斯泰：齐本安和石红杏他们都……都严厉地批评了我……

陆建设：有多严厉？我怎么不知道？再写份材料交上来！

吴斯泰退到门口：是，是，陆书记，那……那我走了……

29　林满江家小区　夜　外

齐本安和石红杏边走边说。

石红杏抱怨：……我让林满江把陆建设拿下来，你也不配合我！

齐本安：嘿，我的石总，你真敢想！还没看清吗？人家要用陆建设来牵制我和老牛，这阵子陆建设一直在起劲地查牛俊杰的腐败呢！

石红杏：那……那你还不准我家老牛辞职？！

齐本安：我让他到医院养病去了，进退两可，走着看吧！

石红杏：也是，老大烦死牛俊杰了，好在这次没再让我离婚！

齐本安：他从此以后再也不会让你离婚了！

石红杏：哦，为什么？

齐本安：因为林满江已经不把你当他的人了！大帅兄知进退，估计你以后的待遇和我差不多了，看着很近，其实很远。

石红杏惊疑地：哎，不会吧？咱们今天对他可是推心置腹⋯⋯

齐本安：但林满江不会这样想，他会认为我们今天是在逼宫！

石红杏停下了脚步：本安，要不，我再回去和大师兄聊一聊？

齐本安一愣：红杏啊，不是林满江的人，就让你这么不安吗？

石红杏想了想，一声叹息：倒也不是！算了，算了，咱们走吧！

30　林满江家　夜　内

林满江站在落地窗前和皮丹通话说：⋯⋯皮丹，你明天去找一下傅长明，把相关情况告诉他：有齐本安、牛俊杰堵着，十五亿再把京丰、京盛两矿拿回来不太可能了！让他少安毋躁，再等机会吧！

皮丹的声音：林董，你把齐本安和牛俊杰拿下来嘛！

林满江：没那么简单，张继英、朱道奇一直盯着我呢！皮丹，让傅长明一定处理好钱荣成这个麻烦！

皮丹的声音：好的，林董，钱荣成的事他们已经在处理了⋯⋯

（第三十八集完）

第三十九集

1　天使商务公司　日　内

李顺东愕然一抬头，看着秦小冲：哦？情报可靠吗？

秦小冲：李总，可靠，黄清源和他老婆这次真回来了！

李顺东：又是我们海外卧底的消息？我们的海外业务有进展了？

秦小冲：哦，有进展了，你不是让我研究天使公司在澳大利亚上市的可能性吗？我已经研究了，澳大利亚连妓院都能上市，我们账务清偿公司应该具备上市资格……

李顺东：行，行，秦副，海外业务回头再说，说黄清源！

秦小冲：据我们的卧底导游小田最新情报：黄清源夫妇从澳大利亚悉尼飞香港转吕州，如果航班准点的话，应该在今天下午四点左右抵达，由吕州海关入境。这一信息也得到了旅行社朋友的确认。

李顺东：那还磨蹭啥？快联系吕州法院执行局，执行黄清源！

秦小冲：李总，执行局可不是招之即来的，咱得亲自去一趟吧？

李顺东：要不，咱们在机场扣下黄清源，再通知执行局呢？

秦小冲：还是别冒险了吧？再弄个非法拘禁就不好了！

李顺东：对，对，这老赖，上次还报过案呢！走，去吕州！

2 石红杏办公室 日 内

吴斯泰殷勤地在石红杏办公室倒水，拖地，擦桌子。

石红杏有些奇怪：咦，吴斯泰，今天太阳从西边出来了？啊？你吴斯泰亲自干活了？别吓着我，有事说事，没事走人，我一堆事呢！

吴斯泰把抹布一扔，感慨：石总，了解我的人也就是您了！您说过去您党政一肩挑，整个京州中福就你一位领导，我啥事不好办？！

石红杏：对，对，你甜言蜜语一哄，我就批五万让你到大猫出书了！现在齐本安不给你批，陆建设也不给你批，你就记起我的好了！

吴斯泰：我过去也知道您的好，我的书还是您作的序呢！忘了？

石红杏：没忘！你自我吹嘘，挂个我的名罢了！说事说事！

吴斯泰：石总，这……这回您得给我做主，一定得为我做主！

石红杏：我知道，大猫出版社要给你出第二本书，又是五万吧？

吴斯泰：不，不，不是这个事，这个事我想都不敢想了，真的！

石红杏：你都不敢想了？你不是挺有胆的吗？让齐本安吓着了？还是齐本安有本事！哎，那又是啥事？

吴斯泰苦着脸：石总，不是齐本安，是陆建设代书记的事！陆老代他要整死我呀他……

石红杏从桌前抬起头，看着吴斯泰：哦？老陆又欺负你了？

3 京州街上 日 内

轿车急驰。

车内，李顺东对秦小冲说：……秦副，辛苦了，你简直是个福尔摩斯啊，对黄清源盯着不放，排除万难，一路追击，还这么讲法治!

秦小冲：李总，这都是我应该做的，黄清源是我放跑的，我有愧啊，对不起你和公司啊！现在好了，又堵住他了！以后咱要想有长远发展，要想到海外上市，就得讲法守法，不能有违法犯法记录！

李顺东：没错，我们现在一定要习惯做守法的讨债鬼！

秦小冲：路漫漫其修远兮，咱们上下而求索吧！李总，我相信将来会有一个真正法治的社会！

李顺东：这也是我真心希望的啊！秦副，我这话你信吗？

秦小冲：我信！李总，你真把我给感动坏了，如果不是近距离观察，我真不敢相信一个被当成黑社会人物的大讨债鬼这么崇尚法治！

李顺东叹息：所以呀，这个社会很奇怪，这个社会很无奈……

4　石红杏办公室　日　内

吴斯泰说完了：……陆建设代书记就这么整人，石总，我咋办？

石红杏想了想：好办，你们办公室不是一正两副三个主任吗？

吴斯泰：对，对，石总，您知道的，办公室一共四个人，三个官一个兵，弄得兵比官大，办点事还求这个兵！这我早就提出过……

石红杏：行，行，别啰唆了！吴斯泰，我给你个建议啊！

吴斯泰：石总，您说，您说！

石红杏：你分一下工，按班子排名，你跟董事长齐本安，那两位副主任，派一个专门伺候陆建设，我无所谓，肯定不会找你的麻烦。

吴斯泰：但陆建设代书记肯定还得找我的碴，齐本安的办公室他都敢要，我给他派个副主任过去，他能答应？再说，谁敢去伺候他?

石红杏手一摊:那我就没办法了,要不,你去请示齐本安?

吴斯泰:我能请示吗?这不成挑拨领导矛盾了吗?陆建设办公面积还没解决呢,我当真让齐本安董事长把办公室让给他吗?活腻了我?

石红杏:哎,陆建设的办公面积到底缺多少平啊?他一直在叫唤!

吴斯泰:石总,严格地说,没缺多少,也就差了一点八平方米。

石红杏:哎呀,不就一点八平方米吗?那好办啊,陆建设的办公室在最西边吧?往西是没有扩展的余地了,往东有余地啊!

吴斯泰:这我想到了,往东也没余地,往东是一间男厕所!

石红杏:就是嘛,男厕所好像不是太大?对不对?

吴斯泰:对,就一个小便池嘛,大约四平方米不到!

石红杏:把小便池拆了给他,男同志小便多走几步,到楼下嘛!

吴斯泰:哎,主意倒是好主意,就是……就是真能这么干吗?

石红杏:这你别问我,也别说我给你出的主意,去吧,去吧!

吴斯泰告辞:好,石总,那您忙,您忙!

5 走廊 日 内

吴斯泰从石红杏办公室出来,迎面撞上正出门的陆建设。

陆建设拧了吴斯泰一眼,提醒:老吴,别忘了我办公室的事啊!

吴斯泰:是,是,陆书记,我记着呢,记着呢!您这是去哪?

陆建设:去市纪委,和易学习书记沟通一下,商量反腐倡廉!对了,你那个公费旅游的事还没完啊,别忘了尽快把检讨给我送过来!

吴斯泰:是,是,检讨我……我昨夜就写了,还没写完!

陆建设边走边说:要写深刻了,要认识到问题的严重性!

吴斯泰苦着脸:是,是,严重性,很严重……

6 高速公路上 日 外

轿车急驰。

车内,李顺东很感慨地对秦小冲说:就算知道黄清源从海外回来了,我们不去堵截,吕州执行局绝对不会主动去执行。我们去了,堵住黄清源,把他扣住,超过一定的时限就是非法拘禁;吕州法院执行局去了,把黄清源扣了,关到拘留所里,那叫司法拘留,合理合法。

秦小冲叹息:这就是我们目前的现实,执行难成了长期无法解决的死结!这就促使一批批讨债公司雨后春笋似的茁壮成长!奇观啊!

李顺东:是啊,是啊,秦副,我记得好像列宁当年说过这样的话,大意啊:无政府主义是对机会主义罪过的惩罚!司法执行上的不作为和懒作为,造成了讨债的无政府乱象,所以存在的都是合理的。

秦小冲:哎呀,李总,没想到你这大讨债鬼还能记得列宁的话?

李顺东:都俱往矣了!当年在学校,我一度是伊利奇的粉丝……

7 吴斯泰办公室 日 内

吴斯泰对两个女副主任交代:临时碰一下头,说几件事!第一是分工,过去咱三个主任、副主任为一个领导服务,叫作一主三仆;现在呢，领导也变成了三个，也就一主一仆了。根据集团义件上的排名顺序呢，我以后主要为齐本安董事长服务，李主任，你为石红杏总经理服务，张主任，你主要的服务对象是陆建设代书记，都明白了吧？

张主任：哎，哎，吴主任，咱俩能不能换换？我怕陆书记啊！

吴斯泰：我更怕陆代书记！好，说第二件事：陆代书记的办公面积缺少一点八平方米，我们得替他补上，我再三考虑，决定把他隔壁那间厕所打通了安排给陆代书记！这事今天办，张主任，你盯着点！

张主任几乎要哭了：吴斯泰，你⋯⋯你是要往死里整我吧？

吴斯泰：谁整谁呀？不给他那间厕所，面积就不够，怎么办？

8　京丰矿绞车房　日　内

京丰矿已经停产，绞车已经停运。

齐本安、牛俊杰和孙矿长站在巨大的绞车旁说着。

牛俊杰向齐本安介绍：⋯⋯这部绞车就是二〇一二年重置的，京丰、京盛两矿收进来后，京州能源在两年里陆续投入了五亿设备更新费用！

孙矿长：说是四十七个亿受让了这两个矿，其实根本不止这个数！

齐本安：我明白了，怪不得长明集团又盯上来了，原来这里面还有个设备更置的费用！像京丰矿，设备更置后没用几年就停产了吧？

牛俊杰：没错，傅长明他们也太黑了，林满江也太混账了⋯⋯

齐本安：哎，哎，牛总，别口没遮拦的！说傅长明，就说傅长明嘛，与林满江有啥关系？集团战略委员会不过是出了个方案嘛！

9　高速公路上　日　外

轿车急驰。

车内，李顺东对秦小冲说：……如果执行局都能认真执行法院判决，我们讨债公司得关掉一多半！他们的不作为，就给我们带来了大好商机！所以，我们不要报怨，要善于把漏洞和问题变为机遇。

秦小冲：李总，这一点我还真服你！

李顺东：服我啥？

秦小冲：你拿得起放得下！你看吕州法院执行局那二位，本来不是咱们天使的关系，人家是钱荣成一伙的，让咱吃了大亏，还让你我自打了耳光，哎，你偏能抓住机会，和他们交上朋友！我就做不到！

李顺东：等你到了我的位置，负担那么多吃饭的嘴就能做到了！

10　京州中福办公楼　日　内

陆建设办公室的一面墙已经和隔壁厕所打通。

厕所的小便池已经拆下，被两个工人搬走。

一位工人在原厕所门位置砌砖。

一位工人在往打开的墙壁上抹水泥。

11　井下水泵房　日　内

齐本安问牛俊杰和孙矿长：这些大水泵也是同一批设备？

孙矿长：是，齐董，你看看设备出厂年月和编号就知道了！

齐本安：哎，不是停产了吗？这些水泵怎么还开着？

孙矿长：不开不行，不开整个大井和巷道就要被水淹了。

牛俊杰：所以，京盛矿明知亏本，也得继续开工生产！

12　吕州法院执行局　日　内

李顺东、秦小冲和两位法官亲切握手。

李顺东笑容可掬：哎呀，王法官，李法官，这次得麻烦你们了！

秦小冲：是啊，你们让我们找老赖黄清源的线索，我们找到了！

法官甲快乐地：好，好，找到了咱们就去执行他！

法官乙：现在咱们是朋友了，就算为你们得罪人也无所谓了！

法官甲：就是，一般老百姓总是不理解我们！也不想想，我们凭什么要替你跑腿卖命？

法官乙：就是，我们不但得罪人，有时还会有危险！执行款你拿走了，被执行人却记住我们了，没准哪一天碰上了，就给我们一刀！

法官甲：可不是吗？前天我们这儿就有个执行法官被捅了一刀！

法官乙：哎，你们的委托书和判决书带了吗？

秦小冲掏出受托人委托书和判决书：哦，带了，都带了！

李顺东四处看看，压低声音：执行完了，天使不会亏了二位！

13　陆建设办公室　日　内

两个工人仍在紧张地干活。

吴斯泰和张副主任用皮尺在屋里认真地量着。

张副主任拿着计算器计算：……吴斯泰，面积不但够了，还多了一点八六八平方米！就是尿骚味太大了，毕竟放了多年的小便池啊！

吴斯泰：赶快的，去买瓶花露水喷喷！把没事的同志都叫来，帮助打扫一下，争取陆代书记回来后有一个温馨而干净的大办公室！

张副主任：哎，好的，好的！

吴斯泰拿出一块木牌：还有，把这块新牌子钉上！

新木牌：党委（代）书记办公室

张副主任四处看看：吴主任，你不想干了，是吧？

吴斯泰：对，随时准备滚蛋！告诉陆代书记，这是京州能源牛俊杰同志专门派人送的温暖，群众的眼睛都盯着他呢，我们也没办法！

14 京丰矿办公楼前 日 外

齐本安和牛俊杰边走边说。

牛俊杰：齐董，你现在全弄明白了，我也能放开来说了：林满江他就不是个东西！什么市场变化？什么随行就市？他就是骗骗我傻老婆石红杏罢了，只怕连皮丹都骗不过！像这些重置设备，评估时根本没算账。这个不到十五亿的评估是谁搞的？八成和长明集团有关！

齐本安：我再想法去查一查吧！

牛俊杰：石红杏回来说了，你们仨把啥都摊到桌面上了？

齐本安点点头：林满江也让了一步，说可以不转让给长明集团！

牛俊杰：那好啊，过去挨的刀不说了，起码现在少挨一刀！

齐本安却又说：不过，牛总啊，如果我现在告诉你：京丰、京盛这两个矿可能不是什么包袱，也许是一笔可以增值的财富，你信吗？

牛俊杰：哎，齐董事长，齐大人，你饶了我吧，别忽悠了！

齐本安：牛总，这次在掌握情况的基础上又看了看，我的感觉不像上一次那么糟糕了，另外，我还想到了一个问题：国家在压煤炭产能，谁能挺到最后就能赚大钱啊！没准京丰、京盛矿还能东山再起……

牛俊杰拱手：行，行，这种好梦你去做吧，我是奉陪不起了！

齐本安一声叹息，苦笑着摇了摇头。

二人一起上车离去。

15　机场路上　日　外

一辆法院警车和一辆轿车相伴急驰。

警车内，甲问乙：李顺东的信息可靠吗？

乙：应该可靠吧？他们天使是干啥吃的？专职讨债鬼！像这种有判决书的债务，讨债费率都百分之二十，少有的暴利行业啊！

甲：可不是嘛，我都想辞职开个讨债公司了，多赚钱啊！

轿车内，秦小冲问李顺东：现在反腐高压，咱还真送钱给他俩？

李顺东：人家都开口要了，我们敢不给啊？！

秦小冲：要我说，就不给，咱们就装没听懂……

李顺东：秦副，你少装，我们不能当老赖，我们要做生意！

16　京州人民医院病房　日　内

陆建设在牛俊杰病床前打探：哎，老牛他人呢？

邻床病友：牛总每天上午挂完水就走了，从来不在这儿住！

17 京州街上 日 外

轿车急驰。

车内，陆建设和皮丹通话：……皮主任，你猜得不错，牛俊杰是铁下心要和我们捣乱到底！我到市纪委和易书记见面回来，专门到医院看了看，他影也没有，一了解才知道，又和齐本安一起下矿了……

18 京州城郊路上 日 外

轿车急驰。

车内，齐本安对牛俊杰说：老牛，你也别不服气，要我说，傅长明的成功是有理由的。你看啊，五年前京州地方政府整顿煤炭市场秩序，动员人家把煤矿转让出来，你让人家转让，人家当然得要高价了。

牛俊杰：更何况人家朝里还有人，林满江愿意出这个高价。

齐本安：是啊！我们高价把矿拿过来，市场不好，就搞赔了……

牛俊杰：人家趁机再低价拿回去，将来市场好了再高价卖出去！

齐本安：没错！这就是市场经济条件下的生意经，如果这里面没有权力左右的非市场因素的话，谁也无可厚非，我们只能愿赌服输！

牛俊杰：问题是，这里面有权力左右的非市场因素，我敢肯定！

齐本安：你也别这么肯定，等有了证据再肯定不晚！牛俊杰，我告诉你，煤炭市场不会一直这么低迷的，将来煤炭市场肯定会好！国家把这么多产能压下去了，凡能坚持下来的，个个都会成为赢家嘛。

　　牛俊杰：这……这倒也是，没准将来一张煤炭牌照值不少钱！

　　齐本安：看明白了吧？我就知道你牛俊杰不糊涂……

19　皮丹办公室　日　内

　　皮丹和陆建设通话：……齐本安、石红杏、牛俊杰他们现在搅和在一起了，一致向领导逼宫啊！领导非常非常恼火，我的感觉是，领导随时可能爆发，现在就差一根火柴，甚至一颗火星了，明白吗？

　　陆建设的声音：明白，明白！

　　皮丹：要摩擦起火，加大摩擦力度，把京州中福班子不团结的风声造出去，造得越大越好，促使领导下决心拿下齐本安，派我过去！

20　京州街上　日　外

　　轿车急驰。

　　车内，陆建设和皮丹通话：好的，皮主任，我努力吧！

　　皮丹的声音：老陆，记着，要把闹摩擦当成伟大事业来干啊！

　　陆建设：这是一定的，我肯定会把这个摩擦事业干好，干出彩来！

21　吕州机场海关　日　内

　　关内，黄清源一家人正排着队等待通关。

　　关外，李顺东、秦小冲和两位执行法官四位法警站成一排。

　　黄清源无意中发现关外情形，拉着老婆、儿子退出通关的人群。

22　长明集团　日　内

长明集团总部的董事长办公室很像一个佛堂。

傅长明数着佛珠，在大佛前，在弥漫的香烟中打坐。

办公室主任悄声汇报：黄清源来电话求救，说是在吕州机场入境通关时被吕州法院执行局，还有京州天使商务公司堵个正着，现在进不能进，退不能退，希望您能给吕州有关领导打个电话，放他一马！

傅长明：阿弥陀佛！黄清源怎么不听劝呢？他为啥回来啊？

主任：我也骂他了，问他了，他说是吃不惯国外的伙食……

傅长明：好，那就到拘留所吃牢饭，或者到天使公司吃狗粮吧！

主任：我就这么回他？

傅长明：就这么回他，有钱不还非要当老赖，就该有报应！

主任继续替黄清源求情：傅总，其实黄清源也没什么钱了，他说是连公司都抵给天使的讨债鬼了，办公用品、家具全让债权人搬走了。

傅长明：你听他胡说！他在我们长明保险的股权就值两亿多，清源公司资金链断掉后，黄清源立即把股权转到他岳母的妹妹名下了！

主任：哦，还有这事？

傅长明：就有这事啊，是财务公司吕总监帮黄清源办的，我严肃批评了吕总监，还罚他抄了《金刚经》！做人做事都不能这么无耻无赖！

主任：就是，就是，那就让黄清源到拘留所反思去吧！

傅长明：救他也不是不可以，让他出让长明保险股权还债！

主任：明白了，那傅总，我这就给黄清源回电话！

23　吕州机场海关　日　内

黄清源和主任通话：……行，行，陈主任，那就算了！我宁愿去拘留所吃牢饭，也绝不能出让长明保险的股权，这是我的棺材本！

陈主任的声音：黄总，不仅是法院执行局，还有天使等着你呢！天使的狗笼子你蹲过，那滋味能好受了？傅总劝你还是把债还了！

黄清源：不说了，不说了，我挺过去就赢了！爱拼才会赢，老子这次拼了，要钱没有，要命一条，我他妈的滚刀肉了，看他们咋办！

黄妻：哎，哎，清源，别……别把话说得那么死……

24　石红杏办公室门口　日　内

石红杏从门内走出，迎面碰上陆建设。

陆建设：石总，我们班子三个人是不是得碰个头啊？

石红杏仍往前走：碰呗，你和齐本安定，定下通知我！

陆建设追上去：哎，石总，你得提醒一下牛俊杰，住院就住院，别打着住院的旗号，从事不住院的勾当，尤其是让林董生气的勾当！

石红杏走着说着头都不回：牛俊杰怎么勾当了？你去调查他了？

陆建设追着：还要我调查，群众反映很大！哎，你这是要去哪？

石红杏脚步加快了：我去哪要向你汇报吗？真是的！

陆建设不跟了，驻足站下：石总，那我等你碰头了啊！

石红杏不睬，身影消失在电梯里。

陆建设低声骂了句脏话，向自己办公室走去。

25　陆建设办公室门口　日　内

新木牌：党委（代）书记办公室

陆建设看到牌子，怔住了。

陆建设恼怒之下，一脚踹开虚掩的门。

陆建设走进屋，立即捂起了鼻子。

屋内收拾得干干净净，原来的小办公室套上了一间小厕所。

陆建设破口大骂：王八蛋，一帮王八蛋……

26　京州人民医院大楼门前　日　外

齐本安和牛俊杰从车上下来。

牛俊杰：好了，齐董，我知道了，你让我再想想吧！

齐本安：也好好休息一阵子，你可真是三高啊，别不当回事！

牛俊杰：哎呀，我没皮丹这么娇贵……

这时，齐本安手机响。

齐本安接手机：哦，老陆啊？什么事啊？

陆建设凄厉的声音：齐本安，我的忍耐是有限度的！

齐本安：老陆，你吃枪药了？怎么了？出啥事了？说！

27　陆建设办公室　日　内

陆建设愤怒地和齐本安通话：老齐，我提醒你，我是林满江和集团党组任命的京州中福党委书记，不是你用卑劣手段可以赶走的！你我都是党员干部，对上级组织的决定哪怕再不乐意，也得悠着点！

齐本安的声音：哎，哎，老陆，究竟出啥事了，有事说事！

陆建设：你还演戏是不是？你戏精啊你！我问你：你说把你的办公室换给找，为啥迟迟不换？不换也就罢了，为啥把一间厕所作为补充面积套进我的办公室了？连牌子都换了"代书记"！往泥里踩我是吧？

齐本安：老陆，这些情况我都不知道，我了解一下再说吧！

28 吕州机场海关 日 内

黄妻紧张地看着黄清源：清源，你想清楚了，当真去吃牢饭？

黄清源：想清楚了，挺过一阵子，幸福一辈子！

黄妻：要我说，怎么都是一辈子，还……还是别挺了！

黄清源大义凛然：不，出关，走！

29 京州人民医院大楼门前 日 外

牛俊杰问齐本安：陆老代又发什么疯？

齐本安：问我？你不知道啊？你怎么弄块"代书记"的牌子砸他门上去了？还有，把一间厕所套装到他办公室，哎，这也太恶作剧了吧？

牛俊杰：牌子是我赠送的，但套装厕所不是我的主意，真的！

这时，石红杏下车，匆匆忙忙过来。

齐本安马上明白了：哎，哎，石总，你给陆建设增加办公面积了？

石红杏没当回事：哦，是办公室给他增加的！咱们吴主任也是被陆建设逼急了！你不给他增加面积，他就要换你齐本安的办公室，吴斯泰万般无奈啊，这就牺牲了男员工利益，割让一间男厕所给他了！

齐本安：好了，陆建设现在把账全算到我头上了！又要闹了！

石红杏：那你就和他说明去！哎，老牛，你住院就好好住院，怎么又跟齐本安下矿了？你别以为你是做好事，陆建设明说了，这叫勾当！快，快，回病房待着，别站在这儿招人眼，又弄成了什么勾当……

30　陆建设办公室　日　内

办公室空空荡荡，吴斯泰等三个官全溜了，只有一位女兵。

陆建设厉声追问女兵：你们吴斯泰主任呢？还有两个副主任呢？

女兵一脸朦胧：不知道啊！陆书记，您有啥指示？

陆建设：我……我……我，你不知道他们三人去哪了吗？

女兵：陆书记，他们三人领导我，不是我领导他们！我出去要向他们三人请假，他们三人出去，从来不向我请假！陆书记，其实他们出去应该给我通一下气，是吧？这次您一定要严肃批评他们……

这时，陆建设已经转身离去。

31　吕州机场海关　日　内

黄清源一出海关，即被法警扭住。

法官甲、乙走上前去。

黄清源：你们这是干什么？

法官甲：黄清源，你拒不执行生效判决，被司法拘留了！

法官乙掏出司法拘留文书：请在这里签字！

黄清源被迫签字。

李顺东鼓着掌走过来：黄总，这回轮到我们报案了！

黄清源：你再报案我也没钱！我要钱没有，要命一条！

秦小冲也走了过来：老同学啊，你实在不该这么无耻无赖啊，你不是没钱，你有钱！我们天使公司调查部现已查明，你在傅长明先生的长明保险拥有不下两千万股的股权，现在划到了你一个亲戚名下！

黄清源：胡说，胡说八道！秦小冲，你现在为虎作伥了你！

秦小冲不睬黄清源，又对黄妻说：嫂子，劝劝黄老板，让他别把路走绝了！法律不是儿戏，"天使"不是俗人，谁都不会轻易放过他！

黄妻：哎呀，清源，要我说，咱就省点事吧……

黄清源：住口！走，我跟你们走，我还不信谁能让我黄某把牢底坐穿！不就是拘留十五天吗？十五天出来，老子还是一条好汉……

法警扭着被铐上了的黄清源，在众人的围观下，走出机场大厅。

32 齐本安办公室   日   内

陆建设和齐本安对视着，双方的眼光都很凶悍。

齐本安冷硬而平淡地：……老陆，冷静一些，不要把自己变成疯子，把这里弄成疯人院！坦率地说，在我一生的工作经历中，还真没见到过像你这样没水平的国企干部，更何况还是党委代书记！

陆建设：老齐，你的意思是不是说，林满江董事长和集团党组用错人了？用了一个没水平的疯子？天哪，你在和一个疯子共事吗？

齐本安：你难道不是疯子吗？为了一点八平方米的办公面积，逼得吴斯泰恨不能上吊！你说他把厕所套给你是污辱你，可不这样办又能怎么办？你办公室是顶头一间，除了有一间厕所可套改，根本没有套改余地。石红杏当初办公室套改，是有房子可改！我说清楚了吗？

陆建设：老齐，这么说，把厕所套进我的房间是你的主意了？

齐本安：是啊，吴斯泰一请示，我就同意了，这样就达标了嘛！

33 林满江办公室 日 内

皮丹向林满江报告：……齐本安就是这么不顾大局，陆建设到任后，没有一天不受齐本安的气！上任时连个表态性的讲话都没机会发表，齐本安、石红杏根本不找陆建设研究工作，就当陆建设是个屁！

林满江"哼"了一声：我看连屁都不如啊，屁还有个臭味呢！

皮丹：可不是嘛，陆建设真是个好干部，能忍能受啊！

林满江：陆建设算什么好干部？屁话，小人一个嘛！死死抓住一点八平方米办公面积做文章，传出去像什么话？！

皮丹：是的，是的，显得太小气了！不过，齐本安也太绝……

林满江：套改厕所估计不是齐本安的主意，十有八九是石红杏的主意，这个小师妹我知道，使坏算是一绝！早年学徒不论是和我，还是和齐本安闹了意见，她就会弄只蜣螂——也就是屎壳郎，或者死老鼠啥的放到我们的工具箱里！不说她了！牛俊杰又是怎么个情况啊？

皮丹：哦，牛俊杰住院是假，以退为进是真！陆建设说，他一直在和齐本安下矿，今天又去看了这几年重置的设备，恐怕又有想法了！

林满江思索着说：齐本安一直就是有想法的人啊！皮丹，我告诉你，在整个集团，如果说有我暗中佩服的人，齐本安算一个啊……

34 高速公路上 日 外

法院警车拉着警笛呼啸前行。

李顺东的轿车紧随其后。

警车内，黄清源戴着手铐坐在两名法警中间。

轿车内，李顺东和秦小冲在做黄妻的工作。

秦小冲恳切地：……嫂子，没有这么做人做事的啊！别的债权人咱先不说，就说我吧，是黄清源的同学，一辈子就这点积蓄，全让黄清源骗走了，虽说上次在公安局同志的帮助下收回了二十万，可他还欠我三十一万呢！现在我们查到他名下有价值两个亿的股权，你说我能不追到底吗？吕州法院也不能放过他，他不配合执行判决，十五天后出来，还得再一次进去！最高可以判他两年刑！

黄妻：你……你们这都是哪来的信息？我咋不知道有这笔股权？

李顺东：我们专门有个调查部知道吗？相当于中央情报局！

黄妻：就算有这笔股权，我也不知道，你们不能扣压我！

李顺东：不是扣压，是请你做客！黄清源到拘留所做客，我们请你到天使公司做客，你手上有护照，人民币外币也不少，住几个月快捷酒店没问题！哦，对了，回头还得麻烦你写个自愿留宿协议书！

黄妻慌了：李总，你……你们又要非法拘禁了？啊？

李顺东：这次肯定不非法，你居住条件很好，我们派人陪住，专门伺候您老人家，直到黄清源想通了，把长明保险的股权拍卖还债！

35　齐本安办公室　日　内

陆建设对齐本安说：……好，好，我总算听明白了，老齐，让我在厕所办公不是吴斯泰的主意，是你要收拾我，要给我难堪！是吧？

齐本安：明白了吧？明白了就放过吴斯泰吧！他所谓的公款旅游就是虚荣吹牛，我在你来之前早处理过了，你就不要抓住不放了！

而且这个处理还在集团备了案，不相信可以到集团问问张继英书记！

　　陆建设：但是，其他腐败问题仍然不少，你比如说……

　　齐本安已经在办公桌前看起了报表：有腐败就去反，我支持！

　　陆建设：吴斯泰怎么能用公款乱出书呢？

　　齐本安不再理睬陆建设。

　　陆建设：老齐，那……那间厕所我不要了！

　　齐本安厌恶地挥挥手，头都不抬：找办公室去，别和我说！

　　陆建设气呼呼地出门。

36　电梯口　日　内

　　电梯门开了，电梯里站着吴斯泰，吴斯泰手里提着大购物袋。

　　陆建设走进电梯，立即开训：我说你上哪去了，上班购物！

　　吴斯泰一脸谦恭：陆书记，这……这不是为您陆书记服务嘛！

　　陆建设眼皮一翻：我要你服什么务？都买了些啥？给我买的？

　　吴斯泰：您办公室不是有点味吗？我买了台抽风机，还有香水！

　　陆建设恼怒地：别忙了，这间厕所我不要了！

　　吴斯泰：陆书记，您别客气，这改都改了，您就别谦虚了！您一谦虚，办公面积就不够，将来您要再说起，我们又得解决一次……

　　陆建设恼怒地：滚！

　　这时，电梯停下了，吴斯泰逃命似的冲出电梯。

（第三十九集完）

第四十集

1 首都机场 日 外

林满江、傅长明一行登上"长明号"公务飞机。

2 "长明号"机舱内 日 内

林满江、傅长明落座。

二人喝着功夫茶，等候塔台起飞指令。

傅长明数着佛珠：林董，我找大师看过了，还真有孽障妨你，孽障本来在北方，现在在南方！大师说，孽障南去，对你非常不利！

林满江：长明，别大师了，你直接说孽障是齐本安不完了吗？！

傅长明：阿弥陀佛，罪过，罪过！林董，佛家不打诳语，佛意非我意，孽障是谁我也不知道，南去也好，北往也罢，皆是命中注定！

林满江：哪来这么多命中注定，无非见招拆招而已！长明啊，既然大师没说孽障是谁，你为什么不怀疑是钱荣成呢？

傅长明：钱荣成就是一个疯狗，见谁咬谁，不值一提！

林满江：长明啊，你千万不要小瞧一条疯狗，他成不了事，但会坏事的，你现在和我说说钱荣成吧，包括细节，尤其是细节！

傅长明：哦，好，好……

3 荣成钢铁厂 日 内

牛石艳被保镖毛六引领着，在四处废铁的厂区内走着。

4 荣成钢铁厂车间 日 内

房梁上吊着鼠笼，小仓鼠在笼子里玩转轮。

保镖毛六把牛石艳引到钱荣成面前：钱总，牛记者来了！

钱荣成和牛石艳握手：欢迎，欢迎，在这里见您，实在是没办法！

牛石艳：我知道，你们的荣成大厦被查封了，你也东躲西藏的！

钱荣成：不躲不行啊，我现在被几路黑道追杀啊，您请坐……

5 "长明号"机舱内 日 内

傅长明对林满江说：……林董，钱荣成这个奸商已经成精了，热心搞腐败，总是靠送钱送礼开路，为自救无所不用其极！也不光敲诈我们，还敲诈了好多人，积怨很深，没准哪天就被某个猛人做掉了！

林满江：一个敢把亲儿子押上的人，他的腹黑也许你想不到啊！

傅长明：也是，钱荣成现在是赤脚不怕穿鞋的，林董，你的意思？

林满江：绝对不要和这种无底线的烂人纠缠！长明啊，你是信佛的人，听我一句劝：把钱荣成儿子救了吧，算是我们在佛前的布施！

傅长明：阿弥陀佛！林董，你的心真善！我知道，你是看不得孩子受难，可对钱荣成这种烂人，我怕他变本加厉，以为我们怕了他！

林满江叹息：如果真是那样，他就是自作孽不可活了！长明，你在佛前替我烧炷香，咱们救人一命，胜造七级浮屠啊……

6 荣成钢铁厂车间 日 内

钱荣成向牛石艳倾诉：……牛记者，现在民营企业太难了，一批批地倒下啊，市政府看着着急，吴雄飞市长亲自出面主持召开银企协调会，为民营企业排忧解难！但是，各银行只做假动作，就是不去落实！大银行不说了，咱们不好赖人家，你市属小银行，也阳奉阴违！

牛石艳在笔记本上记录着：钱总，你是指京州城市银行吧？哎，银企协调会上吴市长专门提起过，说你们是城市银行扶植起来的？

钱荣成：对，对，是城市银行扶植起来的。我今天实话实说：谁第一个给发放贷款的？就是城市银行胡子霖行长！那时城市银行还是城市信用社，胡子霖只是个普通信贷员。我申请贷款四万元，买下了光明湖畔的一家集体合作社，由此开始了荣成集团的创业历程……

牛石艳：据说那时候风气很正？没这么多乱七八糟的腐败？

钱荣成：哎哟，那时风气好啊，贷款发下来后，我提了两只老母鸡、两瓶晕头大曲去感谢胡子霖。胡子霖堵在门口不让我进门，说啥也不收我的礼。我就请胡子霖吃了顿便饭。吃饭时，他告诉我，真想感谢他，就好好去经营合作社，按时把四万元贷款本息还上。现在想想，唉，实在让我感慨万千，那时的胡子霖多么年轻，多么正直啊……

7 京州城市银行 日 内

胡子霖叹息着，对信贷部主任说：……现在的钱荣成可不是当年的钱荣成了，整个一奸商，毫无信誉可言！我再像当年那么单纯，别说做行长了，只怕连信贷员都做不成。你们别睬他，没担保一切免谈！

　　主任：胡行长，我不说了吗？有担保了，是一家新公司……

　　胡子霖：这你也信？吃钱荣成回扣了吧？小心我反你的腐败！这个新公司肯定是钱荣成为了担保弄出来的！他要想贷款，必须是长明集团或者京州中福做担保，担保协议还得在担保单位签，以免落空！

　　主任：但是……但是吴雄飞市长关心啊，又让秘书来问了！

　　胡子霖：你们不会糊弄啊？养你们吃干饭啊？就说正办着呢！

　　主任：是，是……

8 "长明号"机舱内　日　内

　　林满江语重心长地对傅长明说：……长明啊，我今天还要和你说一说止赢。经验证明：大到一个国家，小到一个企业，一个人，都要懂得止赢，不懂得止赢就难免将来面对止损，甚至面对灭顶之灾！

　　傅长明：我明白，林董，你是想说京丰、京盛两矿的收购吧？这不过是一桩小生意而已！就算这两个矿如愿收回，也发不了多大的财，我只是不明白你为什么要对齐本安让步，这有损你的权威啊！

　　林满江：权威和面子重要吗？做大事的人身段要软，手段要硬！

　　傅长明：但是，林董，你那位不省心的师弟齐本安，我还是建议撤回来，让皮丹去接京州这个摊子！皮丹能力差，但对你忠心耿耿！

　　林满江叹息：再等等吧，一个陆建设已经搞得满城风雨了！

　　傅长明：那……那得等到什么时候？你不怕齐本安作妖啊？

林满江：作妖我不怕，我倒怕齐本安不作妖！放心吧，长明，齐本安不会安分的，我们要做的就是静静耐心地等待他出错……

这时，空中响起飞行员的声音：二位老板，请系好安全带，飞机马上就要起飞了！

9 首都机场跑道上 日 外

"长明号"在跑道上滑行。

"长明号"起飞。

10 荣成钢铁厂车间 日 内

钱荣成向牛石艳述说：……真正让我成为企业家的，是一座铁路货场。铁路和货场都是市钢材公司的，破败萧条，铁轨因为长久无运料火车驶过，表面已生了锈，但我看到了生机。我一次次在霞光中沿着这条八百八十七点七米的铁路专线走着，想象着一个钢铁企业的光明未来。

牛石艳听着、记着：钱总，那时候，你已经决定做钢铁了？

钱荣成：是的，京州第三钢铁厂改制，我用八百万自有资金加贷款两千万，合计付出两千八百万做了三钢的第一大股东，三钢紧靠铁路线，铁路线人家报价三千万。天哪，又是三千万啊，谁敢批给我啊！

牛石艳：据我了解，是胡子霖帮你在信用社系统组建了贷款团？

钱荣成：对，我请胡子霖到现场考察，让他想象：三钢有了这个铁路货场是啥景象？全国各地货车能直接驰入货场装货卸货，外加短期存货，三钢除了自用，还能坐地收仓储钱！如果重新让铁道部给哪个企业建一条铁路专线，三千万怕连立项的前期费用都不够。胡子霖认可了我的判断，组织了十五家农村和城市信用社，贷给我三千万！

牛石艳：这么说，胡行长还是个很有眼力和魄力的银行家嘛！

钱荣成：是，是，那时是，那时他才只是光明区信用社副主任！

11 京州城市银行 日 内

胡子霖摇头叹息：……都骂我不是东西，我也想是个东西，而且是个好东西，但许多东西都不是东西了，我胡子霖凭什么还是东西？！

主任苦笑：胡行长，你……你说绕口令呢？！

胡子霖：说什么绕口令？！我是感慨世风不古，诚信缺失！在一个缺少诚信的社会里，谁是东西谁倒霉！荣成集团走上跨越式发展的轨道靠我！把钱荣成打造成京州著名企业家的是我！我当年因为卓有成效地扶持中小企业发展，得到了领导一次次的肯定啊！后来，我们城市信用社改制成为城市商业银行。又是我动员荣成集团作为发起股东入股，不但让钱荣成成了第一大股东，还把他弄进了董事会做了董事！可钱荣成呢？硬把我和城市银行拖进了他的债务泥潭……

主任话里有话：但是，胡行长，你……你也让钱荣成给……给美丽食品做了担保嘛，也……也弄得人家挺被动的……

胡子霖眼皮一翻：哎，你什么意思？是不是真收了钱荣成的好处啊？这么替钱荣成说话！我也有看走眼的时候，美丽食品看错了！可钱荣成也不该四处胡说八道啊，非说我和人家过上了性生活，我呸！

12 荣成钢铁厂车间 日 内

钱荣成慷慨激昂：现在胡子霖变成啥了？眼镜蛇，害人精！为了和他姘头赵美丽过上性生活，他让我莫名其妙背上了一亿担保债务！

牛石艳：那你可以不认啊，到监管部门告他去嘛！

钱荣成摆手：算了，一来不敢，二来也不忍心，胡子霖毕竟帮过我！这些年来还一直鼓励我，要我把荣成钢铁集团做大做强，做成伟大企业，我就雄心勃勃地收购一钢、二钢，弄成了京州钢铁大王！

牛石艳：现在回忆起来，还是挺骄傲的吧？

钱荣成：是，骄傲，但更多的是后悔：我为啥要做大做强呢？

牛石艳：哦？你的意思是，做大做强害了你，是吧？

钱荣成：可不是吗？为了做大做强，扩大产能，我就想方设法贷款，好像银行的钱不要还似的。尤其是前几年四万亿时，胡子霖那些行长还求着你贷。经济一下行，企业不赚钱了，还利息都费劲。更何况银行明一套暗一套，往往一鸡三吃，实际财务成本高得惊人……

牛石艳：除了贷款的基本利息，企业还有哪些财务成本？

钱荣成：比如挂钩存款，比如票据，比如保理！

牛石艳：你们企业不做不行吗？

钱荣成：不做它就不正常贷款给你。这么一来，企业每年要付的实际财务费用大都在百分之十五左右了，这还不算请客送礼的花费哩！

13 京州城市银行 日 内

胡子霖叹息着：……都说银行黑，就不知道银行难！就不知道

865

企业逃废债务的手段有多恶劣！别人不说，就说钱荣成，把京州贷款银行全坑死了！我昨天查了一下才知道，荣成钢铁集团法人代表换了！

主任：换谁了？有人替钱荣成接盘了？

胡子霖：钱荣成八十三岁的老娘钱王氏替钱荣成接盘了！现在要告荣成钢铁集团只怕连传票都很难送达，气死了银行，愁坏了法院。

14 齐本安办公室 日 内

齐本安和石红杏研究工作。

石红杏一脸愁云：皮丹走了，老牛跑了，京州能源这一摊子怎么办？煤炭价格继续下行，这个月各项数据报上来了，都不好看！第一期五亿债券马上到期，必须刚性兑付，否则影响信用评级。更要命的是，工人又开始讨薪了，老牛从林满江那儿敲诈来的一亿五千万花完了！

齐本安：是啊，是啊，现在火炭落在我脚下了，我也知道难了！

石红杏：过去我还真错怪了老牛呢！本安，你看这样好不好？我们京州中福担保，替京州能源向集团借款十个亿，兑付债券，再发工人三个月的欠薪。这个任务就派给陆建设去执行，让他去找林满江！

齐本安：红杏，你这又是馊主意，陆建设不捣乱就是帮忙了！

石红杏苦笑：这倒也是，也许老陆到北京专给咱俩上眼药！

齐本安：你还说呢，你把厕所那批给陆建设办公了，让我吃挂落！

石红杏：哎，哎，齐本安，谁让你认的？你学雷锋做好事呀你？！

齐本安：小师妹啊，我总不能让他再找你吵闹吧？我挡住算了！

石红杏：哎呀，本安，这快一辈子了，你总算替我挡了一次事！

齐本安：不凭良心，石红杏，小师妹，我替你挡的事多了！

石红杏：挡啥了？说说，和我细说说！齐本安，我想起来的都是你对不起我，变着法子坑我，看我的笑话！比如说，电厂那次……

齐本安：哎，好了，又是电厂！别扯了，说工作，说工作！

石红杏：那说工作……

15　荣成钢铁厂车间　日　内

钱荣成的倾诉已是尾声：……所以，牛记者，我实在是走投无路了，才通过朋友关系找到你，希望你能对京州民营企业进行一次调查采访，也像报道矿工新村棚户区那样，报道一下我们，引起李达康书记的注意！现在光吴雄飞市长注意不行，力度不够，银行不买账！

牛石艳：钱总，你这个想法恐怕不是太现实，李达康书记也管不了银行，现在国家有银行法，有银监局监管，地方领导干涉不了！

钱荣成：那你还过来见我？那你写个内参吧，总能起点作用！

牛石艳：看情况吧！钱总，我也不能光听你一人说，银行和债权人的意见，我也得去听一听，是吧？包括法院那边，听说法院对你意见也挺大，你可把法院折腾苦了……

钱荣成：我对法院也有意见，法院庇护银行，没让我赢一起官司！

牛石艳：法院怎么可能让你赢呢？现在全市人民都知道，防火防盗防荣成！哎，怎么弄到这一步的？你能和我说说吗？实事求是！

钱荣成：这个？好……好吧！

16　齐本安办公室　日　内

齐本安思索着,对石红杏说:……集团那边希望不大,林满江不会给我们这十个亿,他现在巴不得我们知难而退,让出京州的位置!

石红杏:本安,你把林满江想象得太那个了吧?他不至于吧?

齐本安:别人不了解他,你我还不了解他吗?人家从不悔棋的!

石红杏怔了一下:本安,那你悔棋吗?

齐本安:我没有悔棋的权利!我一悔棋,皮丹可能就过来喽!

石红杏苦笑:要是皮丹过来,京州中福离垮台也就不远了!

齐本安:所以,京州能源的困难,我们要立足于自己解决!我昨天又到医院和老牛谈了大半天,商定了几件事,现在和你通下气!

石红杏掏出笔记本:好,本安,你说!

齐本安:哟,我的话你也记录了,我受宠若惊啊!

石红杏:少贫,说你的!

齐本安:好的!一、这十个亿别指望集团了,由我们京州中福出面在京州和汉东省金融银行系统自筹解决,我们不能替荣成集团担保,但为自己控股企业担保是应该的。二、进一步扩大和市属劳动密集型企业的联营合作,争取安排一万左右的下岗工人重新上岗……

17　荣成钢铁厂车间　日　内

钱荣成对牛石艳说:我死在两个人手上,一个是胡子霖,一个是李顺东!胡子霖真是一条毒蛇啊,知道我的根底,下手也最早,发现我资金链绷得紧了，就不动声色下了手，突然断贷，让我措手不及！

牛石艳：城市银行断贷时，你没有逾期和违约贷款吗？

钱荣成：和城市银行没有，但和李顺东的天使公司有一笔债务纠纷！加上美丽食品集团违反食品法，出了事，我担保了一个亿，危机就突然爆发了，才三个多月的时间就拖垮了我们这家著名钢铁企业！

牛石艳：不对吧？钱总，据我所知，你还欠了不少高利贷吧？

钱荣成笑了：这是李顺东和你说的，还是秦小冲和你说的？

牛石艳也摊了牌：这两个讨债鬼我认识，但都没和我谈过业务！

钱荣成：我知道，你当年和李顺东处过朋友，秦小冲呢，又是你报社同事！所以，我请你来呢，还有一个目的：冤家宜解不宜结……

牛石艳心领神会：请我做和平鸽？主持你们的和平谈判？

钱荣成：对，对，就这个意思，只要他们让我活下来，我一定会给大家一个惊喜！说罢，掏出一张银行卡：这里有五万，不成敬意！

牛石艳拒绝：别，别，钱总，我不是秦小冲，这钱我不敢收！

18 齐本安办公室　日　内

石红杏对齐本安说：好，本安，你的这些想法我都赞成！

齐本安：那把陆建设找来分分工吧，让他负责劳动力输出这一块！

石红杏：对，对，让老陆忙活起来，他就不四处找碴生事了！

齐本安：另外，机关人员也要精减，从我们京州中福开始，像办公室，正副主任三个人管一个兵，笑话嘛，保留老吴和一个兵就行了。

石红杏：行，那我通知老陆来碰头？他一直嚷着要碰头。

齐本安：通知吧，让他过来！

19　陆建设办公室　日　内

陆建设手里拿着一本《春满大地》，踱着方步，义正词严地训斥吴斯泰：……老吴，你这本小书我读了，坦率地说，除了有一点小小的不算太好的催眠效果，在政治思想、审美情趣各方面毫无可取！我真不知道拿公家五万块钱去印这种文字垃圾，你老吴惭愧不惭愧！

吴斯泰：惭愧，惭愧，所以，我以后再也不整垃圾了！

陆建设：利用手上的权力，拿公款出书也是腐败啊，是不是？

吴斯泰：这……这，陆书记，我可没利用手上的权力，我没权力动用公家账上一分钱啊，这五万是石总批的，是精神文明建设嘛！

陆建设：那石红杏算是瞎了眼，还精神文明建设……

吴斯泰：哎哟，哎哟，陆书记，我能不能借您厕所用一下？

陆建设火了：我这里哪来的厕所？啊？小便池不是让你拆了吗？

吴斯泰：哦，对不起，陆书记，我到楼下上个厕所再来听您教诲！

陆建设厌恶地挥挥手：走吧，朽木不可雕，我也懒得雕你了！

吴斯泰：是，是，陆书记，您就别费心了，再见，有事您招呼！

这时，电话铃响：哦，石总，碰头？就是嘛，早就该碰头了嘛！你们等一下，我找齐了材料就过去，我憋了一肚子话要说呢……

20 荣成钢铁厂车间 日 内

牛石艳对钱荣成说：……钱总，你的心情我理解，你的处境我同情。但是梦想很丰满，现实很骨感，我恐怕很难帮你主持和平谈判！

钱荣成：为什么？据我掌握的情况：李顺东只听你的，连"天使"的名都与你有关！你要发一发慈悲，撮合一下，会有意想不到的效果！

牛石艳：钱总，请你一定记住，我和李顺东没任何关系了，再也不会利用李顺东对我的感情做任何不靠谱的事！更别说是你钱荣成的事，全城都知道防火防盗防荣成，我为啥要拉着李顺东上你的当？！

钱荣成：防火防盗防荣成的口号是秦小冲提出来的，坑死我了！

牛石艳准备离去：好了，钱总，我也没白来，了解了不少情况！

钱荣成：哎，哎，牛记者，那你总能写个内参，报道啥的吧？

牛石艳：我根据下一步采访情况看吧！钱总，祝你好运！

21 齐本安办公室 日 内

陆建设抱着一堆文件材料走进来，把材料往茶几上一放，立即感慨：哎呀，齐董，还是你办公室空气新鲜啊，空间也大，好，好！

石红杏讥讽：所以齐董事长说换给你嘛，你又客气，坚决不要！

陆建设：哎，我没说我不要，齐董也没说换给我，这都是你们说！

齐本安挂着脸：谁都别说了，研究工作吧！老陆过来后一直说要碰头，我没同意，为什么？有些情况不摸底，也怕老陆没准备好。现在老陆准备好了，好家伙，这么一大堆材料！那老陆，你先说？

陆建设：好啊，那我就开始了！老齐，老石，我真是有一肚子话要说！京州中福领导是咱们三个，满江同志把这一摊子交给我们，是对我们极大的信任啊，我们绝不能辜负了满江同志对我们的信任……

22　荣成钢铁厂车间　日　内

牛石艳已走，车间只有钱荣成和小仓鼠。

钱荣成看看手上没送出去的银行卡，又看看鼠笼，一阵发呆。

这时，保镖毛六匆匆忙忙进来：钱总，快走，这里被发现了！

钱荣成忙收鼠笼：毛六，这……这是哪一路债主追过来了？

保镖毛六：天使！钱总，你不该请牛石艳到这儿来，她知道你藏身之处，天使就知道了，她肯定会告诉李顺东的！快，老鼠笼别带了吧？

钱荣成仓皇出逃：什么老鼠？仓鼠，我就这一个靠得住的朋友了！

23　京州街上　日　内

轿车急驰。

牛石艳边开车边和范家慧通话：……范社长，我刚从钱荣成那儿出来，没危险，倒是钱荣成有危险，说是被六路债主追杀，也不知真假？

范家慧的声音：假的也得当真的听，小心不为过，现在讨债的与躲债的都不是啥好鸟，急眼了，他们啥事都干得出来……

24 范家慧办公室　日　内

范家慧和牛石艳通话：……像秦小冲，就在我面前叫嚣，口口声声要宰了黄清源！开始我还纳闷呢，咱家小冲咋变得这么粗鲁了？后来才知道：哎呀，他一生的积蓄都被黄清源骗了，说是好几十万呢！

牛石艳的声音：所以这厮才投奔了天使，讨他自己的债嘛！

范家慧：是，是，艳，他急眼了！但我告诉你，我现在也急眼了，六亲不认了，准备拿你开刀了！不拿你牛石艳开刀，我没法说服众人！

牛石艳的声音：怎么了，老范，我招你惹你了吗？

范家慧：你当然惹我了！你们深度报道部的山猪肉怎么还在冷库里堆着？不是说销售形势很好，一抢而空吗？你卖出去又抢回来了？

牛石艳的声音：哎呀，哎呀，老范，你看这事弄的，忙忘了都！

范家慧：那你们也把这月的工资忘了吧，一人扛两片山猪肉回家当工资！说罢，挂上电话，咕噜了一句：真不让人省心……

25 齐本安办公室　日　内

齐本安不耐烦地打断陆建设的话头：……好，好，满江同志的伟大，你就别在这里专题论述了，我是林满江的师弟，石总是林满江的师妹，我们对林满江比你熟悉！你要表忠心也没必要在我们俩面前表！表了我们也不会代你去传达，你就省点力气省点心好不好呢？

石红杏：就是，没让你做代书记，你天天骂林家铺子，一让你当代书记，就天大地大不如满江同志的恩情大了，这变化让人闪崩啊！

陆建设理直气壮：哎，这有什么错啊？知恩图报是传统美德，老齐，老石，你们恐怕就是缺少这种美德吧？好，我继续说……

齐本安挥起手阻止：老陆，你说得差不多了，还是我说吧！

陆建设：我才刚开个头啊，怎么又不让我说了？老齐，你只是个董事长，严格说起来，你不是我的领导，我们只是分工不同！你分管投资，负责国有资产的保值增值，我是党委书记，负责京州中福组织干部人事、党风廉政，还有思想文化建设，等等，等等！

石红杏：但是，老陆，这里面仍然有个主次，齐本安排名第一！

陆建设：好，好，老齐第一，你第二，我小三，我算你们狠！

齐本安冷冷看了陆建设一眼，不时地看着笔记本开始谈工作：石总，老陆，现在我们面临的形势相当严峻，短期内资金缺口很大，工人情绪波动也很大，随时可能发生较大规模的讨薪群访事件……

26　京州人民医院病房　日　内

牛俊杰看着京隆矿矿长王子和愕然一惊：……什么？什么？工人又闹起来了？哎呀，我不是给他们弄了一亿五发了三个月欠薪吗？

王子和：牛总，你一亿五是哪辈子的事了？能一劳永逸啊？

牛俊杰拔下吊针：可不是嘛，一转眼快两个月了！走，快走！

27　齐本安办公室　日　内

齐本安布置工作：……怎么筹措这十个亿是我的事，我一家家去求银行，争取尽快解决。石总坐镇总揽全局，主持公司日常工作。老陆，和市属劳动密集型企业的合作，你抓一下，这是近期的重点。一万人的劳动力输出，有大量的政治思想工作要做。老陆，要发扬煤矿工人特别能战斗的精神，建立起一支能打硬仗、作风过硬的队伍……

　　陆建设：哎，老齐，等等，我这听着怎么……怎么不太对劲啊？

　　齐本安冷冷看着陆建设：哪里不对劲了？嗯？

　　陆建设：怎么是你给我布置工作？让我去市里求人搞联营？

　　齐本安：要不咱换换？你去找钱，把十个亿找来，我去搞联营？

　　石红杏：哎，老陆，咱们俩换一换也行，我这摊子全交给你？

　　陆建设：不……不是这个意思，老齐，老石，我也是随便一说……

　　这时，桌上电话响。

　　齐本安抓起话筒：哦？好，好，知道了！

　　放下电话，齐本安对陆建设说：老陆，果然不出所料，京隆矿部分欠薪矿工又群访了，现在全在京州能源楼前坐着呢，你去处理一下！

　　陆建设一怔：我？

　　齐本安：对，老陆，就是你，这是政治思想工作，你是书记嘛！

　　陆建设想说什么，却又说不出。

　　齐本安起身就走：好了，今天就到这儿吧，我还得去银行！

28　京州街上　日　外

　　轿车急驰。

开车的是吴斯泰。

车内，陆建设和牛俊杰通话：老牛，你现在在哪里？还在医院住着是不是？你们京州能源的工人又到你家门口群访了，知道吧？

电话里的声音：哎呀，陆老代，你这回消息灵通嘛，佩服佩服！

陆建设亲昵地：你少给我佩服！快给我过来吧，伙计，我正去现场呢！事发突然，我临时抓了吴斯泰的差，你给我带个车过来啊！

电话里的声音：太好了，陆老代，既然你去，我就不去了！

29 京州街上 日 外

轿车急驰。

车内坐着牛俊杰和王子和。

牛俊杰和陆建设通话：……陆老代，我得表扬你，隆重热烈表扬你一次！你现在终于能负点责任了，这个代书记当得有点小模样了！

电话里的声音：行，行，老牛，别和我逗了，快过来吧！我不和你扯了，手机马上没电了……

牛俊杰：这点小事，你过去大手一挥就解决了，我还是回医院吊水吧，还有一瓶水没吊完呢！陆老代，处理这种事，最忌摆架子，你记着这条：和工人好好说话，是咱欠工人的钱，不是工人欠咱的钱！

30 京州能源大院门口 日 外

轿车在大院门口停下。

陆建设下车：老吴，别忘了派车来接我！

吴斯泰：好的，好的，陆书记，我等您电话！

31 京州街上 日 外

轿车急驰。

车内,王子和问牛俊杰:……哎,牛总,你真不过去了?陆建设这熊人能镇得住这种场面吗?你还大手一挥……

牛俊杰:哎呀,让他学着点,要不永远镇不住!掉头,回医院!

32 京州能源大楼前 日 外

百十号讨薪人员站在院内大楼前吵吵嚷嚷。

陆建设绷着脸,不时地干咳着,强作镇定从人群中走过。

工人们主动让出一道人巷,让陆建设走到门前台阶上。

陆建设走上台阶,威严地四处看了看,大手一挥:同志们——

工人们无声地围拢上来,将陆建设挤下台阶,紧紧包围在当中。

陆建设慌了,四处转圈:哎,同志们,同志们,这是怎么了?

33 京州街上 日 外

轿车急驰。

车内,牛俊杰又往后退缩了,不安地对王子和说:子和,咱们还是不能赌气!陆建设电话里说,他手机没电了,这熊人又没一点基层工作的经验,整天当官做老爷的,他这大手一挥,别挥出麻烦啊?!

王子和:能有啥麻烦?有麻烦也不大!这种事咱们哪月不处理几起?就算镇不住,也就是出点洋相,工人不会对他动手的,我保证!

牛俊杰:我还是不太放心,子和,我挂水,你还是回去看看吧!

王子和:行,行,牛总,这事你别管了,有我呢!

34 京州能源大楼前 日 外

陆建设在工人们的包围中转着圈威胁：……让开，让我出去！你们犯法了知道吗？你们这叫聚众闹事，劫持领导，要负法律责任的！

工人们无言地看着陆建设，眼光中全是蔑视。

陆建设狂叫：你们谁是头？有种就给我站出来……

35 京州人民医院大楼门前 日 内

牛俊杰下车，对车内的王子和交代：子和，你回现场啊！

王子和从车内伸出手：行，行，牛总，你回吧，尽瞎操心！

轿车启动，重又驶向街上。

司机问：王矿长，那咱去公司大楼营救陆书记？

王子和：去什么公司大楼？陆建设根本不需要营救！这熊人官大架子大牛×也大，两个牛×一吹，还不把工人们吹个东倒西歪？还要咱跟着瞎操心？送我去矿工新村吧，田大聪明的孙子结婚，我喝喜酒去！

司机：田劳模是吧？

王子和：是的，是的！

36 京州能源大楼前 夜 外

陆建设在工人们的包围中仍在吼叫：……听着，都听着！我给你们最后三分钟，请你们自动散开，我不算你们违法犯罪，现在开始倒计时！你们听见没有？倒计时了！我的妈呀，你们真要犯罪到底吗？

37 石红杏家 夜 内

牛俊杰、石红杏、牛石艳一家三口难得聚首共进晚餐。

石红杏感慨不已：老牛，过去你在京州能源顶着，我也没觉得多幸福，这你往医院一躲，我可真是痛苦了，你看，工人说闹就闹！

牛俊杰：红杏，你这观点就不对，什么叫闹？工人闹啥了？你欠人家的工资，人家没钱吃饭了，找你要钱吃饭，这叫闹吗？胡说嘛！

牛石艳：就是，就是！石总，要我说，你立场感情都有问题！别忘了，你也是十五岁进厂，从徒工干起才有了今天，千万不能忘本！

石红杏：我忘啥本了？好好吃你的饭！哎，对了，艳，我正想问你呢，冰箱里怎么全是山猪肉？咱们难得在一起吃饭，啥时能吃完？

牛石艳：妈，你不提我也忘了，这是老范卖给我的，我卖给你了！

石红杏：我凭啥要买你们的山猪肉？牛石艳，你不能强买强卖嘛！

牛石艳：妈，咱们的交易已经完成了，我从你卡上划走了一千元！

石红杏惊呼：哎哟，我的账号密码又被你破译了？啊！

牛石艳得意地频频点头：Yes，Yes……

石红杏：牛石艳，你小心我到公安局报案！

牛俊杰：报什么案？我们家现在就你一个有钱人了！

38 范家慧家 夜 内

齐本安和范家慧也在吃晚饭。

范家慧问齐本安：怎么样，这山猪肉味道还不错吧？

齐本安夸张地：不错，不错，不愧是在山上自由奔跑的猪肉啊！

养猪场那口号怎么说的：猪快乐我快乐，好！有创意，有温度……

范家慧：既然有温度，你就把它当主食吃吧，报社每人分了一头猪顶工资，我当领导的呢，得以身作则，认领了两头，你也快乐吧！

齐本安：我快乐啥？老范，你想把我变成猪啊？哎，你也吃！

范家慧：我不吃，我减肥！齐本安，知道我的难了吧？由于你们京州中福在战略合作上的背信弃义，我们报社连发工资都困难了！

齐本安满不在乎：我们更困难，京州能源工人今天又上访讨薪了！

39 京州能源大楼前　夜　外

星光灿烂。

星光下，陆建设坐在地上，工人们也坐在地上。

工人们显然是有备而来，吃着自带面包干粮，喝着矿泉水。

陆建设看着吃喝的工人，不时地咽着口水……

（第四十集完）